# De kloonbaby

# Roel Janssen

# DE KLOONBABY

Een thriller over genen, liefde en geld

UITGEVERIJ DE GEUS

© Roel Janssen, 2003
Omslagontwerp Uitgeverij De Geus bv
Omslagillustratie © Umit Ulgen / The Trevillion Picture Library
Foto auteur © Liesbeth Kuipers
Druk Koninklijke Wöhrmann bv, Zutphen

ISBN 90 445 0263 8

NUR 332, 305

Verspreiding in België via Libridis nv, Industriepark-Noord 5a,
9100 Sint-Niklaas

*Soy, pero soy también el otro, el muerto*
*El otro de mi sangre y de mi nombre*

Ik ben mezelf, maar ik ben ook de ander, de dode
De ander van mijn bloed en van mijn naam

– JORGE LUIS BORGES –

# Inhoud

# 1 Toverballen

Maanden later, vechtend tegen de tropische hitte van het oerwoud, moest Darren Gittinger terugdenken aan de ochtend waarop hij het begin van het leven had gezien. Daar lag het, duidelijk zichtbaar met het blote oog, een atol van grijswitte vlokken die dreven in een okerkleurige vloeistof. Darren stond er glazig naar te kijken. Hij beschouwde zichzelf als een man met gezonde seksuele driften, maar bij de kunstmatige versmelting van zaadjes en eitjes in een laboratoriumbakje kon hij zich niets voorstellen.

Naast hem stond een vrouw die uitleg gaf. Het viel Darren op hoe rustig ze sprak. Ze koos haar woorden trefzeker, alsof deze klinische omgeving de gewoonste zaak van de wereld was.

De vrouw heette Iris Stork en ze was de oprichtster van GenIris, een bedrijf waarvan Darren niet veel meer wist dan dat het zich bezighield met veelbelovende toepassingen van de biotechnologie.

Die ochtend hadden ze met elkaar kennisgemaakt. Ruim een kwartier later dan afgesproken was Darren, met zweetdruppels op zijn voorhoofd, het kantoor van Iris binnengekomen. Hij voelde zich opgelaten dat hij niet op tijd was en mompelde de gebruikelijke verontschuldigingen. Het verkeer van de ochtendspits was op dit vroege uur drukker geweest dan hij verwacht had en ondanks de routebeschrijving had hij behoorlijk moeten zoeken om GenIris te vinden.

Iris Stork schoof haar bureaustoel naar achteren en stond op. Ze maakte een relativerend gebaar met haar hand.

'Dat overkomt onze bezoekers wel vaker. We hebben ons gebouw een beetje verstopt. Soms denk ik wel eens dat we dat met opzet gedaan hebben.'

Ze stelde zich vriendelijk maar niet overdreven hartelijk aan Darren voor en vroeg wat hij in zijn koffie wilde. Uit een thermoskan schonk ze twee mokken in waarop het logo van het bedrijf was afgebeeld met de I in de vorm van een sierlijke paarsblauwe iris.

'Welkom bij GenIris, meneer Gittinger', zei ze, terwijl ze weer achter haar bureau plaatsnam. 'Ik moet zeggen dat we blij zijn met uw komst. Uw deskundigheid hebben we de komende maanden hard nodig. En, eh, zullen we elkaar maar meteen tutoyeren? We gaan hier informeel met elkaar om.'

Ze schoof de koffiemok door naar de man die tegenover haar was gaan zitten.

'Daar heb ik geen probleem mee', antwoordde Darren. Hij voelde zich op zijn gemak gesteld en vergat zijn ongelukkige entree. Vluchtig nam hij zijn gesprekspartner op. Iris Stork had een hoekig gezicht met vastberaden trekken. Ze had een gemiddelde lengte en lichaamsbouw. Geen opvallende verschijning, maar haar donkere ogen hadden een verrassend vitale uitstraling. Haar weerbarstige haar had ze samengebonden in een paardenstaart. Darren schatte haar midden dertig. Ze droeg een olijfgroen T-shirt met een ronde hals en lange mouwen en als enige sieraad een gouden ketting. Half verscholen onder het bureau staken twee lange benen in een vale spijkerbroek.

Darren bedacht dat hij zijn stropdas vanochtend wel in de kast had kunnen laten hangen.

'Mooi zo', concludeerde Iris. 'Dan zijn we het daarover eens. Voordat we verder praten, stel ik voor dat ik je een rondleiding geef door het bedrijf. Dan krijg je een indruk van de omgeving waarin we hier werken. Als je dan nog belangstelling voor ons hebt, kunnen we daarna zaken doen.'

'Klinkt goed', zei Darren. Deze nuchtere aanpak beviel hem wel. 'Om je de waarheid te zeggen heeft Jeen me alleen maar verteld dat jullie je bezighouden met baanbrekende ontwikkelingen op het gebied van de biotechnologie. De rest, zei hij, moest ik maar aan jou vragen.'

Jeen Westerhoff was een studiegenoot van Darren aan de Amerikaanse business school geweest en hij was als investeerder betrokken bij GenIris.

Iris schoot in de lach.

'Jeen begrijpt niets van de dingen die wij hier doen. En dat is precies wat ik tegen onze financiers heb. Ze verwachten geld te verdienen met iets waarvan ze geen snars verstand hebben. Zo ingewikkeld is het trouwens niet. Ik zal het je straks allemaal uitleggen, maar drink eerst rustig je koffie.'

Iris bekeek haar gast kritisch. Een grote, stevige man met een zelfverzekerd uiterlijk, een open gezicht, donkerblond krullend haar en een nieuwsgierige blik in zijn ogen. Degelijk in het pak, een effen overhemd en een klassieke stropdas. Ze was bang geweest dat Westerhoff zo'n arrogante bankier zou sturen toen hij geëist had dat ze het financiële management versterkte met een *investment banker* en daaraan had toegevoegd dat hij een uitstekende kandidaat wist. Ze had de pest aan bankiers, ze had de pest aan financiële managers, want hun eenzijdige nadruk op geld leidde alleen maar af van haar onderzoekswerk. Daar was ze goed in en daarop was de reputatie van GenIris gebaseerd. Als het aan haar lag besteedde ze al haar tijd in het laboratorium. Maar ze wist ook dat haar bedrijf dringend nieuw kapitaal nodig had en ze had met tegenzin erkend dat het inderdaad wenselijk was om een financiële directeur aan te trekken. Dat werd dus de man die tegenover haar zat. Hij zag er niet onaardig uit en gedroeg zich op het eerste gezicht als een normaal mens. Ze had het slechter kunnen treffen, overwoog ze.

Even later liepen ze samen door de gang. De muren waren verfraaid met ouderwetse tegelpatronen. Links en rechts bevonden zich werkkamers, afgescheiden met glazen wanden. Het viel Darren op dat er geen deuren in de gang waren, maar poorten van baksteen, alsof hier ooit een klooster was gevestigd. Iris merkte zijn verwondering op.

'Vroeger was dit een psychiatrische inrichting. Onze werkruimtes waren de slaapkamers van de patiënten', zei ze.

'Aha. Nu begrijp ik waarom deze paviljoens zo verscholen in de bossen liggen.'

'Precies. Daarom is het de eerste keer ook niet zo makkelijk te vinden', vulde Iris aan. 'Maar je hebt misschien opgemerkt hoe mooi de omgeving is. Na een regenbui ruik je het bos en je kunt de hele dag vogels horen zingen. Soms hoor je zelfs spechten kloppen. We zijn hier omringd door natuur. Kom, hier is het lab. Vroeger was dit de operatiekamer, nu doen we er een deel van ons onderzoek.'

Ze pakte twee groene jassen van een kapstok. Darren probeerde de jas over zijn kleren aan te trekken. Hij worstelde met de mouwen en had het gevoel dat hij iets hopeloos verkeerd deed.

'Andersom, het is geen kamerjas', hielp Iris hem. 'Eerst je armen in de mouwen. De gesloten kant zit van voren, de opening moet op je rug.' Zelf had ze haar jas al aan. Ze sloeg de ceintuur van achter om zich heen en knoopte die dicht.

'Ook handig', mompelde Darren.

'Je went er snel aan. Ik vergeet wel eens dat niet iedereen gewoon is om in labjassen rond te lopen. Dit is al vijftien jaar mijn dagelijkse werkkleding.'

'GenIris bestaat toch niet zó lang?'

'Nee, met GenIris zijn we vier jaar geleden begonnen. Daarvoor werkte ik aan de universiteit.'

Ze stapten het laboratorium binnen. De laborantes merkten hun aanwezigheid nauwelijks op en keken hooguit even om. Sommigen hadden beschermende plastic brillen op en droegen blauwachtige latex handschoenen. Met puntige spuitjes brachten ze iets op glazen plaatjes aan. Die handeling deed Darren denken aan de banketbakkerij van zijn grootvader, waar de bakkersknechten met roomspuiten versieringen op de taarten aanbrachten. Wat hier gebeurde was iets anders dan taarten maken; de ingrediënten en de werkruimte waren ook anders dan in de bakkerij. Het lab leek wel een klinische keuken, met aanrechten waarop rekken vol glazen buisjes, flessen met kleurloze vloeistoffen en jerrycans met chemicaliën stonden. Twee laborantes zaten ingespannen te turen op computerschermen. De beeldschermen vertoonden kleurige strepen en stippen, alsof een pointillistische schilder aan het werk was geweest. Aan de muur hingen een paar kindertekeningen.

Uit een luidspreker in de hoek klonk ritmische reggaemuziek, die de serene, onthechte sfeer in het laboratorium accentueerde. Een andere wereld, dacht Darren.

'Ik zal je later gedetailleerd uitleggen wat hier gebeurt, ik wil je nu alleen een indruk geven van de werksfeer in ons bedrijf', zei Iris.

Ze kwamen bij de opstelling van een vernuftig technisch apparaat waarop een soort dienblad stond met plaatjes waarin carrévormig honderden gaatjes waren gemaakt. In die gaatjes zaten druppels genetisch materiaal. Met een hefarm tilde de machine de plastic plaatjes een voor een op en bracht ze naar een scanner om te worden geanalyseerd. Alles ging automatisch.

'Vroeger deden we ons onderzoek met de hand in reageerbuisjes, tegenwoordig analyseren computers het materiaal. Deze robots werken dag en nacht, zodat je veel sneller resultaten hebt. Onze kennis gaat hierdoor met sprongen vooruit', vertelde Iris. Ze klopte een paar keer goedkeurend met haar hand op de machine alsof dit haar trouwe werkpaard was.

Voordat ze de volgende ruimte konden binnengaan, toetste Iris een code in waardoor een vergrendelde deur geopend werd. 'En dit is onze schatkamer. Hier bewaren we onze kroonjuwelen.'

Ze opende een glanzend kastje van roestvrij staal, waarop twee digitale klokjes een binnentemperatuur van zevenendertig graden en een koolzuurgehalte van exact vijf procent aangaven. Darren zag keurige rijtjes met gestapelde ronde plastic bakjes staan. Iris pakte er een van de bakjes uit en plaatste dat in de hand van Darren. In de okergele vloeistof zag hij zes of zeven wittige eilandjes drijven. Iedere kolonie, vertelde Iris, bestond uit enkele duizenden stamcellen. Aan Darrens glazige blik zag ze dat hij er geen flauw benul van had hoe uniek dit was.

'Heb je wel eens van stamcellen gehoord?' vroeg ze.

'Eh, ik weet niet precies wat dat zijn.'

'Stamcellen kun je vergelijken met ouderwetse toverballen, zoals je die vroeger in een snoepwinkel kon kopen. Als je ze pakt, zien ze er allemaal hetzelfde uit. Ze hebben dezelfde samenstelling, dezelfde kleur. Maar als je er een tijdje op zuigt, gaan ze van elkaar verschillen. De ene wordt rood, de andere groen, de ene smaakt naar sinaasappel, de andere naar aardbei. Elk krijgt zijn eigen karakteristieken. Toch waren ze aanvankelijk precies hetzelfde. Zo is het ook met stamcellen.'

'Dit hier lijkt me geen snoepwinkel.'

'Nee, dat klopt.'

Voorzichtig nam ze het bakje uit Darrens hand en plaatste het terug in de broedstoof. Daarna sloot ze het kastje weer. De elektronische thermometer gaf aan dat de temperatuur iets gedaald was, doordat de deur even had opengestaan.

'Ze mogen niet te lang aan de buitentemperatuur worden blootgesteld, ze moeten constant op lichaamstemperatuur gehouden worden', verduidelijkte Iris.

'En hoe zit het met die tovereigenschappen?'

'Wat weet je eigenlijk van cellen?'

'Hoe bedoel je?'

'De basisbegrippen.'

'Ik ben bang dat ik op school niet zo goed heb opgelet in de biologieles. Mijn proefjes met fruitvliegjes mislukten altijd. Eén keer zijn ze ontsnapt en de tweede keer had ik er voor de zekerheid wat extra ether bij gedaan en toen gingen ze allemaal dood.'

Iris zuchtte even. Godallemachtig, wat moest ze met die bankier. Als hij maar kon rekenen.

'Ik zal proberen uit te leggen wat wij hier doen', vervolgde ze. 'Niet dat het me wat aangaat, maar heb je kinderen?'

Darren knikte.

'Twee. Tom is vier en Nicky zeven jaar.'

Een moment verschenen ze op zijn netvlies. Hoelang had hij ze niet gezien? Een maand, anderhalve maand? Hij zag ze voor zich, Tom die zo intens genoot als hij met hem speelde, en Nicky die niet ophield met vragen en praten. Hij miste ze verschrikkelijk en vroeg zich af wanneer hij ze weer zou omhelzen. Zijn gedachten dwaalden af en even vergat hij de klinische laboratoriumomgeving waarin hij zich bevond.

Het geluid van Iris' nuchtere stem bracht hem terug in de werkelijkheid. 'Oké. Dan heb je het proces dat we hier in glazen bakjes nabootsen, van nabij meegemaakt. Ik neem aan dat je weet dat een cel zich begint te delen vanaf het moment van de bevruchting, als een zaadcel en een eicel versmolten zijn. Delen, delen en nog eens delen. Cellen doen niet anders dan zich delen en zo wordt het menselijke lichaam opgebouwd uit een slordige honderdduizend miljard cellen. Dat volg je?'

'Jazeker. Al had ik in een quiz de honderdduizend-eurovraag naar het aantal cellen niet geraden. Ik wist niet dat het er zo veel zijn.'

Darren had het gevoel dat hij overhoord werd alsof hij weer in de schoolbanken zat en vroeg zich af of het een goed idee was te gaan werken in een biotechbedrijf. Hij kon nu nog terug. Het was in ieder geval iets totaal anders dan de bedrijven waarmee hij de afgelopen jaren ervaring had opgedaan. De uitdaging om zijn grenzen te verleggen, sprak hem aan.

Iris praatte onverstoorbaar verder. 'Het unieke verschijnsel doet zich voor dat uit die éne cel die ontstaat na de bevruchting, álle menselijke lichaamscellen gemaakt worden. Huidcellen, spiercellen, botcellen, bloedcellen, hersencellen – ga zo maar door. Er wordt nooit meer iets aan toegevoegd, behalve voedingsstoffen natuurlijk, en toch slaagt die allereerste cel erin om uit te groeien tot alle cellen die je nodig hebt om te leven. Dat komt omdat de cellen in de allerprilste fase, na vijf of zes delingen, almachtig zijn. Ze bezitten het vermogen om zich tot álle verschillende soorten cellen te ontwikkelen. Net als toverballen die alle kleuren en smaken kunnen aannemen.'

Iris draaide zich naar Darren toe. 'Dat allereerste klompje cellen bestaat grotendeels uit stamcellen. Ze vormen de grondstof van de biologische fabriek die we het menselijk lichaam noemen. Bij alle andere levende wezens is het trouwens precies zo. Volg je me nog?'

Darren raakte gefascineerd door de manier waarop deze vrouw met haar brede mond, forse neus, donkere ogen en stroblonde haar, hem op een vrijdagmorgen om kwart over negen, nonchalant leunend op een laboratoriumtafel, de grondbeginselen van de celbiologie aan de hand van toverballen stond uit te leggen.

'De grap is dus dit: als je erin slaagt om die allereerste stamcellen te pakken te krijgen, dan kun je daaruit alle andere cellen van het menselijk lichaam kweken. Dat is geen vage theorie, wij doen het in de praktijk. En als die stap gelukt is, dan kun je ook medische toepassingen ontwikkelen waarmee je patiënten kunt genezen. Dat is in essentie wat we hier bij GenIris doen.'

'Zoals je het vertelt, klinkt het heel begrijpelijk.'

'Zo simpel is het. Alleen is het verduiveld moeilijk om het allemaal uit te voeren, stamcellen zijn lastige dingen om mee te werken. Wij hebben hier onze eigen methode ontwikkeld om stamcellen te kweken. We verwachten dat we die kunnen gebruiken om de ziekte van Parkinson en op den duur misschien ook Alzheimer te bestrijden. Met de vergrijzing van de bevolking is dat een groeimarkt, om het in jouw zakelijke termen uit te drukken. Wij denken dat we patiënten kunnen helpen om een betere oude dag te hebben, met minder lichamelijke of geestelijke aftakeling. Daar gaat het ons om. We verrichten hier baanbrekend wetenschappelijk onderzoek dat razend interessant is, we proberen een bedrijf op te bouwen waarmee we op een dag geld kunnen verdienen. Maar uiteindelijk gaat het ons om de mensen die we willen helpen.'

Darren zweeg even. Hij liet Iris' betoog op zich inwerken. Toen zei hij: 'Je kunt het overtuigend brengen, op een manier die me aanspreekt. Een technologische doorbraak, een financiële belofte en een menselijke missie. Het klinkt als een ijzersterk verhaal, dat meen ik echt. Ik kan me voorstellen dat ik daar genoeg investeerders voor kan vinden.'

'Ik hoop het maar. Ons onderzoek is vreselijk kostbaar.'

Ze liepen verder door het gebouw. Darren zag een zware deur die met een slot, voorzien van een nummercode, beveiligd was. Hij vermoedde dat zich nog een vleugel achter die deur bevond, maar zekerheid kreeg hij niet. Alsof Iris zijn nieuwsgierigheid aanvoelde, zei ze dat sommige delen van het gebouw voor de medewerkers afgesloten waren. Daarna leidde ze hem verder.

Een halfuurtje later waren ze terug bij de kamer van Iris. Terwijl Darren om zich heen keek, viel hem op dat aan de muur diploma's van internationale bijeenkomsten, oorkondes en getuigschriften hingen.

'Mijn *hall of fame*', grapte Iris. 'De meeste van die dingen stellen niets voor, ik heb ze opgehangen om indruk te maken op gasten. Maar op deze twee ben ik erg trots.'

Ze pakte twee lijstjes van de muur waarin officiële verklaringen van het Amerikaanse patentbureau zaten.

'Dit zijn octrooien op onze methode om stamcellen te kweken. Het is ons belangrijkste kapitaal.'

Ze gingen weer zitten. Iris schonk opnieuw koffie in. Darren keek ondertussen naar buiten en zag een grasveld met vroeg bloeiende narcissen.

'En, wat vind je van GenIris?' vroeg Iris. Haar stem klonk voor het eerst gespannen.

'Ik moet natuurlijk de financiële gegevens bestuderen, maar wat je hebt verteld, spreekt me aan. Zolang ik me niet met die cellen van jou hoef te bemoeien, denk ik dat ik een nuttige bijdrage aan de toekomst van GenIris kan leveren.'

'Laat die cellen maar aan mij over! Ik wil me zo ver mogelijk van de financiële zaken houden, want daar begrijp ik toch niets van. Als ik jou trouwens iets mag vragen, hoeveel ervaring heb je met nieuwe bedrijven?'

Nu begon Darren hartelijk te lachen.

'Heeft Jeen Westerhoff jou dát niet verteld? Ik heb in Amerika gewerkt als financiële consultant om startende bedrijven naar de beurs te begeleiden. Zonder mezelf op de borst te slaan: ik heb meer ervaring dan me lief is, zowel met spectaculaire successen als met pijnlijke mislukkingen. Bij het laatste bedrijf waar ik werkte, is het compleet misgegaan. Daar heb ik het meeste van geleerd, omdat ik er persoonlijk veel geld bij ingeschoten ben.'

En mijn huwelijk, dacht hij.

'Geloof je dat je een beursgang van GenIris voor elkaar kunt krijgen? Westerhoff oefent enorme druk op me uit. Ik heb tegen hem gezegd dat ik alles best vind, zolang ik mijn onderzoek kan blijven doen.'

'Dat lijkt me een werkbaar uitgangspunt.'

'Dus?'

'Dit weekeinde heb ik een afspraak met Westerhoff om de financiële verslagen door te nemen. Die zal ik bestuderen en dan zal ik je volgende week laten horen wat ik ervan vind. Er komt veel bij kijken. Niet alleen bedrijfsmatig. Ik wil er niet direct over beginnen, maar het moet voor mij ook de moeite waard zijn. Er moet een beloningspakket voor mij samengesteld worden. Het moet financieel aantrekkelijk zijn, daar doe ik niet geheimzinnig over. Ik heb niet die wetenschappelijke drijfveer zoals jij.'

'Ja, uiteraard, dat begrijp ik. Daar moeten we het ook over hebben.'

Het gesprek veranderde van toon. De stem van zowel Darren als Iris klonk afgemeten.

'Trouwens, ik begreep van Jeen dat er nog een andere directeur was.'

Iris' gezicht verstrakte.

'Wat heeft hij je verteld?' vroeg ze.

'Niets bijzonders, alleen dat een andere directeur plotseling is vertrokken.'

'Dat klopt, ja. Herbert Sandbergen is vorige maand opgestapt.'

'Kun je daar iets over vertellen?'

Een moment zocht Iris naar de juiste woorden. Toen zei ze terughoudend: 'Ik wil het je graag allemaal uitleggen, maar in dit stadium voert het te ver. Er is niets geheimzinnigs aan, het ging in ieder geval niet over de bedrijfsvoering. Het was een verschil van mening over ons onderzoek, een wetenschappelijk meningsverschil. Hoe dan ook, Sandbergen is inderdaad vertrokken.'

Ze glimlachte flauwtjes. 'Maar ter zake. Ik heb een pak materiaal over GenIris voor je verzameld, dat je kunt meenemen.'

Iris legde haar hand op Darrens arm. Daarna zei ze: 'Ik ben blij dat je gekomen bent, Darren, en ik heb er het volste vertrouwen in dat we samen iets kunnen bereiken.'

'De kennismaking was ruimschoots de moeite waard. Ik heb hier in een ochtend meer opgestoken dan vroeger in alle biologielessen bij elkaar.'

'O, en dit is nog maar het begin!'

'Daar houd ik je aan. Als ik me eenmaal ergens op stort, wil ik alles, maar dan ook alles weten!'

'We hebben hier geen geheimen.'

De gespannen sfeer van zo-even ebde weer weg. Beiden stonden op. Iris begeleidde Darren naar de uitgang en overhandigde hem een stevige envelop.

'Ik hoop dat je hier alles in kunt vinden.'

'Dankjewel, dan heb ik het weekeinde wat te doen. We spreken elkaar volgende week', zei Darren.

'Graag. Je weet inmiddels hoe belangrijk het voor ons is', antwoordde Iris. 'De weg terug is trouwens makkelijk te vinden.'

Even later stuurde Darren zijn huurauto van de parkeerplaats. Hij had een goed gevoel en zocht met één hand naar een toepasselijke cd. Net toen hij het terrein wilde afrijden, moest hij afremmen voor een man in een witte jas die iets voor zich uit over de weg duwde. Hij zag dat een demente bejaarde vrouw, naar één kant weggezakt, in een rolstoel zat.

Hij had zijn besluit genomen.

# 2 Darren Gittinger

Op de terugweg naar Amsterdam probeerde Darren zijn gedachten te ordenen. Het verkeer was rustiger dan in de ochtendspits, zodat hij met een hand losjes aan het stuur kon rijden. Hij had zijn stropdas op de achterbank gegooid, dat attribuut van mannelijke eigendunk had hij vanochtend niet nodig gehad. Uit de speakers klonk de nieuwste cd van Bruce Springsteen, die hij op het vliegveld in de Verenigde Staten had gekocht. Hij was dol op zijn muziek. 'The Rising', de titelsong, sloeg rechtstreeks op hemzelf. Hij ging een nieuw leven beginnen. Hij ging er weer bovenop komen. De wederopstanding van Darren Gittinger, zong het in zijn hoofd, terwijl hij met zijn vingers op het stuur het ritme meetikte.

Zijn vertrek uit Boston was totaal onverwacht geweest. Mijn god, wat had hij een hectische weken beleefd. Darren was gewend aan het snelle bestaan van een financiële consultant, maar de periode die achter hem lag, sloeg werkelijk alles. Van de ene dag op de andere had zijn leven een radicale wending genomen. Hij had zijn schepen achter zich verbrand en nu stond hij op het punt een nieuw begin te maken. Bij een bedrijf dat zich bezighield met dingen waarvan hij geen greintje verstand had, met als zakenpartner een vrouw die hij zojuist had leren kennen. Iris Stork. Ze had indruk op hem gemaakt door de afwezigheid van iedere neiging om zich interessant voor te doen. Ze kwam natuurlijk over, nuchter en direct. Het was hem opgevallen dat ze geen make-up gebruikte. Ze was een zuivere wetenschapster en leek openhartig, al besefte Darren maar al te goed dat ze lang niet alles verteld had over haar bedrijf. GenIris. Grappige naam. Hij liet de lettergrepen even door zijn mond rollen. *Dzjen Ie Riz.* Er was ongetwijfeld het nodige aan de hand, anders had Westerhoff niet zo'n druk op hem uitgeoefend om het financiële management te versterken. Hij moest meer weten over het vertrek van die directeur; in het weekeinde moest hij de stukken grondig bestuderen. En hij wilde zich verdiepen in de werking van die toverballen.

Stamcellen. Een moment schoot door zijn hoofd dat zijn leven zesendertig jaar geleden ook met zo'n vormloos klompje cellen was begonnen. Bizar eigenlijk, dat hij zo weinig wist van de processen waarmee het menselijk lichaam was opgebouwd. Darren troostte zich met de gedachte dat geen van zijn vrienden het geringste benul had van wat er na het neuken allemaal gebeurde, althans biologisch gesproken, waardoor er een baby in elkaar werd geknutseld die negen maanden later, met alles erop en eraan, ter wereld kwam.

Kennisachterstand kon hij inhalen, dat was niet zijn acuutste probleem. Hij had geld nodig, zoveel was zeker. Veel geld vanwege de scheiding, als het even kon. Biotechnologie, *life sciences*, wist Darren, was een veelbelovende markt. Van biotechbedrijven was bekend dat het jaren kon duren voordat ze een doorbraak maakten, maar áls ze daarin slaagden, dan was het bingo in het kwadraat. Darren grinnikte bij het vooruitzicht. Hij was een financiële man, altijd uit op winst. Dat was zijn drijfveer in het leven. Hij hield van nieuwe uitdagingen. Het vooruitzicht van GenIris lokte hem.

Drie weken geleden, in de nacht van het feest van de Amerikaanse business school waar Darren had gestudeerd, was alles in beweging gekomen. De studenten van de *Class of '95* onderhielden na hun afstuderen een hechte band met elkaar en Darren ging trouw naar de jaarlijkse reünie, waar de oud-studiegenoten wederwaardigheden over de voortgang van hun carrières en gezinsleven uitwisselden.

Deze keer was hij met grote tegenzin gegaan. Kort tevoren had zijn privé-leven een dramatische wending genomen. Zijn vrouw had hem te verstaan gegeven dat ze van hem wilde scheiden. Ze vond dat hij haar verwaarloosde omdat hij door zijn nomadische zakenbestaan zelden thuis was. Ze had al met haar advocaat overlegd over de hoogte van de alimentatie, ze had een regeling voor de kinderen uitgewerkt en ze sommeerde hem het huis te verlaten. Ze had trouwens ook een minnaar, maar dat vertelde ze er niet bij. Zijn vrouw kon niet weten dat het bedrijf waar hij als financieel manager zijn weken van tachtig uur maakte, hem in diezelfde week met onmiddellijke ingang aan de kant zou zetten omdat de markt plotseling tegenzat.

Tegenslag was geen onderwerp van gesprek onder de oud-studenten van de business school, ze waren doorkneed in het uitdragen van succes. Darren had er geen behoefte aan om zijn vrienden te vertellen dat hij zijn vrouw, zijn kinderen, zijn baan en zijn geld was kwijtgeraakt, terwijl zij zouden snoeven over hun geslaagde huwelijken, kinderen met Nobelprijspotentie, spectaculaire zakelijke deals en financiële zevenklappers. Maar hij had ook geen zin om het weekeinde met zijn oude vrienden mis te lopen en daarom besloot hij toch naar de reünie te gaan. Hij zou er het beste van maken.

Het feest werd gehouden in een ouderwets zomerhuis met uitzicht op de Atlantische Oceaan aan de kust van Florida. De villa was het eigendom van een studiegenoot met wie Darren twee jaar lang een kamer had gedeeld. Hij was de oudste zoon van een vooraanstaande familie uit Brazilië met een traditie van grootgrondbezit, maar Fernando Cardoso de Mello Franco Junior had zich daarvan losgemaakt. Fernando was naar de Verenigde Staten gekomen, getrouwd met een briljante medestudente en hij maakte furore als directeur van een biotechbedrijf in de buurt van Boston.

Het feest was beter dan alle voorafgaande jaren. Fernando had voor een swingende Braziliaanse band gezorgd die op de brede houten veranda de sterren van de hemel speelde. Uit Brazilië had hij ook een team gehaald van zwarte vrouwen in wijde witte jurken afgezet met kant en behangen met kleurige kettingen. Ze serveerden hapjes met garnalen, krabcakes, visballetjes en kreeftenscharen, en tropische vruchtensappen met namen waarvan Darren nog nooit gehoord had. Ze schonken overvloedig *cachaça*, een soort brandewijn gestookt van suikerriet, met limoen en suiker op ijs, dat na het eerste koele glas naar meer smaakte. Darren vergat voor een avond de somberheid over zijn gestrande huwelijk en mislukte baan.

Natuurlijk was het onmogelijk te zwijgen over zijn persoonlijke tegenslagen. Hij was omringd door vrienden voor het leven, studiegenoten met wie hij twee jaar intensief had opgetrokken en die voor elkaar geen geheimen hadden. Dus toen Fernando joviaal zijn arm om zijn schouders sloeg en informeerde waarom hij zijn lieftallige vrouw niet had meegenomen, luchtte het Darren op om te vertellen welke persoonlijke rampspoed hem was overkomen.

Toen de band pauzeerde om de dansende menigte even te laten bijkomen van de uitputtende tropische muziek, liepen ze samen naar de veranda. Ze keken naar de oceaan waar in de verte lichten van vissersboten te zien waren. Darren was een beetje melancholisch van de *cachaça*. Hij vertelde over zijn vastgelopen huwelijk en over de tegenslag in zijn carrière bij een geflopt internetbedrijf. Fernando luisterde aandachtig.

'Nog een geluk dat je hier vanavond bent', probeerde de Braziliaan zijn vriend op te beuren. 'Je weet, Darren, dat we allemaal bereid zijn je te helpen. Dat is de verbondenheid van de business school. Als ik hier het nieuws verspreid dat jij zonder werk zit, heb je vannacht nog een nieuwe baan.'

Darren liet zich niet meeslepen door het optimisme van Fernando.

'Ik wou dat het zo makkelijk was. En mijn echtscheiding?'

'Ook geen probleem. Ik regel een nieuwe vrouw voor je', lachte Fernando. 'Kom op, probeer je te vermaken. Zoals we in Brazilië zeggen: "Morgen is een nieuwe dag".'

Ze liepen terug naar binnen. Darren pakte een gekoeld glas *cachaça*, Fernando verdween tussen de luidruchtig feestende gasten.

Nog geen vijf minuten later kwam Jeen Westerhoff op hem af. Jeen was Darrens squashmaat geweest op de business school. Na zijn afstuderen was hij teruggegaan naar Nederland en afgezien van de jaarlijkse reünies had Darren geen contact met hem gehad.

'Wat een ellende, Darren. Ik hoor van Fernando dat je uit je baan bent gegooid.'

'Kun je wel zeggen, Jeen. Goed om je weer te zien, trouwens.'

'Misschien heb ik wat voor je.'

'Ik sta overal voor open.'

Westerhoff vertelde dat hij het Darwin Evolution Fund voor risicokapitaal in Amsterdam leidde. Het investeerde in biotechbedrijven.

'Jij hebt toch ervaring met jonge bedrijven die naar de beurs gaan?' vroeg hij.

Darren knikte. 'Ja, en hoe. Met het laatste is het faliekant misgegaan. Geen beursgang en ik stond zonder een cent op straat.'

'Wat een pech. Maar luister. We hebben geïnvesteerd in een leuk Nederlands bedrijf. GenIris. Het wordt geleid door een vrouw, een van de beste wetenschapsters op haar vakgebied. Vraag me niet wat ze precies doet, dat begrijp je toch niet, maar het is veelbelovend. Neem dat maar van mij aan.'

'Je kunt me alles wijsmaken, ik weet niets van biotech', hield Darren af.

'Dondert niet. Daar is zíj goed in. Hoe dan ook, er zijn wat problemen bij GenIris, er is een directeur opgestapt. Niets bijzonders, je kent het wel. Groeistuipen van een *start-up*. Die vrouw heeft geen greintje verstand van management, ze is gebiologeerd door haar onderzoek, ze zit tot over haar oren in het genetische materiaal, hahaha. Wij vinden dat ze naar de beurs moet. En wel zo snel mogelijk, want ze hebben nieuw kapitaal nodig en wij willen na vier jaar wel eens wat verdienen op onze investering. Eigenlijk zitten we er al te lang in. Voel je ervoor? Het is een avontuur, maar zie het als een uitdaging.'

'Wat is je voorstel?'

'Heel eenvoudig. Ik heb tegen GenIris gezegd dat ze als de donder een nieuwe financiële manager moeten aantrekken. Wat vind je ervan als ik ze aanbeveel dat jíj dat moet worden? Jij hebt ervaring…'

'Maar dan moet ik naar Europa…'

'Uiteraard.'

'Ik weet niet of dat me aantrekt.'

'Je hebt een goede reputatie als financieel directeur, Darren. Ik zou je dolgraag bij GenIris zien. Als interim-manager voor een halfjaar of zo. Het bedrijf heeft potentie en, ik geef het eerlijk toe, wij zouden bij Darwin graag zien dat iemand van jouw kaliber de beursgang van GenIris begeleidt. Er zit natuurlijk een aantrekkelijke beloning aan vast, dat is duidelijk.'

'Dank voor je aanbod, Jeen, maar ik moet er echt grondig over nadenken. Ik woon al zo lang in de Verenigde Staten!'

'Dat snap ik. Het is een grote stap. Maar als je in de problemen zit... Laten we het zo afspreken: het aanbod is er. Als je erop ingaat, spreken we volgende week af in Amsterdam. Dan regel ik een afspraak met Iris Stork voor je.'

'Geef me de tijd om mijn sokken in te pakken! Je begrijpt wat ik bedoel, ik heb even genoeg van het leven uit koffers. Maar ik waardeer dat je aan me gedacht hebt. Dat is een oppepper die ik goed kan gebruiken. Ik heb een klotetijd achter de rug.'

Ze gaven elkaar een hand. Jeen loste op in het feestgedruis. Darren liep nadenkend in de richting van de muziek op de veranda. De gasten leefden zich uit op het swingende Braziliaanse ritme.

'Wil je mijn zuster ontmoeten?'

Verrast draaide Darren zich om. Achter hem stond Fernando.

'Ik dacht dat alleen Mexicaanse ronselaars in Tijuana dat fluisterden om klanten naar de hoeren te lokken', zei Darren schertsend.

'Ja, dat is me bekend. Maar, nee, ik meen het. Mijn zus logeert hier toevallig deze week, ze is voor haar vakantie overgekomen. Hoewel ik jouw zinderende reputatie als vrouwenjager ken, zou ik je nooit aan haar voorstellen als ik je niet door en door zou vertrouwen.' Fernando schaterde van het lachen. Hij sloeg Darren op zijn schouders. 'Allemaal onzin, dat begrijp je. Mijn zusje weet zichzelf trouwens uitstekend te redden. Ze woont tussen de jaguars en de krokodillen in het oerwoud. Jou kan ze ook nog wel aan.'

Schuin achter Fernando ontwaarde Darren een ranke vrouw. Ze had een lichtgekleurde huid, donker haar en er speelde een sensuele glimlach om haar mond. Geamuseerd stak ze haar hand naar hem uit. Ze heette Gabriela.

Die nacht beleefde hij de liefde van zijn leven.

Een snerpend getoeter haalde Darren abrupt uit zijn mijmering. Hij gaf een ruk aan het stuur en maakte een verontschuldigend gebaar naar de bestuurder van de auto op de linker rijstrook die hij gevaarlijk dicht genaderd was. De man maakte een obsceen teken terug. Darren was verrast door de agressiviteit, dat was hij na zoveel jaar afwezigheid in Nederland niet gewend.

Even later nam hij de afslag richting Amsterdam Centrum. Hij had moeite zich te oriënteren, er waren veel straten opgebroken en hij moest aanzienlijk omrijden. Maar na enig zoeken vond hij de buurt waar hij een tijdelijk onderkomen had gevonden. Daarna kostte het nog de nodige inspanning om een parkeerplek te vinden. Hij verbaasde zich over het exorbitante parkeertarief en besloot de huurauto dezelfde middag terug te brengen. Hij was toch niet van plan op stap te gaan, hij wilde de komende dagen gebruiken om de stukken van GenIris te bestuderen.

Het appartement dat Westerhoff voor Darren had geregeld, bevond zich op de bovenste verdieping van een gerenoveerd zeventiende-eeuws pakhuis aan de Brouwersgracht, vlak bij de hoek van de Prinsengracht. De eigenaar was iemand met een uitzonderlijke hobby, want de kamer stond vol met houtgesneden beelden waarvan Darren vermoedde dat ze uit de binnenlanden van Afrika kwamen. Het was een soort primitieve erotica: vrouwen met puntige borsten en brede heupen, mannen met geprononceerde geslachtsdelen. Voor exotische kunst uit ontwikkelingslanden had hij zich nooit geïnteresseerd. Dat was voer voor missionarissen of antropologen, vond hij. Al moest hij toegeven dat deze beelden een bijzondere uitstraling bezaten, alsof ze bezield waren van magische krachten.

Voor het overige was het appartement comfortabel ingericht en voldeed het ruimschoots om tijdelijk als pied-à-terre te dienen. Bovendien, wist hij, behoorde deze plek aan de rand van de Jordaan tot de aardigste stukken van Amsterdam. Zodra hij tijd had, zou hij de cafés in de buurt gaan verkennen.

Hij zette zijn tas op tafel, liep naar de kitchenette om het Italiaanse espressoapparaat aan te zetten en luisterde ondertussen het antwoordapparaat af. Er stond een boodschap op van Westerhoff.

Nadat hij zich met een cappuccino had geïnstalleerd aan de tafel bij het raam, klapte hij zijn laptop open en verbond deze met de telefoon. Hij belde in, activeerde internet, klikte naar een zoekprogramma en tikte *stem cells* in. Er verschenen pagina's met verwijzingen. Op goed geluk haalde hij er een paar op uit de elektronische ruimte.

Darren probeerde zich te concentreren op de informatie, maar zijn hoofd stond er niet naar. Voortdurend dwaalden zijn gedachten af naar Gabriela en de goddelijke week die hij met haar in Florida had doorgebracht.

Gabriela. Ze had het temperament van kaneel en kruidnagelen. De nacht dat Fernando haar aan hem had voorgesteld, hadden ze dansend doorgebracht. Daarna waren ze naar een naburig motel gegaan en zonder enige schroom hadden ze urenlang met elkaar gevreeën, met een vanzelfsprekendheid alsof ze hun hele leven naar deze nacht van intimiteit hadden toegeleefd.

De rest van de week verdeelden ze hun tijd tussen vrijen en praten, praten en vrijen. In de schaarse momenten dat ze wat anders deden, belde Darren met Jeen om te zeggen dat hij inging op het aanbod om met GenIris kennis te maken en verschoof Gabriela haar terugvlucht naar Brazilië.

In bed, in bars en tijdens wandelingen langs het strand vertelden ze elkaar over hun achtergrond. Darren wist dat Fernando – en dus ook Gabriela – uit een welgesteld gezin kwam. En hoewel Gabriela volgens Braziliaanse traditie haar familiebanden koesterde en ze Fernando vertederd haar lievelingsbroertje noemde, had ze welbewust gebroken met het even zorgeloze als lege societybestaan waarin ze was opgegroeid. Uit rebellie tegen haar beschermde opvoeding was ze na haar artsenstudie alleen het binnenland in getrokken om te gaan werken in een gehucht aan de Río Purus, een zijrivier van de Amazone, diep in het oerwoud. De bevolking was van gemengd-indiaanse afkomst. Ze verbouwden bananen en maniok, ze leefden van rubber tappen en visvangst, de kinderen spetterden naakt in de rivier. Gabriela sliep in een gevlochten hangmat onder een dak van palmbladeren, ze kookte op een houtvuur en ze probeerde met haar medische basisuitrusting de mensen in het dorp zo goed mogelijk te helpen. Ze had een computer en een satelliettelefoon waarmee ze contact onderhield voor noodgevallen met een gezondheidscentrum in de dichtstbijzijnde stad, 350 kilometer stroomafwaarts. Voor de stroomvoorziening was ze afhankelijk van een generator die draaide op diesel waarvan de levering met een tankboot nooit met zekerheid te voorspellen was. Soms kwam er een pater langs die de baby's doopte en de doden zegende. Verder was er geen enkele afleiding behalve het krijsen van de papegaaien. Eén keer in de week legde een gammele houten boot aan, die onmisbare producten voor het dagelijkse leven en vergeeld nieuws uit de bewoonde wereld bracht.

'Mijn god', had Darren gezegd toen ze haar verhaal had gedaan. Gabriela's leven was zo volslagen anders dan het zijne, het stond zo veel dichter bij het primitieve bestaan, dat hij zich beschroomd voelde om over de luxecrisis in zijn leven te vertellen. Maar ze luisterde aandachtig naar zijn verhaal en gaf er blijk van zijn problemen even serieus te nemen als die van de vrouwen in haar dorp die bij haar kwamen met hun kinderen met darminfecties.

Ter afwisseling van hun levensverhalen bedreven ze de liefde. Ze hielden van elkaar met een intensiteit waarover ze zich alle twee verbaasden, en die hun een gevoel van volmaakt geluk gaf. Ze vulden elkaar aan, ze koesterden genegenheid en bewondering voor elkaar. Beiden waren individualisten, ze herkenden in elkaar een gevoel van strijd om voor zichzelf op te komen en zich niets van de buitenwereld aan te trekken. Gabriela viel ook voor Darrens charme. Ze was geamuseerd door zijn zakelijke kijk op de wereld – misschien wel omdat die zo ver af stond van het armoedige bestaan van haar analfabete indiaanse dorpsbewoners. Voor Darren belichaamde Gabriela een andere manier van leven. Ze was in alle opzichten zijn antipode, idealistisch tegenover zijn materialisme, invoelend tegenover zijn rationele denken. Ze vertegenwoordigde het leven in de natuur tegenover zijn grootstedelijke beschaving – of wat daarvoor doorging.

Na een week hadden ze op het vliegveld van Miami innig afscheid van elkaar genomen: Gabriela richting binnenlanden van Brazilië, Darren naar Boston en vandaar door naar Amsterdam. Ze bezwoeren elkaar gauw weer te zullen ontmoeten.

Darren klikte de internetverbinding weg op zijn computer en startte het Outlook-programma. Hij moest Westerhoff terugbellen, maar dat kon wachten. Voor een kritische blik op de jaarcijfers van GenIris had hij nog een heel weekeinde de tijd. Dadelijk ging hij de huurauto wegbrengen, voordat de parkeermeter was verlopen. Maar eerst stuurde hij een lange e-mail naar zijn geliefde aan de tropische oevers van de Purus.

# 3 Iris Stork

Nadat ze afscheid had genomen van haar bezoeker, liep Iris Stork opgewekt terug naar haar kamer. Ze had een positief gevoel over de kennismaking met Gittinger. Haar verwachting dat Westerhoff een gladde bankier in krijtstreeppak met zo'n schreeuwerige pochet op haar zou afsturen, was niet bewaarheid. Ze had haar uiterste best gedaan om hem duidelijk te maken dat ze niets zag in samenwerking met zo'n eikel van de beurs, maar ze had zich geen illusies gemaakt. In haar hart wist ze dat Westerhoff gelijk had met zijn eis om het financiële management van GenIris te versterken en als president-commissaris was hij de baas.

Iris onderhield een haat-liefdeverhouding met Westerhoff. Hij was een onvervalste vc – een *venture capitalist* – en dat slag keek anders tegen de wereld aan dan zij als academisch onderzoekster. Aan de ene kant besefte ze maar al te goed dat ze een investeerder nodig had die bereid was risico's te nemen. Zonder zijn financiële deelname was GenIris nooit van de grond gekomen. In de persoonlijke omgang was Westerhoff een aardige vent. Hij was charmant en, hoewel ze daar geen waarde aan hechtte, zeker ook aantrekkelijk. Na een vergadering waren ze eens samen uit eten geweest en ze had het gevoel gehad dat hij haar wilde versieren. Ze wist niet goed hoe ze daarop moest reageren, het leek haar in ieder geval geen wenselijke vorm van *investor relations*. Ze wist hoe dan ook niet goed raad met aandacht van mannen.

Maar als het om Westerhoffs zakelijke gedrevenheid ging, haakte ze onmiddellijk af. Jaarverslagen, winst-en-verliesrekeningen – Westerhoff kon erover praten met een gedrevenheid alsof zijn bestaan ervan afhing. Ze was blij dat er mensen bestonden zoals Westerhoff, die geld in haar bedrijf wilden steken, maar ze leefden in een andere wereld. Zij was gefascineerd door DNA, cellen en genen.

Ten aanzien van bankiers behield Iris haar scepsis, maar als ze op haar intuïtie afging moest ze toegeven dat Westerhoff haar met

Darren Gittinger niet had teleurgesteld. Hij toonde zich geïnteresseerd in haar werk. Zijn gebrek aan kennis van de celbiologie was een voordeel. Dan kon zij haar gang gaan met haar onderzoek zonder met hem in conflict te raken, terwijl hij de financiën regelde.

Dat was het probleem geweest met Herbert Sandbergen. Sandbergen was de hoogleraar humane genetica van het Academisch Ziekenhuis met wie ze GenIris vier jaar eerder had opgericht. Eigenlijk was het anders gegaan: Sandbergen begeleidde haar promotie en toen ze daarmee klaar was, had hij voorgesteld om op grond van haar experimentele onderzoek samen een bedrijf te starten. Ze was er gretig op ingegaan: Sandbergen genoot internationale faam op zijn vakgebied. Met zijn reputatie en haar inzet zouden ze iets bijzonders kunnen bereiken. Een bedrijf dat een doorbraak zou kunnen betekenen op het gebied van medische toepassing van stamcellen.

Over de naam, GenIris®, waren ze het snel eens geworden. De Engelse uitspraak leek op een woordspeling van *genetic engineering* en dat was precies wat ze zich ten doel stelden: genetische sturing van cellen voor het repareren van versleten onderdelen van het menselijk lichaam. GenIris verwees ook naar haar naam, want het bedrijf was gebaseerd op de stamceltechniek die zij had ontwikkeld. Daarom kreeg Iris een aandeel van 51 procent bij de oprichting. Het kapitaal dat ze inbracht, bestond uit een extra hypotheek op haar huis die de bank na veel aarzeling verstrekte. Sandbergen verschafte de resterende 49 procent van het kapitaal uit eigen zak. Met zijn netwerk van Brusselse contacten regelde hij vervolgens een biotechsubsidie van de Europese Unie en een locatie in een leegstaande voormalige psychiatrische inrichting in een lommerrijke omgeving. Met vier medewerkers gingen ze in drie kamers van start.

Sindsdien was het bedrijf alleen maar gegroeid. Er werkten nu achtendertig mensen, ze hadden het grootste deel van het gebouwencomplex in gebruik, er waren nieuwe investeerders bij gekomen, het Darwin Evolution Fund had risicodragend vermogen beschikbaar gesteld, een Zwitserse farmaceutische industrie toonde belangstelling voor een overname. En nu moesten ze van Westerhoff naar de beurs. Iris huiverde bij de gedachte. Ze was blij dat de nieuwe financiële directeur dat allemaal voor zijn rekening zou nemen.

De samenwerking met Sandbergen was op een totale mislukking uitgelopen. Als ze eraan terugdacht, kon Iris zich er nóg over opwinden. Aanvankelijk had ze zich gevleid gevoeld dat de beroemde professor Sandbergen samen met haar, een onbekende promotiestudente, een bedrijf wilde beginnen. Later had ze de grootst mogelijke weerstand bij zichzelf moeten overwinnen om onder ogen te zien dat ze niet langer konden samenwerken. De spanningen waren begonnen bij de overstap van de laboratoriumexperimenten naar de eerste fase van de klinische proeven die ze moesten nemen. Het probleem was dat de techniek waarmee GenIris werkte, door háár was ontwikkeld. Zij had de octrooien op haar naam staan. Sandbergen, een generatie ouder dan Iris, had nooit kunnen verkroppen dat zijn briljante studente hem in wetenschappelijk opzicht overvleugeld had. Hij had geprobeerd zich haar methode toe te eigenen en buiten haar medeweten te experimenteren met andere toepassingen. Toen Iris hiervan vermoedens begon te krijgen, verslechterde de onderlinge verhouding snel. Naarmate het commerciële succes dichterbij kwam, nam de verwijdering tussen haar en haar leermeester toe. De sfeer werd grimmig. Argwaan, achterdocht en wetenschappelijke jaloezie dreigden GenIris na vier jaar fataal te worden.

Sandbergen was een geldwolf, altijd uit op commercieel gewin. Iris had eens ontdekt dat hij achter haar rug probeerde kennis van GenIris, háár technologie, te verkopen aan een of ander Zwitsers bedrijf. Ze vermoedde dat hij ook handelde in genetisch materiaal. Alles draaide bij hem om geld; hij moest aan twee of drie ex-echtgenotes grote bedragen aan alimentatie betalen. Geld interesseerde Iris niet. Haar drijfveer bestond uit haar wetenschappelijke ambitie: ze wilde die weerbarstige stamcellen kunnen sturen, zodat ze ten goede zouden komen aan patiëntenbehandelingen. Ze zag beelden van haar vader en hoe deze, in de bloei van zijn leven, van zijn vitaliteit was beroofd door de ziekte van Parkinson. Haar vader was altijd haar held geweest. Hij had haar gemotiveerd om door te zetten, tegenslagen te overwinnen en haar doel te bereiken. Een man die haar had geholpen de weg te vinden in het leven, die haar had aangemoedigd om haar eigen gang te gaan, haar ambities te verwezenlijken en haar talenten tot volle ontplooiing te laten komen.

Behalve om geld draaide het om prestige, om de verhouding tussen de oudere hoogleraar en zijn jonge vrouwelijke studente. Iris wist genoeg van de sociobiologie om te beseffen dat zíj degene was geweest die de pikorde had verstoord.

De sluimerende ruzie was tot uitbarsting gekomen door een banaliteit. Ze waren samen naar een wetenschappelijk congres in Singapore gegaan. Iris had zich verzet, ze had er niet heen gewild, maar ze was gezwicht voor Sandbergens argument dat ze daar interessante contacten konden opdoen. Singapore was immers een belangrijk centrum voor medische biotechnologie aan het worden. Sandbergen, die zich nog altijd professor noemde, zou namens GenIris een presentatie houden. Het onderwerp was het gebruik van IVF-embryo's – zijn academische vakgebied – voor de kweek van stamcellen – de specialiteit van Iris. Tot haar woede zag ze dat hij haar naam bij de presentatie had weggelaten, alsof GenIris zijn persoonlijke geesteskind was.

's Avonds in de bar van het chique Raffles Hotel waar ze op aandringen van Sandbergen en tot ergernis van Iris logeerden, was het tot een breuk gekomen. Beiden hadden iets te veel gedronken en elkaar de gruwelijkste beschuldigingen naar het hoofd geslingerd. Op de terugvlucht naar Nederland zaten ze apart in het vliegtuig: Sandbergen had zijn ticket opgewaardeerd naar business class en Iris zat dertien uur opgevouwen in de toeristenklasse. Pas op Schiphol zag ze hem weer, toen hij met zijn wieltjeskoffer langs de douane liep. Ze hadden geen woord meer met elkaar gewisseld.

In overleg met Westerhoff had ze onmiddellijk een bijzondere vergadering van aandeelhouders bijeengeroepen en het aftreden van Sandbergen geëist. Westerhoff, dat moest ze hem nageven, had haar volledig gesteund. Hij wist natuurlijk dat háár techniek het kapitaal van GenIris vormde, en dat het bedrijf wel kon voortbestaan zonder het gezag van Sandbergen, maar niet zonder haar vakkennis. Toen Sandbergen besefte dat zijn positie onhoudbaar was, hield hij de eer aan zichzelf. Gekwetst stapte hij uit de raad van bestuur en keerde terug naar de universiteit om weer colleges te geven.

Gelukkig was de ruzie binnenskamers gebleven en was de reputatie van GenIris niet beschadigd. Maar het was een onverkwikkelijke affaire geweest waarvan Iris veel had geleerd. Het haantjesgedrag dat kennelijk onvermijdelijk was in het zakenleven, was haar alleen maar méér gaan tegenstaan. Zodra de breuk met Sandbergen achter de rug was, wierp ze zich met hernieuwde overgave op haar onderzoek. Het management, had ze zich voorgenomen, zou ze voortaan aan iemand anders overlaten.

Iris liep nog steeds rond in haar groene laboratoriumjas, flets geworden van het vele wassen. Het was een soort huisjas voor haar, vanaf haar studietijd bracht ze haar leven grotendeels door in laboratoria. Soms vroeg ze zich wel eens af of ze iets gemist had – haar leeftijdgenoten trouwden en kregen kinderen, terwijl zij zich had gestort op petrischaaltjes met embryonale cellen. Alle dagen van de week en maanden van het jaar was ze daarmee bezig. Ze toonde geen belangstelling om de versmelting van een eicel met een zaadcel in haar eigen lichaam te beleven, uitsluitend in reageerbuisjes. Ze had zich wel eens afgevraagd of het een kwestie van erfelijke aanleg was. In freudiaanse verklaringen geloofde ze niet, aan haar jeugd had ze trouwens niets dan goede herinneringen en met haar ouders had ze altijd uitstekend kunnen opschieten.

In haar studententijd had ze een paar keer een vriend gehad – máar haar relaties waren op niets uitgelopen. Die vriendjes begrepen niets van haar fascinatie voor de biologische bronnen van het bestaan en zij taalde niet naar de romantiek van gezellig bij kaarslicht naast elkaar zitten met een glas wijn. Eén keer, ze werkte al als wetenschappelijk medewerkster, was ze zo onvoorzichtig geweest te vrijen in haar vruchtbare periode. Uitgerekend zij, expert in het allerprilste stadium van het leven, raakte ongewild zwanger. Ze had geen zin in ingewikkelde gesprekken met de verwekker, dus besloot ze zonder ethische scrupules tot een abortus. Dan had ze dat ook een keer meegemaakt, had ze zichzelf voorgehouden. Maar bij de ingreep deed zich een complicatie voor en als gevolg daarvan was ze sindsdien onvruchtbaar.

Iris had haar bekomst van minnaars. Voortaan was haar werk haar liefde, en haar liefde haar werk. Ze was uitsluitend nog geïnteresseerd in mannen die haar passie voor onderzoek naar de wonderlijke microkosmos van genen en cellen deelden. En dat waren er niet veel.

Hoe dan ook, ze was onlangs 34 jaar geworden en samenleven met een vaste partner was niet aan de orde. Dat vooruitzicht was voor haar even vreemd als haar specialisme, de injectie van een cel in een ontkernde eicel, was voor bijna al haar vrienden.

Aan een oplichtend groen lampje zag ze dat haar telefoon overging. Ze drukte op een toets en nam het gesprek aan.

'Hallo, Iris, hoe gaat het?'

'Matthias! Wat een verrassing!' Haar stem klonk verheugd.

Ze vertelde enthousiast over haar kennismaking met Darren Gittinger. Daarna vroeg ze naar de reden van Matthias' telefoontje.

'Doctor Telecky en ik willen bij GenIris langskomen. We gaan naar Engeland en op de terugvlucht uit Londen kunnen we een tussenstop in Amsterdam maken voordat we doorvliegen naar München. Ben je er?'

'Natuurlijk. Wanneer komen jullie?'

'Over een week.'

'Oké. Kunnen we samen wat afspreken?'

'Ik zou wel willen, maar met Telecky... Nee, we willen de protocollen voor de nieuwe celkweek doornemen. We denken een verbetering te hebben gevonden met het gebruik van de CEBC's. De resultaten van de testen met de muizen willen we ook aan je laten zien. Die gaan we maandag bij het proefdierenstation in Cambridge bespreken.'

'Prima. Dan zal ik jullie ook de nieuwste resultaten laten zien die we hier met de kweekstoffen hebben bereikt. Je zult er versteld van staan. En je kunt dan ook met onze nieuwe directeur, Darren Gittinger, kennismaken. *Toll* als je komt, Matthias!'

'Tot volgende week. *Tschüs.*'

Iris legde de hoorn terug. Ze sprak Engels met Matthias, maar ze kreeg altijd de neiging om er een paar woorden Duits tegenaan te gooien. Hij sloeg daar geen acht op, misschien merkte hij het niet eens of anders was hij zo vriendelijk er niets van te zeggen.

Matthias Illbruck en doctor Elmer Telecky werkten bij Neuro-Links GmbH in Martinsried, het centrum van de Duitse biotechindustrie even ten zuiden van München. Iris kende Matthias uit de tijd dat ze beiden aan de universiteit waren verbonden. Ze deelden daar hun gedrevenheid voor onderzoek naar stamcellen. Vaak praatten ze tot diep in de nacht over hun onderzoek naar die plakkerige cellen waarvan ze minder begrepen naarmate ze er meer van wisten. Daarna had Iris haar eigen bedrijf opgericht en was Matthias als celbioloog bij NeuroLinks gaan werken. Ze hadden aangestuurd op hechte samenwerking tussen de twee bedrijven. Die was een succes geworden, omdat GenIris en NeuroLinks elkaar op een praktische manier aanvulden. Al had Sandbergen vaak ruzie met Telecky gemaakt. Sinds Sandbergens overhaaste vertrek had Iris alleen maar telefonisch en elektronisch contact met Matthias gehad en ze verheugde zich op zijn komst.

Het liep tegen het einde van de dag. De zon stond nog laag deze tijd van het jaar en scheen waterig naar binnen. Iris draaide de luxaflex dicht en besloot dat ze de kolonies stamcellen wilde controleren voordat het weekeinde zou beginnen. Dat was het probleem met stamcellen, ze moesten gekoesterd worden alsof het kasplantjes waren. Dag en nacht, ook in het weekeinde, moesten ze in de gaten worden gehouden. Stamcellen begonnen zich na een aantal dagen spontaan te ontwikkelen tot gespecialiseerde cellen. Dat moment moesten ze vóór zijn, anders werd de stamcellijn waardeloos.

Iris liep naar het laboratorium. Voor de tweede keer deze dag opende ze een roestvrijstalen broedstoof. Vanbinnen leek het een voorraadkastje met roosters waarop stapels doorzichtige bakjes stonden alsof het de afdeling met smeuïge kipsalades van de supermarkt betrof. Ze pakte een bakje en keek kritisch naar de celmassa die erin dreef. Dit was het goud van GenIris. De geleiachtige cellen lagen op het eerste oog bewegingloos in het bakje. Iris wist wel beter, binnen die minuscule cellen was het een gekrioel van beginnend leven. Telkens als ze ernaar keek, werd ze bevangen door een kosmisch besef. Want hoewel de cellen op een laboratoriumschaaltje lagen, gaven ze haar een intens gevoel van verbondenheid met het leven. Misschien, dacht ze wel eens, was ze een beetje gek. Of gespleten. In ieder geval was ze bezeten van haar stamcellen.

In één oogopslag controleerde ze de gegevens die waren aangetekend op een statusoverzicht dat aan de zijkant van de broedstoof hing. Ze vroeg aan de laborante of er nog bijzonderheden te melden waren.

'Let je op dat het medium van deze cellen tijdig ververst wordt?' vroeg ze de laborante.

'We houden het in de gaten', antwoordde het meisje.

Er was een bijzondere handigheid nodig om met stamcellen te kunnen omgaan. Het was een gave, zoals sommige mensen weten hoe ze planten moeten verzorgen en anderen hoe je lekker kunt koken. Iris kon noch het een, noch het ander, maar met stamcellen was ze een expert. Het was een kwestie van ervaring en bij haar gedroegen die weerbarstige cellen zich als kneedbare klei in de handen van een beeldhouwer.

# 4 Eerste werkdag

'Heb je de kranten vanochtend gezien?'

Iris Stork nam niet de moeite om Darren Gittinger goedemorgen te wensen. Haar stem klonk gealarmeerd.

'Ik heb nog geen tijd gehad om een abonnement op een krant te regelen.' Darren keek haar verwonderd aan. Dit was niet de ontvangst die hij op zijn eerste werkdag bij GenIris verwacht had.

'Gisteravond is er een aanslag gepleegd bij een biotechbedrijf in Engeland. Het staat op alle voorpagina's, met een afschuwelijke foto.'

Ze hield een krant omhoog. De foto toonde een gebouw waar de vlammen uitsloegen en een paar apen die brandend als fakkels naar buiten vluchtten. De doodsangst was van hun gezichten af te lezen.

'Vreselijk', bracht Darren uit. Hij begreep niet wat er aan de hand was.

'Het is een bekend Engels bedrijf dat met proefdieren werkt. Wij hebben daar onlangs ook een aantal proeven laten uitvoeren. Nog een wonder dat er geen doden zijn gevallen. Behalve dan onder de dieren.' Iris hield even stil. Ze was opgewonden en woedend tegelijk. 'De politie vermoedt dat een of andere radicale groep tegen dierproeven achter de aanslag zit. Die zijn erg actief in Engeland. Met als resultaat dat de dieren zijn verbrand of gestikt in de rook. De idioten.'

Ze dacht even aan Matthias Illbruck en doctor Telecky. Die zouden bij het proefdierencentrum in Cambridge op bezoek gaan. Ze had niets van hen gehoord – zouden ze er iets van hebben gemerkt? Onwaarschijnlijk, de aanslag had midden in de nacht plaatsgevonden. Maar ze moest Matthias er beslist naar vragen als hij langskwam.

Darren pakte de krant van het bureau van Iris.

'Gebeurt dit vaker?' vroeg hij, nadat hij het artikel vluchtig gelezen had. 'Ik bedoel, dit soort aanslagen?'

'Dit is de tweede of derde keer in korte tijd. Ik probeer er niet over na te denken, maar eigenlijk moet ik me behoorlijk zorgen maken. Er zijn actiegroepen die het op biotechbedrijven gemunt hebben en ze worden steeds agressiever. Ze begrijpen niet waarmee wij bezig zijn! Straks staan ze hier nog voor de deur.'

Iris probeerde te kalmeren. Ze ging zitten, pakte haar mok met koffie, nam een slok en vervolgde: 'Sorry. Het grijpt me enorm aan. Die actievoerders hebben zo'n verkeerd beeld van biotechbedrijven. Oké, er worden dierproeven gedaan, maar die dienen om te onderzoeken hoe we mensen kunnen genezen! We proberen met genetische technieken patiënten te helpen, dat vertellen die activisten er nooit bij. De kranten plaatsen alleen maar foto's van hun sensationele acties. Of anders laten de tv-journaals die wel zien.'

'Hebben jullie hier ook proefdieren?' Het begon Darren te dagen dat hij onvermoede risico's bij GenIris kon lopen.

Iris aarzelde even met antwoorden. Toen zei ze: 'Ja, we houden nog wat kooien met muizen. Vroeger hadden we er meer, maar we hebben hun aantal teruggebracht. De verzorging vraagt veel aandacht en je hebt er gespecialiseerd personeel voor nodig. De meeste dierproeven doen we niet meer hier. We houden het niet geheim, maar we geven er zo min mogelijk ruchtbaarheid aan. Stel je voor, dan zouden wij ook het doelwit van aanslagen kunnen worden.'

Ze veegde een piek haar uit haar gezicht, nam opnieuw een slok koffie en vervolgde: 'Nou ja, welkom bij GenIris, Darren. Je eerste werkdag is misschien een beetje vreemd begonnen, maar ik ben blij dat je voor ons gekozen hebt. Trek je die aanslagen niet aan. Het grootste gevaar dat je hier bedreigt, is dat er bij een storm een tak van een boom afbreekt en op je kop valt.'

'Als het waait, zal ik een bouwvakkershelm opzetten', zei Darren om de spanning te breken. Hij was verrast door de felheid van Iris – die had hij niet achter haar weloverwogen, klinische manier van praten verwacht. Hij draaide een stoel bij het bureau en ging zitten.

'We hebben veel te doen, vandaag', zei Iris. 'Ik stel voor dat we meteen aan de slag gaan.'

Ze begonnen met een rondgang door het gebouw. Darren maakte

kennis met de personeelsleden; Iris stelde hem voor als de nieuwe *chief financial officer*. Met een van de medewerkers bleven ze langer staan praten: Deborah, het hoofd van het laboratorium. Ze was een forse vrouw met rossig haar, die hem met een stevige handdruk welkom heette. Daarna begon ze met Iris over technische kwesties te praten die hem ontgingen. Darren nam de gelegenheid te baat om de omgeving van het lab te verkennen. Naast de deur zat een knalrode installatie met vier grote douchekoppen en een ketting zoals bij de stortbak van de wc. Er hingen instructies bij met aanwijzingen wat te doen in geval van calamiteiten. Verder waren er waterbakjes om het gezicht en de ogen te kunnen spoelen als die in aanraking waren gekomen met chemische stoffen. Groene kruizen op de wand gaven de plaatsen aan waar zich EHBO-materiaal bevond. Er hing zelfs een uitklapbare brancard aan de muur. Het geheel leek een filmdecor van een schuilkelder.

Deborah merkte Darrens belangstelling op. 'Maak je geen zorgen,' zei ze geruststellend, 'we hebben die installaties alleen nog maar gebruikt bij oefeningen. Maar als je eens lekker wilt douchen – ze wees naar de vierkoppige sproeiers – dan moet je dáár onder gaan staan. Er komt een stortbui aan water uit.'

Darren bedankte lachend voor de uitnodiging en daarna ging hij met Iris verder.

De hele dag waren ze bezig. Darren liet zich als een nieuwe leerling op de eerste schooldag door het gebouw rondleiden. Tegen het einde van de middag waren ze terug bij de kamer van Iris.

'Ik stel voor dat je dáár gaat werken', zei Iris. Ze wees op een werkruimte die eruitzag alsof deze overhaast was leeggehaald. 'Hier zat onze voormalige directeur Sandbergen. Ik zou het prettig vinden als deze kamer niet langer leeg staat. We delen het secretariaat en als ik een zakelijke vraag heb, kan ik makkelijk bij je binnen lopen.'

Iris had het gevoel dat ze een onnozele opmerking maakte. Ze bloosde een beetje. 'Ik bedoel, het is handig als we naast elkaar zitten. We hebben hier geen geheimen voor elkaar. Alle wanden zijn van glas en de deuren staan altijd open, zoals je gezien hebt.'

'Uitstekend. Dan kan ik bij jou binnenvallen om te vragen hoe het met de stamcellen gaat.'

'Daar zal ik je alles van vertellen.'

'Voordat je daaraan begint, moeten we vanmiddag nog één ding bespreken', onderbrak Darren haar. 'De omvang van mijn compensatiepakket.'

'Je wát?'

'Mijn financiële regeling. Ik heb er al met Westerhoff over gesproken.'

'Als hij akkoord gaat, vind ik alles best', zei ze afgemeten.

'Ja, maar je moet er wel van op de hoogte zijn. Dit is tenslotte jóúw bedrijf.'

Ze zetten zich aan het bureau in Iris' kamer. Darren legde uit dat hij gezien de krappe financiële situatie van GenIris afzag van een salaris, maar dat hij ter compensatie een aantrekkelijk optiepakket wilde. Het zou een aansporing voor hem zijn om de beursintroductie zo gunstig mogelijk te laten verlopen. Bovendien zou het hem de mogelijkheid bieden om zich als aandeelhouder in te kopen door zijn opties uit te oefenen. Zo zou hij mede-aandeelhouder worden.

'Kun je het in begrijpelijke taal uitleggen?' onderbrak Iris hem. Ze was allergisch voor dit soort zakelijke beslommeringen.

'Ik zal mijn best doen', antwoordde Darren.

Hij pakte een stuk papier en begon een financiële constructie te schetsen met cirkels en pijlen en dwarsverbanden. Dit was vertrouwd terrein voor hem, hij had de afgelopen jaren als consultant bij startende bedrijven niet anders gedaan. Iris keek hem argwanend aan.

'Kijk, ik heb de stukken die je me had meegegeven, bestudeerd. De eigendomsverhoudingen van GenIris zitten behoorlijk ingewikkeld in elkaar. Ik weet niet precies waarom je dat zo gedaan hebt...'

'...Dat heeft Sandbergen uitgewerkt, toen het Darwin Fund geld in ons stak.'

'...Nou ja, goed. In ieder geval is het onzinnig voor mij om me nu in te kopen. Maar als we straks naar de beurs gaan, komen er nieuwe aandelen op de markt die door beleggers worden gekocht. Zo trek je als bedrijf nieuw kapitaal aan.'

'Tot zo ver begrijp ik het.'

'Mooi. Nu stel ik voor dat ik de mogelijkheid krijg om nieuwe aandelen tegen een vooraf vastgestelde koers te kunnen verwerven. Dat noem je opties en daarmee koop ik me in. Ervan uitgaande dat de uitgiftekoers van de aandelen hoger ligt dan de optieprijs die we afspreken, zit daar voor mij een beloningselement in. Schrik niet, het is een gebruikelijke constructie. Een *management buy-in*. Ik heb er in de Verenigde Staten veel mee gewerkt.'

Darren wachtte even voordat hij verderging. Dit was belangrijk. Iris moest het goed begrijpen.

'Ik mag die aandelen niet meteen verkopen. Er is sprake van een *lock-up*.'

'Een wát? Het is hier geen gevangenis.'

'Een lock-up is de periode na een beursgang waarin je als bestuurslid van een onderneming geen aandelen mag verkopen. Gewoonlijk is dat een halfjaar. Dat geldt trouwens niet alleen voor mij, maar voor alle bestuurders. Ook voor jou.'

'Leg dat een andere keer maar eens uit, als het zover is. Wat een gedoe allemaal.'

'Je zult nog versteld staan van alle regels waaraan je je moet houden bij een beursgang.'

'Dat verbaast me niets. Die bankiers moeten natuurlijk een manier verzinnen om hun exorbitante salarissen te rechtvaardigen. Voordat je me gaat haten als ik je vertel wat ik van jouw collega's vind, wat heeft die *buy-in* voor gevolgen voor mijn aandeel in GenIris?'

'Goede vraag, maar ik kan je geruststellen. Het maakt niets uit. Je houdt evenveel aandelen. Als we naar de beurs gaan, wordt jouw aandeel wél relatief kleiner omdat we nieuwe aandelen uitgeven. Het vermogen van GenIris wordt vergroot door nieuw risicodragend kapitaal aan te trekken. En daar neem ik dus een optie op.'

'Ik geloof dat ik het begrijp. 't Is eigenlijk net als met celdelingen. De kern blijft gelijk, maar je krijgt steeds meer cellen.'

'Zoiets, ja.'

'Weet je, Darren, ik wil me met dit soort beslommeringen niet bemoeien. Die geldkwesties waren één van de redenen dat de samenwerking met Sandbergen knapte. Ik stel voor dat je het met Westerhoff regelt, hij is de voorzitter van de raad van commissarissen. Ik vertrouw Westerhoff voor geen cent als het om mijn stamcellen gaat, maar wel wat betreft opties en aandelen. Daar hebben júllie verstand van.' Iris streek vermoeid met haar hand over haar voorhoofd. 'Dat hoop ik tenminste.'

'Reken maar. Ik heb het er al met hem over gehad en hij gaat akkoord. Deze week zal ik het verder met hem uitwerken.'

'Jullie kennen elkaar toch al langer?'

'We hebben twee jaar op dezelfde Amerikaanse business school gezeten.'

'Aha. Ik ken dat, vrienden voor het leven', smaalde Iris. 'Kom, ik stel voor dat we een borrel drinken op je toetreding tot GenIris.'

Een uur later zaten ze samen in café Het Bronstige Hert, dat vlak bij de toegang tot het terrein van GenIris aan de weg lag.

'Proost. Op jouw komst. Dit is heel belangrijk voor me', zei Iris. In haar hand hield ze een glas jenever. Ze zag er minder gespannen uit dan aan het begin van de dag. De schrik over de krantenfoto van de aanslag op het Engelse proefdierencentrum had plaatsgemaakt voor opgetogenheid over de aanwezigheid van de nieuwe financiële directeur.

'Op GenIris.' Darren hief zijn bierglas.

Iris beantwoordde zijn toast met een twinkeling in haar ogen en nam een slok uit haar kelkje.

'Weet je, Darren, we staan echt op het punt een doorbraak te maken. Het vertrek van Sandbergen dreigde alles op losse schroeven te zetten, maar nu heb ik er weer vertrouwen in. Zodra we geld krijgen, kunnen we verder. Daarom móét je een succes van de beursgang maken.'

'Dat is mijn specialisme, en ik zal je niet teleurstellen. Al weet ik uit ervaring dat het uiteindelijk neer komt op twee vragen: wat heeft een bedrijf te bieden en wat willen de beleggers ervoor geven?'

'Van het laatste heb ik geen idee. Maar wat het eerste betreft: we zijn echt uniek.'

Darren keek zijn nieuwe zakenpartner aan. Ze was zeker van zichzelf, althans wat haar werk betrof, zoveel was duidelijk. Dat zelfvertrouwen gaf haar een onmiskenbare charme, waar Darren gevoelig voor was. Een vrouw met karakter, dacht hij. Opnieuw viel hem de ketting op die ze om haar hals had. Dezelfde die ze op de dag van hun kennismaking had gedragen. Hij zag dat de gouden amulet de vorm van een kikkertje had. Iris merkte zijn belangstelling op. Met haar hand hield ze het kikkertje omhoog en zei: 'Mooi hè? Gekregen van een vriend die het heeft meegenomen uit Zuid-Amerika. Kikkertjes zijn een indiaans vruchtbaarheidssymbool. Voor mij is het een symbool voor het succes van GenIris.'

'Op onze succesvolle en vruchtbare samenwerking. Ik heb er zin in', zei Darren. Hij toastte opnieuw. 'Wat denk je trouwens met het geld van de aandelenuitgifte te gaan doen?'

Iris begon te lachen. 'O, dat is echt zo'n vraag van bankiers. En die willen dan horen dat je de zaak gaat uitbreiden, het gebouw opknappen, nieuwe apparatuur kopen... Maar dat is niet mijn bedoeling. Het belangrijkste is dat we de stap kunnen maken van klinische fase een naar twee. Zeg maar de overgang van een kleine proef met enkele patiënten naar grootschalige proeven met een controlegroep. Dat is cruciaal om goedkeuring te krijgen voor een medisch product. Met een grote groep kunnen we werkelijk de effecten van onze behandeling testen. Ik weet zeker dat we succes zullen hebben. Onze techniek is revolutionair, dat klinkt misschien aanmatigend, maar ik zal het je later deze week allemaal laten zien.'

Iris keek hem schuins aan met een zweem van een superieure glimlach om haar mond. Vervolgens sloeg ze haar glas achterover.

'Zo. Genoeg gepraat over cellen voor vandaag. Je zult er wel gaar van zijn. Vertel eens wat over jezelf. Je had twee kinderen, zei je laatst. Ook een vrouw, neem ik aan?'

Darren schudde ontkennend zijn hoofd. Zonder in details te treden gaf hij een samenvatting van zijn recente leven, eindigend met de echtscheiding en het ontslag uit zijn baan. Hij liet achterwege dat hij op de reünie van zijn business school smoorverliefd geworden was op Gabriela.

'Wat heb je van die laatste ervaring geleerd?' vroeg Iris.

'Ik werkte acht dagen per week, vijfentwintig uur per etmaal, alleen maar om geld te verdienen. Dat heeft me geen geluk gebracht. Nu wil ik het anders doen, me inzetten voor een zaak waar mensen wat aan hebben. Daarom trekt GenIris me aan.'

'Dat klinkt nogal soft voor een bankier. Jullie zijn toch van die harde jongens, *the masters of the universe?*'

'Het imago van bretels, streepjesoverhemden met manchetknopen en achterovergekamd haar, ja, dat hebben bankiers. Maar ik heb me voorgenomen voortaan de uitzondering op de regel te zijn.'

'Je bent anders begonnen met een optiebeloning voor jezelf te bedingen!' zei Iris spottend.

'Ja, maar ik hoef mezelf ook niet belangeloos weg te cijferen. Ik zie af van een salaris! En trouwens, als ik die opties straks uitoefen, kan ik er toch een zinvolle bestemming voor zoeken?'

'Al iets in gedachten?'

'Nee, dat niet.'

'Er zijn nuttige doelen genoeg te bedenken.'

'Zeker. Ik heb nog de tijd. En jij?' vroeg Darren om van onderwerp te veranderen, 'wat zijn de hoogtepunten van jouw bestaan?'

'O, die stellen niet veel voor. Ik heb mijn leven lang achter de microscoop gezeten om cellen te bestuderen', glimlachte Iris. 'Nee, dat is overdreven. Vroeger trok ik graag met een rugzak de bergen in, maar daar is lang niets meer van gekomen. Mijn enige reizen zijn naar wetenschappelijke congressen. Maar verder geen avonturen. En ook,' ze hield even in, 'en ook geen echtgenoot of kinderen. Mijn werk is geleidelijk mijn leven geworden. Of mijn liefde. Ik heb het niet bewust gezocht, maar het is zo gegroeid. Het klinkt een beetje pathetisch, maar de stamcellen van GenIris beschouw ik als mijn baby's. Mijn kloonbaby's.'

Iris lachte verlegen. 'Ik praat eigenlijk nooit over mijn privé-leven op mijn werk.'

Ze bestelden nog een rondje en zodra ze hun glazen hadden leeggedronken, maakte Iris aanstalten om op te stappen. Ze moest nog het een en ander voorbereiden voor bezoek dat de volgende dag langs zou komen.

'Ik wil dat je daarbij bent', zei ze. 'Collega's van het bedrijf in Duitsland waarmee we samenwerken. Je zult ze aardig vinden.'

Iris wilde afrekenen, maar Darren verhinderde dat.

'Ik ben vanaf vandaag de *chief financial officer*', zei hij en hij trok zijn vrijwel lege portemonnee.

De Duitse collega's kwamen de volgende dag tegen halfelf binnen. Iris stelde Darren voor aan Matthias Illbruck en doctor Telecky als de nieuwe financiële wonderdokter. Darren maakte een grapje over zijn gebrek aan ervaring met biotechnologie. Waarop Matthias zei dat hij niet eens in staat was de financiële pagina's van de krant te lezen.

Matthias maakte een sympathieke indruk op Darren. Hij was klein en een beetje gedrongen, had een stevige bos haar en opvallend lichtblauwe ogen achter een bril met een verkeerd montuur. Geregeld bracht hij een vrolijke schaterlach ten gehore. Een midden-dertiger die gepassioneerd praatte over zijn onderzoek bij Neuro-Links, op een manier zodat Darren het kon volgen. Iris, merkte Darren op, was opgetogen om hem te zien.

Doctor Elmer Telecky was een ander verhaal. Hij hield zich op de achtergrond, sprak weinig en keek nors om zich heen. Iris zei tegen Darren dat hij een van de beroemdste moleculaire biologen ter wereld was, een kandidaat voor de Nobelprijs van de biologie als die zou bestaan. Telecky maakte een afwerend gebaar. Hij hield er niet van om in het middelpunt van de belangstelling te staan. Darren vermoedde dat hij een jaar of vijftig was. Hij zag er tamelijk wereld-vreemd uit. Om zijn nek droeg hij een ketting van vruchtenpitten, hij had een T-shirt met de tekst 'Save the Earth' aan en daarover een handgebreid schapenwollen vest. Zijn lange grijze haren waren in een paardenstaart op zijn rug samengebonden. Doctor Telecky mocht dan een kandidaat zijn voor de Nobelprijs, zijn uiterlijk deed Darren denken aan een overjarige gitarist van een beatband uit de hippietijd.

Matthias maakte een opmerking over de aanslag in Engeland. Het was 's nachts gebeurd terwijl zij nog in Cambridge waren. Ze hadden er niets van gemerkt, maar hij vond het vreselijk en had geen goed woord voor de daders over.

'Die lui van het Dierenbevrijdingsfront zijn geen haar beter dan terroristen', zei Matthias misprijzend.

Iris viel hem bij, maar Telecky dacht er anders over.

'De daders zijn geen terroristen', zei hij met zijn scherpe stem. 'Ze hebben een hoger doel dat ze proberen te bereiken en dat moet je respecteren. Terroristen zijn de kapitalisten die wetenschappelijk onderzoek misbruiken om er commercieel gewin mee te behalen.'

'Hier worden we het nooit over eens', zei Matthias schouderophalend. 'Laten we ons bezig houden met ons werk. We hebben nog genoeg te bespreken.'

Twee uur lang voerden ze overleg over de samenwerking tussen GenIris en NeuroLinks. Darren zat er zwijgend bij. Er was een probleem, begreep hij, met het kweekmedium dat in het laboratorium gebruikt werd om de stamcellen te laten groeien. Matthias was optimistisch dat de moeilijkheden snel opgelost zouden worden, maar Telecky bleef sceptisch. Hij vroeg of GenIris de protocollen van de proefnemingen wel nauwgezet naleefde. Iris verzekerde hem dat ze daar persoonlijk op toezag. Telecky trok haar woorden in twijfel. Even dreigde er een woordenwisseling tussen de twee, maar Matthias kwam verzoenend tussenbeide.

'Het kan een kleinigheid zijn, een verandering in de samenstelling van de vloeistoffen of een andere bereidingswijze. Laten we nauwkeurig nalopen of alles precies zo wordt uitgevoerd als we hebben vastgelegd', stelde hij voor.

Telecky bleef volhouden dat hij de zaak niet vertrouwde en de protocollen zelf wilde bekijken. Iris keek even naar Matthias, haalde haar schouders op en zei dat hij vooral zijn gang moest gaan.

Met een stramme beweging stond Telecky op. Zonder een woord te zeggen verliet hij de vergaderruimte en liep richting laboratorium.

'Ik geloof niet dat ik dit van een ander zou accepteren', zei Iris. Ze was een beetje kwaad.

'Een lastige man', beaamde Matthias. 'Maar aan zijn perfectie

46

heeft hij wél zijn wereldfaam te danken. Bij ons is hij ook zo streng. Soms is hij net een tiran.'

'Ik weet zeker dat hij niets zal vinden.'

'In Cambridge, waar we gisteren waren, was hij ook al zo kritisch. Ik geloof dat hij zijn omgeving duidelijk wil maken dat hij niets van zijn alertheid verloren heeft. Altijd overal op letten, nooit gemakzuchtig zijn. Al behoort hij tot de oudere generatie, hij wil aan zijn jongere collega's laten zien dat met hem niet valt te spotten.'

'Op zijn vakgebied is hij geweldig', gaf Iris toe.

'Hij is een brombeer, maar inhoudelijk bewonder ik hem enorm', zei Matthias. 'Hoe staat het trouwens met jullie beursgang?'

Iris knikte met haar hoofd in de richting van Darren. 'Hij is onze financiële expert', antwoordde ze.

'Ik heb er alle vertrouwen in dat het een succes zal worden. GenIris heeft een verhaal dat beursanalisten en beleggers zal aanspreken', zei Darren. Hij waardeerde het dat Matthias hem in het gesprek betrok. 'En Iris is natuurlijk geweldig. Zij wordt mijn geheime wapen als we met investeerders gaan praten.'

Matthias lachte hartelijk. Darren zag dat Iris bloosde.

'Binnenkort gaan we op audiëntie bij onze grootaandeelhouder, het Darwin Evolution Fund', vulde Iris aan. 'Dan gaan we alles afspreken. Ik ben blij dat Darren er is, dan hoef ik me niet meer in al die financiële toestanden te verdiepen.'

Op dat moment kwam Telecky weer binnen. Zijn gezicht was opgeklaard.

'Je had gelijk, Iris', zei hij. 'In het onderzoekslogboek is niets terug te vinden dat de afwijkingen verklaart. Ik denk dat we het probleem toch ergens anders moeten zoeken.'

Iris was opgelucht. Het was geen prettige gedachte dat ze door iemand van wie ze had gezegd dat hij de Nobelprijs verdiende, op een fout in haar onderzoeksgegevens zou zijn gewezen.

# 5 Herbert Sandbergen

'U daar, mevrouw! U verschilt slechts voor 1,3 procent van onze naaste buur in de schepping, de chimpansee. Misschien verrast u dat, misschien had u dit altijd al gedacht en misschien valt het u mee.'

Professor Herbert Sandbergen keek uitdagend over de rand van zijn leesbril de collegezaal in. Voordat hij aan zijn colleges begon, zocht hij altijd een student uit die hij als doelwit voor zijn betoog gebruikte. Niet toevallig waren dat meestal vrouwelijke studenten. Zo ook op deze ochtend bij het inleidende college humane genetica. Op de zevende rij, links van het midden, had hij een blonde studente gespot die hij het komende uur niet meer los zou laten. Ze zat half onderuitgezakt in de bank, ze zag er buitengewoon aantrekkelijk uit en ze liet zich niet uit het veld slaan door zijn indringende blikken.

'U daar,' vervolgde Sandbergen met een stem als een profeet die op het strand de ruisende zee moest overstemmen, 'u heeft in het centrale deel van uw hersenen slechts 175 genen die verschillen van die van uw nichtje de chimpansee. Preciezer gezegd: 351.000 andere letters van uw DNA. Ik kom er later op terug wat dat betekent. En toch vertonen chimpansees een totaal ander seksueel gedrag dan u en ik, tenminste, daar mag ik van uitgaan. Chimpansees zijn promiscue, de mannetjes onderhouden seksuele relaties met veel vrouwtjes. En omdat die chimpansee-macho's seksueel zo actief zijn, hebben ze van de evolutie grotere penissen en grotere testes gekregen dan wij armzalig geschapen menselijke mannen. Jaha! Lacht u er maar om. De vrouwtjes vertonen geen tekenen van jaloezie zoals de soortgenoten van Eva. Zij zijn bereid hun geile mannetje met hun ontvankelijke seksegenoten te delen. En dat alleen maar...', Sandbergen tikte op zijn kalende hoofd, '...en dat alleen maar omdat wij in onze hersenen met vrijwel dezelfde genen aanzienlijk grotere hoeveelheden eiwitten maken. Kennelijk sturen die eiwitten ons gedrag. Dit noemen antropologen de vooruitgang der beschaving.

Maar in de sociobiologie spreken we van de domesticatie van de penis.'

Na een korte pauze vervolgde Sandbergen: 'Met andere woorden, de mannelijke drift wordt ondergeschikt gemaakt aan de eisen van de vrouw. En dit proces van domesticatie, dames en heren, dit proces zal binnen afzienbare tijd revolutionair versnellen. Namelijk als het praktisch mogelijk is om mensen te klonen, dat wil zeggen voort te planten zonder de tussenkomst van een mannelijke partner, dus zonder de geneugten van de geslachtsdaad waaraan wij allen zoveel genot beleven.'

Hij liet een superieur lachje horen. Heerlijk vond hij het, voor een zaal studenten staan en die jongelui een beetje provoceren. In de vier jaar dat hij bij GenIris had gewerkt, had hij de academische omgeving geen moment gemist. Behalve colleges geven, dat was zijn lust en zijn leven. Zodra hij bij GenIris ontslag had genomen, had hij daarom aan de universiteit zijn oude positie weer ingenomen. Zo kon hij les geven en daardoor behield hij zijn titel van professor. Hij was ijdel genoeg om daaraan te hechten.

Sandbergen genoot van de adrenalinestoot die hij kreeg als hij studenten de beginselen van het genetisch determinisme bijbracht. Dan voelde hij ook weer die primitieve opwinding bij het zien van al die jonge studentes. Alsof de evolutie met iedere generatie volmaakter gevormde vrouwen afleverde.

'Nu draaien we het perspectief om', vervolgde Sandbergen, nog steeds met een stem als een bijbelse profeet. 'Waarom hebben mensen een drie à vier keer zo groot hersenvolume als chimpansees? Niet omdat de beheersing van promiscuïteit extra hersencellen vraagt, maar omdat de seksuele wedijver om die ene partner-voor-het-leven te veroveren, ons tot grotere hersenactiviteit heeft gedwongen. Onze verre voorouders waren verwikkeld in een wedstrijd van seksuele selectie. De vrouwtjes kozen de mannetjes van wie ze vermoedden dat die over het gezondste, het sterkste genetische materiaal beschikten. Dat waren de mannetjes die het beste waren in hofmakerij. En waar bestond het imponeergedrag uit, aangezien onze voorouders geen pauwenveren of schitterende geweien of indrukwekkende manen hadden om mee te pronken? Die primitieve mensen beheersten andere kunstjes. Ze toonden hun vaardigheden om met een stok te jagen of met een steen vuur te maken! Dat vereiste een vermogen tot denken. Maar ook tot uitdrukkingsvaardigheid. In taal! In creativiteit! In grottekeningen! In poëtische scheppingsdrang! Zo ontwikkelden zich de menselijke hersenen – als uitvloeisel van de seksuele strijd tussen de geslachten. *Shakespeare in love!* Dát is de ware betekenis van het darwinisme, dames en heren.'

Uitdagend keek hij de zaal rond. Hij was in zijn element. De studenten luisterden geamuseerd, sommigen maakten zelfs aantekeningen. Zijn doelwit van deze ochtend sloeg haar blonde haar met een trage zijwaartse beweging van haar hoofd naar achteren.

'Omstreeks vijf miljoen jaar geleden, zo'n 300.000 generaties terug, hadden mensen en chimpansees gemeenschappelijke voorouders die sindsdien steeds verder uit elkaar zijn gegroeid. Het verschil is dat ú' – Sandbergen keek de studente op de zevende rij indringend aan – 'vandaag bij mij in de collegebank zit, en uw verre verwante chimpansee-nicht zich in het oerwoud bevindt.'

Het meisje schoof heen en weer in de bank, liet bedachtzaam haar pen langs haar lippen rollen, knikte begrijpend met haar hoofd en rechtte traag haar rug, waarbij ze haar borsten opzichtig naar voren duwde. Werkelijk, buitengewoon aantrekkelijk, signaleerden de hersencellen van Sandbergen. Hij besefte dat hij het springlevende voorbeeld was van het imponeergedrag dat hij zojuist verkondigd had.

'U moet zich voorstellen dat genen net als lichtschakelaars "aan" en "uit" gezet kunnen worden door specifieke eiwitten. Het interessante is: zet bepaalde genen aan en u krijgt de hersenen van een mens. Zet ze uit en u heeft het brein van een chimpansee.'

Een student achter in de zaal protesteerde. 'Wat u beweert, betekent dat mensen met een lichtschakelaar veranderd kunnen worden in apen. Dat is strijdig met de waardigheid van het menselijk leven.'

'Of van de apen', vulde een andere student aan. Hier en daar werd gelachen.

'Er begint iets te dagen', zei Sandbergen bemoedigend. 'Inderdaad: het is een kwestie van genen aan- of uitschakelen die het verschil bepaalt tussen de menselijke conditie, *la condition humaine,* en het bestaan van chimpansees. Verander de stand van de schakelaars in het hoofd van de oppasser en zijn chimp, en ze kunnen van plaats verwisselen. Dit is een voorbeeld van genetische modificatie. Met kleine verschillen kunnen grote veranderingen teweeggebracht worden.'

Hij wachtte weer even en vervolgde daarna: 'Ik heb het tot nu toe over chimpansees gehad, dieren die het dichtst bij mensen staan omdat deze scheiding der soorten het recentst in de biologische geschiedenis heeft plaatsgevonden. Maar om uw eigenwaan wat verder te relativeren: muizen en mensen hebben voor 85 procent dezelfde genen, fruitvliegjes 60 procent en de bananen waar fruitvliegjes zo van houden, delen 50 procent van hun genen met ons. Denk daar maar eens aan als u de volgende keer een banaan eet.'

'Belachelijk!'riep de student achter in de zaal. 'Twee bananen zijn toch samen geen mens!'

'Heel juist, meneer! Al neig ik ertoe te concluderen dat twee bananen meer verstand hebben dan u met uw opmerking ten toon spreidt', kaatste Sandbergen sarcastisch terug. De zaal bulderde van het lachen. 'Maar genoeg voor vanmorgen. Volgende keer gaan we verder met het menselijke genoom.'

Het college was afgelopen. De studenten drongen naar de uitgang. Sandbergen grabbelde zijn papieren bij elkaar. Hij zag dat de studente op de zevende rij geen haast maakte om de zaal te verlaten. Langzaam trok ze haar jasje aan. Toen hij door het gangpad liep, kwam ze op hem af.

'Ik vond uw college erg interessant', zei ze vleiend. Het hengsel van haar schoudertas had ze dwars over haar bovenlichaam geslagen.

'Ik ben blij dat ik u vermaakt heb. Ik hoop dat u er iets van, eh, opgestoken heeft', antwoordde Sandbergen. Hij kon niet nalaten vast te stellen dat haar borsten links en rechts van de draagband een fraai welvend heuvellandschap vormden. Hij was ervan overtuigd dat ze met opzet haar tas zo droeg.

'Maar mag ik iets vragen?' vroeg de studente. Ze had een licht hese stem. Zonder een antwoord van Sandbergen af te wachten, zei ze: 'Worden er proeven genomen met chimpansees zodat ze het denkvermogen van mensen krijgen?'

'Nee, dat is bij mijn weten nooit geprobeerd. Maar ik sluit niets uit. In de Verenigde Staten heeft iemand eens menselijke hersencellen ingebracht in een muis. Die bleken te functioneren. Dus theoretisch gesproken: ja, waarom niet?'

'Omdat mensen geen kunstmatige veranderingen moeten aanbrengen in planten of dieren.'

'Nou, er worden ook transgene tomaten en gemodificeerde maïskolven gekweekt. Of tulpen die langer mooi blijven en rozen die aangenaam geuren. Allemaal voorbeelden van menselijk ingrijpen in de erfelijke eigenschappen.'

'Maar daarom vallen die nog niet goed te praten.'

Sandbergen keek de studente verwonderd aan. Ze waren inmiddels beland in de hal van het universiteitsgebouw.

'Zo, vindt u dat?' zei hij op een superieure toon.

'Planten en dieren zijn levende schepsels, en geen producten die genetisch mogen worden veranderd. Het leven is geen grondstof waarmee willekeurig geëxperimenteerd mag worden.'

'U trekt wel heel snel conclusies. Daar valt waarachtig wel meer over te zeggen.'

Sandbergen raakte geïntrigeerd door de vasthoudende studente, al had hij het gevoel dat ze toenadering tot hem zocht omdat ze iets van hem wilde. Zijn hersencellen maakten een afweging tussen ergernis en fascinatie.

'Zullen we een kop koffie drinken, dan kan ik u uitleggen waar het over gaat. Ik heb een halfuurtje tot mijn volgende afspraak', stelde hij voor.

Even later zaten ze in de kantine, ieder met een plastic bekertje automaatkoffie voor zich. Om hen heen zaten studenten en wetenschappelijke medewerkers aan formicatafels te lunchen. Het universiteitsgebouw was uitgeleefd, de kantine was van een fantasieloosheid die een aanwijzing was dat de menselijke creativiteit ook op het niveau van regenwormen kan bestaan.

Op zo'n moment dacht Sandbergen met weemoed terug aan GenIris. Hij had weliswaar slaande ruzie met Iris Stork gekregen, maar hij moest haar nageven dat ze gelijk had gehad om royaal te investeren in een aantrekkelijke werkomgeving. Typisch vrouwelijk, had hij indertijd gedacht, om aandacht te hebben voor het patroon van de houtnerven op de berkenhouten vloer, de kleuren van het meubilair en de dagelijkse verse boeket bloemen bij de receptie. Als hij om zich heen keek in deze troosteloze kantine, waardeerde hij die details des te meer. Dit leek een afgetrapt jeugdhonk in een achterstandswijk. Gelukkig zorgden de studenten voor sfeer. Hij koesterde zich in hun aanwezigheid, meer in het bijzonder in die van de studente die tegenover hem zat.

Sandbergen was een man die het uitstekend met zichzelf getroffen had. Hij had een reputatie opgebouwd als hoogleraar en zijn overstap naar een particulier bedrijf had zijn gezag alleen maar vergroot. Het was bij niemand bekend waarom hij plotseling vertrokken was bij GenIris, maar hij had getoond dat hij zakelijke risico's durfde te nemen. Dat telde tegenwoordig bij universiteiten en het was een reden temeer geweest om hem terug te halen naar de academische wereld. Hij was midden vijftig, een man met een tomeloze energie en een onverwoestbaar lijf, waarmee hij een fysieke aanwezigheid uitstraalde die niemand in zijn omgeving kon ontgaan. Drie gebroken huwelijken had hij achter de rug en dat kostte hem een vermogen aan alimentatieverplichtingen. Ondanks zijn overgewicht dacht hij van zichzelf nog altijd dat hij de charme had van een dertigjarige.

Achteraf was het hem duidelijk geworden dat hij zich finaal verkeken had op zijn pupil Iris Stork. Ze was niet alleen wetenschappelijk buitengewoon begaafd, de beste assistent-onderzoeker die hij ooit als hoogleraar had meegemaakt, ze was ook scherpzinniger gebleken als zakenvrouw dan hij had vermoed. Ze had naïviteit geveinsd, maar ze had feilloos de constructie van GenIris doorgehad die hij had opgezet en van geldzaken had ze ook meer verstand dan ze deed voorkomen. Dat niet alleen, hij had haar politieke antenne onderschat. Toen ze ontdekte waarmee hij bezig was geweest, had ze resoluut op een conflict met hem aangestuurd. Hij eruit of zij eruit – zo hard had ze het gespeeld. Hij, de internationaal gerenommeerde professor Sandbergen, had haar niet van zijn visionaire toekomstscenario's kunnen overtuigen. Voor haar waren de risico's om publiekelijk aan de schandpaal genageld te worden, te groot geweest. Daaraan wilde ze haar geesteskind GenIris niet blootstellen. En voor één keer had Herbert Sandbergen in een jonge vrouw zijn talentvollere tegenspeler moeten erkennen.

Ze was ook nooit voor zijn charmes gezwicht. Niet dat hij zich veel moeite had getroost, want zo aantrekkelijk was ze niet. Ongetwijfeld was ze lesbisch, had hij vastgesteld.

Maar goed, hij was zonder schandaal vertrokken en met open armen verwelkomd bij zijn oude universiteit. Aan het verzoek om een serie colleges te geven, gebaseerd op zijn bedrijfservaringen, had hij maar al te graag voldaan. In ruil had hij zijn laboratorium weer tot zijn beschikking gekregen. Hier kon hij, zonder de kritische blik van die puriteinse Stork, zijn experimenten oppakken.

'Sorry, eh, ik was even mentaal afwezig', verontschuldigde Sandbergen zich. 'Ik ben de afgelopen vier jaar niet in deze kantine geweest, er komen oude herinneringen bij me boven', verduidelijkte hij.

Tegenover hem aan de gevlekte formicatafel zat nog steeds de jonge studente die hem na afloop van zijn college had aangesproken.

'Geeft niet, dat heb ik ook wel eens', zei ze begripvol. Ze roerde met een plastic spateltje de melkpoeder in haar koffiebeker. 'Ik heet trouwens Simone, Simone Reekers, met dubbel e.' Ze stak resoluut haar hand uit.

Sandbergen was even van zijn stuk gebracht. Hij stond half op, stootte met zijn knie tegen de tafelrand, zodat zijn bekertje dreigde om te vallen, maar Simone was er tijdig bij om het tegen te houden. Zodoende was haar hand niet meer beschikbaar voor de kennismaking en Sandbergen graaide hulpeloos in de ruimte.

'Oeps', zei Simone Reekers. Ze giechelde.

'Sandbergen. Zeg maar Herbert', zei hij terwijl hij weer ging zitten. Hij voelde zich voor schut gezet door de tweedejaarsstudente.

Simone deed alsof er niets aan de hand was. Ze keek hem aanminnig aan.

'Wat wilde u ook alweer van me weten?' vroeg Sandbergen.

'O, dat ben ik alweer vergeten. Maar eigenlijk wil ik u vragen of u me kunt helpen. We zijn bezig met een campagne tegen genetische manipulatie van planten en dieren. Ik moet een actiefolder schrijven.'

'Wie zijn "we"?' vroeg Sandbergen, minder uit belangstelling dan uit nieuwsgierigheid.

'O, wij zijn EuGene – het European Genetic Network, een bundeling van Europese bewegingen vóór eerlijke genen en tégen genetische manipulatie. Wij zijn voorstanders van de rechten van de natuur en nemen stelling tegen de invloed van de grote multinationals die arme boeren in ontwikkelingslanden dwingen dure gmzaden te gebruiken, we zijn tegen alle vormen van dierproeven en we zijn ook tegen het klonen van menselijke cellen ten behoeve van de farmaceutische industrie.' Ze ratelde de standpunten af alsof het een veiling was.

'Juist, ja. Dat is een hele agenda', zei Sandbergen sarcastisch. Zijn hersens gaven een alarmsignaal dat hij resoluut een einde aan dit gesprek moest maken. Eerlijke genen, waar haalde dat kind de onzin vandaan. Maar zodra hij haar aankeek, spoorde zijn testosteron hem aan nog even door te gaan. Met de eerlijkheid van zijn genetische materiaal was in ieder geval niets mis.

'Tot voor kort richtte EuGene zich op landbouwgewassen', vervolgde Simone. 'Maïs, soja, koolzaad, katoen. U heeft vast wel eens gehoord van de monarch-vlinder, die het weerloze slachtoffer is van genetisch gemanipuleerde maïs…'

'Dat bleek een onjuist onderzoek te zijn', onderbrak Sandbergen haar korzelig.

'O, nou daar weten wij niets van. Maar in Amerika is er gm-maïs die niet was goedgekeurd voor menselijke consumptie terechtgekomen in Mexicaanse taco's, en in Frankrijk…'

'Mevrouw, eh, het eten van gm-maïs veroorzaakt bij mensen minder allergische reacties dan de consumptie van natuurlijke kiwi's.'

'Nou daar denken wij anders over. Maar daar wilde ik het niet over hebben.'

'Dat lijkt me ook beter. Ik moet trouwens over vijf minuten weg.'

'U heeft toch gewerkt bij GenIris?'

'Dat klopt.'

'Dat bedrijf houdt zich volgens onze informatie bezig met menselijke cellen.'

'U heeft uw huiswerk goed gedaan.'

'Wij zijn tegen dat soort onderzoek. Want volgens ons is dat onverantwoord. Wij zijn ook tegen menselijke-embryoboerderijen.'

Sandbergen begon nu toch werkelijk geïrriteerd te raken. Simone Reekers mocht dan verleidelijk mooi zijn en een indrukwekkende hese stem hebben, ze was ook akelig onnozel. Een typische representant van de antibeweging. Vroeger tegen kernenergie, daarna tegen de uitstoot van broeikasgassen en tegenwoordig tegen biotechnologie.

'Mevrouw, eh...'

'Simone.'

'...ik stel voor dat u de komende weken naar mijn colleges komt, daar zal ik het een en ander uiteenzetten waar u misschien wat aan heeft voor uw, eh, actiefolder. Verder raad ik u aan de literatuur te bestuderen. Er zijn voldoende verwijzingen op internet te vinden. Kom daarna nog maar eens bij me terug.'

Hij slokte zijn koud geworden koffie op en maakte aanstalten om op te staan.

'Ik heb nog een vraagje voor u.' Simone Reekers legde haar hand op zijn arm. Sandbergen ging weer zitten.

'We zijn bezig een comité van verontruste wetenschappers te vormen. U bent vast niet voor niets weggegaan bij dat gevaarlijke bedrijf. Wilt u als prominente hoogleraar aan ons comité meedoen? Het is een initiatief van alle Europese universiteiten.'

'Daar hoef ik geen seconde over na te denken, ik pieker er niet over', zei Sandbergen resoluut. Hij stond op en gaf de studente een hand. 'Het was me een genoegen', zei hij afgemeten. Daarna beende hij nijdig weg.

'Over tien dagen organiseert EuGene een demonstratie voor het gebouw van de Europese Commissie in Brussel. U bent van harte uitgenodigd', riep Simone Reekers hem na.

# 6 Gekloonde cellen

Het vroege ochtendlicht speelde met de bloesem van de kornoeljes. Tussen de nog kale boomtakken glinsterden de zilverkleurige bloemblaadjes in de wind, als de schubben van een vis. Ze waren een teken dat de natuur zich klaarmaakte voor het nieuwe seizoen nu de zon geleidelijk aan kracht begon te winnen. Ook de magnolia's met hun wulpse roze-witte bloemen bevestigden dat de lente in aantocht was. Nog even, en de bomen van het bos dat de barakken van GenIris omzoomde, zouden weer volop van gebladerte zijn voorzien.

Met een routinedraai stuurde Darren Gittinger de tweedehands Audi die hij zonder veel nadenken had aangeschaft, het terrein van GenIris op. Het was zijn derde week bij het bedrijf. Het beviel hem uitstekend om in deze omgeving te werken. De natuur had een louterende invloed op hem, waardoor hij de huwelijkscrisis die achter hem lag van zich af kon zetten. Hij had geen zin – en het had ook geen zin, vond hij – om zich over de schuldvraag het hoofd te breken. Natuurlijk, elke dag dacht hij aan zijn kinderen en hij hoopte hartstochtelijk dat hij ze gauw weer zou zien. Op zijn bureau had hij twee kleurige foto's neergezet van Nicky en Tom. Hij had geen contact met ze, als hij belde werd hij niet eens doorverbonden. Zijn ex-vrouw, die de echtscheidingsprocedure inmiddels in gang had gezet, schermde ze voor hem af als een kloek haar kuikens voor een overvliegende adelaar.

Gelukkig had hij een intensief e-mailverkeer met Gabriela. Vrijwel dagelijks stuurde hij haar elektronische berichten, al duurde het soms even voordat ze antwoordde, maar dat lag aan de onregelmatige stroomvoorziening in het primitieve gehucht met hutten van palmbladeren waar ze zich had teruggetrokken. Hij hield haar op de hoogte van zijn kennismaking met de klinische wereld van de biotechnologie, zij schreef hem over het dagelijkse leven in het tropische oerwoud. Een groter contrast was nauwelijks denkbaar.

Darren remde af om een stel kippen te ontwijken die over de weg scharrelden. De haan stapte parmantig kukelend achter de kippen aan, kennelijk probeerde hij zijn harem in het gareel te houden. De omgeving van GenIris leek wel een kinderboerderij: er liepen ook pauwen rond en aan de rand van het bos was een vijver waarin eenden en zwanen zwommen. De dieren behoorden tot de erfenis van de psychiatrische kliniek. Die had ze indertijd aangeschaft om de patiënten afleiding te bezorgen, had Mariëtte, het praatgrage meisje bij de receptie, hem verteld. Het had wel iets, vond Darren: een biotechbedrijf waar cellen in reageerbuisjes werden onderzocht, omgeven door een erf vol levende have.

Darren parkeerde zijn auto, pakte zijn spullen van de achterbank en liep het gebouw binnen. Hij groette Mariëtte, ze was bezig een nieuw bloemstuk te schikken voor de balie van de receptie. De meeste medewerkers kende hij inmiddels, in ieder geval van gezicht. Ze waren jong, vrijwel allemaal academisch opgeleid en de verhouding mannen/vrouwen was ongeveer gelijk. Iris had hem met de nodige trots verteld dat er negen verschillende nationaliteiten bij GenIris werkte. Het was Darren opgevallen dat er een uitstekende sfeer in het bedrijf hing. Informeel, creatief, gericht op motivatie. 'Ik wil dat iedereen lol in zijn werk heeft', had Iris hem een van de eerste dagen toevertrouwd. Ter ontspanning stonden er flipperkasten bij de koffiemachines. De sportzaal van de psychiatrische inrichting was omgebouwd tot fitnessruimte, er was een leeszaal met loungebanken en stripboeken. Op het mededelingenbord hingen aankondigingen van evenementen waaraan de medewerkers konden deelnemen. Binnenkort stond er een marathon op het programma, er was een squashcompetitie en er was een tennisteam in oprichting.

Vanaf dag twee dat hij bij GenIris werkte, had Darren zich gestort op de voorbereidingen van de beursgang. Hij hing aan de telefoon, verstuurde e-mails naar collega's in de financiële wereld of zat achter zijn computer spreadsheets met berekeningen te maken. Hij genoot, ook al ergerde hij zich aan de onvolledige boekhouding. Wie er ook voor verantwoordelijk was geweest, het was een absolute puinhoop. Bij ieder bedrijf waar hij nieuw kwam werken, was het een enorme klus om inzicht in de financiële gegevens te krijgen. Bij GenIris was het extra lastig, omdat het onmogelijk was om een exacte waarde aan de kennis van een biotechbedrijf toe te kennen. Er waren geen voorbeelden van bedrijven waarmee GenIris vergeleken kon worden, dus elke waardeschatting was een slag in de lucht. Darren beet zich er gretig in vast. Hij voelde zich een ontdekkingsreiziger die bezig was een onontgonnen continent in kaart te brengen.

Merkwaardig genoeg had hij nog steeds niet helder voor ogen waaruit de werkzaamheden van GenIris precies bestonden. Hij had inmiddels inzicht in de cashflow, maar niet in de details van het onderzoek dat in het lab werd verricht.

Na het nodige rekenwerk had hij een overzicht van de financiële situatie gemaakt. GenIris had zeven miljoen euro geïnvesteerd in de huisvesting en veertien miljoen euro in apparatuur. Computers, biomedische apparaten, de inrichting van de laboratoria – het was het modernste van het modernste, en dat in overvloed. Er werkten 38 medewerkers die niet overdreven betaald werden. Het verlies over het afgelopen jaar bedroeg 6,5 miljoen euro, iets minder dan in het voorafgaande jaar. Sinds de oprichting vier jaar geleden waren de verliezen opgelopen tot meer dan dertig miljoen euro. GenIris had dus een negatief vermogen. Dat was niet uitzonderlijk. Darren wist uit ervaring dat *start-ups* nooit direct winst maakten. In de biotech kon het jaren duren voordat de bedrijfsvoering winstgevend was, omdat de aanloopkosten extreem hoog waren en het onderzoek tijdrovend was. In afwachting van de grote doorbraak of een specta-culair bod van een farmaceutische multinational waren durfkapita-listen bereid te investeren in veelbelovende biotechondernemingen. Ze hoopten dat ooit het schip met goud zou binnenvaren.

Met het kapitaal van het Darwin Evolution Fund en van nog enkele kleine investeerders had GenIris het tot nu toe volgehouden. Veel langer kon het bedrijf niet doorgaan, want dan raakte het geld onherroepelijk op. Westerhoff had dus gelijk dat hij aandrong op actie. De beursgang, had Darren berekend, zou minimaal veertig miljoen euro moeten opbrengen. Dan was er voldoende geld om te investeren. Het Darwin Fund zou een aantrekkelijk rendement behalen als beloning voor het risico dat het met zijn investering had gelopen. De oprichters en het personeel zouden profiteren, en hijzelf natuurlijk met zijn opties. Veertig miljoen – het was een fors bedrag, maar het moest haalbaar zijn als GenIris met een overtuigend verhaal de beleggers over de streep zou kunnen trekken.

Ten aanzien van biotechbedrijven heerste in de markt een zekere scepsis. Het grote publiek begreep niets van de technologie. Verder was er de politieke onzekerheid over de ethische aanvaardbaarheid van controversiële behandelingen. En er was het risico van negatieve publiciteit. Er kon iets misgaan in een laboratorium, er hoefde maar één patiënt die behandeld werd met een gentherapie te sterven en er was kans op een schandaal in de media. Tenslotte was het niet zeker of de hooggespannen verwachtingen over de toepassingen werkelijkheid zouden worden. Het klonk allemaal veelbelovend, maar zou de praktijk de beloftes waarmaken? Niemand die het met zekerheid wist.

Darren besefte dat het een immense klus zou worden om de beursgang in goede banen te leiden. Dit was een lastiger verhaal om te verkopen dan dat van een IT-bedrijf. Iedereen wist wat internet was, maar vrijwel niemand had een vermoeden hoe die biologische toverballen werkten. Toch waren zijn eerste sonderingen bemoedigend. Bij de institutionele beleggers groeide het besef dat de biotechnologische industrie de komende jaren voor doorbraken kon gaan zorgen in de gezondheidszorg. Daar wilden fondsmanagers tijdig bij zijn om er later van te kunnen profiteren. Ze beseften ook dat gentherapie de kosten van de gezondheidszorg drastisch zou kunnen verminderen.

Iris stak haar hoofd om de openstaande glazen deur.

'Heb je tijd voor een bezoek aan het lab? Er gebeurt vandaag iets bijzonders.'

Ze vroeg het met zo veel enthousiasme dat Darren er niet over dacht om te antwoorden dat hij bezig was de *price/earnings ratio* te berekenen. Hij waardeerde Iris met de dag meer. Ze werkte keihard, ze had geen aanmatigende pretenties, ze straalde een aanstekelijke bevlogenheid uit. Haar natuurlijke manier van doen correspondeerde met haar manier van werken. Nuchter, open, vol overtuiging. Ze geloofde in wat ze deed.

'Graag! Als je een minuut wacht, dan maak ik dit af.'

Even later liepen ze door de stenen gang naar het laboratorium. Darren wilde zijn heldergroene nieuwe labjas al aantrekken, maar Iris hield hem tegen.

'Vandaag niet. We gaan door een sluis naar de beveiligde schone ruimte. Daar gebeurt het echte werk.'

Verwonderd keek Darren haar aan.

'Maak je geen zorgen,' vulde Iris aan, 'het is ongevaarlijk. Je moet je alleen verkleden in steriele kleren.'

Ze deed een vergrendelde deur open.

'Deze sluizen zijn eigenlijk drukcabines', zei ze ter toelichting. 'De druk binnen is lager dan in de rest van het gebouw. In de ruimte die erachter ligt, is de druk nog iets lager. Door de onderdruk houd je de lucht schoon. Je hebt misschien al gezien dat we hier grote luchtinstallaties hebben. Die zorgen voor voortdurende zuivering van de lucht. Hetzelfde geldt voor het water dat we gebruiken. Water en lucht zijn van enorm belang voor ons onderzoek. Voor álle biotechnologisch onderzoek, trouwens.'

Darren knikte. Hij had in de boekhouding opgemerkt dat er veel geïnvesteerd was in lucht- en waterzuiveringsinstallaties en nu begreep hij waarom.

'De arbeidsinspectie staat niet toe dat deze sluizen uniseks zijn. Jij neemt de linker, ik de rechter', vervolgde Iris. 'Het is net als bij de dokter. In de eerste sluis trek je je kleren uit, die kun je ophangen in de locker. Dan neem je een snelle douche om het straatvuil van je af te spoelen en ga je door de deur naar de tweede sluis. Daar hangt een gesteriliseerd pak in jouw maat, dat trek je aan. Er liggen ook een muts en een mondkapje. Dan stap je over de bank en schiet je de klompschoenen aan die aan de andere kant staan. Vervolgens kun je door de volgende deur naar het lab. Vergeet trouwens niet telkens de deur achter je te sluiten, maar dat spreekt vanzelf. Lukt je dat?'

'Ik dacht het wel', lachte Darren.

'Oké, super. Dan zien we elkaar aan de andere kant.'

Ieder gingen ze hun kleedruimte in. Onwennig hing Darren zijn broek, zijn overhemd en zijn T-shirt in de locker. Sinds zijn kennismakingsbezoek droeg hij nooit meer een pak met stropdas. Hij verscheen in sportieve broeken op zijn werk. De gewoonte van veel stafmedewerkers om T-shirts te dragen en op gympen te lopen, liet hij aan zich voorbij gaan. Hij bleef trouw aan zijn button-down shirts en peperdure brogues.

Darren had het gevoel dat hij terugging in de tijd en zich als kind in het kleedhokje van het overdekte zwembad bevond. Nadat hij kort onder de douche had gestaan, deed hij in de volgende cabine een soort ruimtepak aan, hij trok de muts met het elastiek over zijn haar, deed een ademkapje voor zijn mond en stapte over de bank in de witte klompschoenen. Even later kwam hij onwennig aan de andere kant uit de sluis in de steriele ruimte van het laboratorium. Iris stond hem al op te wachten. Het verkleedproces had niet langer dan vijf minuten geduurd.

In het laboratorium waren zes mensen aan het werk. Darren kon niet zien of het mannen of vrouwen waren, ze waren gehuld in pakken alsof ze in een kernreactor werkten. Twee zaten voor grote glazen kasten waarin ze met hun handen, gestoken in beschermende mouwen die als slurven naar binnen staken, bezig waren iets te manipuleren. Ondertussen keken ze geconcentreerd in een microscoop die voor hen stond, waardoor ze konden sturen wat ze met hun handen aan het doen waren. De andere vier waren aan het werk met pipetten, glazen plaatjes en buisjes bij het aanrecht van de laboratoriumtafels. Alles was brandschoon. Het zag er uitermate klinisch uit.

'Dit is ons sanctuarium, het heiligste van het heilige', fluisterde Iris. 'De plek waar het brood vlees wordt.' Haar stem klonk gedempt door het mondkapje.

Iris legde uit hoe de technici onder de microscoop met behulp van een pipet die was voorzien van een minuscuul glazen buisje, een voor een menselijke eicellen opzogen uit een bolletje dat dreef in een bakje met olieachtige vloeistof. De eicellen waren kunstmatig opgewekt met een hormoonbehandeling bij een donorvrouw en met een kleine ingreep naar buiten gehaald.

Nadat de eicellen van elkaar losgemaakt waren, onderzochten de technici of ze er gezond uitzagen. Door een speciale behandeling lichtte de celkern met het erfelijke materiaal, het DNA, fluorescerend op als de strepen van een neon-tetravisje in een aquarium.

Nu kwam er een tweede pipet aan te pas, waaruit een ragfijne naald stak met een diameter van een tweehonderdvijftigste millimeter. De technicus manipuleerde met de twee pipetten zodat de naald precies boven de hulpeloze eicel belandde. Vervolgens gaf hij een minimaal stootje. Even bood de elastische buitenkant van de eicel weerstand. Daarna drong de naald met een schokje naar binnen. De technicus drukte even op de pipet zodat er een menselijke cel naar buiten werd gedrukt die via de naald in de eicel belandde. De cel was afkomstig uit het weefsel van een volwassen patiënt.

Deze donorcel werd naast de oorspronkelijke kern in de eicel gelaten. De aanwezigheid van de kern hielp om het DNA van de donorcel de illusie te geven dat deze tot zijn oorspronkelijke, embryonale staat van ontwikkeling terug moest keren. Alsof de eicel zojuist was bevrucht en aan het begin van zijn delingscyclus stond.

Dit acclimatisatieproces, vertelde Iris, kon enkele uren duren. En dan, vlak voordat de celdeling daadwerkelijk op gang kwam, hield de technicus de eicel weer in een pipet onder de microscoop en boorde hij opnieuw een ragfijne naald in de cel. Deze keer manipuleerde hij de naald precies bij de oorspronkelijke kern van de eicel, die hij er met een klik van de pipet uit zoog. De eicel was nu zijn oorspronkelijke kern kwijt en bezat alleen nog maar de kern van de donorcel.

Nadat de technicus zijn pipet had teruggetrokken, bracht hij de eicel in een bakje met geleidende vloeistof. Het bakje werd aangesloten op twee elektroden waardoor gedurende een vijftien-miljoenste seconde een stroomstootje van 90 volt werd geleid. Het effect ervan was dat de membranen tussen de ontkernde eicel en de volwassen cel openbraken en de twee cellen samensmolten. Als dat gebeurd was, werd de samengesmolten cel in een groeimedium gebracht.

De eicel begon nu spontaan een proces van celdeling op gang te brengen, exact hetzelfde proces alsof het een normaal bevruchte eicel was die zich wilde gaan innestelen in de baarmoeder om uit te groeien tot een menselijk embryo. Maar waar bij een embryo de helft van het erfelijke materiaal afkomstig is van de vader en de andere helft van de moeder, bestond deze delende cel voor honderd procent uit het erfelijke materiaal van één persoon, de donor van de volwassen cel. De donorcel was gekloond.

'We noemen dit de *nuclear transfer*. Dat zou je kunnen vertalen als de overstap van de kern', sloot Iris haar verhaal af.

Darren stond met stomheid geslagen naar Iris' uitleg te luisteren. Ze praatte over het kloonproces met een vanzelfsprekendheid alsof ze uitlegde hoe je ezeltje-prik moest spelen. Of hoe je van de ene trein op de andere moest overstappen.

In het laboratorium heerste een serene rust. De twee technici die achter de microscopen zaten, deden zwijgend hun werk. Een enkele keer maakten ze een onverstaanbare opmerking naar een van de andere medewerkers die hen vervolgens te hulp schoot.

'Onze methode verschilt op een essentieel punt van die van andere kloonexperts', vervolgde Iris na enkele minuten. 'Zij halen eerst de kern uit de eicel en brengen dan de volwassen cel in. Wij doen het andersom, zodat de eikern nog enige uren zijn natuurlijke "werk" kan doen om het delingsproces op gang te brengen. Daardoor lukt het ons beter om het DNA uit de volwassen cel terug te zetten in zijn beginstand. In feite zetten we de biologische klok van de donorcel weer op nul.'

Ze keek Darren aan. Hij zag dat haar ogen twinkelden.

'Fantastisch, hè? Eerlijkheidshalve moet ik je bekennen dat we dit proces niet helemaal zelf hebben ontwikkeld. We hebben het afgekeken van de Chinezen. In China zijn al een aantal jaren embryonale-kloonteams op deze manier aan het werk. We noemen het dan ook de Chinese methode. De twee technici die je daar ziet zitten – ze wees op de twee witte pakken die geconcentreerd gebogen boven de microscoop zaten – zijn afkomstig uit een kliniek in de Chinese stad Shenzhen.'

'Godallemachtig', stamelde Darren.

'Die heeft er het minst mee te maken. Dit is mensenwerk.'

Drie kwartier later waren ze terug in het kantoor. Iris glom van trots dat ze Darren dit wonderbaarlijke proces kon laten zien. Deze gekloonde cellen waren haar levenswerk. In Darrens hoofd borrelde het van de vragen. Maar hij was zo beduusd van wat hij meegemaakt had, dat hij zo gauw niets anders wist te bedenken dan de vraag of de kloontechniek gecompliceerd was.

'Nee,' antwoordde Iris beslist, 'zij is niet ingewikkeld, maar wel moeilijk. Het vraagt veel technische vaardigheid om cellen te klonen, er kan tijdens de opeenvolgende handelingen van alles misgaan. Het is moeilijk zoals het moeilijk is om het tweede vioolconcert van Beethoven te spelen. Maar wetenschappelijk gezien is het geen *rocket science*. Eerder zoiets als het volgen van een recept uit het kookboek.'

'Waarom zijn er dan maar zo weinig biotechbedrijven mee bezig?'

'Ten eerste omdat het in de publieke opinie gevoelig ligt. In de buitenwereld is er weerstand tegen. Niet iedere onderzoeker wil het risico lopen daarmee geconfronteerd te worden. Ten tweede is de slagingskans niet hoog. Wij halen een percentage van 20 tot 25 procent. Dat is ontzettend goed, ongeveer net zo hoog als de slagingspercentages in IVF-klinieken voor zwangerschap. In het begin waren de percentages bij klonen veel lager. Voor het schaap Dolly zijn 277 pogingen ondernomen – die hebben uiteindelijk 29 embryo's opgeleverd en maar ééntje is uitgegroeid tot een schaap. Bij de pogingen om cellen van andere zoogdieren te klonen, zijn de slagingskansen vergelijkbaar laag.'

'Met zo'n magere kans op resultaat kun je toch nooit een succesvolle bedrijfsstrategie opbouwen?'

'Die ene gelukte poging maakte Dolly wél op slag wereldberoemd. Je moet het vergelijken met voetballers. Die schieten tien keer op het doel en de bal gaat er misschien één keer in. De maker van de goal is de held van de wedstrijd. Zo is het met kloontechnieken ook. Je moet een beetje geluk hebben. Ondertussen worden de slagingspercentages steeds beter. En omdat wij, zoals ik al zei, een methode toepassen die we verder hebben verfijnd, zijn onze resultaten bijzonder goed. Maar dat is een bedrijfsgeheim.'

Iris' gezicht straalde van de ene mondhoek tot de andere over de technische prestaties van GenIris.

'Hoe heb je deze techniek ontwikkeld?'

'Door steeds opnieuw te proberen. Het vreemde is dat je wéét dat het werkt, maar je weet niet precies hóé het werkt. Dat geheim geeft de natuur niet prijs. We weten alleen dat het verschrikkelijk nauw luistert: de samenstelling van de vloeistoffen, de temperatuur, de kwaliteit van de eicellen, de handigheid van de technicus, alles speelt een rol. Het is eigenlijk een goochelkunst die je duizend keer moet oefenen voordat je hem in je vingers hebt. En dan nog kan het misgaan.'

'Beheers je het kunstje zelf ook?'

'Nee. Of liever gezegd: ik weet hoe het moet en ik heb het ook wel gedaan, maar ik mis de vaardigheid. Deze technici doen niet anders dan cellen behandelen. Ze kunnen in een dag tussen de vijftig en honderd eicellen van een nieuwe celkern voorzien en van hun kern ontdoen. Ze zijn er net zo bedreven in als in eten met stokjes.'

'Toch bizar dat je in een soort keuken menselijke cellen kloont. Ik had gedacht dat zoiets in een angstaanjagende omgeving zou gebeuren met knetterende elektrische spoelen en knipperende lichtflitsen.'

'Je hebt te veel Frankenstein-films gezien. En je bent vast nooit in een IVF-kliniek geweest. Daar gebeurt in grote lijnen hetzelfde als hier, met dezelfde technieken. Behalve dat de kern niet eerst uit de eicel wordt gehaald en dat er geen volwassen cel, maar een zaadcel wordt ingebracht.'

'Nooit geweten dat het daar zo toegaat', peinsde Darren.

'Je mag van geluk spreken als je op een natuurlijke manier kinderen kunt krijgen.'

Beiden zwegen ze even, met hun gedachten elders.

'Er is natuurlijk nog een verschil met IVF-klinieken', vervolgde Iris. 'Na de behandeling plaatsen wij de eicellen nooit ofte nimmer terug in een baarmoeder. Ze blijven drijven in die kweekschaaltjes, zoals ik je op de ochtend van je kennismaking hier heb laten zien.'

Toen Darren niet direct reageerde, vulde Iris aan: 'Anders zouden we bezig zijn baby's te maken. Wij klonen cellen om er stamcellen uit te ontwikkelen voor therapeutisch gebruik. Er bestaat een wezenlijk verschil tussen therapeutisch klonen voor een medische behandeling en reproductief klonen, waarbij je levende kopieën van mensen maakt. Dit verschil is voor mij, voor ons hier bij GenIris, fundamenteel. Fun-da-men-teel. En dan bedoel ik niet vanwege de risico's of de public relations of de verontwaardigde reacties van politici, maar uit respect voor het menselijk leven. Op commerciële schaal klonen van mensen maken is misdadig. Dat is onze bedrijfsfilosofie. Begrijp je dat, Darren? En iedereen die wat anders beweert, is niet goed snik.'

Iris keek Darren indringend, bezwerend, aan.

# 7 Gabriela

Koppeling in, koppeling los, slippende koppeling, beetje gas, dan weer remmen. Stilstaan, optrekken, stilstaan. Stop, verder, stop, verder. Links en rechts verveelde, geërgerde, berustende gezichten. Terwijl Darren zijn auto stapvoets vooruit bewoog, luisterde hij naar de fileberichten op de radio. Op de ringweg A10 om Amsterdam was een ongeluk gebeurd en nu stond het verkeer in de noordelijke helft van de Randstad volkomen vast. Het was een voorrecht om in de Amsterdamse binnenstad te wonen, maar de dagelijkse martelgang van het verkeer was om gallisch van te worden. Daar kwamen de parkeerproblemen in zijn tijdelijke woonomgeving nog bij. Nergens was plek en hij was een vermogen kwijt aan parkeerautomaten. Zijn eerste parkeerbonnen had hij ook al binnen. Toen hij telefonisch informeerde naar een parkeervergunning, kreeg hij te horen dat hij daarvoor ten minste vijf jaar moest zijn ingeschreven in Amsterdam. Dat schoot dus niet op.

Darren klikte de cd van Springsteen aan. De muziek snerpte door de vier boxen van de auto. Gave muziek, en alle tijd om ervan te genieten. Ondertussen overwoog hij of hij er beter aan zou doen om in de buurt van zijn kantoor te gaan wonen. Buiten, in de vrije natuur, zoals Gabriela in het tropische binnenland van Brazilië. Onzin. Nederland had net zoveel vrije natuur als een krokodil veren had. Alles was gecultiveerd, ontgonnen of onderhouden door mensen. Wat in West-Europa natuur heette, was agro-industrie of aangelegd landschap. Nee, als hij de natuur in wilde, dan moest hij dezelfde radicale keuze maken als Gabriela had gedaan en breken met zijn gerieflijke stedelijke bestaan. Darren kende zichzelf goed genoeg om te weten dat hij daar niets van moest hebben.

Meter voor meter kroop de file vooruit. De cd stond op herhaling en Bruce Springsteen begon opnieuw. Hoelang duurde het om een cd af te spelen? Aangezien hij geen verplichtingen had, kon het hem niet veel schelen. De folkrock was tijdloos. In de beschutte kooi van zijn auto, afgesloten van de wereld en tot niets anders in staat dan lijdzaam meesukkelen met de andere slachtoffers van het verkeersinfarct, voelde hij zich als een rups in een cocon. Het was een rustgevend gevoel, dat hem alle tijd gaf om zijn gedachten de vrije loop te laten.

Darren bewonderde Gabriela misschien wel het meest omdat ze ervoor gekozen had om zonder de luxe, de verworvenheden en de stress van het moderne leven een afgezonderd bestaan in de natuur te leiden. Hij dacht aan de nacht waarin ze elkaar ontmoet hadden en ze zich zonder enige aarzeling aan elkaar hadden overgegeven. En hij proefde weer haar sensuele mond, haar lichtbruine borsten met de koffiekleurige tepels die aanvoelden als lychees als hij ze aanraakte, haar zoete intimiteit. Hij verlangde naar de dagen en nachten waarin haar vingers over zijn rug gleden en ze met haar tong sporen van begeerte trok waarvan zijn scrotum tintelde en zijn geslacht zich oprichtte voor een nieuwe liefdesdaad – totdat ze niet meer konden en uitgeput in elkaars armen in slaap vielen.

God, wat hadden ze genoten. Gabriela lag met haar hoofd op zijn borst en vertelde verhalen over haar leven in het Amazonegebied. Hoe ze malariapatiënten hielp met kinine en hoe ze de boeren steunde om een coöperatie op te zetten waar ze de vruchten verwerkten van een boom met de exotische naam *cupuaçú. Koepoeasoe*, met de nadruk op de laatste *oe*. Het was een vrucht met een frisse smaak en fantastische commerciële mogelijkheden, had Gabriela hem verzekerd. Darren had die vreemde naam een paar keer schaterlachend uitgesproken en nu kon hij hem reproduceren zonder zijn tong dubbel te vouwen. *Koepoeasoe, koepoeasoe, I love you*, zong het in zijn hoofd.

De file schoot nog steeds niet op. Hoelang stond hij al stil? In een uur was hij een paar kilometer richting Amsterdam opgeschoten. Misschien kon hij over een sluipweg binnendoor langs de Waver en de Amstel de stad bereiken. Maar hij was niet in de buurt van de juiste afslag en bovendien was hij bang dat hij zou verdwalen. Zo goed kende hij de omgeving van Amsterdam ook weer niet.

Het kloonexperiment had diepe indruk op hem gemaakt. Darren

wist hoe omstreden het was, de felle discussies in de Verenigde Staten had hij redelijk gevolgd. Daar was het een issue van de hoogste categorie, religieus rechts had er een nationaal politiek strijdpunt van gemaakt waar het Congres en het Witte Huis zich heftig mee bezighielden. Persoonlijk had hij er geen moeite mee. Tegenstanders konden met de hand op de bijbel beweren dat het onaanvaardbaar was om te experimenteren met de bronnen van het menselijk leven, als het technisch mogelijk was, dan gebeurde het. De medische toepassingen waren domweg té veelbelovend. Als er eenmaal een succesvolle therapie was ontwikkeld, dan hield niemand die meer tegen, zo ging dat. Hoe had Iris het genoemd? *Reversed engineering.* Die term moest hij onthouden. Dit werd *big business.*

Straks kon een menswaardig bestaan in het vooruitzicht worden gesteld aan patiënten met degeneratieve verschijnselen. Iris had het goed bekeken: ze richtte zich op Parkinson-patiënten. Ze had erop gezinspeeld dat stamcellen aangespoord konden worden om zich tot alle mogelijke menselijke cellen te ontwikkelen. Daarmee konden meer chronische ziektes en slijtageverschijnselen worden behandeld. Je moet het vergelijken, had ze gezegd, met het repareren van een oude muur waarbij nieuwe stenen op de plaats terechtkomen van versleten stenen.

Darren zag de commerciële toekomst al voor zich: medische centra waar patiënten zich poliklinisch met stamcellen, gekweekt uit hun eigen lichaamscellen, lieten behandelen. Ze strompelden binnen en ze kwamen kwiek weer naar buiten. Religieuze wonderen, bedacht hij grinnikend, werden profane werkelijkheid. Een reisje naar GenIris in plaats van een bedevaart naar Lourdes. Ja, zó moesten ze het straks in de roadshows voor de beursintroductie presenteren.

Vreemd, hoewel Iris in alle opzichten anders was dan Gabriela, voelde hij zich op een bepaalde manier tot haar aangetrokken. Iris met haar tomeloze wetenschappelijke ambitie, Gabriela met haar hartstochtelijke sociale bewogenheid – ze hadden iets met elkaar gemeen. Hij wist wat het was: hun inzet voor een welomschreven doel, de overtuiging bezig te zijn met een uitzonderlijke missie, een eigen carrière nastreven, een onthechte houding ten opzichte van materieel bezit. Daar kon hij nog wat van opsteken met zijn ervaringen als duurbetaalde consultant die van het ene bedrijf naar het andere was gezworven, louter gedreven door geldzucht. Wat was hij opgeschoten met zijn financiële adviezen over de beursgang van al die snelle bedrijven? Juist, helemaal niets. Hardlopen bleek doodlopen. De IT-sector was ingestort, de opties waren waardeloos, de yuppen zochten ander werk. Het had hem geestelijk niet verrijkt en hij was er uiteindelijk financieel geen cent wijzer van geworden.

Hooguit had dat jachtige leven bijgedragen aan de versnelde afbraak van zijn huwelijk. Zijn ex had hem beschuldigd van ontrouw. Op de business school had hij een reputatie gehad van versierder en zo had hij haar ook gevonden. Nadat ze getrouwd waren, had hij zich voorgenomen zich in te houden. Maar als hij soms weken achter elkaar op reis was voor zijn werk en de avonden sleet in de bars van fantasieloze zakenhotels, had hij het nog wel eens aangelegd met een passerende gast. Jonge, aantrekkelijke vrouwen uit de IT-branche, soms getrouwd net zoals hij, lang onderweg, fysiek alleen, en vol hormonen. Het waren altijd *one-night stands*, een nacht van genot ingegeven door behoefte aan afleiding, niet door verliefdheid of de zoektocht naar een vaste relatie, en zonder enig vervolg. Mocht dat even? Niet iedere avond had hij zin om een boek te lezen en die vrouwen gaven er ook blijk van een actief libido te hebben. Het was nauwelijks anders dan zich bevredigen bij een pornofilm op het betaalkanaal van de hoteltelevisie. Het stelde niets voor.

Maar bij zijn eigen vrouw leidde het tot achterdocht bij iedere reis. Later, toen de kinderen waren geboren, was hij ermee gestopt. Niet uit morele principes, maar uit praktische overwegingen. Ook kortstondige relaties gaven complicaties. Maar al die tijd wist Darren dat hij charme bezat.

Tegen tien uur 's avonds stak Darren eindelijk de sleutel in de voordeur van zijn appartement aan de gracht. Veel later dan hij gedacht had. Het enige voordeel van het oponthoud was dat hij minder geld in de parkeermeter hoefde te gooien. Wat een meevaller, dacht hij ironisch. Dat scheelde weer een bon.

Eenmaal binnen schopte hij zijn brogues uit en verwisselde zijn overhemd voor een sweatshirt. Hij moest sportkleren meenemen naar zijn werk, bedacht hij, dan kon hij gaan trainen in de fitnessruimte van GenIris. Zijn lichaam kon wel wat onderhoud gebruiken. Daar had hij geen stamceltherapie voor nodig, een beetje beweging kon bij hem wonderen verrichten.

Met één hand zette hij een diepvriesmaaltijd in de magnetron en met de andere pakte hij een fles chardonnay uit de ijskast. Bij de supermarkt had hij een stapel van die kant-en-klaarmaaltijden ingeslagen voor avonden zoals deze. Het was een onvermijdelijk aspect van het eenpersoonshuishouden. Hij schonk zich een glas in en wachtte ondertussen op de pieptoon van de magnetron. Daarna vorkte hij gedachteloos de Chinese noedels met kip naar binnen.

Met een nieuw glas wijn zette hij zich achter zijn computer. Verwachtingsvol klikte hij zijn e-mail open. Er was bericht uit het oerwoud.

Het was een noodkreet van Gabriela.

Na een paar inleidende zinnen waarin ze schreef hoezeer ze naar hem verlangde, kwam ze ter zake. Het was regentijd in het Amazonegebied. Haar palmbladeren hut was half ingestort door de tropische buien die een gebied zo groot als Frankrijk geteisterd hadden. De generator van het dorp was een tijdje uitgevallen, zodat ze nu pas zijn laatste e-mail kon beantwoorden. De gezondheidspost verkeerde in acute problemen. Na de overstroming van de rivier was er een epidemie van darminfecties uitgebroken en de voorraden antibiotica slonken zienderogen. Drie kinderen waren al gestorven. In de waterplassen die door de regen gevormd waren, krioelde het van de malariamuggen. De kinine die als profylaxe tegen malaria werd gebruikt, raakte snel op. Het gezondheidscentrum van de overheid, 350 kilometer stroomafwaarts, weigerde nieuwe geneesmiddelen te sturen zolang de vorige zendingen niet waren betaald. Die wilde Gabriela zelf voorschieten, maar ze kon niet bij haar bankrekening in de hoofdstad omdat die geblokkeerd was vanwege een ontoereikend saldo.

Dat was niet alles. Door de overstroming was de aanplant van de *cupuaçú* weggevaagd. Het geld dat de boeren hadden bijgedragen aan de coöperatie, was verdwenen. Inkomsten konden ze op korte termijn niet verwachten. Een nieuw project om *guaraná*-bessen te verzamelen, die als ingrediënt dienden om een stimulerende energiedrank voor discodansers in Europa en de Verenigde Staten te maken, was op de lange baan geschoven. De toekomst zag er somber uit.

De e-mail eindigde als volgt:

Het is moeilijk, Darren. Iedere ochtend staan de mensen voor mijn hut. Ze vragen zo weinig en zelfs dat kan ik ze niet geven. We leven op de rand van het bestaan en ik weet niet hoelang ik het volhoud. Ik wil niet weg. Ik wil niet opgeven. Ik wil de mensen, de vrienden die ik gemaakt heb, niet ontredderd achter laten. Help me, steun me.
Met een enorme omhelzing en een warme zoen die me herinnert aan onze intiemste momenten. Ik houd van je, *eu te amo*.
Gabriela

Darren had moeite om zijn tranen te bedwingen. Hij had een enthousiaste mail willen sturen over de geavanceerde kloontechniek in het laboratorium van GenIris en nu werd hij geconfronteerd met Gabriela's worsteling om onder de primitiefste omstandigheden in het oerwoud te overleven. Hij moest haar helpen.

Zijn eerste opwelling was om op internet een vlucht naar Brazilië te zoeken, maar dat was een belachelijke gedachte. Zijn aanwezigheid zou geen enkel nut hebben, behalve dat hij naast Gabriela in een hangmat zou kunnen liggen. Daar hadden die arme boeren in dat gehucht helemaal niets aan. Hij moest iets verstandigers bedenken. Misschien kon GenIris een gentherapie ter bestrijding van infecties ontwikkelen. Hij had eens gelezen over onderzoek naar de genetische code van malariamuggen. Er konden misschien genetisch veranderde muggen gekweekt worden die de ziekte niet meer overbrachten. Dat kon een verschil maken. Hij moest Iris daar beslist naar vragen. Maar dat zou hoe dan ook tijdrovend zijn en ondertussen zouden er meer kinderen in het dorp sterven. Nee, hij moest iets bedenken wat snel geld opbracht waarmee hij Gabriela zou kunnen helpen.

Darren schonk nog een glas wijn in. Niet slecht, die chardonnay. Natuurlijk! De oplossing lag binnen zijn eigen bereik. Wat had Iris hem aangeraden toen ze na zijn eerste werkdag met elkaar hadden zitten praten in dat café? Dat hij een doel moest bedenken voor de optieregeling die hij voor zichzelf had bedongen. Hier had hij het! Hij kon de opbrengst van zijn opties beschikbaar stellen aan de projecten in het dorp van Gabriela. Het gezondheidscentrum en de coöperatie. Daarop vooruitlopend kon hij geld lenen om haar financiële problemen op te lossen. Dat geld zou hij persoonlijk aan haar brengen. Later, als hij zijn opties kon verkopen, zou hij de lening aflossen.

Darren raakte opgetogen van zijn plan. Hij wilde zijn leven toch een andere wending geven, een nieuw begin na het drama van de scheiding en het verlies van zijn laatste baan? Nou dan! *The Rising!* Dit was zijn kans. Eindelijk had hij zich een hoger doel gesteld, een ideaal, een missie, een ambitie die verder ging dan plat geld verdienen. Hij kon een tweede generator voor het dorp kopen, hij kon de arme indianen geld geven om hun coöperatie te versterken, hij kon de gezondheid van de kinderen verbeteren, een schooltje financieren, of een wasplaats voor de vrouwen. Misschien was er een motorboot nodig of een tractor om de oogst naar de markt te brengen. Wist hij veel! Hij zou wel zien wat er nodig was en Gabriela zou hem adviseren. Dat was het mooiste van het plan: hij ging Gabriela gelukkig maken.

Hij pakte zijn glas wijn en maakte een toastend gebaar naar de houten Afrikaanse beelden die op de grond stonden. Proost, primitieve vrouwen met puntige borsten! Gittinger komt naar de Amazone om de vooruitgang te brengen! Van pure opwinding knoeide hij met de wijn op tafel, zodat hij haastig een doekje moest pakken om een overstroming te voorkomen. Daarna begon hij zijn antwoord aan Gabriela te schrijven.

*Sweet* Gabi,

Vanmiddag heb ik met de auto twee uur over een afstand van dertig kilometer gedaan. Dat noemen we nou de vooruitgang. Bij jou op de rivier zou je stroomafwaarts dezelfde afstand met een kano hebben afgelegd.

Eindelijk thuis in mijn tijdelijke appartement heb ik je e-mail gelezen over de noden in je dorp. Ik denk dat ik je kan helpen. Ik heb bedacht hoe ik op korte termijn geld kan vrijmaken. Vergeet de details, laat die maar aan mij over. Dat is mijn specialiteit.

Verder had ik je willen vertellen over de technieken die bij GenIris ontwikkeld worden voor de modernste medische behandelingen. Ik zal daar later meer over schrijven.

Maar eerst is het belangrijk jou te helpen. Ik ben er helemaal enthousiast over – het geeft me een doel om voor te werken. Het is voor jou en voor de mensen in jouw dorp.

Ik wil je dit snel laten weten en er volgt gauw meer bericht. Met veel liefs voor je en sterkte om de tegenslagen van de regen te weerstaan,

*lots of love*,

Darren.


Nadat hij zijn bericht nog een keer had overgelezen, verzond hij het. Hij had een uitstekend gevoel. Dit was het, het doel voor zijn werk. In stilte bad hij dat de satelliettelefoon in het oerwoud stroom had.

# 8 Adams rib

Toen Darren de volgende ochtend in opperbeste stemming het kantoor binnenkwam, botste hij in de gang tegen een lijvige man. Hij was groot, van middelbare leeftijd, had een kalend hoofd en droeg een donkerbruin leren zakenkoffertje in zijn rechterhand. Met zijn schouders naar voren gebogen, zwaaiend met zijn armen, bewoog hij zich als een mensaap die zijn territorium afbakent. Een moment keek hij Darren aan met een grimmige blik waarmee hij duidelijk maakte dat dit zíjn terrein was en dat het obstakel op zijn pad er het verstandigst aan deed onverwijld voor hem aan de kant te stappen.

Darren had de man niet eerder bij GenIris gezien. Hij mompelde een verwensing en daarna liep hij door. Bij de geopende deur van de kamer van Iris bleef hij staan. Deborah, de chef van het laboratorium, stond in de kamer met Iris te praten.

'Goedemorgen, dames. Zeg, wie is die gorilla die hier rondloopt? Hij liep me zo'n beetje van de sokken', vroeg hij.

'Ik denk dat je tegen professor Herbert Sandbergen bent aangebotst', antwoordde Iris venijnig. Haar hoofd was rood aangelopen.

'Jij ook al', zei Deborah. 'Ik vertel net aan Iris dat ik Sandbergen vanochtend in mijn lab aantrof. Ik heb hem er onmiddellijk uit geschopt.'

'Alsof hij daar iets te zoeken heeft', brieste Iris.

'Wat is er aan de hand?' vroeg Darren

Iris barstte spontaan los over het onaangekondigde bezoek. Toen ze om halfacht aankwam, had Mariëtte, de receptioniste, Sandbergen net binnengelaten. Ze had geïnformeerd wat hij kwam doen en daarop had hij hooghartig gezegd dat hij nog altijd mede-eigenaar van GenIris was. Maar als ze het zo nodig wilde weten, hij kwam persoonlijke gegevensbestanden uit zijn computer halen. Daarna was hij naar het laboratorium gegaan waar Deborah hem had betrapt. Hij had haar uitgescholden en zich vervolgens teruggetrokken in een kleine werkruimte naast het lab waar hij vroeger zijn eigen proeven deed. Hij had de deur achter zich dichtgetrokken en een halfuur niets van zich laten merken.

Bij zijn ontslag, vertelde Iris met een stem die trilde van emotie, was de afspraak gemaakt dat Sandbergen zich niet meer bij GenIris zou vertonen. Dit was de eerste keer dat hij toch weer langskwam. Even had ze overwogen hem het gebouw uit te zetten, maar ze had zich bedacht. Ze had geen zin in een openlijk conflict met Sandbergen, dus had ze hem laten begaan, briesend van woede.

'Liep hij naar de uitgang toen je tegen hem op botste?' vroeg ze.

'Klopt', zei Darren. 'Met een attachékoffertje in zijn hand.'

'O, jezus', mompelde Iris. 'Ik vermoed dat ik al weet wat hij kwam doen. Hij heeft zijn onderzoeksgegevens meegenomen. Het probleem is, hij heeft recht op zijn materiaal dat nog in zijn computer was opgeslagen. Dat had hij bedongen bij zijn vertrek. Hij koesterde die gegevens als zijn privé-domein. Niemand had daar toegang toe, hij alleen.'

'Had hij die gegevens niet beter meteen kunnen meenemen toen hij opstapte?' vroeg Darren.

'Zijn vertrek gaf al zo'n heibel, dat er toen geen sprake van was dat hij nog een stap over de drempel zou zetten. We hebben het toen uitgesteld. Maar ik geloof dat hij bij de universiteit zijn onderzoek wil voortzetten, hij zal het materiaal nu dus wel nodig hebben.'

'Wat voor onderzoek deed hij?'

'O, onderzoek naar *nuclear transfer*, de overbrenging van de donorkern bij eicellen. Dat is zijn academische specialiteit.'

Iris' stem klonk afgemeten, alsof ze zich inhield om niet meer te vertellen.

'Nou ja, hij is opgehoepeld. Ik voel me ongemakkelijk als hij in het gebouw ronddwaalt. Ik heb soms nog nachtmerries van hem. Al is dat natuurlijk onzin, hij is geen verkrachter of seriemoordenaar. Maar wel een onbehouwen klootzak. Goedemorgen, trouwens.'

Iris keek Darren aan met een poging tot een spontane glimlach, maar aan de trekken om haar mond zag hij dat ze iets forceerde. Ze veegde een piek haren uit haar gezicht en wurmde die met enige moeite in het elastiek van haar paardenstaart.

Ze schonk drie mokken koffie in voor Deborah, Darren en zichzelf. Deborah pakte haar mok, nam een slok en zei dat ze terug naar haar lab ging. 'Kijken wat hij bij mij heeft uitgehaald', zei ze, half gespeeld, half menens.

'Sorry voor deze ontvangst', zei Iris tegen Darren nadat Deborah de glazen deur achter zich dicht had getrokken. 'Sandbergen werkt me op mijn zenuwen.'

'Hij leek me een ongelooflijke botterik.'

'Dat heb je goed gezien. Het ene moment een charmeur, iemand van wie je enorm onder de indruk raakt. En het volgende moment een geweldige zak. Sorry dat ik me zo uitdruk.'

Beiden dronken zwijgend hun koffie.

'Afijn. Heb je wat te doen vandaag?' vroeg Iris terwijl ze haar mok stevig op tafel zette.

'Wat dacht je? Ik ben het overleg met het Darwin Fund aan het voorbereiden. De financiële administratie is een puinhoop. Het is schandalig wat Sandbergen heeft achtergelaten.'

'Kan ik je afleiding bezorgen van je rekenwerk? Ik heb een ander voorstel, deel drie van je introductiecursus.'

'O, daar schuif ik alle financiële voorbereidingen voor aan de kant! Wat heb je vandaag op het menu staan?'

'Het vervolg. Je hebt gezien hoe we cellen klonen. Nu wil ik je laten zien hoe we die gekloonde cellen een handje helpen om gespecialiseerde stamcellen te worden.'

Van Sandbergen was geen spoor meer te bekennen. Iris informeerde voor de zekerheid bij de receptioniste en Mariëtte bevestigde dat Sandbergen zo'n kwartier geleden was vertrokken. Hij had nog even met haar staan praten en daarna had ze zijn blauwgroene Jaguar van het parkeerterrein zien wegrijden.

Even later gingen Darren en Iris opnieuw door de sluis en stonden ze in de brandschone ruimte van het laboratorium. Er waren andere mensen aan het werk dan de vorige dag. Darren herkende Deborah aan het rossige haar dat onder haar gesteriliseerde muts uit stak.

'Kun je aan ons financiële genie uitleggen wat hier gebeurt?' vroeg Iris.

'Dit is onze kwekerij', antwoordde Deborah.

Ze draaide zich om op haar kruk. De cellen die na kloning verkregen waren, vertelde ze, werden een aantal dagen gekweekt tot blastocysten, bolletjes van vier of vijf keer gedeelde cellen waarin zich stamcellen begonnen te ontwikkelen. Daarna werden ze een paar weken zorgvuldig in de gaten gehouden, tot het moment waarop de stamcellen zich begonnen te differentiëren. Dat vergde bijzondere oplettendheid van haar laboratoriummedewerkers. Het was een kwestie van gevoel. Als het zover was, werden aan het kweekmedium waarin ze werden gekoesterd, andere ingrediënten toegevoegd. Een beetje bFGF, een beetje EGF en een beetje CEBC.

'Ik wil niet onnozel klinken, maar wat betekenen die letters?' vroeg Darren.

'Dat is natuurlijk geheimtaal voor jou', reageerde Deborah. 'bFGF is *basic fibroblast growth factor* en EGF is *epidermal growth factor.*'

'Zeg maar groeifactoren', vulde Iris aan. 'Technisch gesproken bestaan bFGF en EGF uit eiwitten die door bindweefselcellen van muizen en menselijke huidcellen geïsoleerd worden. Je kunt ze vergelijken met sportdrankjes. Het is de epo van de celkweek.'

'En die derde afkorting?' vroeg Darren.

Deborah wilde antwoorden, maar Iris was haar voor. 'Dat is ons keukengeheim. We noemen het de neurale omgevingsfactor. Daar hebben we het octrooi voor gekregen waarvan je het certificaat in mijn kantoor hebt gezien. Het is zoals bij planten: je geeft ze een beetje pokon en ze groeien zoals wij willen.'

Deborah vervolgde haar uitleg. Onder invloed van de groeimedia ontwikkelden de stamcellen zich na een tot twee weken tot neurale cellen, hersencellen die konden worden gebruikt voor therapeutische behandelingen door ze in te brengen in de hersens van patiënten.

'Je gaat me toch niet vertellen dat dit echt werkt?' zei Darren ongelovig.

'Ja, absoluut', verzekerde Deborah.

'Dat is zo bijzonder aan de methode die we ontwikkeld hebben', vulde Iris aan. In haar stem klonk opnieuw de trots die Darren de vorige dag ook al was opgevallen. Dit was de triomf van haar jarenlange onderzoekswerk.

'Als ik het goed begrijp, heb je dus cellen gekloond alsof het eten met stokjes is. Die cellen groeien met hulp van een sportdrankje uit tot stamcellen en daarna krijgen ze een beetje pokon om ze in hersencellen te veranderen. En die cellen kun je bij patiënten toedienen? Ik hoop niet dat je me kwalijk neemt dat ik dat een tamelijk ongeloofwaardig verhaal vind.'

'En toch is het zo. Denk maar aan die toverballen, dat is het verhaal. We weten niet exact wát er in die cellen plaatsvindt, maar het proces is er. Uit stamcellen ontwikkelen zich hersencellen die we kunnen implanteren bij een patiënt, die donor van zijn eigen gekweekte stamcellen is.'

'Ongelooflijk. En gebeurt dat ook werkelijk? Ik bedoel, heb je er patiënten mee behandeld?'

Deborah en Iris schudden beiden ontkennend hun hoofd. Er waren proeven genomen met muizen en die hadden het gehoopte resultaat opgeleverd. De muizen gingen weer dopamine produceren, alsof ze verjongde hersencellen hadden.

Tussen de middag zaten Iris en Darren in de kantine van het gebouw. Het meubilair in frisse pasteltinten contrasteerde met de traditionele bakstenen van de barakken. Aan de muur hingen expressieve schilderijen van de kunstuitleen.

Vanaf hun tafeltje hadden ze uitzicht op de binnenplaats. Drie pauwen liepen te pronken met hun staarten, in de hoop de aandacht van een hen te trekken. Ze gedroeg zich alsof ze zich van geen hofmakerij bewust was. Parmantig stapte ze heen en weer, de hanen met hun wuivende waaierstaarten achter zich aan lokkend.

'Pauwen zijn interessante voorbeelden van de evolutietheorie', zei Iris terwijl ze naar buiten wees. 'De mannetjes hebben hun pronkstaart niet ontwikkeld om de aandacht van de vrouwtjes te trekken, de vrouwtjes hebben de mannetjes gekozen met de mooiste veren omdat ze zich anders niet lieten verleiden. Om te overleven kregen de mannetjes mooiere staartveren. Zo hebben de vrouwtjes het natuurlijke selectieproces gestuurd. Bij andere soorten is het niet anders. De vrouwtjes zijn bepalend voor de genetische veranderingen van de soort.'

Ze keek naar de houten tuinbanken en tafels die nu nog met plastic afgedekt waren.

'Nog even en het is zomer en dan kunnen we onze wekelijkse stafbespreking weer buiten houden', mijmerde ze.

'Als je theorie klopt, waarom hebben bij mensen de vrouwen dan geen prachtige mannelijke verentooi afgedwongen?' vroeg Darren. Hij had het niet zo begrepen op die dominante vrouwelijke rol in het evolutieproces. 'Of moet je daarvoor naar de binnenlanden van Nieuw-Guinea gaan, waar mannen zich met paradijsvogelveren tooien?'

'En peniskokers', vulde Iris aan.

'Ook dat nog. Gelukkig ben ik geen antropoloog. Je kunt natuurlijk de gekleurde stropdas als ornament voor imponeergedrag beschouwen. Maar hier in het bedrijf draagt geen mens een das, dus hoe verklaar je dat?'

Iris keek hem geamuseerd aan. 'Dit is een androgyn bedrijf. We zijn de seksestrijd voorbij.'

'Ja, ja. Een nieuwe fase van de evolutie, zeker. De bijbel denkt trouwens heel anders over de evolutionaire rol van mannen en vrouwen. In Genesis wordt Eva gemaakt uit Adams rib.'

'We heten dan ook geen GenEsis maar GenIris', lachte Iris. Ze sprak beide woorden op zijn Engels uit. *Dzjeneeziz* en *Dzjenieriz.*

'Volgens mij is Eva het eerste voorbeeld van een gekloonde mens. Gekloond uit de cellen van Adam', overwoog Darren.

'Ik ben niet zo bijbelvast, maar je hebt vast gelijk. Al had God de biologie toch niet helemaal begrepen. Uit mannelijke cellen kun je nooit een vrouw klonen.'

'Ja, dat detail wisten ze natuurlijk niet in de tijd van het oude testament.'

Darren keek Iris geamuseerd aan. Hij hield van dit soort ongerijmde discussies.

'Terugkomend op de uitleg van vanmorgen,' vroeg Darren, 'wat moet ik me bij een behandeling met neurale stamcellen voorstellen?' Hij was nog steeds beduusd over de uitleg die hij in het laboratorium gekregen had. Ondanks de verzekering van Deborah en Iris geloofde hij het verhaal eigenlijk maar half.

'Het is een tamelijk eenvoudige ingreep', zei Iris. 'Het hoofd van de patiënt wordt in een klem vastgezet. De chirurg boort een gaatje in zijn schedel en daarin wordt een injectienaald ingebracht, waarmee de vloeistof met de neurale cellen wordt ingespoten. Het gebeurt onder plaatselijke verdoving.'

'Dat meen je niet!' riep Darren. Hij had het gevoel dat hij net zo voor de gek gehouden werd als die pauw met zijn nutteloze waaier-staart.

'Nee, echt', verzekerde Iris hem. 'Het is een ingreep van tien, hooguit vijftien minuten. Gaatje boren, vloeistof inspuiten, dat is alles.'

'En daarna?'

'Het gaatje in de schedel wordt dichtgeplakt.'

'Ja, dat begrijp ik. Maar met die cellen?'

'O, die vinden hun weg naar de plaats waar ze nodig zijn. We noemen dat *homing*, zoals je ook bij radarapparatuur hebt. Als ze hun plek eenmaal gevonden hebben, voltooien ze hun groei tot volwaar-dige neurale cellen. Nieuwe, jonge cellen die het werk doen waarvoor ze bedoeld zijn. Voor alle duidelijkheid: zo is het gegaan bij onze laboratoriumproeven. En daarna bij proefdieren. We verwachten dat het precies zo zal gaan bij mensen in de klinische testfase.'

'Ik ben, wat zal ik zeggen, verbluft. Stomverbaasd.'

'Je bent niet de enige, Darren. Dat waren wij ook. Iedereen die zich met stamcelonderzoek bezighoudt, kent aanvankelijk een gevoel van ongeloof. Is het werkelijk zo simpel? Ja, kennelijk wel, want het werkt. Er zijn experimenten gedaan, er zijn artikelen verschenen in vaktijdschriften. Ik kan je de verwijzingen op internet geven.'

'Nee, alsjeblieft niet! Ik laat me graag door je overtuigen. Maar het blijft ongelooflijk. On-ge-loof-lijk.'

'En dan heb ik je niet eens alle details verteld.'

'Nou, laat maar. Ik voel de punt van die boor al op mijn schedeldak en hoor het geknars al in mijn oor.'

'Ik heb me laten vertellen dat het prima is te doorstaan. Hersencellen hebben geen gevoel. Er is in de jaren zestig een medisch student in Amsterdam geweest die een gaatje in zijn voorhoofd had geboord, omdat hij dacht op die manier high te worden. Toen ik klein was heb ik hem wel eens gezien in televisieprogramma's. Hij werd als een enorme mafkees gepresenteerd. Maar de behandeling die wij willen uitvoeren, is niet wezenlijk anders.'

'Absurd.'

'Je moet toch vrijwilligers voor proeven hebben. Begrijp je nu trouwens waarom ik zo razend was over die aanslag laatst op dat proefdierencentrum in Engeland? Die activisten zijn gevaarlijk bezig. Ze vormen een bedreiging voor ons soort werk. Ze denken niet aan de medewerkers in de biotechlaboratoria, ze denken niet aan de patiënten, ze hebben geen idee van de medische toepassingen die met de proeven onderzocht worden.'

'Vertel nog wat meer over de medische aanpak', zei Darren.

'We richten ons op de bestrijding van de ziekte van Parkinson, dat weet je. De vrijwilligers staan in de rij om behandeld te worden. Het kan een enorm effect hebben op hun gezondheid.'

Hersencellen, doceerde Iris, vormen een netwerk. Het labyrint van verbindingen wordt onderhouden door zogenoemde neurotransmitters, die ervoor zorgen dat zwakke elektrische stroompjes tussen de hersencellen overgebracht worden. De werking van die neurotransmitters wordt vergemakkelijkt door een aantal eiwitten, waarvan dopamine er één is. Dopamine, zei ze, is raar spul. Te veel ervan en je lijdt aan schizofrenie, te weinig en je hebt Parkinson. Een gebrek aan dopamine leidt tot moeizame bewegingen, vertraagd uitdrukkingsvermogen, trillingen van de hand, verstijfdheid van het gezicht. Als er nieuwe neurale cellen worden toegevoegd, en de dopamineproductie weer op gang komt, verdwijnen de Parkinson-verschijnselen.

Op den duur, vervolgde Iris, wil GenIris zich ook op een behandeling van de ziekte van Alzheimer richten. Dat was lastiger.

Alzheimer wordt veroorzaakt door plakken eiwitten in de hersenen, waardoor de omringende hersencellen afgebroken worden en dementie intreedt. Nieuw gekweekte hersencellen kunnen wel worden ingebracht, maar zolang er geen behandeling bestaat om de vorming van die eiwitplakken tegen te houden, blijft de afbraak – en dus Alzheimer – doorgaan. Er zijn experimenten aan de gang met de toediening van stoffen waardoor de eiwitplakken lijken op te lossen en dat opent een mogelijkheid om met stamceltherapie dementie te bestrijden.

'NeuroLinks, het bedrijf van Matthias en doctor Telecky, houdt zich met dit onderzoek bezig en daarom werken we nauw met ze samen', sloot Iris haar verhaal af. 'Wij zijn goed in stamcellen, NeuroLinks in hersencellen. Kun je me trouwens nog volgen?'

'Jazeker, en dank je voor deze *crash course*. Ik begin eindelijk te beseffen waar ik terecht ben gekomen', zei Darren.

'En, valt het mee?'

'Om je de waarheid te zeggen: nee. Toen ik hier begon, had ik een algemeen idee over het commerciële belang van biomedische toepassingen. Maar dat je zó met cellen kunt knutselen, dat het een kralendoos is waarmee je werkt – nee, dat had ik me niet kunnen voorstellen. Het is veel ingewikkelder dan ik had gedacht.'

'Nee,' zei Iris bedachtzaam, 'nee, zo is het niet. Het idee is hersenwerk, de uitvoering is techniek. Je moet een geniaal idee hebben en daarna volhouden met proefjes. Telkens iets veranderen in de samenstelling van de stoffen totdat je de werkzame formule hebt gevonden. Het is zoeken naar een lichtknop in een donkere kamer waarvan je niet weet of er een lamp is. Je weet alleen zeker dat er licht gemaakt kan worden.'

'Hoe houd je dat vol? Het doorzettingsvermogen om verder te zoeken?'

'Het is behoorlijk eenzaam in het lab, als je dat bedoelt. Je kunt natuurlijk terugvallen op het werk van andere onderzoekers. Maar de meesten houden hun materiaal, als kostbare schatten, angstvallig voor zichzelf. Zelfs Sandbergen deed dat binnen het bedrijf. Ik praat veel met Deborah, ze is erg goed. En verder overleg ik vaak met

Matthias Illbruck van NeuroLinks. Hij is fantastisch. Een enorme steun voor me, en meer.'

'Het lijkt mij niets. Ik wil zekerheid hebben. De cijfers moeten kloppen.'

'Die onzekerheid trekt mij juist aan. Van veel dingen weten we niet waarom ze gebeuren, we hebben een vermoeden, meer niet. Maar proefondervindelijk kun je vaststellen dát ze gebeuren, dat de toevoeging van bepaalde voedingsstoffen wérkt. Ik vergeleek het vroeger in mijn colleges met koken. Een snufje van dit en een snufje van dat, en je krijgt een lekkere maaltijd. Neem je suiker in plaats van zout, dan smaakt het nergens naar. Je moet er gevoel voor hebben. Sommige mensen weten wanneer een ei goed gekookt is en bij anderen lukt het nooit.'

Iris begon te lachen om haar vergelijking.

'Kun jij een gekookt ei precies zo krijgen als je het wilt hebben?' vroeg ze.

'Ja, dat lukt me wel. Maar voor een hele maaltijd sta ik niet in.'

'Ik kan er niets van. Van koken, bedoel ik. Met cellen bezig zijn gaat me beter af. Deborah is echt goed. Die heeft gouden handen voor dit werk.'

Darren keek even naar zijn handen. Het streepje van de trouwring die hij verwijderd had, was nog steeds te zien.

Vanuit zijn ooghoek zag Darren dat Deborah de kantine binnenkwam. Ze keek bezorgd.

'Kan ik je even spreken, Iris?' vroeg ze.

Iris schoof een stoel bij de tafel. Deborah ging ongemakkelijk zitten.

'Ik maak me zorgen om de groeivloeistoffen. Er is volgens mij iets niet in orde.'

'Hoe bedoel je?' vroeg Iris, plotseling ongerust.

'Ze werken niet. Of niet zoals we gewend zijn. De laatste kweek ontwikkelt zich niet tot neurale cellen. Er zijn wel allerlei ongedifferentieerde celontwikkelingen te bespeuren, maar niet wat we willen hebben.'

'Dat moet ik zelf zien', zei Iris. Geschrokken stond ze op, ze mompelde iets in de richting van Darren en haastte zich samen met Deborah naar het laboratorium.

Het was na negen uur toen Darren zijn appartement binnenstapte. Na zijn inwijding in de werking van neurale stamcellen had hij de rest van de middag aan het financiële rekenwerk voor de beursintroductie besteed. Iris had zich niet meer laten zien. Hij wist dus ook niet wat haar inspectie op het lab had opgeleverd.

Hij schonk zichzelf een glas chardonnay in en zocht in de diepvries naar iets eetbaars. Een fatsoenlijke maaltijd was er opnieuw bij ingeschoten. Dit begon op de drukste dagen van zijn bestaan als financieel consultant in Boston te lijken. Altijd maar werken aan deals. Het was ten koste van zijn gezinsleven gegaan en had hem zijn huwelijk gekost. En nu? Bijna een maand was hij in Amsterdam en hij had nog geen enkele keer een van de gezellige kroegen in de buurt bezocht.

Darren startte zijn computer om een e-mail aan Gabriela op te stellen. Het enthousiasme van Iris, merkte hij, was aanstekelijk. Vol overgave beschreef hij het perspectief van de toepassing van stamcellen voor mensen met chronische aandoeningen. Al waren de omstandigheden in het oerwoud totaal verschillend, hij verwachtte dat Gabriela daar positief op zou reageren – ze was zelf ook zo gemotiveerd om mensen te helpen. Over zijn plan om haar financieel te ondersteunen, schreef hij dit keer niets. Eerst wilde hij de constructie verder uitwerken. Daar moest hij de komende dagen tijd voor vrijmaken.

Darren klikte op 'verzenden' en de e-mail begon aan zijn tocht door cyberspace. Hij haalde ook een bericht van zijn server. Er was weer stroom in het oerwoud:

*Amorzinho,*
Dank je voor je lieve aanbod om mijn werk hier te ondersteunen. Het is ongelooflijk welkom en het geeft me een immense vreugde dat je zo met me meeleeft.
Geld is één aspect, het hoeft niet veel te zijn, maar we kunnen

iedere bijdrage gebruiken. We kunnen er essentiële medicijnen van kopen, en misschien de coöperatie weer opstarten.

Het andere aspect is de motivatie om door te gaan. Die moet ik zelf opbrengen. Daarom probeer ik inspiratie te halen uit de belevingswereld van de mensen hier. Ze leven met de natuur. Ik moet geloven zoals de indianen, kracht ontlenen aan de planten, de vlinders, de vogels, het water van de rivier. De natuur is zo overweldigend aanwezig. Ik leef met kolibries, toekans en orchideeën om mijn hut. 's Ochtends word ik wakker van het gekrijs van apen. Het is zo anders dan in het laboratorium van jou. Het oerwoud is een paradijs vol biologisch materiaal. Ik voel me dichter bij God dan bij Darwin.

*Beijos na boca,*
Gabriela

# 9 God, genen en Claudia Schiffer

Twee uur nadat hij het parkeerterrein van GenIris had verlaten, stapte Herbert Sandbergen het universiteitsgebouw binnen. Hij was in een opperbest humeur. Hij had gedaan wat hij wilde doen. De gegevens die hij van zijn privé-computer bij GenIris had gehaald, waren veilig opgeslagen in het geheugen van zijn laptop. Die nam niemand hem meer af. Daarna had hij de bestanden op zijn computer bij GenIris zorgvuldig gewist. Er was geen spoor meer van te vinden. En hij had nog even met Mariëtte gepraat, dat babbelzieke jonge ding van de receptie. Alleen die botsing in de gang met een medewerker die hij niet kende, zat hem dwars. Hij vermoedde dat dit zijn opvolger was, de nieuwe financiële directeur die Iris na zijn vertrek zou aantrekken. Hoewel hij geprobeerd had hem te overdonderen door hem min of meer omver te lopen, leek het hem geen watje. Met die nieuwe vent kon hij nog wel eens in conflict komen als hij zijn zakelijke plannen met GenIris ging uitvoeren, dacht hij. Afijn, eerst maar eens college geven. Daar verheugde hij zich op.

Sandbergen speurde de volle collegezaal af, benieuwd of hij Simone Reekers zag zitten. Hij had zich mateloos geërgerd aan haar bio-activisme, maar hij zag uit naar een hernieuwde kennismaking met haar. Hij hield van jonge vrouwen die hem uitdaagden. Bij Iris Stork, bedacht hij, was het precies zo gegaan. Ze had indertijd zijn aandacht getrokken met haar afwijkende standpunten, hij had met haar gedebatteerd en hij was door haar vasthoudendheid tot nieuwe inzichten gekomen. Daarna was ze hem te slim af geweest en dat zou hem niet nog een keer overkomen. Hij zon op wraak, op een manier om haar ongenadig te grazen te nemen.

Kwart over elf, tijd om te beginnen. Sandbergen klopte op de microfoon, kuchte een paar keer en zette zijn leesbril op. Van Reekers geen spoor. In de zaal zochten zijn ogen een andere student op wie hij zich het komende uur kon richten.

'Dames en heren, we gaan het vandaag hebben over het verband tussen God, genen en Claudia Schiffer. Ofwel de schepping, de evolutie en de menselijke maat', begon hij. Het geroezemoes ging over in gegniffel. Een zwarte student met afrokrullen achter in de zaal ging rechtop zitten bij het horen van de naam Claudia Schiffer. Sandbergen had zijn focuspunt voor het komende uur gevonden.

'En het zal u genoegen doen te horen dat u en ik, wij allemaal, onsterfelijk zijn. De oorsprong van uw erfelijke materiaal, het genoom, voert namelijk in een ononderbroken lijn rechtstreeks terug naar *Luca*, de *last universal common ancestor* van het biologische bestaan. Luca is het eerste eencellige gevalletje dat zich zo'n vier miljard jaar geleden spontaan begon te vermenigvuldigen in de oersoep van het leven. U hier in de zaal bent een slordige vijftig miljard kopieën van Luca verwijderd. Sommigen noemen dat de schepping, anderen de evolutie. Het komt op hetzelfde neer: we stammen af van dezelfde bron en we bestaan allemaal uit dezelfde bouwstoffen. Een van de hedendaagse afstammelingen van dat eerste celletje plasma heeft de vorm aangenomen van het beroemde Duitse fotomodel. Zo ziet u, er is altijd nog hoop.'

Sandbergen keek minzaam de zaal rond. Hij was in zijn element.

'Als u zich voortplant, en ik hoop dat u kiest voor de manier die u het meeste genot verschaft, als u zich dus voortplant, dan geeft u erfelijk materiaal door aan nieuwe generaties. Zo zet u de onsterfelijke lijn van het genoom voort.'

De zwarte student knikte instemmend toen Sandbergen het had over het genot van de voortplantingsdaad. *'Fucking is fun!'* riep hij provocerend.

'Juist! U heeft het begrepen, meneer!' antwoordde Sandbergen. 'En wat betekent uw opmerking vanuit evolutionair oogpunt? Dat wij aangespoord worden om ons voort te planten. Waartoe zijn wij op aarde? vroeg de pastoor vroeger aan de gelovigen. Het antwoord is niet "om Christus te dienen", maar om ons genetische materiaal door te geven naar de toekomst. Zodat ook de volgende vier miljard jaar het leven op aarde evolueert.'

'Wij worden,' vervolgde Sandbergen na een korte pauze om zijn woorden indruk te laten maken, 'wij worden genetisch gestuurd. Edward O. Wilson, de beroemde bioloog, heeft het treffender geformuleerd dan ik dat kan doen, en daarom citeer ik hem. Hij zette zich af tegen de opvatting van de Schotse filosoof John Locke uit de zeventiende eeuw. Die beweerde dat mensen bij hun geboorte een leeg schoolbord zijn, een tabula rasa dat door levenservaringen volgeschreven wordt. Onzin! zei Wilson. Mensen zijn bij hun geboorte "een belicht negatief dat klaar is om in de ontwikkelaar gedompeld te worden". Een belicht negatief! Het negatief kan goed of slecht ontwikkeld worden, maar wat erop staat, de genetische code, komt op de afdruk te voorschijn. Niet meer en ook niet minder. Mensen zijn genetisch bepaald. We zijn *genetically wired*. Vrouwen worden aangetrokken door rijke, machtige mannen omdat ze van hen de beste nakomelingen verwachten. Zestienjarige *Cosmo girls* trekken sexy naveltruitjes aan omdat ze *alpha males* willen vangen, want ze bevinden zich op het toppunt van hun vruchtbaarheid. Mannen hebben aanleg tot polygamie omdat ze hun zaad over zo veel mogelijk vrouwen willen verspreiden. Wat dacht u, mannen zijn niet meer dan wandelende zakken zaad, die met een enkele ejaculatie miljoenen zaadjes verspreiden. U en ik, meneer, – Sandbergen keek zijn student van de dag indringend aan – wij zouden samen alle vrouwen van de wereld kunnen bevruchten en de wereldbevolking in stand kunnen houden!'

De student grinnikte. Het leek hem wel wat. Vooral als hij met Claudia Schiffer mocht.

'Het zou voor ons tweeën te uitputtend zijn,' vervolgde Sandbergen, 'en het zou niet bijdragen aan de diversiteit van het genoom. Daarom eisen vrouwen selectie en moeten mannen hun overvloedige hoeveelheid zaad spreiden. Hoe dan ook, we zijn genetisch gestuurd. Oudere mannen – ja, ik geef het toe – vallen op jongere vrouwen. Dus wat moet een getrouwde man zeggen als hij door zijn partner betrapt wordt op overspel? Dat zijn mijn genen, liefste! Ik kan er niets aan doen, ik word genetisch gestuurd!'

Het werd rumoerig in de collegezaal. De studenten grapten naar elkaar, er werd gelachen en geroepen. Sandbergen genoot van het effect dat zijn woorden hadden. Hij activeerde zijn laptop en klikte naar een bestand met illustraties.

'Grappig, hè', zei hij. 'En dit was nog maar de aanloop naar het onderwerp van vanmorgen. Omdat seksuele aantrekking bedoeld is om genen uit te wisselen, moet u weten hoe het menselijk genoom in elkaar zit. U moet het boek met genetische eigenschappen kunnen lezen.'

Op een scherm projecteerde Sandbergen illustraties die lieten zien dat alle levende materie is opgebouwd uit cellen, dat alle cellen beschikken over een kern en dat zich in iedere kern chromosomen bevinden, de dragers van de erfelijke eigenschappen die zijn opgebouwd uit DNA.

'In den beginne was het Woord en het Woord was bij God. In het Woord was leven en het Woord is vlees geworden', declameerde Sandbergen. Hij draaide zich om naar de zaal. 'Dat is een citaat uit de bijbel, het begin van het evangelie naar Johannes. U zult het niet geloven, maar de evangelist was dichter bij de waarheid dan hij kon vermoeden. Het geheim van het leven is namelijk een woord. Een vierletterwoord.'

'*Fuck!*' riep de student achter uit de zaal opnieuw.

'Nee meneer, nu heeft u het mis. Het woord bestaat uit de letters A, T, C en G.'

In vogelvlucht nam Sandbergen de bouwstenen van het leven door. Beginnend bij de ontrafeling van het menselijk genoom in de lente van 2000 ging hij terug naar de ontdekking van de structuur van het DNA in 1953 door James Watson en Francis Crick. Op het scherm verscheen een kleurige wenteltrap van suiker- en fosfaatmoleculen, de befaamde dubbele helix als de drager van het erfelijke materiaal. Een gedraaide touwladder, waarbij de sporten zijn samengesteld uit vier verschillende chemische stoffen, die basen worden genoemd en die worden aangeduid met de letters A, T, C en G. Ze komen in vaste combinaties, waarbij A met T en C met G een paar vormt. Een aantal opeenvolgende basenparen vormt een gen. Ieder gen fungeert als een code die instructies kan geven om bepaalde aminozuren te maken, waarmee ketens van eiwitten worden samengesteld

Het menselijk genoom, doceerde Sandbergen, bestaat uit zo'n 3 miljard basenparen, die bij elkaar zo'n 30.000 genen vormen – 2,5 procent van het totale DNA. Voor de overige 97,5 procent bestaat het DNA uit basenparen die geen functie hebben of waarvan de betekenis onbekend is, het zogenoemde rommel-DNA. Het is alsof in een boek van 6 miljard letters 2,5 procent 'woorden' verstopt staan in 97,5 procent 'nonsens'. Een onbegrijpelijke letterbrij met hier en daar een verborgen woord zoals in een puzzel.

Het menselijk genoom is opgeslagen in drieëntwintig paar chromosomen in iedere celkern. Uitgetrokken en achter elkaar gelegd heeft het genoom van één celkern een lengte van twee meter, zodat het complete DNA van één mens vijf keer om de aarde kan worden gewikkeld, en een gewicht heeft van ongeveer 500 gram. Aan een pondje erfelijke eigenschappen heeft de menselijke soort genoeg. Het DNA, zei Sandbergen, is de beste verpakkingstruc die ooit in het universum is bedacht.

'Met het Latijnse alfabet van 26 letters kunnen kasteelromans, pornografie en de bijbel worden geschreven, dames en heren', declameerde Sandbergen. 'Dezelfde letters kunnen zich laten lezen als een driestuiverroman of een literair meesterwerk. Met de letters van het DNA is het niet anders. Er kunnen pantoffeldiertjes en mensen mee worden gemaakt.

De combinaties van de vier letters van het genoom verschillen per soort, maar de verschillen in aantallen genen zijn kleiner dan onderzoekers vroeger dachten. De mens heeft slechts drie keer zoveel genen als een fruitvliegje, twee keer zoveel als een aardworm en anderhalf keer zoveel als een eenvoudig plantje. Het menselijk genoom is een fractie groter dan dat van een muis, maar dat kleine verschil heeft tot gevolg dat muizen geen mensen, en mensen wél muizen kunnen vangen. Die overeenstemming van het aantal genen laat zich verklaren omdat dezelfde basisfuncties – voedselomzetting, energiehuishouding, bloedsomloop, ademhaling, afweermechanismen, vermenigvuldiging – aanwezig zijn in alle levende wezens. Leven is in essentie een kwestie van informatieverwerking, voedselverwerking en voortplanting. Daar houdt de genetische machinerie zich mee bezig.

De genetische verschillen tussen mensen onderling zijn nog veel kleiner, hooguit een tiende van een procent. Het hedendaagse menselijk ras is evolutionair gezien nog zo jong, dat het geen tijd heeft gehad om betekenisvolle genetische variaties te ontwikkelen. Er bestaan daarom geen genetische barrières voor de voortplanting tussen mensen van uiteenlopende rassen.'

Professor Sandbergen klikte zijn computerpresentatie uit.

'Waarmee ik zeggen wil dat het begrip "ras" geen genetische basis kent en er vanuit de evolutiebiologie bezien geen reden voor discriminatie bestaat.' Hij keek de zaal rond. 'En dat, dames en heren, is van belang voor het volgende onderwerp dat ik met u wil behandelen, genetische transplantatie...'

Recht tegenover zich zag Sandbergen dat de deur van de collegezaal openzwaaide. Door de deuropening stormde Simone Reekers naar binnen, met achter haar aan een groepje van zeven studenten. Ze hield een kartonnen bord omhoog, waarop met rode viltstift geschreven stond *Zandbergen – In de cel.*

Ze heeft verdomme mijn naam verkeerd gespeld, was de eerste gedachte die door Sandbergens hoofd schoot.

'Deze professor knutselt met levende cellen!' riep Simone Reekers. Daarna scandeerde ze met overslaande stem: 'Weg met het cellenonderzoek, weg met het cellenonderzoek, weg met het cellenonderzoek.'

Het groepje dat achter haar aan liep, nam het spreekkoor over. Er ontstond onmiddellijk onrust in de collegezaal, studenten kwamen overeind om te kijken wat er aan de hand was. Ze genoten van de onverwachte afleiding van het saaie college dat Sandbergen net had afgerond.

De activisten hadden groene T-shirts aan, waarop de aankondiging geprint was van een Europese demonstratie tegen biotechnologie in Brussel. Simone Reekers had haar T-shirt een maat te klein besteld, zodat het strak om haar bovenlijf spande. Ondanks de ongemakkelijke situatie waarin hij zich bevond, kon Sandbergen niet nalaten bewonderend naar haar te kijken.

Simone Reekers vatte zijn blik op als een uitdaging. Ze liep in de richting van het podium waar Sandbergen, met de muis van de computerpresentatie nog in zijn hand, voor het katheder stond. Ze had een vastberaden trek om haar mond, haar ogen waren fel. Sandbergen raakte in de war. Hij dacht aan de ochtend dat ze hem had gevraagd zich aan te sluiten bij een comité van verontruste wetenschappers.

'EuGene is voor eerlijke genen en tegen manipulatie met erfelijk materiaal', riep Simone Reekers. Zwaaiend met het kartonnen bord stond ze vlak naast Sandbergen. Even keek ze hem triomfantelijk aan, daarna draaide ze zich om naar de studenten en riep: 'Deze professor knutselt met cellen. Hij hoort zelf in de cel! Deze colleges zijn gevaarlijk.'

'Welnee! *Sex is fun!*' riep de zwarte student.

Sandbergen beschouwde hem als een natuurlijke bondgenoot in de strijd tegen de activisten.

'Goed mevrouw, welkom in dit college, u kwam wat laat maar u heeft uw standpunt duidelijk gemaakt', riep hij. Hij probeerde zijn stem verzoenend te laten klinken. 'Ik verzoek u de zaal te verlaten en de voortgang van het college niet te verstoren.' Met zijn hand probeerde hij Simone Reekers weg te duwen.

De studente ontweek hem. Ze draaide zich lenig om, waardoor het protestbord tegen het hoofd van Sandbergen sloeg. De klap voelde hij nauwelijks, maar kennelijk was het bord met een paar puntige spijkers op de stok getimmerd, want hij merkte dat een bloedstraaltje langs zijn wang druppelde. Tevergeefs probeerde hij het bloed met zijn hand te deppen.

'Schande, schande!' riep Simone Reekers. 'Deze man heeft bloed aan zijn handen! Bloed van onschuldige cellen!'

Sandbergen dreigde met overslaande stem dat hij Simone Reekers wegens laster voor de rechter zou slepen. Zwaaiend met hun protestborden begon het groepje demonstranten de zaal te verlaten. Bij de deur draaide Simone Reekers zich om en terwijl ze Sandbergen uitdagend aankeek, riep ze de studenten op om deel te nemen aan de komende Europese demonstratie in Brussel tegen Frankenstein-technologie. De professor, danig van zijn stuk gebracht, verklaarde het college abrupt voor beëindigd.

Ongeveer op het moment waarop de studenten joelend de college-zaal verlieten, begon aan de andere kant van de Atlantische Oceaan in de buurt van Boston de wekelijkse ontbijtvergadering van het bio-techbedrijf The Organ Factory. In het vroege ochtenduur kwamen de drie partners van The Organ Factory bij elkaar op de zesde verdieping van een fantasieloos utiliteitsgebouw met uitzicht op de Charles River. Een van de partners was Fernando Cardoso de Mello Franco Junior, de vriend en studiegenoot van Darren Gittin-ger.

Op de tafel van de vergaderruimte stonden een schaal met donuts en muffins, een thermoskan met slappe Amerikaanse koffie, een plastic flacon met *orange juice*, piepschuimen borden en bekers. Zonder verdere plichtplegingen gingen de drie partners, twee man-nen en een vrouw, om de ovalen tafel zitten. Ze voorzagen zichzelf van versnaperingen en begonnen hun vergadering.

Het onderwerp dat die ochtend ter sprake kwam, was het politieke klimaat in Amerika ten aanzien van stamcellen. Dat werd steeds slechter onder invloed van de conservatief-christelijke antiabortus-beweging. Religieus rechts had de aanval op alle experimenten met klonen frontaal geopend.

Voor de Pro Life-beweging stond het gebruik van bevruchte rest-embryo's uit IVF-behandelingen gelijk aan de moord op een onge-boren vrucht. Het gevolg was dat onderzoek naar medisch-therapeu-tische toepassingen van stamcellen als een even groot kwaad werd beschouwd als abortus.

The Organ Factory stelde zich ten doel om in de toekomst nieuwe organen uit lichaamscellen te kweken, maar ondervond daarbij steeds meer belemmeringen. Als het klimaat in Amerika verder verslechterde, was het voortbestaan van het bedrijf niet zeker. Daar-om zochten de partners samenwerking met bedrijven buiten de

Verenigde Staten waar geen hysterische beperkingen golden voor stamcelonderzoek.

'De vraag is wat te doen', vatte Fernando de situatie samen.

'Heb je een voorstel?' vroeg de vrouwelijke partner.

'Misschien wel, ja. Er doet zich een interessante optie voor.'

De twee partners keken Fernando benieuwd aan. Hij genoot van de aandacht die op hem gericht was. Hij nam een hap van een donut en vervolgde met volle mond: 'Een vriend van me, een maatje van mijn business school, is kortgeleden begonnen als *chief financial officer* bij een biotechbedrijf in Europa.'

'Is dat interessant?'

'Absoluut.'

'Wat voor bedrijf is het?'

'Ik weet het niet precies, maar het is gespecialiseerd in stamcellen. Het is gevestigd in Holland. Ik heb begrepen dat het een veelbelovend bedrijf is. Ze beschikken over uitmuntende kennis, maar niet over geld. We hebben wat geld in kas. We zouden een bod op ze kunnen uitbrengen.'

'En dan?' vroeg de andere partner. 'Volgens mij loop je te hard van stapel. Hoe kunnen we ons een overname veroorloven, terwijl we niets te bieden hebben?'

'We kunnen ze toch uitnodigen voor een gesprek? Dat bedrijf wordt geleid door een gerenommeerde onderzoekster. Ik ben wel benieuwd waarmee ze bezig zijn.'

'Als het maar niet uitlekt. Dan zijn we morgen zelf prooi van een overname door een of andere farmaceutische gigant. Daar voel ik niets voor', wierp de man tegen.

'We moeten het strategisch spelen', opperde Fernando. 'Ik gok dat die vriend van me wel belangstelling heeft, ook al hebben we financieel weinig armslag.'

'Weet je hoe we in contact met ze kunnen komen?' vroeg de vrouwelijke partner, duidelijk geïnteresseerd.

'Ik ken de *venture capitalist* die in dat bedrijf geïnvesteerd heeft, toevallig ook goed. Ik kan hem een mailtje sturen. Die helpt ons zeker verder.'

De andere twee partners keken elkaar aan. Fernando's voorstel beviel ze. En aangezien er geen andere urgente punten te bespreken waren, sloot Fernando de vergadering.

# 10 Darwin Evolution Fund

Het kantoor van het Darwin Evolution Fund was gevestigd in Amsterdam-Zuid. Het was een buurt van rustige straten, omzoomd met bomen. Voorzover hier zakelijke activiteiten werden uitgeoefend, hadden die betrekking op modieuze bezigheden zoals architectuur, public relations of reclame. Bij de voordeur van een van deze statige huizen hing een messing naambordje waarop in sierlijke letters DEF *Management* stond met daarnaast een gestileerde leguaan. Vanaf de straat was niet zichtbaar dat hier een risicodragend beleggingsfonds in biotechbedrijven was gevestigd. Er kon ook een Russische oliehandelaar kantoor houden, een makelaar in diamanten, een speculant in strategische metalen of een IT-consulent.

Het pand was vanbinnen in oorspronkelijke stijl gerestaureerd. De vloer van de hoge hal was belegd met een mozaïek van wit en zwart graniet, in het brede trappenhuis waren de originele Jugendstil glas-in-loodramen nog aanwezig, zodat het binnenvallende licht gebroken werd in de warme kleuren van het glas. Op de muur was een trompe-l'oeil aangebracht met een schildering van een Amsterdams stadsperspectief. Een zware koperen kroonluchter, voorzien van elektrische kaarsjes, completeerde de entree.

Op de eerste verdieping verzamelden zich de partners van Darwin in de vergaderzaal. Jeen Westerhoff, Frans Steenis, Harry de Groot en Bernd van Seumeren hadden met elkaar gemeen dat ze begonnen waren met het *venture fund* in de hoop veel geld te verdienen met risicodragende investeringen in biotechnologische bedrijven. Maar de afgelopen jaren waren in financieel opzicht desastreus geweest. Het gebrek aan resultaat gaf spanningen in het team van Darwin. De partners waren het er gloeiend over eens dat er snel geld moest binnenkomen, anders moesten ze hun avontuur met de verstrekking van risicokapitaal beëindigen en hun verlies nemen.

Al hun hoop hadden ze gevestigd op de financiële doorbraak van het bedrijf waarvan de twee directieleden dadelijk op bezoek zouden komen. GenIris kon het verschil maken tussen triomf en tragedie voor het Darwin Fund.

'Wat denk je, wordt het wat met die nieuwe financiële man?' vroeg De Groot argwanend aan Westerhoff.

'Ik heb alle vertrouwen in hem', zei Westerhoff geruststellend.

'Zeker omdat het een vriendje van je is. Ik ben niet overtuigd.'

'Hij heeft een uitstekende reputatie.'

'Maar kan hij Iris Stork aan? Dat is de vraag', vulde Steenis aan.

'Ze is wetenschappelijk briljant maar zakelijk een ramp', bromde Van Seumeren.

Dat was het probleem. De mannen van Darwin hadden geen enkel vertrouwen in het zakelijk inzicht van de eigenwijze oprichtster van GenIris. Ze waren weliswaar enthousiast over de medische toepassingsmogelijkheden van haar stamceltechnologie, maar die leverden nog geen geld op. Voorstellen om extra inkomsten te genereren, had Iris Stork steeds categorisch afgewezen.

'We hadden Sandbergen nooit moeten ontslaan', verzuchtte Steenis. 'Die vent had tenminste ballen. Hij bruiste van de commerciële plannen.'

'Over Sandbergen zouden we het niet meer hebben', brak Westerhoff hem af.

'Maar hij kwam wél met voorstellen die op korte termijn een cashflow zouden opleveren', brieste Steenis. 'Zoals zijn project om stamcellen uit navelstrengbloed van baby's op te slaan! Een geweldig plan dat nu door een Amerikaans bedrijf in België wordt uitgevoerd. Daar is een markt voor. Ouders die het beste met de gezondheid van hun kinderen voorhebben zijn graag bereid te betalen om bij de geboorte wat bloed te laten aftappen en dat te laten invriezen. Met een kleine investering had GenIris daarmee een constante inkomstenstroom kunnen krijgen.'

'Of zijn voorstel om het geslacht van baby's met een simpele behandeling te bepalen. De kliniek die zich daarop toelegt, is een goudmijn', vulde De Groot aan. 'Maar mevrouw Stork wilde er niet van weten.' Uit de manier waarop hij haar naam uitsprak, klonk misprijzen.

'Heren, de zaak-Sandbergen is gesloten', zei Westerhoff bits. 'Laten we die kwestie niet opnieuw oprakelen. Het gaat nu om de beursgang.'

'Wacht even, Jeen. Jij hebt toegegeven aan de druk van Stork om Sandbergen te ontslaan en daarna heb je je vriendje van de business school binnengehaald.' Steenis keek Westerhoff verwijtend aan.

'Maar dat kon niet anders en jullie zijn ermee akkoord gegaan', zei Westerhoff geïrriteerd.

Het indringende geluid van de bel maakte een einde aan het gesprek. De gasten van de ochtend waren gearriveerd. Westerhoff ging naar beneden om de bezoekers persoonlijk open te doen.

Enthousiast schudde hij Darren Gittinger de hand. Iris Stork begroette hij zakelijk, maar niet minder hartelijk.

'Kom binnen!' verwelkomde hij hen. 'Goed jullie te zien! We zitten boven in de kamer aan de voorkant.'

Tegen een medewerkster in de kamer naast de hal riep Westerhoff dat hij het komende uur in vergadering was en niet gestoord wilde worden. De secretaresse antwoordde dat ze koffie zou brengen.

Bij het raam van de vergaderzaal stonden de overige partners van Darwin hen op te wachten. Darren stelde zich voor, Iris gaf plichtmatig een hand. Aan haar uiterlijk zag Darren dat ze gespannen was. Ze deed haar best om zich als zakenvrouw te presenteren – ze had voor de gelegenheid een lange rok met een jasje over een dunne coltrui aangetrokken – maar ze was in deze omgeving met haar geldschieters niet op haar gemak. Haar hand speelde nerveus met het gouden kikkertje dat aan een ketting om haar nek hing.

'Ga zitten, ga zitten', zei Westerhoff uitnodigend. Hij probeerde een informele sfeer op te roepen, maar daarin slaagde hij half. Darren herkende het ongemak uit zijn vroegere werk: startende ondernemers die op bezoek kwamen bij hun financiers, voelden zich altijd opgelaten. Niet alleen waren ze afhankelijk van de grillen van hun investeerders, het was ook een verschil in perspectief. Beginnende ondernemers waren geobsedeerd door hun werk. De kapitaalverstrekkers wilden zekerheid dat ze op termijn hun investering zouden terugverdienen. Ze waren argwanend, terughoudend, veeleisend.

Het leek wel of ze altijd op de rem stonden, terwijl de ondernemers hun droom wilden verwezenlijken zonder voortdurend gezeur over rendementen.

Darren besefte dat hij van positie, en daarmee ook van invalshoek, was veranderd. Vroeger, in zijn vorige leven als consultant dat een eeuwigheid geleden achter hem leek te liggen, hield hij de belangen van de investeerders in de gaten en nam hij startende ondernemers kritisch de maat. Nu zat hij aan de andere kant van de tafel en maakte hij deel uit van het management van een nieuw bedrijf.

Hij was blij dat ze hier met zijn tweeën zaten. Iris kon het verhaal van de stamcellen vertellen, hij zou het financiële perspectief geven. Daar was hij goed in. En dat niet alleen. Het project van Gabriela gaf hem extra motivatie.

Het weerzien met Jeen Westerhoff deed Darren terugdenken aan hun gemeenschappelijke tijd, toen ze geregeld squash speelden in het sportcomplex van de business school. Jeen was atletischer dan hij, en ook fanatieker. Maar Darren had een beter inzicht in het spel en daardoor waren ze aan elkaar gewaagd. Ze konden goed met elkaar opschieten. Vaak bereidden ze samen hun werk voor. Waarbij zich hetzelfde patroon voordeed als bij het squashen: Jeen was energieker, maar Darren was vernuftiger in het bedenken van slimme oplossingen voor de vraagstukken die ze voorgelegd kregen.

Stom eigenlijk, dacht Darren een moment, dat hij het squashen had laten zitten zodra hij van de business school af was. Het was het bekende patroon geweest: na zijn studie had hij zich volledig op zijn werk gestort.

'Hoe is het, zullen we weer eens gaan sporten?'

Darren werd opgeschrikt uit zijn mijmering. 'Ja, goed idee, Jeen. Ik kan wel wat beweging gebruiken!' Hij sloeg lachend met zijn hand op zijn buik.

'We spreken straks wat af, maar laten we eerst de agenda van vandaag doornemen', vervolgde Westerhoff. Hij kwam ter zake. 'Iris kent mijn zakenpartners al, maar voor jou, Darren, dit zijn Frans Steenis, Harry de Groot en Bernd van Seumeren. Met zijn vieren vormen we het Darwin Evolution Fund. We zijn, mag ik wel zeggen, pioniers in investeringen in startende *life science*-bedrijven. GenIris is een van onze eerste deelnames en we verwachten er veel van.' Westerhoff glimlachte even in de richting van Iris. Daarna vervolgde hij: 'Zoals je weet zijn wij met onze participatie de grootste afzonderlijke aandeelhouder in GenIris. Er zit nog een klein plukje aandelen bij een Zwitsers bedrijf, Pharmatics. Verder zijn de twee oprichters, Stork en Sandbergen, aandeelhouders en er loopt een personeelsplan voor aandelen. Het betreurde vertrek van Sandbergen uit de directie heeft geen gevolgen gehad voor zijn deelname in het bedrijf. Hij heeft nog steeds stemrecht als aandeelhouder en dat kan op den duur complicaties opleveren.'

Westerhoff pauzeerde even en keek zijn partners vermanend aan om duidelijk te maken dat er over Sandbergen verder niet werd gesproken.

'En voor jou, Darren, hebben we een aparte optieregeling ontworpen om je in te kopen bij de beursgang. Dat is allemaal geregeld, mag ik aannemen?'

Westerhoff blikte naar Van Seumeren. De accountant knikte zwijgend.

'Jij bent ook tevreden?' wendde Westerhoff zich tot Darren.

'Zeker. Zo hebben we het afgesproken', zei Darren zakelijk. 'Maar als u me toestaat, wil ik graag een aanvullende opmerking maken.'

De overige aanwezigen keken hem verrast aan.

'Ik overval u ermee op deze bijeenkomst, maar dat komt omdat er zoveel in korte tijd geregeld moet worden. Sinds ik bij GenIris ben begonnen, heb ik mijn handen vol gehad aan het op orde brengen van de, eh, niet geheel sluitende administratie.'

Darren keek verwijtend naar Van Seumeren. Deze deed alsof hij verdiept was in de papieren die voor hem op tafel lagen. Westerhoff róerde in zijn koffie.

'Hoe dan ook, het gaat om de praktische uitwerking van mijn beloningspakket. Ik wil daaraan een lening toevoegen. Een geldlening die gekoppeld is aan mijn optieregeling, vandaar dat ik het meteen ter sprake breng. Ik zou een lening kunnen afsluiten bij een bank, maar sinds ik in Amsterdam woon heb ik nog niet eens tijd gehad om een bankrekening te openen. Voordat mijn kredietwaardigheid is vastgesteld en er een garantie is verstrekt, ben ik een maand verder. Het punt is, ik wil op korte termijn over contant geld beschikken. Daarom stel ik voor, en dat lijkt me de eenvoudigste oplossing, dat ik een lening bij Darwin afsluit. U kent de waarde van mijn opties en die kunnen als onderpand dienen. De lening wordt afgelost met de opbrengst van de beursgang.'

Even was het stil rond de tafel. De vier investeerders leken door zijn voorstel overvallen; Iris staarde afwezig voor zich uit.

'Wat wilt u met die lening doen?' vroeg Steenis argwanend. 'Als u er extra aandelen GenIris van wilt kopen bij de beursintroductie, moeten we dat in het prospectus vermelden.'

'Nee, nee, het is een privé-aangelegenheid', verduidelijkte Darren haastig. 'Ik ga er niet mee speculeren, als u dat bedoelt. Voor een deel heb ik het geld gewoon nodig als voorschot voor mijn lopende uitgaven. Ik ontvang geen salaris, zoals u weet.'

'Wat als de opties waardeloos zijn tegen de tijd dat ze worden uitgeoefend?' drong Steenis aan. Hij tikte streng met zijn pen op de mahoniehouten tafel.

'In dat geval heb ik een probleem, want de aflossingsverplichting blijft natuurlijk bestaan. Maar laten we reëel zijn. Van dat zwarte scenario gaat niemand aan tafel uit. Ik denk dat ik voor ons allen spreek als ik vaststel dat we geloven in het potentieel van GenIris. Daarom zitten we hier als investeerders en management bij elkaar. Bovendien is de optiekoers die we in mijn contract hebben vastgelegd, zo gunstig dat er sprake moet zijn van een dramatische daling van de koers als die daaronder zakt.'

'Dat is natuurlijk niet de bedoeling', merkte Iris droog op. Alle aanwezigen draaiden hun hoofd naar de enige vrouw aan tafel. Ze kleurde een beetje.

'Sorry dat ik me ermee bemoei, maar ik dacht aan het geld dat we nodig hebben om de klinische proeven te financieren.'

'Uiteraard', zei Westerhoff geruststellend. Iris' ongerichte opmerking sterkte hem in zijn overtuiging dat ze niets van de financiële kant van het management begreep. Hij was blij dat hij Darren had aangetrokken en wilde zijn oude studievriend tegemoet komen.

'Zijn er opmerkingen over Darrens verzoek?' vroeg hij.

'Ik zie wel enkele bezwaren', formuleerde De Groot zuinig. Hij was de jurist van het gezelschap. 'Namelijk strijdigheid met de emissieregels van de beurs. Maar die kunnen we omzeilen. We moeten de lening op een zodanige manier in het prospectus vermelden, dat het niemand zal opvallen. Ik verzin wel wat kleine juridische lettertjes.'

'Aan welk bedrag denk je?' vroeg Westerhoff.

'Twee miljoen euro.'

Niemand liet blijken geschokt te zijn door de hoogte van het bedrag.

'Als ik mijn pakket opties tegen de laagste koers verzilver, dan levert dat nog altijd 2,5 miljoen op', vervolgde Darren. 'Dus ik beschouw mezelf als een betrouwbare debiteur.'

'Goed.' Westerhoff keek om zich heen. 'Als er verder geen opmerkingen zijn, stel ik voor dat dit nader wordt uitwerkt. Akkoord?'

Er klonk instemmend gemompel. Darren was opgelucht. De eerste stap van zijn project had hij gezet.

'Mooi, dan hebben we dit afgehandeld. Laten we het dan nu hebben over de stand van zaken bij GenIris', vervolgde Westerhoff.

De secretaresse kwam binnen met een blad waarop verse koffie stond. Ze zette het blad neer op tafel en bleef aarzelend staan.

'Er werd net een pakje gebracht. Er was haast bij', zei ze. Nonchalant legde ze een manilla-envelop op de vergadertafel.

Westerhoff pakte de envelop. Behalve *Darwin Evolution Fund* stond er niets op.

'Nou, dat zien we wel', zei hij verstoord. Hij schoof de envelop naar de hoek van de tafel. Tijdens vergaderingen hield hij er niet van onderbroken te worden door zijn vrijpostige secretaresse.

De secretaresse trok de deur met een klap achter zich dicht.

Steenis nam de gelegenheid te baat om van onderwerp te veranderen.

'Voordat u kwam, bespraken we de financiële situatie van GenIris.

We zijn van mening dat er iets gedaan moet worden aan de cashflow. Er moet meer inkomen gegenereerd worden. Dat is gunstig voor de kaspositie van het bedrijf en het verhoogt de beurskoers.'

Iris keek wanhopig naar Darren. 'Deze discussie hebben we al zo vaak gevoerd. Ik ben geen commerciële wondervrouw maar een wetenschappelijk onderzoekster', zei ze stellig.

'Maar professor Sandbergen was ook een onderzoeker en hij had wél commerciële voorstellen. En hij is op uw verzoek uit de directie verwijderd', zei De Groot.

Iris reageerde als door een wesp gestoken. 'De heer Sandbergen en ik hadden een wetenschappelijk verschil van mening. Dat heb ik aan Westerhoff duidelijk gemaakt en daarna zijn er met uw instemming passende maatregelen genomen.'

'Toch jammer dat we hem moeten missen. Hij had voor de broodnodige inkomstenbronnen kunnen zorgen', pruttelde De Groot.

'Het ontslag van Sandbergen valt niet meer terug te draaien. Ik stel voor dit onderwerp te laten rusten', zei Westerhoff. Hij wilde escalatie van het meningsverschil voorkomen. Toen niemand hem tegensprak, vervolgde hij: 'Andere opmerkingen?'

'Enig probleem met actievoerders?' vroeg Steenis kritisch. 'Ik las laatst over een aanslag bij een Engels biotechbedrijf.' Hij tikte weer met zijn pen op de tafel.

'Nee', antwoordde Iris, nog steeds kribbig. 'We blijven in de luwte. Misschien omdat ons bedrijf tamelijk verscholen ligt in de bossen, krijgen we nooit ongewenste bezoekers.'

Ze keek veelbetekenend naar Darren.

'Maar politiek is uw onderzoek omstreden. Daar zou u toch rekening mee moeten houden', drong Steenis aan. Hij loerde belerend over het dunne gouden montuur van zijn leesbril. Het getik met de pen irriteerde Iris.

'Dat heeft mij er nooit van weerhouden door te gaan', zei ze. 'En als u het zo omstreden vindt wat wij doen, begrijp ik niet waarom u zo graag geld in GenIris wilde steken.' God, wat haatte ze deze investeerders.

'Nee, nee,' suste Steenis, 'natuurlijk staan wij volledig achter u. GenIris is ons kroonjuweel. Maar ik denk aan de beveiliging. En aan de publieke opinie, die kan zich tegen u keren. U moet aandacht besteden aan de pr en een hek om het terrein zetten, dat bedoel ik.'

'We kunnen altijd patiëntengroepen mobiliseren, dat heb ik in Amerika ook meegemaakt', zei Darren om Iris te steunen. 'Stelt u zich voor dat politici met droge ogen beweren dat ze tegenstanders zijn van een beschikbare gentherapie voor Parkinson. Of voor Alzheimer. Dan komen de patiënten en hun familieleden in opstand, dan krijgen ze de kiezers tegen zich. En alle media vallen briesend van verontwaardiging over ze heen. Ze kijken dus wel uit.'

'Natuurlijk, dat begrijp ik', krabbelde Steenis terug. 'Maar bij de beursgang moeten we geen last krijgen van een stelletje idioten die staan te demonstreren of die brand stichten. Dat geeft negatieve publiciteit.'

'We hebben alle noodzakelijke voorzorgsmaatregelen getroffen', blufte Darren, waarmee het onderwerp was afgehandeld.

Iris keek hem goedkeurend aan. Ze gaf hem, onzichtbaar voor de partners van Darwin, een klopje op zijn linkerbovenbeen.

'Zijn er nog andere knelpunten bij het onderzoek waarvan we in dit stadium op de hoogte moeten zijn?' vroeg Van Seumeren.

'Ik moet het afkloppen, maar er zijn geen acute problemen, geen complicaties, geen onverwachte tegenslagen. Alles loopt naar wens', loog Iris met een uitgestreken gezicht.

De bijeenkomst liep ten einde. Het team van Darwin zou het contact onderhouden met de investeringsbank die de beursgang voor zijn rekening ging nemen. Die zou aan de slag gaan met het prospectus en een indicatie van de introductiekoers berekenen. Er werd een voorlopige datum vastgesteld. Darren zou zorgen voor alle bedrijfsgegevens en Iris zou zich voorbereiden op presentaties voor beleggers.

'We willen jullie niet onder druk zetten,' zei Jeen Westerhoff ter afsluiting, 'maar Darwin wil dat deze beursintroductie slaagt. We hebben drie jaar lang de verliezen van GenIris gedragen. We willen graag cashen, het potentieel van GenIris in waarde omzetten. Dat is voor ons, maar ook voor jullie interessant.'

Hij dacht aan de twintig procent bonus die een beursgang opleverde voor de risicodragers van het eerste uur. Niets menselijks was hem vreemd.

Opnieuw kwam de secretaresse binnen. Ze had een velletje papier in haar hand.

'Er is een e-mail binnengekomen en ik dacht dat u het interessant zou vinden er kennis van te nemen.'

'Dank je', zei Westerhoff afgemeten. Hij pakte het geprinte bericht aan. De secretaresse liep zonder iets te zeggen de vergaderkamer uit.

'Wel, wel, wel', mompelde Westerhoff. Hij keek Darren geamuseerd aan. 'Dit komt van onze vriend Fernando. Hij schrijft dat hij belangstelling heeft voor GenIris. Voor jullie informatie – Westerhoff keek de overige aanwezigen rond de tafel aan – Fernando leidt een biotechbedrijf in Cambridge, Massachusetts. The Organ Factory. Dat kán interessant zijn voor GenIris.'

Twintig minuten later stapten Iris en Darren de deur uit van het Darwin Evolution Fund, uitgeleide gedaan door Jeen Westerhoff.

'En, wat vond je ervan?' vroeg Iris. 'Jij bent vertrouwd met dat wereldje van investeerders.'

'Ze waren kritisch, maar het ging goed. Darwin wil cashen. Ik ken dat gevoel, dan gá je ervoor als investeerder.'

'Ik vond het vreselijk. Al dat gezeur over geld. In mijn werk met stamcellen zijn ze niet geïnteresseerd.'

'Dit zijn financiële jongens, Iris, geen wetenschappelijke onderzoekers.'

'Maar ze willen geld verdienen met mijn onderzoek! Dan moeten ze zich er toch iets bij kunnen voorstellen. Hun verstand gaat niet verder dan debet en credit.'

Darren zweeg. Hij merkte dat hij Iris' kritische houding ten aanzien van de financiers begon over te nemen. Ze had gelijk.

'Misschien dat je meer ziet in samenwerking met Fernando', zei hij peinzend.

'De man van die e-mail uit Cambridge?'

'Ja, hij heeft weliswaar een zakelijke achtergrond, maar hij weet inhoudelijk waarover hij het heeft. Beter dan Westerhoff en zijn collega's.'

'Het lijkt me niets. Wie noemt zijn bedrijf nou The Organ Factory. Ik denk dat die e-mail een opzetje van Westerhoff was om ons te imponeren. Het was een toneelstukje. Zag je hoe die secretaresse stond te stuntelen bij de deur?'

'Nee, dat kan ik me niet voorstellen. Ik ken Fernando goed, hij was mijn beste studievriend aan de business school.'

'Hij ook al', onderbrak Iris hem sarcastisch.

'Ja. Fernando, Jeen en ik kennen elkaar uit die tijd.'

'Waarom heeft hij dan geen contact met jou gezocht?'

'Ik vermoed dat hij niet weet waar hij me kan bereiken.'

Darren vermeed te vertellen wat zich enkele weken eerder op de reünie had voorgedaan. Ze staken een straat over.

Iris bleef tegensputteren. 'Het klinkt niet geloofwaardig, als je het mij vraagt. Die naam vind ik belachelijk commercieel. Alsof je organen in een fabriek kunt fabriceren. Ik heb nog nooit van dat bedrijf gehoord, dus wat wetenschappelijk onderzoek betreft kunnen ze onmogelijk iets voorstellen.'

'We kunnen toch met ze gaan praten? Dat kan nooit kwaad. Dan horen we wat ze willen. En trouwens...'

'Ja?'

'...een reisje naar Boston komt voor mij niet ongelegen. Ik heb daar nog wat persoonlijke zaken te regelen.'

Iris bleef even staan. Ze had hinder van de lange rok die ze droeg en ze verlangde naar haar labjas.

'Nou ja, we kunnen erover nadenken. Misschien kan ik ook wat nuttigs in de omgeving van Boston verzinnen.' Ze klonk nog steeds afhoudend.

'Ik zal straks eens uitzoeken wat voor mogelijkheden er zijn wat data betreft', probeerde Darren haar enthousiast te maken.

Zwijgend liepen ze verder in de richting van Iris' geparkeerde auto.

'Mag ik je iets vragen, ook al is het persoonlijk en gaat het mij niets aan?' begon Iris.

'Uiteraard.'

'Wat ga je in hemelsnaam met twee miljoen euro doen?'

'Daar heb ik een speciale bestemming voor.'

'Een goed doel?'

'Zo zou je het kunnen noemen, ja. Als het concreter is, zal ik het je uit de doeken doen.'

'Ik ben benieuwd.' Iris zweeg even en mompelde toen: 'Twee miljoen. Ik wist niet dat GenIris zo veel geld voor één persoon kon opbrengen.'

'Voor jou wordt het nog veel meer. GenIris heeft ook iets te maken met genereren.'

'Allemachtig, Darren, wat moet ik met al dat geld?'

'O, daar vind je wel een bestemming voor. Net als ik.'

Iris en Darren waren bij het einde van de straat. Op dat moment hoorden ze een zware dreun, daarna nog een, alsof een doos vuurwerk ontplofte, gevolgd door het gerinkel van glas. Hevig geschrokken draaiden ze zich om. Ze zagen dat uit de ramen op de eerste verdieping van een huis twee stratenblokken terug de vlammen naar buiten sloegen.

# 11 Ontreddering

'Het kantoor van Darwin Fund!' schreeuwde Iris.

'We moeten wat doen, we moeten wat doen!' stamelde Darren, maar hij bleef verstijfd van schrik staan.

Iris trok hem mee. Samen renden ze, Iris half struikelend over haar onhandige rok, terug naar het pand dat ze kort daarvoor verlaten hadden. Toen ze aankwamen, stond de secretaresse al op straat. Ook Westerhoff was naar buiten gevlucht.

'Wat is er gebeurd?' vroeg Darren. Zijn stem klonk paniekerig. Iris stond hijgend naast hem.

'Geen idee. Een ontploffing. En daarna brand', antwoordde Westerhoff. Hij zag eruit alsof hij zojuist ontsnapt was aan een terroristische aanslag. Hij kwam nauwelijks uit zijn woorden. 'In de vergaderzaal. We stonden er vrijwel naast.'

Steenis, De Groot en Van Seumeren waren ook naar buiten gekomen en met z'n vijven bleven ze op de stoep staan, machteloos kijkend naar de ravage die de brand boven aanrichtte. Het vuur verslond de gordijnen en de vlammen likten langs de kozijnen.

Ze hoorden de sirene van een brandweerwagen die met hoge snelheid kwam aanrijden. Even later begonnen de brandweerlieden vanaf de ladderwagen het vuur te bestrijden. Anderen liepen slagvaardig naar binnen, met helmen en beschermende maskers op. Binnen tien minuten waren ze de brand meester.

Er was inmiddels politie gearriveerd die de straat met plastic lint afzette. De brandweerlieden kwamen een voor een uit het pand naar buiten, hun blusmateriaal achter zich aan slepend, met de koele nonchalance van helden die hun klus hadden geklaard.

'U mag van geluk spreken dat onze post zo dichtbij is', zei de brandweercommandant tegen Westerhoff. 'Als dit brandje wat langer had doorgezet, was uw kantoor in vlammen opgegaan.'

'Bedankt dat u zo snel gekomen bent', stamelde Westerhoff.

'De omvang van de schade is beperkt', vervolgde de commandant.

'Ik heb de zaak boven geïnspecteerd. De kozijnen zijn geblakerd, maar de structuur van het pand is niet aangetast. U kunt bij wijze van spreken morgen uw werkzaamheden weer oppakken. Al zult u de boel wel grondig moeten schoonmaken. Mijn mannen gaan niet met veel consideratie voor het tapijt en het meubilair te werk.'

De vier partners van Darwin waren opgelucht. De omvang van de ramp viel mee. De schrik was het ergste.

Een man met het uiterlijk van een stadsnomade kwam aarzelend op het groepje af. Hij maakte een verwarde indruk. Westerhoff duwde hem achteloos weg. Voor bedelaars had hij even geen tijd.

'Enig idee wat er gebeurd is?' vroeg een politieofficier. Ze stelde zich voor, maar niemand verstond haar naam.

'We hadden een vergadering die net was afgelopen. We stonden nog wat na te praten', zei Westerhoff.

'Een ontploffing', onderbrak Van Seumeren hem. 'Het was een aanslag.'

Darren en Iris, die op een afstand meeluisterden, keken elkaar zwijgend aan. Als ze iets langer waren gebleven, hadden ze de ontploffing aan den lijve meegemaakt. Het was beangstigend.

'Verklaar u nader', zei de agent.

'Er lag een envelop op de tafel. Die explodeerde plotseling. Het leek wel een brandbom.'

'Hoe weet u dat zo zeker?'

'Nogal simpel. Ik keek recht op de tafel. Gelukkig lag de envelop een eindje van ons vandaan, vlak bij het raam. Anders waren we misschien geraakt door rondspattend vuur.'

'Hoe kwam die envelop daar?' vroeg de agent.

'Die was zojuist bezorgd', zei Westerhoff schaapachtig. Hij besefte dat hij door het oog van de naald was gekropen. 'Iemand had een pakje bezorgd. De secretaresse kwam het brengen en omdat we in vergadering waren, had ik er geen aandacht aan besteed.'

'Enig idee van wie het afkomstig is?'

'Nee. Geen idee. Wij hebben geen vijanden, dit is een keurige buurt. Misschien was het verkeerd bezorgd. Naast ons zit een Russisch handelskantoor dat nogal duistere zaken doet.'

De agent ging er niet op in. 'Waar houdt uw bedrijf zich mee bezig, als ik vragen mag? Er staat geen verwijzing naar uw activiteiten op het naambord, zie ik. Wat betekenen trouwens die letters DEF?'

'O, die staan voor Darwin Evolution Fund. We houden ons bezig met investeringen in *life sciences*. Biotechnologie. We zijn niet gericht op het publiek.'

'Omdat u bang bent voor acties van het Dierenbevrijdingsfront?' vroeg de agent.

'Nee, nee, daar hebben we geen aanwijzing voor.'

'Wel, heren, ik stel voor dat we de zaak in onderzoek nemen', zei de politievrouw gedecideerd.

Ruim een uur later reed Iris haar donkerrode Peugeot 306 cabrio uit de parkeergarage. Darren zat naast haar en worstelde met de veiligheidsriem. Ze verkeerden alle twee nog in een shocktoestand. Nadat de politie hun verklaring had opgenomen, mochten ze gaan. Het had geen zin langer te blijven, daarbij liepen ze het personeel van Darwin toch maar in de weg en Westerhoff had genoeg aan zijn hoofd.

Iris pakte een bril uit het dashboardkastje.

'Alleen bij het autorijden heb ik een bril op', mompelde ze alsof ze zich voor haar lichte bijziendheid moest verontschuldigen.

En in het donker van de bioscoop, dacht Darren onmiddellijk. Het gaf hem een binnenpretje. Iris toonde toch iets van vrouwelijke ijdelheid over haar uiterlijk.

Ze stuurde slordig door een drukke straat met zwalkende fietsers en scholieren die het voetgangerslicht negeerden, rakelings reed ze langs een tram.

'Eigenlijk zou ik het liefst een borrel drinken om bij te komen van de schrik. Maar ik stel toch voor dat we direct teruggaan naar kantoor', vervolgde ze. Ze schakelde onhandig.

'Wat denk jij,' vroeg Darren na een paar minuten, 'zou Van Seumeren gelijk hebben en was het een aanslag?'

'Als ik het wist.' Iris zuchtte. Ze streek met haar hand door haar stugge haar. 'Maar een envelop ontploft natuurlijk niet vanzelf.'

'Als het die envelop was.'

'Wat anders? Ik heb geen reden om aan te nemen dat ze zoiets verzinnen. En trouwens, we waren erbij toen de secretaresse dat pakje neerlegde.'

'Het kan een gaslek zijn geweest, of kortsluiting. Het is een oud pand. De politie zal moeten uitzoeken wat de inhoud van die envelop was. Misschien was het wel een chemische stof die je in een laboratorium nodig hebt', opperde Darren.

'Zeker voor die beleggers. Het enige laboratorium dat ze daar hebben is hun geldkluis.'

Iris zweeg even.

'Het is bizar, Darren, je bent nog maar net bij GenIris aan het werk en er hebben twee aanslagen plaatsgevonden. Eerst bij dat bedrijf in Engeland en nu bij Darwin in Amsterdam.'

Darren schrok. 'Verdorie, ja.'

Beiden deden er het zwijgen toe. Iris klemde haar handen om het stuur. Eenmaal buiten de stad voerde ze de snelheid op. Ze reed tamelijk onervaren.

'Enig idee wie achter deze aanslagen zouden kunnen zitten?' vroeg Darren na een tijdje.

'Geen idee. Ik zie het verband ook niet. Bij Darwin werken mannen met bretels en krijtstreeppakken. In Engeland was het een bedrijf met proefdieren. De enige overeenkomst is dat ze zich met biotechnologie bezig houden. Er zijn bewegingen actief tegen dierproeven, je hebt die fanatiekelingen van het Dierenbevrijdingsfront. Maar ik heb nog nooit gehoord van activisten tegen biotechbeleggingsfondsen.'

'Nee,' peinsde Darren, 'daar kan ik me niet veel bij voorstellen. Maar Darwin is wel de belangrijkste investeerder in GenIris. En wíj waren daar op bezoek. Zouden ze het op óns gemunt hebben?'

'Welnee. Waarom zouden ze?'

'Ben je niet bang dat er meer aanslagen komen?'

'Als ik het wist, Darren, zou ik het zeggen.'

'Bij GenIris bijvoorbeeld?'

'Ik heb geen flauw idee. Dit heb ik nooit meegemaakt.'

Op het terrein van GenIris heerste een arcadische rust. De kippen scharrelden rond, de wind ruiste door de bomen, er klonk het geklop van een specht dichtbij in het bos.

'Weet je,' zei Iris terwijl ze samen met Darren van het parkeerterrein naar de ingang liep, 'ik ben blij dat we hier zo afgelegen liggen. Ik begin me toch een beetje ongerust te maken.'

'Ik let alleen maar op vallende takken', probeerde Darren de spanning met een grapje te breken. 'Als je me zegt waar de bouwvakkershelmen liggen...'

Iris proestte nerveus. 'Heel verstandig. Ondertussen koester ik onze anonimiteit.'

'Ik zal kijken of we iets aan de beveiliging moeten verbeteren. Daar had die vent van Darwin wel gelijk in.'

In de hal stond Deborah hen ongeduldig op te wachten.

'Wat ben je verdomme laat, Iris!' zei ze bars zonder acht te slaan op de aanwezigheid van Darren. Deborah was niet het type vrouw dat met meel in haar mond praatte. 'Ik had je uren geleden verwacht. Je moet dadelijk naar het lab komen.'

'Het spijt me, Deb, we hadden onverwacht oponthoud.' Iris wilde Deborah niet direct lastigvallen met het brandje bij Darwin. Waarschijnlijk viel het allemaal mee en ze wilde haar beste medewerkster niet nodeloos ongerust maken. Er was in het lab veel te doen en ze had grenzeloze waardering voor de toewijding van Deborah, maar op dit moment had ze geen behoefte aan die nachtzusterachtige gedecideerdheid van haar.

'Ik kom zo naar je toe, ik wil even een paar dingen met Darren doornemen', zei ze.

Mopperend liep Deborah terug naar het lab.

'Dat wilde ik vragen', zei Darren zodra ze in de kamer van Iris waren. Iris trok de glazen deur achter zich dicht ten teken dat ze niet gestoord wilde worden. Ook al was hun aanwezigheid voor iedereen vanaf de gang zichtbaar.

'Wat bedoel je?' vroeg Iris.

'Over die celkweek. Je zei vanochtend tegen Van Seumeren dat het onderzoek naar wens verloopt. Terwijl Deborah gisteren toch een probleem in het lab kwam melden.'

Iris zuchtte even. 'Er is een probleem, maar ik had geen zin het aan de heren van Darwin uit te leggen. Tegen de tijd dat ze het begrijpen, hebben wij het opgelost.'

'Kan ik volgen wat er aan de hand is?'

'Kijk, het probleem bij het werken met biologisch materiaal is dat er nooit precies hetzelfde gebeurt. Dit is geen scheikundig laboratorium waar je twee stofjes bij elkaar voegt, die altijd dezelfde reactie geven. Onze experimenten zijn met levende cellen. Je kunt honderd keer een proef doen, negenennegentig keer zijn de resultaten gelijk en de honderdste keer is het anders. Alsof de cellen er hun eigen gedachten op na houden. Ik stel me wel eens voor dat die celkernen een karakter hebben. Ze kijken de onderzoeker ondeugend aan en besluiten voor een verrassing te zorgen. Soms aangenaam, soms heel onaangenaam. Dat maakt ons werk zo spannend.'

'Je bent dus nooit zeker van je resultaat?'

'Nee, dat klopt. Maar dat geldt toch voor alles in het leven?'

'Wat ging er gisteren verkeerd?'

'Wist ik het maar. Dat moeten we uitzoeken. Ik denk dat er iets mis is met het groeimedium dat we toevoegen om de stamcellen aan te sporen zich te specialiseren. We schrijven alles op in het protocol, dus het is controleerbaar.'

'Merkwaardig.'

'Zeg dat wel. Dit probleem heeft zich nooit eerder voorgedaan. Maar we lossen het wel op.'

Iris maakte duidelijk dat ze er niet méér over wilde zeggen. Ze startte haar computer en wierp een vluchtige blik op de binnengekomen e-mails. Er was een bericht bij dat haar zichtbaar plezier deed. Haar gezicht klaarde op.

'Een mail van een goede vriend van me', zei ze ter verduidelijking. 'Sorry, het leidde me even af. Maar we zijn aan het werk. Wat denk je, trouwens, moeten we ingaan op de toenadering van dat bedrijf, eh…'

'The Organ Factory?'

'Precies. Het blijft een belachelijke naam. De vraag is of we iets aan ze hebben. Is een overname een alternatief voor onze beursgang?'

'Zou kunnen.'

'In dat geval zijn we van alle gedonder met die bankiers af. Dat vind ik wel een aanlokkelijk vooruitzicht. Nu ik erover nadenk...'

'Bankiers heb je ook nodig bij een overname, dus dat maakt niets uit.'

Iris ging niet op Darrens tegenwerping in. 'Ze zitten toch in Cambridge bij Boston?'

'Klopt.'

'Mwah. Toevallig wel het centrum van Amerikaanse biotechnologie. Weet je, ik zou het kunnen combineren met het jaarlijkse Health Care & Biotech Congress. Dat is het grootste wetenschappelijke en commerciële spektakel op ons gebied en het wordt binnenkort in Boston gehouden. Iedereen die iets voorstelt op biotechgebied gaat daar heen. In verband met de druk van het werk was ik van plan het dit jaar te laten zitten. Maar als we toch in de buurt moeten zijn...'

Iris' stem klonk een stuk enthousiaster dan een paar uur eerder. Alsof ze plotseling een impuls had gekregen die een bezoek aan The Organ Factory aantrekkelijk maakte.

'Ik kan Fernando een mailtje sturen. Hij is een vriend van me...'

'Is dat een aanbeveling?'

'Absoluut. Je zult hem aardig vinden. Zal ik het uitzoeken?'

'Ja, doe dat! Vluchten boeken lijkt me een typische klus voor de *chief financial officer.*'

Darren zag er de humor niet van in.

'Grapje, Darren, grapje. Het is mijn manier om spanningen af te reageren. Die aanslag bij Darwin is me niet in de koude kleren gaan zitten. Ik zou zeggen: ga jij ermee aan de slag. Ik moet naar Deborah in het lab.'

Zodra Darren haar kamer uit was, sloot Iris de deur achter hem. Ze keerde terug naar haar computer, startte Outlook en begon een e-mail te beantwoorden.

Lief,

Het ziet er onverwacht naar uit dat ik toch naar de HC & B-conferentie kan gaan. Ik verheug me erop je daar te zien.
Ik zal je later vertellen waarom mijn plannen veranderd zijn.
Maar eerst moet ik snel een probleem in het lab proberen op te lossen. Ik maak me grote zorgen.

*kisses,*

Iris

Ze las haar bericht over, glimlachte en klikte vervolgens op het icoon Zenden. Daarna griste ze haar vaalgroene jas van de kapstok en haastte ze zich naar het lab.

Darren liep terug naar zijn werkkamer. Het was een emotionele dag geweest. Hij had het Iris niet willen laten merken, maar hij was hevig geschrokken van de aanslag bij Darwin. Hij vertrouwde het niet. Zou Sandbergen wraak willen nemen nu hij zijn plaats bij GenIris had ingenomen, schoot door zijn hoofd? Onwaarschijnlijk, dan had hij geen pakje bij Darwin hoeven te bezorgen, maar kunnen volstaan met een actie bij GenIris.

In ieder geval moest hij Jeen bellen om te vragen of het politie-onderzoek iets had opgeleverd. En verder, nam hij zich voor, moest hij alert zijn. Biotech was een spectaculaire bedrijfstak, maar dat moest niet letterlijk genomen worden. Aan spektakel had hij geen enkele behoefte.

Toch had hij ook een positief gevoel. Het ging lukken met Gen-Iris. Het vooruitzicht van een reisje naar Boston en Cambridge motiveerde hem. Hij verheugde zich erop om Fernando te zien. Sinds die gedenkwaardige nacht van de reünie hadden ze elkaar niet meer gesproken. Oude makker! Hij vroeg zich af waarom Fernando hem niet direct benaderd had, maar hij besefte dat hij zijn nieuwe e-mailadres nog niet had rondgestuurd. Zijn visitekaartjes waren nog niet eens afgeleverd.

Daarom had Fernando natuurlijk contact gezocht met Jeen Westerhoff. Het netwerk functioneerde – zoveel was zeker.

Hij was blij dat hij indertijd naar de business school was gegaan. Het had hem een vermogen gekost, maar het was een investering geweest waarvan hij nooit spijt had gehad. Hij moest zijn studielening grotendeels aflossen en zijn ex in Amerika ging natuurlijk een exorbitante alimentatie eisen. Vooralsnog zat hij diep in de schulden. Zeker nu hij bedongen had dat hij twee miljoen euro bij het Darwin Fund ging lenen als voorschot op zijn opties. Dat had hij toch mooi voor elkaar gekregen.

Hij ging het terugverdienen als hij van de beursgang van GenIris een succes maakte. Darren had er zin in. Het beursklimaat was gunstig, de *bull market* was eindelijk bezig terug te komen. En het belangrijkste was dat hij een doel had waarvoor hij het deed.

Gabriela. Ze had zijn leven een wending gegeven zoals hij nooit eerder had meegemaakt. Zodra de beursgang achter de rug was, zou hij vertrekken naar de binnenlanden om Gabriela haar geld te brengen.

# 12 Taart in Brussel

Met honderden tegelijk stroomden de demonstranten uit de onderaardse gangen van het metrostation naar buiten, als een leger mieren dat uit een verstoorde mierenhoop krioelde. Ze vormden een bonte verzameling van vrijwilligers en geroutineerde demonstranten, anarchisten, geitenwollensokkenactivisten, religieuzen en antiglobalisten, mannen en vrouwen, jongeren en ouderen. De demonstranten kwamen uit alle streken van Europa. Per trein waren ze naar het Brusselse Centraal Station gekomen. Vier haltes met de metro en ze kwamen, knipperend met hun ogen tegen het zonlicht, boven de grond bij het Rond Point Schuman, het bestuurlijke middelpunt van de Europese Unie.

Verdwaasd keken de demonstranten om zich heen. Aan de ene kant van de Wetstraat bevond zich het Berlaymont-gebouw, dat na een kostbare renovatie vanwege asbest al jaren leegstond. Aan de andere kant was het Justus Lipsius-gebouw, een rood-grijze marmeren kolos voorzien van het pretentieuze woord *Consilium*. Hier vergaderden de ministers van de lidstaten en hier verschansten zich de medewerkers die het dagelijkse raderwerk van de Europese Unie in gang hielden. Op straat liepen ze af en aan, ambtenaren die voor een dag of langer uit de nationale hoofdsteden overkwamen om in slepende vergaderingen het beleid van hun politieke chefs voor te bereiden. Ze spraken de elf talen van de Europese Unie en als er ergens een plek was waar de nieuwe Europese mens bezig was te ontstaan, dan was het op deze vierkante kilometer aan de oostkant van Brussel.

De demonstranten vormden een ánder type Europese mens in opkomst. Overal waar de politieke en economische macht vergaderde, doken ze op. En overal verkondigden ze dezelfde boodschap. Tegen de globalisering, tegen de merknamen, tegen het kapitaal, tegen de uitroeiing van dieren, de ontbossing, het broeikaseffect, de aantasting van de ozonlaag. En voor de vertrapten, de onderdrukten, de naamlozen die de mogelijkheid ontbeerden om zich verstaanbaar te maken. De onderwerpen veranderden, het patroon was steevast hetzelfde.

Het Rond Point Schuman fungeerde als vast startpunt voor demonstraties van boze boeren, woedende vissers, met ontslag bedreigde industriearbeiders. Deze zonnige lenteochtend verzamelden zich hier de aanhangers van EuGene, het Europese netwerk vóór eerlijke genen en tégen genetische manipulatie. De activisten waren bezig op de spandoeken leuzen tegen genetisch gemodificeerde gewassen te spuiten, anderen timmerden protestborden met de tekst GM *Genes Non Nein No Nee Não Nej* op houten latjes. Er waren roodzwarte vlaggen van anarchisten, groene vlaggen van de milieubeschermers, roze vlaggen van de homobeweging en vlaggen met de zeven kleuren van de regenboog van de GAIA-aanhangers. Een groep paters en nonnen verzamelde zich rond een crucifix. Een van hen hield een spandoek omhoog met een oproep voor de bescherming van het ongeboren leven. Ingetogen stonden ze te bidden tegen de goddeloosheid van abortus.

Te midden van studenten, dierenbeschermers, ecofreaks, rastafari's, vakbonds- en boerenleiders, straatmuzikanten, politici van links en geharde demonstranten met zakdoeken voor hun gezicht tegen het traangas dat ze verwachtten, liepen ook enkele beroemdheden: een overrijpe Franse filmactrice, een Ierse popzanger van middelbare leeftijd, een bebaarde Italiaanse intellectueel en een Duitse schrijver met een leesbril aan een kettinkje om zijn hals.

De organisatoren waren herkenbaar aan hun groene T-shirts met het EuGene-logo. Een van hen was Simone Reekers. Ze had een Palestijnse shawl strak om haar middel geknoopt. Met een half oog hield ze in de gaten of ze professor Sandbergen misschien zag. Hoewel ze er niet op rekende, had ze de naïeve hoop dat hij uit nieuwsgierigheid naar de demonstratie was gekomen. Hij was er ijdel genoeg voor, dacht ze. Maar van Sandbergen was geen spoor te bekennen.

Tegen de tijd dat de mensenstroom uit het metrostation stopte, hadden zich zo'n vijfduizend deelnemers op het Schuman Plein verzameld. Er klonk een constante dreun van trommels en het doordringende gesnerp van fluitjes. De sfeer zat er goed in, er werd gezongen en gezwaaid met vlaggen, leuzen weerkaatsten tegen de kille muren van de EU-gebouwen.

Samen met de andere leiders van de beweging stelde Simone zich op achter een metersbreed spandoek met de tekst EU *Gen-Manipuleerd* en vervolgens zette de stoet zich in beweging.

Er was veel politie op de been. Simone wist wat hun te wachten stond als de zaak uit de hand zou lopen, ze had de gepantserde wagens met waterkanonnen en de busjes met oproerpolitie om de hoek van het Schuman Plein zien staan. Maar aan matten dacht ze niet, toen ze fier zingend en leuzen scanderend door de Rue Froissard liep en daarna rechtsaf de Rue Belliard insloeg. Het ging haar om het doel, de uitbanning van gm-voedsel, dierproeven en gekloonde cellen. Voor de natuur en tegen de industrie, de grote farmaconcerns en de agro-industriële bedrijven. En tegen Amerika natuurlijk, want daar kwam het kwaad allemaal vandaan. Grappig, dacht Simone. Ze had zich nooit aangetrokken gevoeld tot de Europese politiek, maar hier, in het hart van de Europese bureaucratie, ja, hier voelde ze zich een beetje Europeaan.

Eurocommissaris Ernst Boiten hoorde de demonstratie lang voordat deze zichtbaar was. Hij zat in zijn werkkamer op de bovenste verdieping van het Directoraat-Generaal Onderzoek aan het Square de Meeus. Zie je wel, had hij bij zijn aantreden teleurgesteld opgemerkt, wetenschappelijk onderzoek speelt voor de Europese Unie zo'n onbeduidende politieke rol dat het gebouw waarin DG-12 is ondergebracht, het verst verwijderd ligt van alle andere kantoorcomplexen van de EU. Later troostte hij zich met de gedachte dat dit de unieke positie van het wetenschappelijk onderzoek markeerde: kritisch afstand houden van de macht.

Ernst Boiten was sinds drie jaar eurocommissaris belast met onderzoek. Hij was een liberale politicus uit een van de kleinere lidstaten, die aan het einde van zijn politieke carrière graag nog een aantal jaren in Brussel zijn bijdrage aan de Europese eenwording wilde leveren. Hij had niet veel te doen, zijn invloed was beperkt, zijn werkterrein omstreden. Maar hij beschikte over een aanzienlijk budget: voor het Europese programma voor wetenschappelijk onderzoek was 17,5 miljard euro uitgetrokken. Het probleem was dat de lidstaten verdeeld waren als het aankwam op de besteding van het geld. De conservatieve lobby liet geen gelegenheid ongemoeid om medisch-biologisch onderzoek naar gentherapieën te blokkeren. Niet toevallig kwam het verzet uit landen als Oostenrijk, Italië, Ierland en Duitsland. Rabiaat waren ze tegen alles wat met klonen van cellen te maken had. De katholieke maffia, dacht Boiten smalend. Hij wist dat er contacten waren met het Vaticaan.

Het dilemma was dat in ethische kwesties geen compromis mogelijk was. Je kon niet een beetje zwanger zijn en je kon ook niet een beetje klonen.

Boiten maakte zich zorgen om de positie van Europa in de biotechnologie. Want terwijl de Europeanen palaverden in de Brusselse vergaderpaleizen, waren de Amerikanen bezig de markt te veroveren. Van een Europees speerpunt op technologiegebied, zoals hoogdravend was vastgelegd in talloze verklaringen, kwam niets terecht, vreesde Boiten. Hij merkte het aan de onderzoeksaanvragen die hij kreeg: steeds vaker zaten er Amerikaanse bedrijven achter. Dat ergerde hem. Boiten was geen xenofoob en zeker geen Amerikahater, maar hij vond dat Europese subsidies voor Europese onderzoekers bestemd waren. Hij was er niet om de Amerikaanse belastingbetalers ter wille te zijn.

Buiten zwol het geluid van de demonstratie aan. Boiten zuchtte. Hij genoot van zijn overbetaalde baan, de lunches, de entourage, de luxe van zijn bestaan in Brussel. Er waren voldoende aantrekkelijke stafmedewerksters om zich mee te amuseren. Maar die voortdurende demonstraties hingen hem de keel uit. Straks moest hij weer een petitie aannemen en het gezwets aanhoren van milieuactivisten die tegen vorstresistente tomaten waren of zich inzetten voor het behoud van een bedreigd vlindertje. Meestal richtten ze zich tegen de agrarische biotechnologie en dan kon hij de afwikkeling van de demonstranten overlaten aan zijn collega van landbouw. Dat zat er nu niet in. Vandaag ging het tegen gentechnologieën. Dat was zijn terrein, helaas.

Zijn kabinetschef had gezegd dat hij deze demonstratie met een beetje handigheid kon gebruiken om de Europese politieke leiders wakker te schudden. Als er niets gebeurde, argumenteerde hij, zouden de Amerikanen over een paar jaar in de Europese biotechnologie de dienst uitmaken. Dus als hij de boodschap van de demonstranten nu eens zou uitleggen als verzet tegen Amerika! Voor protectionisme waren Europese politici altijd te porren. Als hij het slim aanpakte, had Boiten bedacht, kon hij de agitatie van de demonstranten gebruiken om zijn argumenten voor versterking van het Europese biotechbeleid kracht bij te zetten.

De eerste stenen vlogen door de lucht. De bouwputten voor uitbreiding van de Europese bureaucratie maakten het de demonstranten gemakkelijk: overal lag bouwmateriaal voor het oprapen. Zolang de stenen in de richting gegooid werden van huizen die op de nominatie stonden om gesloopt te worden voor uitbreiding van de Europese kantoren, bleef de politie afzijdig. Maar zodra ze door de ruiten van de Kredietbank in de Rue Belliard vlogen, voerde de oproerpolitie een charge uit.

De protestmars was aangekomen bij de hoofdingang van het Europese Parlement. De demonstranten verzamelden zich op het plein voor dit megalomane gebouw dat zich als een woekering door het oude Leopoldskwartier slingerde. Hun leuzen weerkaatsten tegen de kille granieten muren van het parlementsgebouw, dat met zijn anonieme uitstraling illustreerde hoe het met de democratie in Europa gesteld was. Het gebouw was zo immens groot, dat de menselijke maat volledig zoek was. Dit was een kolos voor papierschuivers en documentenverslinders, een stenen spraakverwarring in elf talen, een hedendaagse variant van de bijbelse toren van Babel.

Nergens was een sprietje groen te bekennen. Alleen maar grijs plaveisel, zonder bomen, zonder gras, zonder bloembakken, zonder bankjes, zonder kunstwerken. Deze ruimte was onbedoeld slechts voor één gebruik geschikt: massademonstraties. Maar zelfs de vijfduizend demonstranten van EuGene slaagden er niet in om het anonieme niemandsland te vullen.

Aan de zijkant stond een podium. Samen met de andere organisatoren klom Simone Reekers naar boven. Ze had een panoramisch uitzicht over de demonstranten met aan de ene kant het europarlement en aan de andere kant de oude patriciërshuizen van de Brusselse Leopoldswijk. Tot hier had Europa het stedelijke hart van Brussel verwoest.

De ene spreker na de andere hield een betoog. Het duizelde Simone waar ze allemaal tegen moest zijn. Zelf was ze eigenlijk meer vóór dan tégen dingen, bedacht ze. Ze was blij dat alles tot nu toe vreedzaam verliep. Actievoeren was leuk, maar het moest niet gewelddadig worden. Ze was natuurlijk ook tegen geweld en voor vrede. Dadelijk zou het sluitstuk van de demonstratie plaatsvinden. Een eurocommissaris en een europarlementariër zouden op het podium komen om een petitie in ontvangst te nemen. Simone Reekers van EuGene mocht de petitie overhandigen aan twee hotemetoten van wie ze de namen niet eens wist.

De kabinetschef klopte op de deur van Boitens werkkamer.

'Het is zover, Ernst', zei hij. Hij maakte een zwierig gebaar, alsof hij Boiten uitnodigde voor een feestelijk bal.

Met tegenzin stond Boiten op van achter zijn bureau. Even later liep hij door de Rue Luxembourg in de richting van het geluid van de demonstratie. Zijn kabinetschef begeleidde hem.

'Wat doen we?' vroeg Boiten zijn medewerker.

'*The usual stuff.* Petitie in ontvangst nemen, toespraakje houden en het fluitconcert en boegeroep voor lief nemen. Daarna zo snel mogelijk verdwijnen.'

Boiten maakte met een onsamenhangend gegrom zijn misnoegen kenbaar.

'Als je geluk hebt, kom je er zonder kleerscheuren van af', grapte zijn medewerker.

'We zullen zien', gromde Boiten. 'En anders stuur ik jou de rekening van de kleermaker.'

Ze baanden zich een weg door het politiekordon en daarna langs de menigte. Even later stond Boiten, samen met de europarlementariër in wie hij de voorzitter van de commissie voor bio-ethische zaken herkende, op het podium.

Simone Reekers kwam op hen af.

'Gaaf dat u wilt komen', zei ze. Ze gaf beide mannen een hand.

Boiten bromde wat.

'Ik heb alle sympathie voor deze demonstranten', vertrouwde de europarlementariër hem toe. Hij moest hard praten om boven het lawaai van de demonstratie uit te komen. Geen wonder, dacht Boiten cynisch, je hoort bij de Duitse christen-democraten en laat geen gelegenheid voorbijgaan om mijn onderzoeksbeleid te torpederen.

Simone legde uit wat de bedoeling was. De heren zouden naast haar komen staan, zij zou een paar woorden spreken en de eisenlijst van het platform tegen genetische manipulatie aan ze overhandigen. De europarlementariër knikte begripvol.

Boitens oog viel op Simone Reekers. Gefascineerd nam hij haar op, van haar ranke benen tot haar blonde haar. Hij schatte de contouren van haar lichaam onder haar strakke blue jeans en groene T-shirt. Zijn hoofd stond naar iets anders, de demonstratie en het boegeroep dat hem dadelijk ten deel zou vallen, maar haar aanwezigheid maakte veel goed. Een moment hoopte Boiten dat het toch een aangename middag kon worden.

Simone merkte Boitens blik op en onmiddellijk schakelde ze over op haar flirtstand. Ze maakte een quasi-toevallige draai met haar bovenlijf, wierp haar haar met een gracieuze hoofdbeweging naar achteren en keek Boiten met een onschuldige glimlach aan. Bij oudere mannen werkte dat gegarandeerd, wist ze. Ze werd niet teleurgesteld. Door haar aandacht begon Boitens nurksheid te smelten als bijenwas.

De organisator kondigde het slot van de bijeenkomst aan. Uit de menigte klonk gefluit en gejoel, terwijl Simone naar de microfoon stapte. Schuin achter haar stonden de eurocommissaris en de europarlementariër.

Het was krap op het podium. Simone probeerde geen aandacht te besteden aan de drukte om haar heen. Dit was haar moment. Ze was gespannen, zo'n groot publiek toespreken had ze nooit eerder gedaan. Naast haar stond een metershoog kartonnen bord met de eisen van de demonstratie. Ze zou dat bord dadelijk overhandigen aan de twee mannen, die inmiddels links en rechts van haar waren komen staan.

'Wij waarderen het dat u hier vanmiddag aanwezig bent', zei ze onder gejoel uit het publiek. 'Nee, echt waar. U doet moeite om naar ons te luisteren. Maar uw aanwezigheid is niet genoeg. We verwachten actie!'

'Actie! Actie! Actie!' scandeerden de demonstranten.

Er vlogen stenen in de richting van het gebouw van het europarlement. De politie maakte zich op voor een charge. Simone besefte dat ze moest opschieten voordat het plein in een slagveld zou veranderen.

'En daarom vraag ik u om onze eisen ter harte te nemen!'

Simone draaide zich half om zodat ze het kartonnen bord kon pakken. Vanuit haar ooghoek zag ze iemand bewegen vanaf de zijkant van het podium. Ze hield het bord met de eisen omhoog, de twee mannen deden anderhalve stap naar voren.

'Geen gm-voedsel in onze keuken en geen klonen in de wieg!' riep Simone.

Boiten en de europarlementariër stonden ongemakkelijk te glimlachen. Als makke schapen lieten ze de leuzen over zich heen komen.

Een activist met een bivakmuts over zijn hoofd sprong onverwacht naar voren en met een welgemikte worp duwde hij een enorme taart in het gezicht van Boiten.

'Gm-vrije taart voor een gm-vrij Europa!' schreeuwde de jongen in de microfoon. Daarna sprong hij lenig van het podium af en verdween in de menigte.

Boiten slaakte een kreet van angst. Simone schrok hevig. De demonstranten op het plein waren juichend over de onverwachte actie. Ze scandeerden hun leuzen, bijgestaan door het doffe gedreun van de trommels en het snerpende geluid van de fluitjes. Voor

Simone was het onmogelijk om zich nog verstaanbaar te maken boven het lawaai van de massa uit. Ze zag dat vanuit de Rue de Trèves de oproerpolitie in slagorde kwam aanhollen.

Simone wendde zich tot Boiten, die verlamd naast haar stond. Hij kon niets zien, zijn bril zat onder de roomslierten. Tevergeefs probeerde hij met zijn handen de kleurige taartresten uit zijn gezicht te vegen, maar daar werd het resultaat alleen maar erger door. Het was één grote kliederboel. Simone kreeg van de weeromstuit medelijden met de man die wat leeftijd betreft haar vader had kunnen zijn.

'Het spijt me, dit was niet onze bedoeling', zei ze ter verontschuldiging. Als een blinde mol keek Boiten in de richting van haar stem. Hij was volkomen hulpeloos.

'Het geeft niet, het geeft niet', bracht hij met moeite uit. De taartklodders vielen op de grond.

'Wacht, ik zal u helpen', bood Simone aan.

Ze trok Boiten naar achteren, weg van de rand van het podium, en maakte de Palestijnse shawl los die ze om haar middel geknoopt hield. Ze pakte een plastic fles mineraalwater uit haar rugzakje en goot die leeg op een punt van de shawl. Daarmee begon ze het gezicht van Boiten te deppen. Boiten liet haar begaan. Hij leek nu pas te beseffen dat hij het slachtoffer van een gewelddadige aanslag had kunnen zijn. Zijn kabinetschef die beloofd had bij hem in de buurt te blijven, was nergens te bekennen. Op de achtergrond hoorde hij het geloei van de sirenes van de politiewagens.

'Het spijt me', zei Simone nogmaals. 'U moet hier weg, voordat de zaak compleet uit de hand loopt.'

Ze bood aan hem te begeleiden en samen liepen ze tussen een haag van ordebewakers weg van het podium. Op het Luxemburg Plein waren ze uit het gedrang van de demonstratie.

'Dank u wel', zei Boiten. Hij was nog steeds aangeslagen. 'U bent werkelijk vriendelijk voor me geweest. Heel behulpzaam ook.'

Onhandig stonden ze op de hoek van de straat, Simone in haar strakke groene T-shirt met een natte Palestijnse shawl in haar hand, Boiten in een pak dat onder de taartresten zat en met gele banketbakkersroom in zijn gezicht. Geen van tweeën wist zich raad met de situatie.

'Mag ik u iets aanbieden?' vroeg Boiten om de impasse te doorbreken. 'Ik bedoel, zelf heb ik behoefte aan een stevig glas cognac om van de schrik te bekomen. Misschien wilt u ook iets gebruiken?'

Simone aarzelde. Eigenlijk wilde ze terug naar haar vrienden van de demonstratie, maar ze had het gevoel dat ze deze kwetsbare man niet alleen kon laten. Ze kon hem aan een politieagent overdragen, daarvan liepen er genoeg rond. Maar haar politieke instinct gaf haar een andere boodschap. Een eurocommissaris was een belangrijke man. Ze kon Boiten altijd nog eens nodig hebben.

'Graag', antwoordde ze berekenend. 'Ik ben niet vies van een borrel.'

Ze stapten een Ierse pub, Fabian O'Farrell, binnen. Boiten trok zijn jasje uit. Simone vroeg aan de serveerster een rol keukenpapier met een bakje warm water om de schoonmaakactie af te ronden. Door het raam zagen ze hoe de politie begonnen was om de ruimte voor het europarlement leeg te vegen. De demonstranten maakten zich naar alle kanten uit de voeten en groepjes die niet snel verdwenen, werden door een waterkanon weggevaagd.

'Misschien had ik daar ook moeten staan, dan was ik meteen schoon gespoten', probeerde Boiten de humor van de situatie in te zien.

'Nou, ik geloof dat ik blij ben dat ik niet midden in dat pandemonium sta', zei Simone.

Ze meende het. De demonstratie was compleet anders verlopen dan ze zich had voorgesteld.

De serveerster zette twee glazen cognac voor hen neer. Ze bracht ook een bakje met dampend water en een handdoek. Simone begon haar schoonmaakactie. Ze had met de eurocommissaris te doen.

'We hebben nog niet eens kennis met elkaar gemaakt', zei Boiten. Zodra zijn gezicht min of meer toonbaar was, kreeg hij zijn allure terug.

Simone kon een proestend geluid niet onderdrukken. Daar zat een eurocommissaris naast haar, met slierten slagroom in zijn haar en resten taart achter de boord van zijn overhemd, en het enige waar hij zich om bekommerde was om kennis met haar te maken.

'Ik ben Simone Reekers van EuGene', zei ze. 'Reekers met dubbel e. Proost, trouwens. Op uw gezondheid. U heeft het hartstikke sportief opgevat.'

# 13 The Organ Factory

Darren zat ongemakkelijk opgevouwen in de vliegtuigstoel. Hij probeerde zijn benen uit te strekken, maar zijn knieën stootten tegen het opgeklapte tafeltje en zijn voeten zaten klem onder de stoel van de passagier vóór hem. De zitplaatsen van de toeristenklasse waren niet op zijn lengte berekend. Hij ging verzitten, stak zijn rechterbeen in het gangpad, maar trok dat vrijwel onmiddellijk terug omdat de stewardess met de trolley met maaltijden langskwam.

'*Chicken or fish?*' vroeg de stewardess geroutineerd.

Northwest Flight 37 van Amsterdam met bestemming Boston was een non-gebeurtenis. Ondanks de tijdrovende veiligheidscontroles op Schiphol vertrok het vliegtuig nagenoeg op schema. Het toestel was afgeladen en Darren dacht met lichte weemoed terug aan de vluchten waarop hij als passagier in de business class een behandeling kreeg die zich in alles onderscheidde van de wijze waarop de reizigers met goedkope tickets in de jumbo gestouwd werden. Hij had er spijt van dat hij gezwicht was voor Iris' argument dat het bedrijf zich geen frivoliteiten kon veroorloven. 'We zijn geen bankiers, maar onderzoekers', had ze gezegd en daarmee was de zaak afgedaan.

Naast hem was Iris verdiept in een nieuw boek van Nicci French dat ze in de vertrekhal had aangeschaft. Iris had geen last van ruimtegebrek. Ze las, keek naar buiten en was opgewekter dan hij haar in de afgelopen weken had meegemaakt.

Na de maaltijd – zijn smaakpapillen konden niet vaststellen of ze kip of vis proefden – probeerde Darren wat te slapen. Hij trok een slaapmaskertje over zijn ogen en vouwde het kussentje dubbel in zijn nek. De onrust van heen en weer lopende passagiers en het ongemak van de stoel die niet verder naar achteren wilde, verhinderden dat hij echt in slaap viel. Door het sonore geluid van de motoren zakte hij weg in een sluimerend bewustzijn. Flarden van gedachten maalden door zijn hoofd in een toestand tussen waken en dromen. Hij voelde zich niet prettig, zijn lichaam had last van de onderdruk in de cabine, de airco die dezelfde lucht rondpompte, de lage luchtvochtigheid. Hij probeerde zich een kwartslag te draaien en kwam met zijn hoofd terecht op de schouder van Iris. Ze keek even op van haar boek, glimlachte en liet hem zo liggen.

Zwevend tussen hemel en aarde dwaalden Darrens gedachten af naar de laatste e-mail die hij van Gabriela had gekregen. Het was haar eerste bericht geweest na dagen van internetstilte, een elektronisch levensteken uit het regenwoud dat hij 's ochtends vlak voor zijn vertrek had gelezen. Aangezien hij had moeten opschieten om tijdig op het vliegveld te zijn, had hij de tekst nauwelijks op zich laten inwerken. Nu, gevangen in een aluminium omhulsel dat zich met een snelheid van 750 kilometer per uur richting Newfoundland bewoog, namen zijn gedachten de vrije loop.

Hij maakte zich zorgen. De situatie in het dorp was nog steeds precair, maar Gabriela zinspeelde erop dat ze zijn hulp niet wilde aannemen. Hoe goed ook van hem bedoeld, ze kon het niet rijmen met haar belevingswereld. Een sjamaan, een indiaanse priester, was begonnen haar in te wijden in zijn magische universum. Ze was door zijn inzichten gegrepen. Zijn wijsheid gaf haar rust, een gevoel van veiligheid in de vijandige omgeving van het tropische oerwoud.

De sjamaan had verteld dat hij zijn kennis van de natuur verkreeg door het gebruik van hallucinogene middelen. Hij rookte gedroogde bladeren die geestverruimende stoffen bevatten. Als hij in trance raakte, kreeg hij toegang tot het binnenste van de planten. De goden hadden dat geheim bij de schepping verstrekt aan de eerste mensen en daarna, van generatie op generatie, was deze heilige kennis overgedragen van de ene priester op de andere. Zo wisten de indianen welke planten een geneeskrachtige werking hadden. De natuur was de grote medicijndoos!

De sjamaan had Gabriela uitgenodigd een keer in trance te raken. Dan zou ze ook kennis kunnen maken met de geheime krachten van de natuur.

Darren voelde het als een klap in zijn gezicht dat zijn geliefde in het oerwoud zich liet meeslepen in de magische riten van een inheemse medicijnman.

In zijn half dromende toestand op 30.000 voet boven de Atlantische Oceaan zag Darren visioenen van slangen die door elkaar gedraaid waren als een dubbele spiraal. Overal waren slangen, in de Griekse mythologie, in de bijbel, in het oerwoud en in de magische verhalen. Slangen waren meesters van de verandering, gladde reptielen op boomtakken, koudbloedige monsters, goddelijke boodschappers, angstaanjagende gifmengers, onzichtbare aanwezigen. Ze symboliseerden de bronnen van het bestaan, de verleiding van kwaad, het leven en de dood. De slangen van de uithangborden van kapperszaken, de esculapen van de artsen, de slangen van de magiërs – dat waren allemaal verwijzingen naar de oerslang van de natuur. En ja, nu zag hij het ook. Het DNA was een langgerekte slang, de cellen waren magische wolken, genen goddelijke krachten. De natuur onthulde haar geheimen in een taal vol symbolen, die mensen konden leren verstaan door in trance te raken.

'Wilt u uw stoel naar voren doen en uw riem vastmaken?'

De steward haalde Darren met een stevige duw tegen zijn arm uit zijn droom. Hij schrok wakker, keek naar links en zag Iris naast hem zitten.

'Waar was je? Je maakte heftige geluiden.'

'Ik moet in slaap gevallen zijn', stamelde Darren verward. Hij probeerde zich te herstellen. 'Iets met slangen en het oerwoud.'

'Dan was je ver heen. We zijn bijna in Boston', zei Iris. 'Als je naar buiten kijkt zie je de kustlijn. Prachtig!'

Darren vroeg een glas *orange juice* aan de stewardess, maar die was te druk met de laatste voorbereidingen voor de landing.

Zeven minuten later stuiterden de vliegtuigwielen op de landingsbaan van Logan Airport.

Het was een vreemde gewaarwording voor Darren om terug te zijn op het vliegveld van Boston. Ruim een maand geleden had hij halsoverkop zijn Amerikaanse leven achter zich gelaten en was hij, door niemand uitgezwaaid, met een enkele reis naar Europa gevlogen. Nu kwam hij terug als bezoeker aan zijn eigen stad. Tientallen keren was een reis van hem geëindigd op Logan, maar dan ging hij naar huis, waar Tom en Nicky verlangend naar hem uitkeken, wetend dat hij altijd een verrassing voor ze meenam. Deze keer had hij een afspraak met zijn advocaat om over een alimentatie- en omgangsregeling te onderhandelen.

Nadat ze zich door de immigratie hadden geworsteld en hun bagage van de band hadden gehaald, namen ze een taxi. De middagspits viel mee, het verkeer in de Sumner Tunnel stroomde redelijk door. Maar zodra ze uit de tunnel kwamen, liepen ze vast in een kluwen van bouwwerkzaamheden. Pas toen de taxi zich door de bouwputten van het centrum had gewrongen, schoot het op. Even later reden ze over de brug over de Charles River en waren ze in Cambridge, de intellectuele zusterstad ten noordwesten van Boston.

Het Charles Hotel lag aan de rivier. Iris en Darren schreven zich in. Ze kregen kamers op de vierde verdieping toegewezen en spraken af dat ze elkaar beneden in de lobby zouden ontmoeten om nog wat te drinken.

De volgende morgen troffen Darren en Iris elkaar in de ontbijtzaal. Ze hadden het niet laat gemaakt de avond tevoren, het plan om wat te drinken, was niet verder gekomen dan een rondje in de bar van het hotel. Darren voelde zich niet helemaal lekker na de vlucht en Iris wilde zich voorbereiden op haar presentatie bij The Organ Factory. Het tijdverschil hakte er ook in. Al was het nog vroeg in de avond, hun biologische klok stond in de slaapstand.

Bij het ontbijt bespraken ze de strategie. Iris was gespannen. Ze was gewend om colleges te geven, maar ze had nooit een presentatie voor onbekende zakenlieden gehouden. Darren stelde haar gerust. Fernando, verzekerde hij haar, was charmant, aardig en zijn vriend. En de broer van mijn geliefde, dacht hij erbij.

Iris liet zich maar half overtuigen.

'Wat willen ze eigenlijk van me weten?' vroeg ze een paar keer.

'Je moet het omdraaien. Wat wil jij van hen weten?' legde Darren uit. 'We hoeven niet op hun toenadering in te gaan, maar het kan nooit kwaad te horen wat ze voor GenIris over hebben.'

'Maar wat schieten wij ermee op als ze ons overnemen? En waarom willen ze dat eigenlijk? Ik vertrouw dat mailtje dat binnengebracht werd bij Westerhoff nog steeds niet.'

'Het is een open deur, maar als beginnend bedrijf ben je kwetsbaar. Samen sta je sterker. Dat geldt voor ons, en ook voor hen. Ik zal je er niet mee vermoeien, maar er is een steengoede *business case* van te maken. En wat echt interessant is: met The Organ Factory krijg je toegang tot een grotere markt. Denk eens aan al die rijke bejaarden die overwinteren in Florida en die jij van hun bevende Parkinsonmotoriek gaat afhelpen!'

Iris wist niet zeker of Darren het meende. Ze bleef haar twijfels houden en voelde vlinders in haar buik. Haar ontbijt liet ze nagenoeg onaangeroerd staan. Alleen de *orange juice* dronk ze op – voor de vitamine C.

Ze namen een taxi naar het *bio science park* dat een paar mijl stroomafwaarts lag langs de rivier. De nabijheid van Harvard, het MIT, academische ziekenhuizen en het financiële centrum van Boston, plus de Amerikaanse mentaliteit om grenzen te verleggen, vormden een ideale voedingsbodem voor hightech-ondernemerschap. Tientallen bedrijven hadden zich in de kant-en-klaarkantoren van het *science park* gevestigd. Het geheel ademde een sfeer van zakelijke vooruitgang.

Zo ook het BioTech C-gebouw. In de hal zat een portier naar een herhaling van een honkbalwedstrijd van de Red Sox op de televisie te kijken. 'Zesde verdieping', mompelde hij, terwijl hij met zijn hoofd knikte in de richting van de lift zonder de wedstrijd een moment uit het oog te verliezen.

Fernando stond hen op te wachten bij de liftdeur.

'Wat goed je weer te zien!' De Braziliaan sloeg Darren een paar keer vriendschappelijk op zijn schouders en drukte hem tegen zich aan. 'En u moet Iris Stork zijn', vervolgde hij met een ontwapenende brede lach.

Ze gingen naar binnen. Fernando stelde Darren en Iris voor aan de twee partners van The Organ Factory, Carol Briggs en Stephen Fry. Ze bleven even bij het raam staan om de skyline van Boston aan de overkant van de rivier te bewonderen. Daarna nodigde Fernando iedereen uit aan de ovalen vergadertafel te gaan zitten. Er stonden

blikjes frisdrank klaar en een schaal met *chocolate chip cookies.*
Fernando kwam snel ter zake.

'Wij zijn tamelijk nieuw in de *life sciences,*' begon hij, 'maar we hebben wel de nodige ervaring. Carol en Steve – hij wees op de twee partners naast hem – zijn de echte experts, ik ben niet meer dan de zakelijk manager. Maar dat hadden jullie vast al begrepen.' Hij lachte uitbundig.

Vervolgens legde Fernando uit wat de gedachte bij de oprichting van hun bedrijf was geweest. Ziekenhuizen hebben te kampen met een chronisch tekort aan donororganen. Patiënten moeten maanden en vaak nog langer wachten op de beschikbaarheid van organen voor transplantatie. Er is een obscure handel in organen uit ontwikkelingslanden op gang gekomen. Levers uit de sloppen van Brazilië, ogen van arme sloebers uit India, nieren van ter dood veroordeelden uit China – daar wil je niet van weten. En als er eindelijk organen beschikbaar zijn, doen zich complicaties voor met afstotingsreacties omdat het afweersysteem zich verzet tegen lichaamsvreemd weefsel.

'Wij denken dat we deze problemen kunnen omzeilen door patiënten hun éígen organen te laten maken. Met stamceltherapie waarmee hartspieren, nieren en andere organen kunnen groeien uit de cellen van de patiënt zelf', zei Fernando.

Iris knikte. Tot dusver had ze nog niets nieuws gehoord. Ze keek Darren met een blik van 'is dit nou alles?' aan.

Fernando praatte gedreven verder. Het probleem, vervolgde hij, was dat het politieke klimaat in de Verenigde Staten het onderzoek op het gebied van embryonale stamcellen nagenoeg onmogelijk maakte. Door toedoen van de fundamenteel-christelijke lobby werd de stemming steeds vijandiger. Ze verlegden hun acties van abortusklinieken naar stamcellaboratoria. Daarom was The Organ Factory op zoek naar buitenlandse partners die niet gehinderd werden door politieke en juridische beperkingen. Door een gelukkig toeval – Fernando knipoogde naar Darren – had hij twee studievrienden die betrokken waren bij precies zo'n bedrijf en zo was het contact met GenIris gelegd.

Vervolgens gaf hij *chairwoman* Stork de gelegenheid om iets over haar bedrijf te vertellen.

Na een korte aarzeling begon Iris haar uiteenzetting. Ze drukte zich trefzeker uit, er klonk geen spoor van aarzeling in haar stem. Terwijl hij bewonderend naar haar keek viel het Darren op dat Iris zich van een vleugje make-up had voorzien, dat op een subtiele manier de hoekige lijnen van haar gezicht verzachtte. 's Morgens, in de ontbijtzaal, had hij al vastgesteld dat ze niet haar gebruikelijke jeans en T-shirt aanhad, maar een strakke broek van kobaltblauwe stof met een bijpassend getailleerd jasje over een iets uitgesneden witte blouse met een brede kraag. De kleren gaven haar een vrouwelijk accent dat hij niet eerder bij haar had waargenomen.

'Ons doel is dat bejaarden op een menswaardige manier oud kunnen worden. Zónder de aftakeling door degeneratieve ziektes. Wij zijn van mening dat onze methode van therapeutisch klonen en specialisatie van stamcellen hieraan kan bijdragen. Wij verwachten dat regeneratieve therapieën veel patiënten kunnen helpen. En we verwachten ook dat deze een lucratieve toekomst hebben.'

Ze keek de kring rond, niet triomfantelijk, maar nuchter. 'Dat is het, in een notendop.'

'Klinkt interessant', zei Carol, de vrouwelijke partner van The Organ Factory.

'Buitengewoon interessant', beaamde Steve, de andere partner.

'Het sluit aan bij onze doelstellingen', concludeerde Fernando. 'En hebben jullie in Europa problemen met christen-fundamentalistische antiabortusgroepen?'

'Nee,' zei Iris, 'daar hebben we in het geheel geen last van.'

's Middags liepen Darren en Iris over Harvard Square. De kennismaking met The Organ Factory was goed bevallen; ze hadden afgesproken dat ze elkaar de volgende ochtend weer zouden spreken. Ter bestudering hadden ze het nodige materiaal meegekregen en Darren had een map met financiële gegevens van GenIris achtergelaten, waarover Fernando en zijn partners zich zouden buigen.

'Heb ik het niet gezegd,' zei Darren opgetogen, 'Fernando is een geweldige vent! Al moet ik nog zien met wat voor bod hij komt. Daar heb ik eerlijk gezegd niet veel vertrouwen in. Voorzover ik naar hun cijfers heb gekeken, hebben ze geen financiële reserve en nauwelijks cashflow. Ik vraag me dus af hoe ze een overname denken te kunnen financieren.'

Iris was plotseling minder sceptisch. Het alternatief van een beursgang begon haar geleidelijk minder tegen te staan. Ze wist dat ze een uitstekende indruk had gemaakt bij Fernando en zijn partners en dat straalde van haar af. Voor het eerst viel het Darren op, terwijl hij schuins naar haar keek in het middaglicht, hoe aantrekkelijk Iris kon zijn.

Ze namen een snelle lunch bij Mrs. Bartley's op Massachusetts Avenue, waar de menukaart meer dan vijftig verschillende hamburgers in de aanbieding had. Daarna gingen ze naar de Wordsworth Bookstore op de hoek van Harvard Square. Beladen met nieuwe boeken stapten ze anderhalf uur later weer naar buiten.

Fernando had Darren uitgenodigd om als oude makkers 's avonds samen te eten. Iris vond het uitstekend een avond voor zichzelf te hebben. Ze was moe en wilde op haar hotelkamer blijven om te lezen in een van haar nieuw gekochte romans.

Fernando was lovend over Iris. Hij was onder de indruk van haar overtuigingskracht. Ook de andere partners van The Organ Factory, vertelde hij, wilden graag verder met haar gaan.

'Vergeet niet dat ik de financiële directeur ben, Fernando', waarschuwde Darren schertsend. 'Als het zover komt, moet ik jullie bod beoordelen.'

'Daar hebben we het morgen over, dan doen we zaken. Vanavond zijn we studiematen.'

'Yes! En vertel me dan maar eens de ware reden waarom je zo nodig met GenIris wilt samengaan. Hoe kwam je daar bij? Toch niet omdat je mij in contact had gebracht met Jeen op onze reünie bij jou thuis?'

'Welnee. We zoeken serieus naar mogelijkheden in het buitenland. Onze *business case* is goed. Het probleem in Amerika is dat er wel veel vermogende patiënten zijn, maar dat de wetgeving het werk van ons soort bedrijven steeds verder beperkt. Straks mogen we helemaal niets meer en als we passief afwachten kunnen we onze tent binnenkort sluiten.'

'Maar waarom GenIris? Je kunt beter expansie zoeken in China of Singapore.'

'Ah!' Fernando lachte. 'Wil je de werkelijke reden weten?'

'Vertel op.'

'Ik verheug me op een maandelijkse reis naar Amsterdam voor de bestuursvergadering van GenIris.'

'Hoezo?'

'Vrienden onder elkaar. De vrije verkoop van soft drugs, natuurlijk. Je weet toch wel dat dát de reden is waarom Amsterdam zo populair is onder Amerikaanse hightech-ondernemers? Alles is daar vrijelijk beschikbaar wat hier onderdrukt wordt.'

'Ik had het kunnen bedenken.'

'Maar houd het voor je als je met Iris praat. Ze lijkt me niet het type dat iets op heeft met *the other side of life.*'

'Nee, daar heb ik haar niet op betrapt. Ze is monogaam met haar werk bezig en voor de rest…' Darren lachte om zijn eigen woordspeling. 'Weet je trouwens nog hoe we hier vroeger kwamen om *undergraduates* te versieren?'

Ze zaten in een tex-mex-restaurant en hadden een margarita op, tequila met zout en citroen. De serveerster kwam twee borden met enchilada's brengen. Ze bestelden nog een margarita.

Nadat ze de laatste stand van zaken hadden uitgewisseld over Fernando's gezin en Darrens echtscheiding, vroeg Darren hoe het met Gabriela ging.

'Jullie zijn elkaar goed bevallen, hè?' glimlachte Fernando.

Darren knikte. 'Heel goed, zelfs. Sinds we afscheid van elkaar genomen hebben, onderhouden we intensief e-mailcontact. Al is dat niet altijd makkelijk naar dat onderontwikkelde land van jou.'

'Ho, ho, weet je wel waarover je het hebt? Het vierde land ter wereld! *Pentacampeão*! Vijf keer wereldkampioen voetbal.'

'Dat weet ik, Fernando, en ik weet ook hoe trots je op Brazilië bent. Maar Gabriela zit zo afgelegen…'

'Mijn kleine zus is fantastisch. Maar je hebt gelijk. Ik begrijp ook niet waarom ze uit onze comfortabele wereld is gestapt en zich in het binnenland heeft verstopt tussen primitieve indianen. Ik heb er veel met haar over gepraat en ze was vastbesloten. Het heeft misschien met onze familie-achtergrond te maken, waartegen ze zich wil afzetten.'

'Ik bewonder enorm wat ze doet. Eigenlijk wil ik naar haar toe om haar weer te zien.'

'In het oerwoud?'

'Ja, waarom niet? Als zij daar kan leven, kan ik het toch ook? Ik wil haar helpen. Ze heeft geld nodig voor die arme mensen. Ik wil haar dat geld brengen. Zo gauw mogelijk. Maar eerst moet ik het nog even verdienen. Daarom moet je wel met een ongelooflijk goed bod op GenIris komen, anders wijs ik het af. Om je de waarheid te zeggen, ik denk dat het mij financieel beter uitkomt als we GenIris niet onderhands aan jou verkopen, maar naar de beurs brengen. Dat levert meer op. Veel meer.'

Fernando sloeg Darren kameraadschappelijk op zijn schouder.

'Het was me al duidelijk. Je bent stapelverliefd. Straks word je nog mijn zwager! Welkom in de familie Cardoso de Mello Franco! Maar je moet de verkoop van je bedrijf niet laten bepalen door verliefdheid. Je weet, liefde maakt blind. We zouden het vanavond trouwens niet over werk hebben. Kom, we nemen een laatste margarita. En vertel me eens wat meer over die Iris Stork. Wat voor vrouw is het? Ze heeft een verborgen aantrekkelijkheid die me intrigeert.'

'Jij verandert ook niets', schamperde Darren.

'Dat moet jíj zeggen', reageerde Fernando met gespeelde verontwaardiging. Hij pakte zijn glas en tikte ermee tegen het glas van Darren.

# 14 Overnamebod

Iris zat de volgende ochtend al in de ontbijtzaal toen Darren binnenstapte. Ze begroette hem monter. Zelf had hij moeite met de nawerking van de margarita's. Een paar paracetamol en een hete douche met een hamerende massagestraal hadden niet geholpen om een lichte hoofdpijn te verdrijven. Zwijgend nuttigde hij zijn ontbijt, terwijl Iris tegenover hem aan tafel de *Boston Globe* doorbladerde.

Darren voelde zich beter toen ze om twee uur in de lift stapten van het gebouw van The Organ Factory. Op verzoek van Fernando was de bijeenkomst naar het begin van de middag verplaatst. Hij had laten weten dat zijn partners meer tijd nodig hadden om de financiële gegevens van GenIris te bespreken. Maar Darren vermoedde dat het vanwege de tequila was.

In de vergaderzaal stonden Carol, Stephen en Fernando te wachten.

'Welkom terug', begon Fernando. 'We willen graag direct ter zake komen. The Organ Factory wil een vriendelijk bod uitbrengen op GenIris. We zien veel voordelen in samenwerking en we verwachten dat jullie er precies zo over denken.'

Fernando keek de tafel rond. Toen niemand spontaan reageerde, vervolgde hij: 'Ik besef dat dit een ongebruikelijke gang van zaken is. Maar we zijn van mening dat het allerbelangrijkste in de *life science industry* is dat de betrokkenen uitstekend met elkaar overweg kunnen. Elkaar aanvullen wat kennis en wat management betreft. En ik geloof – hij keek Iris en daarna Darren aan – dat dit bij The Organ Factory en GenIris in alle opzichten het geval is.'

'Allemaal obligate praat, die kun je wel overslaan. Waar denk je aan, Fernando?' onderbrak Darren hem.

'Over de hoogte van het bod moeten onze bankiers het eens worden. Ik denk dat wij overeenstemming moeten bereiken over de bereidheid om samen te werken. Daarna komt de prijs.'

'Sorry, Fernando. Dat is geen goede benadering en in ons geval is het zelfs onmogelijk. Je weet dat we vlak voor onze beursgang staan. Die moeten we laten doorgaan, of afblazen. We gaan niet bungelend wachten op een vriendelijk bod van jou. Ik heb trouwens naar jullie balans gekeken, en zoveel vlees zit daar niet aan. Ik ben dus benieuwd naar het bod dat je in gedachten hebt.'

'Dat begrijpen we', kwam Carol Briggs tussenbeide. Ze was de financiële partner van The Organ Factory.

'En er is ook een Zwitserse farmaceutische onderneming in ons geïnteresseerd', drong Darren aan. Hij probeerde Iris een knipoog te geven, maar die keek zwijgend uit het raam. Ze liet het financiële spel over aan de macho's.

'Uiteraard, uiteraard', haastte Fernando zich. 'We willen jullie niet onder druk zetten. Maar laten we eerst bespreken waar de samenwerking toe kan leiden.'

Het volgende uur discussieerden ze over donororganen, stamcellen, patiëntenbelangen, uitgifteprijzen, overnamepremies, bedrijfssynergie en de maatschappelijke weerstanden tegen klonen. Weldra vonden de gesprekken in twee afzonderlijke groepjes plaats. Terwijl Iris en Steve, de onderzoeksdirecteur van The Organ Factory, zich bogen over de toediening van fibroblasten en epidermale groeifactoren, probeerde Darren met Fernando en Carol tot een indicatie van het bod te komen.

'We denken aan een bedrag tussen de acht en tien dollar, ik bedoel, euro per aandeel', zei Carol ten slotte.

Darren viel om van verbazing. 'Dan schat je de waarde van GenIris bij zijn huidige aandelenkapitaal op acht à tien miljoen euro. Dat is absurd.' In zijn stem klonk een mengeling van ongeloof, irritatie en verontwaardiging. Hoe kon Fernando denken dat hij voor zo'n fooi het bedrijf met alle kennis erop en eraan zou verkopen.

'Jij denkt nog in de gouden termen van de IT-bedrijven waarvoor je vroeger werkte', zei Fernando.

'Welnee. Je hebt onze kerncijfers niet goed bestudeerd. Ons balansvermogen is veertig miljoen. Met een bod dat neerkomt op hooguit een kwart daarvan, ga ik niet akkoord – en ik kan je verzekeren dat onze grootaandeelhouder, het Darwin Fund, me daarin volledig zal steunen. Je ként Jeen.'

'De winst zit in de toekomstige stijging van ons gezamenlijke aandeel', drong Fernando aan. 'Het is een langetermijnstrategie. Die moet je hebben in de biotechindustrie. Denk erover na, Darren. Denk erover na en kom erop terug.'

'Waarom doen we het niet gewoon? Ik bedoel – we gaan akkoord met de overname en we strijken tien miljoen euro op. Met zo'n bedrag kan ik de klinische testfase beginnen.'

Iris keek Darren opgetogen aan. Darren kon niet inschatten of ze het meende of niet.

'Wat je zegt. Dan kun je de testfase beginnen. Maar voor hoelang? Eén jaar, twee jaar? Daarna kijk je weer tegen de bodem van het banksaldo aan. Nee, Iris, dit is een belachelijk laag bod. Ik voorspel je, met de beursgang halen we minstens het tweevoudige op, mogelijk nog veel meer. Fernando prijst zichzelf compleet uit de markt. Ik begrijp niet hoe hij zo absurd laag kan inzetten. Eigenlijk denk ik dat hij GenIris helemaal niet wil overnemen. Hij wilde eens kennis met jou maken om te horen waarmee je bezig bent.'

'Misschien is het een openingszet in de onderhandelingen.'

'Op *miss sheen* moet je in het zakenleven nooit wachten.'

Ze zaten in de bar van het Charles Hotel, Iris met een glas bourbon op ijs en Darren met een bloody mary voor zich. Die middag had hij geprobeerd om contact te leggen met zijn kinderen, maar zijn ex-vrouw had ze voor hem afgeschermd. Daarna was hij met lood in zijn schoenen naar het kantoor van zijn advocaat gegaan. Die had bemiddeld om een ontmoeting met zijn kinderen te arrangeren. Morgen aan het einde van de middag zou hij Tom en Nicky kunnen zien. Op neutraal terrein, het advocatenkantoor. Darren had het tragische gevoel dat hij een overwinning had behaald. De advocaat had hem er vooral op voorbereid dat de alimentatie een kostbare aangelegenheid ging worden. Toen hij weer naar buiten stapte, was hij bezeten van maar één gedachte. Hij had snel veel geld nodig.

Iris had haar vrije uren gebruikt om een beroemde collega van het

MIT op te zoeken. Die had hoog opgegeven van de technische expertise van The Organ Factory. Het was een netwerkbedrijf, gespecialiseerd in contacten met instituten die baanbrekend onderzoek verrichtten in de biotechsfeer. Deze toegang tot de nieuwste ontwikkelingen van kennis had indruk op haar gemaakt.

'Ik wil verkopen', drong Iris aan. 'Dan zijn we van het gedoe van de beursgang af. Daar zie ik enorm tegen op. En het geld, dat interesseert me echt niet.' Ze prikte een olijf uit een terracotta schaaltje en daarna nog een.

'Heus, geloof me. Ik heb met tientallen van deze situaties te maken gehad. Verkoop nooit op een laag bod. Je hebt er later spijt van.'

'Toch niet gering dat mijn bedrijf tien miljoen euro waard is.'

'Wacht even, je moet dat bedrag delen met de andere aandeelhouders. Je bedrijf is trouwens meer waard. Veel meer.'

'Denk je dat werkelijk, of denk je aan je opties?'

'Ja, nee, dat denk ik echt. Ook al zou er geen optie voor mij in zitten.'

Iris geloofde hem maar half. Ze was inmiddels op Darren gesteld geraakt, maar hij was toch een bankier. En die, daarvan was ze overtuigd, waren altijd uit op winstmaximalisatie. Maar ze had geen zin als een dreinend kind te blijven aandringen. Het was ook gezellig samen aan de bar.

'Oké, jij bent de *chief financial officer*. Dit is jouw terrein, zo hadden we het afgesproken. Ik geef me voorlopig gewonnen. Met de nadruk op voorlopig. Cheers, trouwens.' Ze leegde haar glas bourbon.

'Heel verstandig.'

'Dus ik kom erop terug. Ik mocht Fernando wel. En Steve weet waarover hij praat op ons vakgebied. Als we doorgaan met de beursgang, moet jij dus aantonen dat die meer oplevert. Anders verkoop ik mijn aandeel alsnog aan Fernando.'

Iris lachte om haar vondst. Nu ze wist dat GenIris ten minste tien miljoen euro waard was, leek ze ineens lol te krijgen in de financiële kant van haar bedrijf.

Er stond een rij wachtenden voor het restaurant Fire & Ice. Darren had erop gestaan hier de laatste avond te gaan eten, want de volgende dag zou Iris naar haar congres gaan. Het was in zijn tijd aan de business school een favoriete locatie van hem geweest en hij verheugde zich op een ontspannen avond.

De doorstroming ging snel en na twintig minuten kregen ze een tafel toegewezen. Daarna mochten ze aan de slag om zelf hun maaltijd samen te stellen.

Uiteenlopende soorten vlees en vis, schaaldieren, groentes en nog veel meer lagen in lange vitrines uitnodigend op ijs. Het leek wel de versafdeling van de supermarkt. De gasten mochten uitkiezen wat ze wilden en vervolgens konden ze hun zelfgekozen ingrediënten op een grote, ronde grillplaat laten roosteren. Daarna zetten ze zich aan de maaltijd. En zodra een bord leeg was, kon de culinaire ceremonie opnieuw beginnen. Van het ijs naar het vuur en van het vuur naar de tafel was het onbeperkt gourmetten.

Iris complimenteerde Darren met de keuze van het restaurant. Haar zakelijke kleding had ze verruild voor jeans en een trui met een loshangende col. Ze had ook haar gouden ketting met de amulet weer om. In de informele sfeer van het restaurant waar een studentenbandje op de achtergrond folkrock ten gehore bracht, voelde ze zich totaal op haar gemak.

Darren schonk de Californische wijn bij. Ook hij was in een prima stemming – hij keek uit naar de ontmoeting met zijn kinderen. Het weerzien met Fernando had hem goed gedaan. Al geloofde hij niets van het bod dat zijn vriend wilde uitbrengen.

'Denk je dat de strategie van The Organ Factory ergens op slaat? Ik bedoel, kun je werkelijk je eigen organen maken met stamceltherapie?' vroeg Darren. Hij prikte met zijn vork in de stukjes vlees op zijn bord.

'O, ja. Over een aantal jaren gaat die doorbraak komen', verzekerde Iris.

'Wat een bizar idee.'

'Dat komt omdat je er niet aan gewend bent. Vroeger wist men ook niet beter of een infectie was dodelijk. Toen kwam Fleming met zijn penicilline. Zo is het ook met organen maken. Nu klinkt het als sciencefiction, straks haal je stamcellen in een doordrukstrip bij de drogist.'

'Je eigen organen repareren door een pilletje te nemen zoals ik nu een hap vlees neem?'

'Fantastisch, toch?'

'Heb je nooit twijfels?'

'Twijfels aan wat?'

'Over existentiële vragen. Met dit soort technieken ben je wel bezig om de grondbeginselen van het leven naar je hand te zetten.'

'Je moet bedenken hoeveel patiënten ermee geholpen kunnen worden.'

'Maar je knutselt met menselijk materiaal. Heb je nooit, wat zal ik zeggen, morele bedenkingen?'

Iris schudde haar hoofd, zodat haar paardenstaart heen en weer zwiepte. 'Nee, beslist niet.'

Ze nipte aan haar glas.

'Je moet weten waarmee je bezig bent. Wat wíj doen bij GenIris, en wat The Organ Factory probeert te doen, heeft tot doel om patiënten te helpen hun beschadigde lichaamsdelen te herstellen.'

'Dat begrijp ik. Maar toch...' Darren maakte zijn zin niet af.

'Laten we de ethische dilemma's voor een andere keer bewaren. Ik wil niet het genot van deze gezellige avond verpesten.'

'Dan stel ik voor dat we nog een nieuwe ronde maken.'

Terug aan tafel vroeg Iris onverwacht: 'Wat ga jij met je geld doen als we naar de beurs gaan?'

De vraag overviel Darren en voordat hij antwoordde, schonk hij de glazen vol uit de nieuwe wijnfles die in een koeler naast de tafel stond.

'Kom op, ik zie dat je iets in gedachten hebt', drong ze aan.

Even aarzelde Darren. Daarna zei hij: 'Het is geen geheim, maar ik heb het nog aan niemand verteld.'

'Mag ik de eerste zijn?' daagde Iris hem uit.

'Vooruit dan. Ik wil bijdragen aan een project voor arme mensen in het Braziliaanse oerwoud.'

Iris keek hem met open mond aan. Ze legde haar vork terug op haar bord.

'Dat had ik nou nooit achter je gezocht', zei ze na een moment stilte.

'Ikzelf eigenlijk ook niet. Het is vrij plotseling opgekomen.'

'O, daar wil ik alles van weten', zei Iris gretig.

Darren vertelde over een vrouw die hij had ontmoet en die werkte met indianen in het Amazone-oerwoud. Ze had dringend geld nodig voor haar project en dat wilde hij haar bezorgen.

'Vandaar die plotselinge noodzaak om een lening af te sluiten', concludeerde Iris.

'Precies. En trouwens,' Darren nam snel een slok wijn, 'die vrouw is de zuster van Fernando.'

'Neeee...'

'Echt waar.'

'Waarom heb je dat niet eerder verteld? Wat een romantisch verhaal!'

Darren had het gevoel dat hij bloosde. Nu hij zijn geheim had prijsgegeven, voelde hij zich vrij om meer te vertellen. Iris bleef doorvragen, alsof ze persoonlijk deelgenoot wilde worden van deze idylle.

'Het is een onmogelijke liefde', bekende Darren na een tijdje. 'Zo ver weg, zo'n andere wereld. Ik verdiep me in de biotechnologie en Gabriela gelooft in de bovennatuurlijke krachten van planten en dieren.'

'Wat denk je,' opperde Iris, 'zou Fernando zo'n laag bod hebben gedaan omdat hij niet wil dat jij iets met zijn zus hebt?'

'Welnee. Zo zit hij niet in elkaar. Hij heeft me zelf aan haar voorgesteld.'

'Misschien wil hij dat het nooit wat wordt tussen jullie tweeën.'

'Fernando vindt het juist erg leuk dat ik iets met Gabriela heb.'

'Daar zou ik niet zo zeker van zijn', zei Iris peinzend.

'Hoezo, heb jij ervaring met dergelijke situaties?'

'Ikke? Welnee. Ik zit in mijn laboratorium en heb geen tijd voor romantiek. Ik ben veel te saai voor mannen.'

'Kom op, je bent een supervrouw.'

Iris wendde verlegen haar hoofd af. Nu had zij het gevoel dat haar wangen gloeiden.

'Nou ja, laten we het niet over mij hebben', zei ze na een moment. 'Maar wat je verteld hebt vind ik heel bijzonder. Een hoger doel, een geheime liefde in het oerwoud...'

Ze dronk haar glas leeg en liet zich gewillig bijschenken.

'Je spoorde me laatst aan dat ik een goed doel moest bedenken voor mijn opties. Nou, dit voldoet daaraan. Zoiets zou je zelf ook moeten doen', zei Darren.

'Een goed doel, ja. Ik heb tot de dag van vandaag niet verder gedacht dan mijn onderzoek. Maar je hebt gelijk, misschien moet ik over mijn eigen begrenzingen heen stappen.'

Ze trakteerden zich op een nagerecht van ijs met warme chocoladesaus. Genietend van de vertrouwdheid die tussen hen groeide, bleven ze langer zitten dan de meeste andere gasten. De rockband had zijn installatie al ingepakt toen ze tegen middernacht het restaurant uitliepen.

# 15 Liefdes spel

Het was fris buiten. Darren sloeg zijn arm om Iris' schouder om haar tegen de avondkilte te beschermen. Ze drukte zich tegen hem aan terwijl ze de korte afstand terugliepen naar het hotel. Darrens stevige greep voelde veilig aan. Ze sloeg haar arm om zijn middel.

'Ik wil nog wat water drinken na al die drank van vanavond. Doe je mee?' vroeg Iris toen ze op de vierde verdieping uit de lift stapten.

Darren ging mee naar haar kamer. Iris pakte twee flesjes mineraalwater en een zakje nootjes uit de minibar. Ze gingen op de rand van het bed zitten.

Iris was niet dronken, maar ze had wel zo veel wijn op dat ze zich licht in haar hoofd voelde. Ze liet zich achterover zakken en leunde tegen de opgestapelde kussens. Met een beweging van haar voeten trapte ze haar schoenen uit. Ze ging half op het bed liggen.

'Wat een avond, Darren', zei ze. 'Ik ben ongelooflijk blij dat je bij GenIris bent komen werken. Als je eens wist hoeveel ruzie ik had met Sandbergen over het management. Toen Westerhoff tegen me zei dat hij een bankier voor me wist, heb ik me hevig verzet. Ik zag er niets in, maar ik heb het echt met je getroffen. Dat heb ík in ieder geval aan je vriend Fernando te danken.'

Ze keek hem met een warme glimlach aan. In haar ogen speelde een twinkeling, haar lippen krulden zich. Voor het eerst besefte Darren dat in Iris niet alleen een fabelachtige wetenschapster school, maar ook een verleidelijke vrouw. In zijn hoofd zag hij het beeld van een vrouw gedrapeerd op een divan. De aangeklede Maya van Goya.

Darren interpreteerde haar houding als een uitnodiging. Hij draaide zich naar Iris toe en streek met de buitenkant van zijn linkerhand licht langs haar wang. Ze liet hem begaan. Ze was te moe om te reageren. Ze ontspande zich en sloot haar ogen. Darrens hand gleed langs haar schouder en arm. Hij boog zich in de richting van haar gezicht, dichterbij totdat zijn lippen vlak bij haar wang kwamen. Iris zakte naar achteren en dat moedigde Darren aan. Zijn lippen bracht hij naar haar mond en hij begon haar vluchtig te zoenen. Zonder te reageren liet Iris hem doorgaan. Hij proefde haar lippen. En daarna haar tong. Het verraste hem hoe gewillig ze reageerde. Zijn vrije hand gleed langs haar arm in de richting van haar borst.

Dat had hij niet moeten doen.

Iris sprong plotseling op.

'Hé, schei uit!' riep ze verontwaardigd. 'Wat krijgen we nou!' Ze duwde hem bruusk van zich af.

Geschrokken deinsde Darren terug. Hij had in een impuls gehandeld, een opwelling die was ingegeven door Iris' ontspannen houding en de verlaging van zijn remmingen door de alcohol.

'Ben je helemaal gek geworden? Ik ben je compagnon, niet je minnares!'

Darren probeerde zich een houding te geven. Hij ging rechtop zitten, streek met zijn hand door zijn haar en trok zijn kleren recht.

'Sorry, het spijt me. Ik dacht... ik had niet de bedoeling je te provoceren. Ik wilde je alleen maar zoenen als afsluiting van een geweldige avond. Ik bedoel er verder niets mee.'

Iris stond verbolgen naast het bed. Ze fatsoeneerde haar trui. 'Ja, zeg, dat moest er nog bij komen! En dat na wat je me vanavond verteld hebt over je liefde in de jungle!'

'Nogmaals, het spijt me.' Darren stond nu ook naast het bed. Hij voelde zich zo opgelaten als een puber.

Iris hervond zichzelf. 'Oké, verontschuldiging aanvaard. Ik had je niet op mijn kamer moeten vragen om nog wat te drinken.'

'Nee, ik had mezelf in toom moeten houden.'

'Absoluut. Laten we het erop houden dat je genen een overdosis testosteron produceren. Dat hebben sommige mannen.' Iris begon nerveus te proesten van het lachen.

'Ik ben blij dat je het zo opvat.'

'Maar ik denk dat je beter naar je kamer kunt gaan, en wel nu meteen.'

Besmuikt verliet Darren Iris' kamer. In het voorbijgaan trapte hij per ongeluk het half leeggedronken flesje mineraalwater om dat hij op de grond had gezet.

De volgende ochtend bleef Darren alleen in de ontbijtzaal aan tafel zitten. Hij voelde zich beschaamd over zijn misstap van de avond tevoren. Hij was toch volwassen genoeg om zichzelf zo'n smadelijke afgang te besparen? Hij had zich zo voorgenomen niet wéér de overjarige versierder uit te hangen. Hoe kon hij dit rijmen met zijn liefde voor Gabriela? En hoe haalde hij het in zijn hoofd om een relatie, hoe vluchtig ook, met een zakenpartner te beginnen – dat moest je dus nóóit doen. Les één uit het boekje. De enige verzachtende omstandigheid die hij kon bedenken was dat Iris aantrekkelijker was dan ze zelf besefte. En dat ze overduidelijk had aangegeven op hem gesteld te zijn. Ze voelde zich op haar gemak in zijn aanwezigheid. Maar dat was geen vrijbrief voor *hanky-panky*. Leer jezelf toch eens te beheersen, Gittinger.

Iris liet zich niet zien voor het ontbijt. Toen hij haar kamer belde, kreeg hij geen gehoor. Tegen tien uur informeerde Darren bij de receptioniste. Ze zei dat Mrs. Stork vroeg had uitgecheckt. Was hij Mr. Gittinger? Ze had een briefje voor hem achtergelaten.

Darren maakte de envelop open. In een haastig handschrift stond er geschreven:

Darren,
Ik ben naar de biotechconferentie vertrokken
We zien elkaar volgende week in Nederland
Goede vlucht terug
Iris

Geen woord over de avond tevoren.

De receptioniste vroeg of Darren een collega van Mrs. Stork was. Er was een telefoontje van haar kantoor uit Nederland binnengekomen. Kon ze het verzoek om terug te bellen aan hem doorgeven? Ze gaf Darren een briefje.

Terug op zijn kamer belde Darren het opgegeven nummer. Hij kreeg vrijwel onmiddellijk Deborah aan de lijn.

'Iris?' hoorde hij Deborah opgewonden roepen.

'Nee, ik ben het, Darren. Goede, eh, middag, Deborah, Iris is al weg.'

Aan de andere kant van de lijn klonk gevloek.

'Weet je waar ik haar kan bereiken?'

'Ze is naar een biotechconferentie, maar ze heeft geen naam van een hotel of een telefoonnummer achtergelaten. Je kunt haar misschien *pagen* op dat congres.'

'Dat is te laat, Darren, we hebben een enorm probleem hier.'

'Wat is er aan de hand?'

'De quarantaineruimte van de proefdieren is opengebroken. De dieren zijn uit hun beveiligde hokken ontsnapt. Het is hier paniek. Iris moet onmiddellijk terugkomen.'

Maar Iris liet zich op dat moment achterover zakken op een kingsize bed. De man die naast haar zat, trok ze vol begeerte naar zich toe. Hij kwam met zijn mond dicht bij de hare en ze bewoog haar hoofd iets naar voren zodat ze hem hartstochtelijk kon zoenen. Ze proefden de tinteling van elkaars tongen alsof ze de twee koperen lipjes van een ouderwetse platte batterij aanraakten.

Iris liet zich in de kussens vallen. Ze hield haar armen om de nek van haar geliefde, zodat ze hem meetrok en hij boven op haar kwam te liggen. Ze voelde zijn opwinding groeien.

'Wat ben ik blij je te zien', fluisterde ze. Ze bleef hem hartstochtelijk zoenen en speelde met haar hand door zijn dikke, krullende haar.

'Ik had niet durven dromen dat we elkaar hier zouden zien.'

De man liet zijn hand onder het shirt van Iris glijden. Ze kromde haar rug, terwijl hij met zijn vingertoppen in de richting van haar borsten bewoog. Iris liet haar handen langs zijn gezicht gaan, langs zijn lippen en over zijn ogen. Ze kuste hem opnieuw, met grotere intensiteit.

Haastig werkten ze zich uit de kleren, verlangend naar de aanraking van elkaars lichamen, huid op huid, borst op borst, geslacht op geslacht. Ze betastten elkaar, ze voelden de opwellende warmte, ze proefden het vocht van de begeerte. Ze wentelden zich over elkaar heen. Iris voelde een hevige lust om hem te bezitten. Ze bespeelde hem totdat ze merkte dat hij dicht bij zijn hoogtepunt was. De momenten waarop ze samen hun liefde hadden beleefd, waren recentelijk zo schaars geweest dat ze er nu zo lang mogelijk van wilde genieten. Als de naakte Maya van Goya liet ze zich bevallig terugvallen in de kussens om haar minnaar de tijd te geven zich te ontspannen. Daarna streelde ze haar partner over zijn rug en langs zijn benen om hem van zijn opwinding af te leiden.

'Je beseft dat we aan het spijbelen zijn', zei ze als een ondeugend schoolkind.

De man richtte zich half op en keek haar quasi-betrapt aan.

'Ik geloof niet dat we iets missen.'

'Ik heb jóú gemist, dat moeten we inhalen.'

'Weet iemand dat we hier zijn?'

Iris schudde ontkennend haar hoofd. 'Nee, niemand.' Ze begon te gniffelen. 'Darren zit nu eenzaam op me te wachten in de ontbijtzaal van het Charles Hotel.'

Ze trok de man over zich heen, ze begon hem opnieuw te strelen zodat zijn erectie zich herstelde, ze sloeg haar benen hoog om zijn dijen, ze drukte met de hielen van haar voeten zijn bekken naar beneden en ze voelde hoe hij haar langzaam penetreerde. Ze kreunde van begeerte.

# 16 Proefdieren vrij

Vanaf de bovenste verdieping van het gebouw van Pharmatics had ingenieur Jürgi Leutwiler een panoramisch uitzicht over het industriegebied van Basel. Links en rechts strekten zich de bedrijfscomplexen uit van de chemische en farmaceutische multinationals die zich in de Zwitserse stad hadden gevestigd. De Rijn stroomde als een traag lint tussen de laboratoria, kantoren en fabrieken. Voorbij de bocht in de rivier lag de oude binnenstad van Basel, en aan de andere kant kon ingenieur Leutwiler op een heldere dag het Zwarte Woud in Duitsland en de uitlopers van de Vogezen in Frankrijk zien, met daartussen als een liniaal de donkere rivier die naar het noorden stroomde.

Leutwiler gaf vanuit dit kraaiennest leiding aan Pharmatics. Het bedrijf behoorde niet tot de 'grote drie' van de Zwitserse farmaceutische industrie, maar de commerciële betekenis was er niet minder om. Pharmatics produceerde helemaal niets; in feite bestond het bedrijf van ingenieur Leutwiler slechts uit een telefoonnummer, een computer en een e-mailadres. Leutwiler handelde in biotechnologische informatie. Pharmatics kocht rechten op, beheerde databanken en dreef handel in kennis. Ooit was Leutwiler directeur geweest in de farmaceutische industrie en sinds enkele jaren had hij deze nieuwe niche ontdekt.

De handel in de informatie die ligt opgeslagen in het DNA was een gouden business. De Zwitser, die zich ingenieur noemde hoewel hij zijn opleiding aan de Eidgenössische Technische Hochschule van Zürich nooit met een diploma had afgerond, leefde er goed van. Hij beschikte over een fenomenaal zakelijk netwerk. Als een spin in een web bemiddelde hij in de informatie-uitwisseling tussen zijn relaties.

Een van zijn relaties was professor Herbert Sandbergen. Dus toen Leutwiler de sonore stem van Sandbergen uit de handsfree telefoonset op zijn nagenoeg lege bureau hoorde komen, was hij allesbehalve verrast. Sandbergen voorzag hem geregeld van waardevolle informatie, waarvoor hij een aanzienlijke *retainer* ontving op een geheime bankrekening in Zürich. Dat was niet zo vreemd, zo gaan die dingen in Zwitserland. Maar het was niet alles. Op voorspraak van Sandbergen had Pharmatics indertijd een klein belang genomen in een Nederlands biotechbedrijf, GenIris. GenIris, had Sandbergen veelbetekenend gezegd, zou voor doorbraken zorgen die wereldwijd aandacht gingen trekken.

Leutwiler was al op de hoogte van het vertrek van Sandbergen bij GenIris; nieuwtjes verspreidden zich snel in het wereldje van de biotechindustrie. Hij keek er niet van op: Sandbergen was te wispelturig om zich te onderwerpen aan de regels die nu eenmaal bij zijn directiefunctie hoorden. Het zakenleven legde de eigenzinnige professor beperkingen op. Nu hij zijn banden met GenIris had doorgesneden, vermoedde Leutwiler, had hij weer de vrijheid om zijn oude commerciële contacten te activeren.

Het inkomende gesprek verbaasde Leutwiler dus niet, maar wel wat Sandbergen te vertellen had. GenIris, zei hij, was in onderhandeling met een Amerikaans bedrijf om overgenomen te worden. Iris Stork en een nieuwe man, Darren Gittinger, waren halsoverkop naar Boston vertrokken om met de Amerikanen te onderhandelen. Nee, de naam wist hij nog niet, maar de informatie had hij uit de beste bron. Sandbergen vertelde niet dat hij de vorige avond met de receptioniste van GenIris, Mariëtte, uit was geweest. Leutwiler, wist hij, was een gelovige gezinsman.

'Daar zitten wij niet op te wachten, *Herr* Leutwiler', zei Sandbergen.

'Zeker niet, *Herr Professor*', antwoordde Leutwiler, al begreep hij niet wat Sandbergens bezorgdheid voedde. 'Het zou ten koste kunnen gaan van onze koerswinst bij een beursgang.'

'Nee, nee, dat bedoel ik niet. Het zou strategische technologie in handen van de Amerikanen doen belanden. Dáár zitten wij niet op te wachten.'

'Geheel met u eens', zei Leutwiler, al had hij slechts een vaag vermoeden wat Sandbergen wilde zeggen. Sandbergen deed altijd zo geheimzinnig over zijn werk.

'Ik heb gelukkig wél mijn particuliere onderzoeksbestanden veiliggesteld. Over het commerciële gebruik van mijn materiaal wil ik binnenkort nog eens met u van gedachten wisselen.'

'Verklaar u nader, ik ben altijd geïnteresseerd in uw materiaal, dat weet u, *Herr Professor.*'

'Nee, nee, niet op dit moment – en zeker niet via de telefoon. Maar om terug te komen op die Amerikaanse belangstelling, dat zint mij niet. Als die Amerikanen erg nieuwsgierig worden, zouden ze achter, eh, vertrouwelijke informatie over mijn research kunnen komen. Ook al heb ik al mijn bestanden natuurlijk gewist. Maar zelfs de kans daarop wil ik voorkomen.'

'Ik heb het volste begrip.' Als echte Zwitser was Leutwiler gewend aan discretie, dat was het geheim van zijn succes. Dus hij wachtte de verdere toelichting van Sandbergen af.

'Zoals u weet ben ik kortgeleden opgestapt uit de directie van GenIris…'

*'Es tut mir Leid.'*

'…en het probleem is dat ik niet meer van binnenuit de zaken kan sturen zoals ik wil.'

'Inderdaad, maar het levert ook nieuwe zakelijke mogelijkheden op.'

'Zeker. En daar wil ik het met u over hebben. Wat denkt u? Kunt u met uw contacten die Amerikaanse belangstelling voor GenIris temperen? Een overname verhinderen? Bijvoorbeeld door wat druk te laten uitoefenen door uw vrienden bij Zwitserse farmaciebedrijven waarvan GenIris binnenkort voor zijn klinische testen afhankelijk is?'

'Dat zou ik kunnen proberen. Maar ik heb een beter idee. Een kennis van me is eurocommissaris in Brussel en hij is me nog een dienst verschuldigd. Die zou zijn politieke gewicht tegen een Amerikaanse overname in de sfeer van de biotechnologie kunnen inzetten.'

Sandbergen drong niet verder aan. Zijn boodschap was overgekomen. Hij mompelde een paar keer 'interessant, interessant' en veranderde vervolgens van onderwerp. Hij informeerde naar het weer in Basel. En nadat hij Leutwiler uitdrukkelijk had gevraagd zijn vrouw toch vooral de hartelijke groeten te doen, beëindigde hij het gesprek.

Nog geen drie minuten later ging de telefoon op het kantoor van eurocommissaris Boiten in Brussel. Toen de secretaresse aankondigde wie er belde, verzocht Boiten haar om het gesprek op een aparte lijn door te schakelen. Leutwiler. Die rat had hij lang niet gesproken.

Met gespeelde hartelijkheid nam Boiten op. Leutwilers stem klonk een en al oude vriendschap. Té vriendschappelijk, naar het argwanende oordeel van Boiten. Hier moest iets achter zitten. Zijn politieke instinct waarschuwde hem op zijn hoede te zijn. Hij kende Leutwiler uit de tijd dat deze in de directie zat van het Zwitserse farmaciebedrijf waarvan hij commissaris was geweest. En hij wist zeker dat de Zwitser niet belde uit pure vriendschap.

Toch maakte Leutwiler geen aanstalten ter zake te komen. Pas toen Boiten aangaf dat hij dadelijk naar een vergadering moest, gaf Leutwiler het gesprek een onverwachte wending.

'Ik moet nog vaak terugdenken aan de ophef die ontstond over uw commissariaat bij ons bedrijf. Dat herinnert u zich toch nog wel?'

'Jazeker.'

'Het was een opgeblazen verhaal, typisch een streek van de linkse pers.'

Boiten mompelde wat. Het wás inderdaad een rotstreek van de pers geweest, maar hij werd niet graag aan die pijnlijke episode herinnerd.

'Weet u nog hoe ik u geholpen heb de zaak te sussen? Zodat uw politieke carrière ongeschonden voortgang kon vinden. Wat een toestanden! Dat verhaal moet natuurlijk niet opnieuw opgerakeld worden in de media. Heb ik u trouwens ooit gefeliciteerd met uw benoeming als eurocommissaris?'

Opnieuw beperkte Boiten zich tot onsamenhangend gebrom.

'Maar wat ben ik bezig oud zeer op te halen. Laat ik ter zake komen. De reden dat ik u bel is een kwestie met een Europees biotechbedrijf dat overgenomen dreigt te worden door een Amerikaans bedrijf. Er is natuurlijk vrijheid van kapitaalbewegingen en overnames zijn niet zomaar te verbieden. Maar dit is een onderneming met uitzonderlijke vooruitzichten. Ik heb er met Pharmatics zelfs een klein belang in genomen, vandaar ook mijn betrokkenheid. Laat ik het zo zeggen: een Amerikaanse overname zou de ontwikkeling van de Europese biotechindustrie niet ten goede komen. Er zijn strategische technologieën in het geding. Begrijpt u wat ik bedoel?'

'Jazeker, jazeker.' Boitens stem klonk benauwd, alsof iemand zijn strot dichtkneep.

'Misschien ziet u mogelijkheden... Anders zou uw ongelukkige briefje dat indertijd voor die publicitaire rel zorgde...'

Natuurlijk begreep Boiten de hint. Meer hoefde hij niet te horen. Hij onderbrak Leutwiler en zei: 'Meneer Leutwiler, ik waardeer onze oude vriendschap. En ik ben blij dat u me van deze ontwikkeling op de hoogte heeft gesteld. U weet, ik ben een verklaard voorstander van de vrije markt...'

'Maar meneer Boiten, dat zijn we toch allemaal!'

'...jazeker. Maar Europa moet ook zijn strategische sectoren beschermen.'

'Dat is precies wat ik bedoel. Wat denkt u, als ik eens probeer om onze Zwitserse farmaceutische vrienden te interesseren in een vriendelijk overnamebod. En ondertussen oefent u achter de schermen Europese druk uit op dat Amerikaanse bedrijf. Hoe zou u daar tegenover staan?'

'Ik zal eens kijken wat ik kan doen. A propos, hoe heet dat bedrijf waarnaar u verwees?'

Darren kwam om kwart voor zeven 's morgens aan op Schiphol. De vlucht uit Boston had stevige meewind gehad en was daardoor ruim voor schema geland. Hij had een nacht gemist en hij voelde zich belabberd. Het ergste was nog geweest dat hij door zijn overhaaste terugkeer de afspraak op het advocatenkantoor met zijn kinderen had moeten afzeggen. Zodat hij Tom en Nicky alleen maar telefonisch heel kort had gesproken. Het horen van hun stemmetjes was hartverscheurend geweest.

In het vliegtuig had hij geen oog dicht gedaan. Het liefst was hij eerst naar zijn appartement in Amsterdam gegaan om zich op te knappen, maar hij had met Deborah afgesproken dat hij direct naar GenIris zou komen. Bij ontstentenis van Iris was hij, hoe vreemd het hem zelf ook voorkwam, de baas.

Vijf kwartier later liep hij het kantoor binnen. Ongeschoren, ongewassen en in kleren die naar vliegtuig stonken. Deborah stond hem op te wachten. Ze lette niet op zijn groezelige verschijning.

'En?' vroeg Darren, terwijl hij zijn *carry-on* bij de receptie zette, Mariëtte groette en zijn jas ophing, 'al contact met Iris gehad?'

Deborah schudde haar hoofd.

'Nog steeds niet. We hebben een bericht naar de congresorganisatie gestuurd. Die meldde dat ze zich wel heeft geregistreerd. Maar ze heeft niets van zich laten horen. Geen e-mail, geen telefoontje, niets. Onbegrijpelijk. Iris is altijd zo plichtsgetrouw.'

Darren dacht een moment aan de onfortuinlijke scène in de hotelkamer. Hij zou haar toch niet tot een wanhoopsdaad hebben gebracht? Nee, dat was een belachelijk idee. Er moest iets anders met haar aan de hand zijn.

Hij vroeg Deborah wat er gebeurd was. In een paar zinnen vertelde ze hoe de vaste verzorger de vorige ochtend had ontdekt dat de sluisdeur naar de quarantaineruimte met de proefdieren op een kier stond. Daarna had hij vastgesteld dat de kooien van de muizen opengebroken waren. Hij had onmiddellijk alarm geslagen.

De gemeentelijke rampendienst was direct verschenen. De muizen waren verdwenen, maar er dreigde geen gevaar voor de gezondheid van het personeel of omwonenden want ze waren niet besmet met een gevaarlijk virus. Voor GenIris was het wel een ramp. De muizen waren voor een proef ingespoten met geprepareerde stamcellen.

'Heb je enig idee wat er gebeurd kan zijn?' vroeg Darren.

'De verzorger beweert dat hij de hokken én de sluisdeur de vorige dag op de gebruikelijke manier gesloten heeft. Dat heeft hij ook afgetekend. Die man is volstrekt betrouwbaar, hij werkt al jaren met ons. Er zijn maar weinig mensen die de code voor deze sluisdeur bezitten. Verder heeft niemand een onbekende bezoeker gesignaleerd en er zijn ook geen sporen van inbraak. Het is kortom een raadsel.'

Deborah keek Darren aan, alsof ze van hem een hemelse ingeving verwachtte.

Maar hij kwam niet verder dan: 'Heb je de politie gewaarschuwd?'

'Uiteraard. Ze zijn komen kijken, maar daar schieten we niets mee op. Dit is ernstig, Darren, heel ernstig. Het is het tweede incident in korte tijd. Eerst het probleem met de celkweek en nu de losgelaten muizen. Terwijl we hier nooit sabotageacties hebben gehad. Nooit.'

'Sabotage?'

'O, absoluut. Wat dacht jij? Muizen maken hun kooitjes niet zelf open en het cebc-medium verandert niet spontaan van samenstelling. Dit zijn gerichte acties.'

Net als de brand bij het Darwin Fund en de aanslag tegen dat biotechbedrijf in Engeland, dacht Darren bij zichzelf. Hij voelde zich een vaatdoek die door een ouderwetse wringer werd gehaald.

Om kwart over drie 's middags belde Iris Stork op. Het was zes uur vroeger in Boston. Ze schrok verschrikkelijk toen ze het verhaal van de ontsnapte proefdieren hoorde. Ze was net in het congrescentrum aangekomen en had gekeken of er boodschappen voor haar waren op het elektronische systeem. Nu pas had ze het bericht van Deborah van de vorige middag ontvangen. Het speet haar vreselijk dat ze niet eerder iets van zich had laten horen. En, ja, ze had natuurlijk het nummer van haar hotel moeten doorgeven. Stom van haar dat ze dat niet gedaan had. Nee, er was niets bijzonders aan de hand, het congres was interessant en had al haar aandacht getrokken. Natuurlijk zou ze zo snel mogelijk terugkomen. Ze zou haar terugvlucht vervroegen, dan was ze de volgende ochtend in Nederland.

Eurocommissaris Boiten speelde met het visitekaartje dat hij in zijn handen hield. Hij draaide het een paar keer om, legde het neer en pakte het opnieuw op. Hij aarzelde of hij zou bellen of een e-mail sturen. Uiteindelijk besloot hij voor de moderne vorm van elektronische communicatie. Dat was toch iets onpersoonlijker. Hij wist niet zeker of zijn poging om contact te zoeken, gewaardeerd zou worden.

Boiten was niet gewend zijn e-mail zelf af te handelen. Grappig eigenlijk, schoot het door zijn hoofd, de eurocommissaris van technologie is niet in staat om eigenhandig een e-mail te versturen. Daar had hij zijn medewerkers voor. Maar na enig gepruts en een quasi-nonchalant verzoek aan zijn secretaresse om hem te helpen, lukte het hem om een bericht op te stellen.

Als adres vulde hij in: simone@eugene.nl.

Daarna begon hij met twee vingers zijn boodschap te tikken.

Beste Simone,

Hoewel onze ontmoeting in Brussel nogal onstuimig verliepp, vond ik ht byzonder aangenaam kennis met u te maken. Ik zou u graag nog eens willen spreken. Kunnen we binnenkort wat afspreiken – ik nodig u uit in Brussel om nader van gedachten te wisselen over bepaalde gevaren van de biotechnologie waar ik me beel zorgen over maak. Ik denk dat ik ook een bydrage aan uw campagne kan leveren.

Hopelijk tto gauw!

Ernst Boiten

Nadat hij het bericht had overgelezen, de tikfouten had verbeterd en zijn aarzeling had overwonnen om te ondertekenen met zijn voornaam, besloot hij het te versturen. Terloops vroeg hij zijn secretaresse of ze hem nog even wilde helpen. Vervolgens ging het bericht in cyberspace op zoek naar Simone Reekers.

# 17 Vegetarische maaltijd

Het spoedberaad van GenIris begon de volgende middag om half-twee, een uur nadat Iris met de late KLM-vlucht uit New York – de vlucht van Boston naar Amsterdam was volgeboekt – op Schiphol was aangekomen. Ze zag eruit alsof ze drie nachten niet geslapen had. Haar vermoeide gezicht miste de sprankelende uitstraling die Darren de voorafgaande dagen zo was opgevallen. Het was hem duidelijk: Iris was afgemat van de vliegreis en ze maakte zich grote zorgen.

De vergadering vond plaats in de tuinzaal. Buiten drentelden de pauwen parmantig over de binnenplaats, binnen zaten Jeen Wester-hoff, voorzitter van de raad van commissarissen, Darren Gittinger, *chief financial officer*, Iris Stork, *chief executive officer*, Deborah Hen-derson, hoofd van het laboratorium, en een man die de opzichter van de kooien was en van wie Darren de naam gemist had.

'Je krijgt de groeten van Fernando', fluisterde Darren tegen Jeen toen die hem de hand schudde.

'Ah, heb je hem gesproken? We moeten zo even bijpraten', ant-woordde Jeen. Daarna gingen ze zitten en opende Jeen de vergade-ring.

Op zakelijke toon kwamen de gebeurtenissen ter sprake. Deborah was het meest aan het woord, de opzichter zweeg. Iris maakte een enkele korte opmerking. Naar haar afwezigheid informeerde nie-mand. Evenmin naar haar deelname aan het congres in Boston. Darren zat afwezig figuren te tekenen op een vel papier. Dit was geen onderwerp waarbij hij iets had in te brengen. Zijn gedachten dwaalden af naar zijn kinderen.

'Goed. Of liever gezegd, niet goed. Het is duidelijk. We kunnen er lang over praten, maar we moeten snel een aantal knopen door-hakken', concludeerde Westerhoff na een halfuurtje. Daarna somde hij de urgentste punten op. Het onderzoek naar de uitbraak van de proefdieren was in handen van de politie, daaraan moest GenIris zijn medewerking verlenen, maar verder hoefde het bedrijf geen stappen te ondernemen. De beursgang moest absoluut doorgang vinden. Investeerders mochten vooral niet afgeschrikt worden, iedere vorm van negatieve publiciteit moest worden voorkomen. Zolang er geen verklaring kwam van een of ander dierenbevrijdingsfront, zou Gen-Iris niets in de openbaarheid brengen. De staf van GenIris moest op het hart gedrukt worden alert te zijn op verdachte situaties en deze onmiddellijk te melden.

'Heeft iemand hier iets aan toe te voegen?' rondde Westerhoff af.

'Ons onderzoek moet ondertussen doorgaan', vulde Iris aan.

'Dat spreekt vanzelf. Het onderzoek is het fundament van Gen-Iris. Ik hoop dat de verbroken quarantaine je research niet schaadt.'

'We zullen sommige proeven moeten overdoen', zei Iris kortaf.

Het gezelschap stond op. Iris, Deborah en de opzichter vertrokken; Westerhoff en Darren bleven achter om nog even na te praten. Westerhoff schonk zichzelf een kop koffie in uit de thermoskan die op tafel stond. Hij propte twee koekjes in zijn mond.

'Waar het op aankomt is dat we ons met volle kracht blijven richten op de beursgang. Dat is het allesbepalende doel', mompelde Westerhoff met zijn mond vol. Met zijn hand veegde hij wat kruimels van zijn lippen.

'En hoe was het in Cambridge bij onze vriend Fernando?' vroeg hij vervolgens.

'Je weet dat The Organ Factory een bod op GenIris wil doen?' Westerhoff knikte. 'Uiteraard.'

'Het bedrag dat ze willen bieden is absurd laag. Acht tot tien euro per aandeel. Ik heb hem gezegd dat we daar niet eens over hoeven na te denken.'

'Belachelijk. Daar ga ik nooit mee akkoord. Waarom zou hij zo'n laag bod gedaan hebben?'

'Geen idee, Jeen. Misschien dacht hij Iris te kunnen inpakken. Wetenschappelijk onderzoekster zonder verstand van de waarde van haar bedrijf. Zoiets.'

'Maar hij kent jou toch goed? Jullie hebben samen twee jaar lang waardeberekeningen van bedrijven gemaakt.'

'Precies, daarom was ik nogal pissig, eigenlijk. Ik denk dat hij wilde weten waarmee Iris bezig is. Ze heeft een geweldige reputatie, heb ik gemerkt. GenIris doet wat ze zich bij The Organ Factory voorstellen te gaan doen. Wij liggen een straatlengte op ze voor.'

'Een vorm van bedrijfsspionage, daar zie ik Fernando wel voor aan. Hij is er sluw genoeg voor.'

Beiden zwegen even. Westerhoff propte nog een koekje in zijn mond. Toen vervolgde Darren: 'En heb jij nog wat gehoord over die brand bij je kantoor?'

Westerhoff schudde zijn hoofd. 'Niets', zei hij met volle mond.

'Vreemd.'

'De politie is na die ene keer nooit meer langs geweest. Wij hebben onze handen vol gehad om de boel weer op te knappen en zijn niet zelf op onderzoek uitgegaan.'

'Ik maak me behoorlijk bezorgd.'

'Hoezo?' vroeg Westerhoff verbaasd.

'Eerst heb je die brand bij jullie gehad. Daarna schijnt er hier iets aan de hand te zijn geweest in het lab waarvan ik het fijne niet weet en nu zijn de muizen ontsnapt. Iedere gebeurtenis op zichzelf stelt niet veel voor, maar alles bij elkaar…'

'Tja, zo kun je het ook zien. Maar ik hecht er geen betekenis aan, het is stom toeval, drie keer pech. Zolang de beursgang doorgaat zijn wij bij Darwin tevreden.'

'Ik wil het uitzoeken, Jeen. Dit bevalt me niets. Het kan de beursgang bedreigen.'

'Ik voel me niet zo'n speurneus, maar ga vooral je gang. Als er maar niets in de openbaarheid komt. Dat kunnen we echt niet gebruiken. Enig idee trouwens waarom Iris onbereikbaar was?'

'Ze was naar een biotechcongres. Ik weet niet waarom ze daar zou onderduiken.'

'Zou er iets anders kunnen zijn? Een privé-affaire?'

Nu keek Darren Westerhoff vragend aan.

'Wat bedoel je? Een geheime minnaar? Ik geloof niet dat Iris daar naar taalt, hoewel ze best aantrekkelijk is.'

'Niet zoals ze er vandaag uitzag.'

'Nee, vind je 't gek, na een overhaaste vlucht uit New York. Maar we zijn in Cambridge een avond samen uit eten geweest. Fire & Ice, dat restaurant herinner je je nog wel. Het viel me op dat ze na een paar glazen wijn een vrouwelijke uitstraling kreeg.'

'Je hebt toch niet je oude reputatie...' opperde Jeen.

'Nee, nee, wat dacht je', brak Darren hem haastig af. 'Het is niet meer dan een observatie.'

'Jij hebt daar een geoefend oog voor. Laten we het daar maar op houden. Ik zal er de volgende keer op letten.'

Ze schoten beiden als oude studiemakkers in de lach.

'Ik heb trouwens goed nieuws voor je', zei Jeen, nu weer ernstig. 'Die lening waarom je vroeg, is rond. Alles is klaar om getekend te worden. Wat ga je eigenlijk met dat geld doen, als ik vragen mag?'

'Dat zal ik je later vertellen, Jeen. Maar reuze bedankt. Je hebt me er enorm mee geholpen!'

'En jij bent van nu af aan met gouden ketenen gebonden aan een succesvolle beursgang. Want die twee miljoen moet je wel terug-betalen.'

Jeen sloeg Darren op zijn schouders.

'Beschouw het als een verzekeringspolis!' grapte Darren.

'Weet je, ik ben echt dolblij dat je bent ingegaan op mijn voorstel om naar GenIris te komen. Toen ik je vroeg, besefte ik dat het een onzekere stap voor je was. Maar het pakt goed uit. GenIris is voor ons belangrijk. Ik wil niet dramatisch doen, maar Darwin heeft een succes bij de beursgang van GenIris hard nodig. Onze investeerders willen wel eens geld zien.'

'Dan zullen we toch moeten voorkomen dat er nog meer vreemde ongelukken gebeuren. En laat die beursgang verder maar aan mij over.'

'Zo ken ik je. Als dit achter rug is, stel ik voor dat we weer gaan squashen.'

'Zoals toen we nog jong waren, en vol goede voornemens.'


Ernst Boiten keek gespannen op zijn Breitling-horloge dat hij had ontvangen van het Zwitserse farmaceutische bedrijf waar hij com-missaris was geweest. Merkwaardig, dacht hij. Hij kon afspraken hebben met regeringsleiders of met directieleden van grote ondernemingen – en daar werd hij niet koud of warm van. Maar nu voelde hij de zenuwen door zijn lichaam gieren. Voor alle zekerheid nam hij een kwart van een harttabletje dat een bevriende arts hem eens had voorgeschreven en waarvan hij uit voorzorg een doosje in zijn bureaulade had liggen. Daarna keek hij weer op zijn Breitling.

Op zijn bureau lagen stapels dossiers op afhandeling te wachten, maar dat kon later gebeuren. Voor vandaag had Boiten andere plannen.

Zijn secretaresse klopte op de deur en zei dat de chauffeur beneden klaarstond. Het leven van een eurocommissaris speelde zich af in vergaderzalen, restaurants, hotelkamers en op de achterbank van dienstauto's. Hij moest meer aandacht aan zijn conditie besteden of vaker de trap nemen, nam Boiten zich voor, terwijl hij met de lift naar de begane grond gleed.

Bij driesterrenrestaurant Bruneau in de Avenue Bronstin werd hij met alle egards van een graag geziene vaste klant welkom geheten.

'Uw gebruikelijke tafel staat klaar', begroette de gerant hem.

Boiten ging zitten. Hij bestelde zijn favoriete chablis en een fles San Pellegrino.

'Gecarboniseerd', zei de ober gewoontegetrouw, maar Boiten besteedde geen aandacht aan hem. Opnieuw keek hij op zijn kostbare horloge.

Tien minuten later verscheen zijn gast. Boiten ging staan, schoof zijn stoel achteruit en stak nerveus zijn hand uit.

'Ik ben blij dat u op zo korte termijn naar Brussel kon komen. U had geen probleem een parkeerplaats te vinden?'

Simone Reekers veegde met haar PLO-shawl de zweetdruppels van haar gezicht.

'Ik ben met de trein gekomen. Het was wel verder lopen van het station naar dit restaurant dan ik had gedacht.'

'U had een taxi moeten nemen op mijn kosten!'

'Dat doe ik de volgende keer', glimlachte Simone.

Ze hing haar jeansjack over de leuning van haar stoel en ging zitten. Ook Boiten schoof aan.

De ober raadde het lunchmenu aan met oesters vooraf, gevolgd door confit de canard en als nagerecht een bavarois van verse aardbeien.

'Voor mij een vegetarische maaltijd', zei Simone. 'En een groene salade vooraf.'

'Voor mij ook graag', viel Boiten haar tot zijn eigen verbazing bij.

De ober, die gewend was dat Boiten zich de crustaceeën en gevogeltes altijd uitstekend liet smaken, vertrok geen spier.

Nadat ze voorzien waren van een bord gemengde rauwkost, stak Boiten voorzichtig van wal. Hij begon zijn tafelgenote uit te leggen dat hij haar niet in zijn hoedanigheid als eurocommissaris had uitgenodigd, maar als privé-persoon. 'Om u te bedanken voor de hulp na, eh, het incident. En omdat ik van uw onbevangen manier van doen gecharmeerd ben', zei hij er eerlijkheidshalve bij.

Simone nam het compliment voor wat het was. 'Ik ga niet op iedere uitnodiging in, hoor. Maar ik vond de manier waarop u reageerde wel cool.'

Boiten maakte een achteloos gebaar met zijn hand. Hij was een en al begrip, en die taart in zijn gezicht, ach, dat was een onbezonnen daad geweest waarvan hij het opstandige element wel kon waarderen. Hij was zelf ook jong geweest! Ja, die actiebereidheid van zoveel goedwillende mensen, die had hem aangesproken. Hij was ook tegen misstanden, hij wilde dat schandelijke praktijken werden afgestraft.

'*Bon appétit*, trouwens.' Boiten vorkte een hapje rauwkost naar binnen.

Daarna suggereerde hij dat hij op sommige punten mogelijkheden zag voor samenwerking met de beweging waaraan Simone deelnam. Hij zocht naar de naam, maar die was hem even ontschoten.

'EuGene. Het Europese Genetische Netwerk', hielp Simone hem. 'Juist, ja, precies.'

'Ik vind uw aanbod sympathiek, maar ik kan me niets bij samenwerking voorstellen. Wij zijn tegen alle vormen van biotechnologie. Daar bent u toch voorstander van?' zei Simone. Ze prikte nonchalant van haar salade. Het gesprek ging precies zoals ze had gehoopt. Ze dacht aan de actiemogelijkheden die samenwerking met deze kwetsbare man bood. Sabotage van de Europese Commissie van binnenuit.

De ober bracht een plateau met twee punten quiche van groente en kaas. Daarna schonk hij de glazen nog eens bij.

Boiten schoof heen en weer op zijn stoel. Nee, natuurlijk begreep hij dat ze het niet over álles eens zouden worden. En, toegegeven, hij zag voordelen in de biomedische wetenschappen. Niet voor niets was hij belast met het directoraat-generaal wetenschappelijk onderzoek. Ook over gm-voedsel dacht hij genuanceerd, dat wilde hij niet ontkennen. Als eurocommissaris probeerde hij de positieve kanten ervan aan de Europese consumenten duidelijk te maken. Maar als het over ethische kwesties ging, dan was hij ervan overtuigd dat ze nader tot elkaar konden komen. Boiten deed een poging tot zijn beminnelijkste glimlach.

'O, als u het zo bedoelt, dat denk ik ook', zei Simone bedachtzaam. Ze herschikte haar blouse, die ze voor de gelegenheid onder uit haar kast had opgeduikeld. Dit ging lukken, dacht ze. Deze eurocommissaris was een gewilliger prooi dan die professor Zandzak.

'Ah, ik ben blij dat u het ook zo ziet', vleide Boiten haar. 'Als we het daarover eens zijn, wil ik voorstellen dat u me, eh, Ernst noemt.'

'En ik ben Simone, maar dat wist je al', antwoordde Simone gevat.

Terwijl de quiche nagenoeg onaangeroerd op zijn bord bleef liggen, preciseerde Boiten zijn voorstel tot samenwerking. Er waren gevaarlijke ontwikkelingen aan de gang, zei hij bezwerend, ontwikkelingen waarbij Amerikaanse bedrijven probeerden de Europese markt te veroveren. Amerikaanse bedrijven, herhaalde hij met nadruk. Ze hadden geen respect voor de Europese cultuur, voor de Europese tradities. Ze maakten misbruik van het liberale klimaat in de Europese Unie. Het was – hij zocht naar een goede omschrijving – ja, het was een soort vijfde colonne die de EU infiltreerde.

Simone had geen flauw benul wat een vijfde colonne was, maar ze had wel een intuïtieve hekel aan de Verenigde Staten. Ook al kleedde ze zich, zoals alle actievoerders, in Amerikaanse kleren, liep ze op Amerikaanse sportschoenen en luisterde ze naar Amerikaanse muziek. De harde kern van EuGene bestond uit activisten die hadden deelgenomen aan de strijd tegen McDonald's, dus ze kon zich de bezorgdheid van de eurocommissaris over Amerikaanse bedrijven levendig voorstellen.

'Wat ik dus wil voorstellen, Simone,' zei Boiten terwijl hij zich vertrouwelijk over de tafel boog, 'is dat we gezamenlijk iets ondernemen tegen de opmars van de Amerikaanse bedrijven op de Europese markt. De globalisering stopt niet bij de voordeur van het gebouw van de Europese Commissie. Begrijp je wat ik bedoel?'

Simone knikte. 'Wat stel je voor? Wij kunnen actievoeren. Maar wat kun jij? Ik denk niet dat je de waterkanonnen van de oproerpolitie wilt trotseren.'

'Nee,' zei Boiten haastig, 'nee, dat niet. Eén keer een taart in mijn gezicht is genoeg. Maar ik kan andere activiteiten ontplooien. Bijvoorbeeld een opmerking maken in een toespraak die ik binnenkort moet houden.'

'Daar schieten we nogal wat mee op. En alsof dat die Amerikaanse bedrijven zal tegenhouden', schamperde Simone. Ze liet zich teleurgesteld achterover zakken in haar stoel.

'Nou ja,' haastte Boiten zich, 'ik kan onthullen wat de Amerikanen met hun overnames van plan zijn!'

'Europese bedrijven deugen toch net zomin!'

'Ja, maar er bestaan bedrijven die op een verantwoorde wijze biomedische producten voor patiënten ontwikkelen.'

'Nou, daar denken wij heel anders over. Helemaal als er ook dierproeven bij komen kijken.'

Boiten voelde zich in een hoek gedreven worden. Hij was bang dat zijn inspanning om Simone voor zijn plan te winnen, tevergeefs was.

'We willen toch allemaal gezond en lang leven?' probeerde hij haar in te palmen.

'Ja, en dan kun je het beste biologische landbouwproducten eten, zónder genetisch gemanipuleerde grondstoffen.'

'Genetisch gemodificeerd', verbeterde Boiten haar, en hij kon zijn tong wel afbijten dat hij zo belerend overkwam. 'Goed, laten we kijken over welke punten we het eens zijn.' En voor hij het wist, flapte hij eruit: 'Je bent trouwens bijzonder aantrekkelijk, Simone.'

Geschrokken van zijn eigen vrijpostigheid nam Boiten een slokje wijn, waarin hij zich half verslikte.

Dit gaat goed, concludeerde Simone. Ze keek de rood aangelopen eurocommissaris meelevend aan. Even raakte ze per ongeluk met haar voet onder tafel zijn been aan.

'Dank je voor het compliment. Maar laten we het zakelijk houden. Ja, als je het zo zegt, zie ik wel mogelijkheden om samen te werken tegen die Amerikaanse invloed. Daar zijn wij heel erg tegen. Heb je iets op het oog waarop we onze, eh, gezamenlijke acties kunnen richten?'

Verheugd keek Boiten haar aan. Het ging toch lukken! Die activiste was gevallen voor zijn charmes! Hij ging haar gebruiken om zijn oude vriend Leutwiler van dienst te zijn.

'Nu je het zegt! Toevallig heb ik een concreet geval in gedachten. Een kleinschalig bedrijf in de biomedische sector dat veel voor ernstig zieke patiënten kan betekenen. Uit betrouwbare bron weet ik dat een Amerikaanse onderneming het wil overnemen. Met het doel om in Europa experimenten uit te voeren die in Amerika verboden zijn.' Dat laatste bluffte hij erbij om indruk te maken.

'O, daar zijn wij heel erg tegen. Als het een Amerikaanse multinational is, dan wil EuGene daar vast en zeker actie tegen voeren. Wat weet je van dat bedreigde bedrijf?'

'Het is een bedrijf in Nederland. Daarom dacht ik, jij komt uit Nederland... Misschien kun je het opsporen.'

'Weet je hoe het heet?'

'GenIris.'

Het bedrijf van Sandbergen! Simone nam haastig een slok mineraalwater en verborg haar gezicht proestend achter haar servet.

Iris liep met Deborah door de stenen gang van de voormalige psychiatrische kliniek naar de afgesloten ruimte van de proefdieren. Ze had geen oog dicht gedaan gedurende de nachtvlucht uit New York en het tijdsverschil brak haar op. Was het ochtend, middag of avond? Na aankomst had ze langs haar huis willen gaan om zich op te

frissen en schone kleren aan te trekken, maar Deborah was onverbiddelijk geweest. Ze was rechtstreeks van het vliegveld naar GenIris
gekomen en ze had hoofdpijn.

'Vertel me precies wat er gebeurd is', zei Iris toen ze bij de beveiligde toegangsdeur naar de quarantaineruimte waren gekomen.
Ze tikte de code in, waarna de deur opensprong. Zonder de hinder-
lijke aanwezigheid van anderen wilde ze van Deborah horen wat er
aan de hand was. Deborah vertrouwde ze volledig.

Het hoofd van het lab gaf een reconstructie van wat zich vermoedelijk had afgespeeld. Ze wist niets met zekerheid te zeggen. Er waren
geen aanwijzingen van inbraak, er waren geen deuren geforceerd en
er was geen onbekende in het gebouw gesignaleerd. Er was niets
gebroken, de recherche had geen vingerafdrukken gevonden en er
waren geen leuzen of pamfletten achtergelaten die op een actie van
het Dierenbevrijdingsfront konden wijzen. Niemand had de aanslag
opgeëist of een verklaring naar de pers gestuurd. Er was met andere
woorden geen enkel aanknopingspunt omtrent de daders of hun
motieven.

'Kan het een technische storing zijn geweest?' vroeg Iris.

'Uitgesloten.'

'En de muizen?'

'Allemaal verdwenen. Een makkelijke prooi voor de uilen in het
bos.'

'Waar is de verzorger gebleven?'

'Hij zit thuis. Na het politieverhoor was hij helemaal stuk.'

'Wie heeft hier toegang, behalve de verzorger, jij en ik natuurlijk?'

'Niemand. Wij zijn de enigen.'

Ook de schoonmaakploeg was uitgesloten, vervolgde Deborah.
De verzorger was in de hokken geweest na de laatste ronde van de
schoonmakers.

'Iemand kan de code hebben gekopieerd. Of de verzorger kan
hem aan iemand anders hebben gegeven.'

'Dat wordt door de politie onderzocht.'

'Is er een stroomstoring geweest waardoor de deuren automatisch
zijn geopend?'

'Nee, en dan zouden er trouwens ook andere dingen misgegaan zijn.'

'En het alarm?'

'Niets. Het beveiligingssysteem functioneert zoals het hoort.'

'Dan kan de sluisdeur dus alleen maar op de normale manier geopend zijn. Maar dat is bizar.'

Deborah zweeg.

'Hoe was de laatste stand van de muizen trouwens?' vroeg Iris.

'We hadden ze een week geleden CEBC ingespoten en ze vertoonden het begin van tumoren.'

'Ook dat nog.'

Iris keek vertwijfeld naar de lege hokjes, alsof ze hoopte dat de muizen zoals in het verhaal van Assepoester weer teruggetoverd konden worden.

'Kom mee. Ik heb het wel gezien, ik ben doodop.'

Terwijl ze door de gang naar het hoofdgebouw liepen, zei Deborah: 'Sandbergen is hier ook nog een keer geweest toen je weg was.'

'Wat kwam hij doen?'

'Geen idee. Ik zag hem staan smiespelen met Mariëtte van de receptie. Zo'n oude bok verleert zijn streken ook nooit.'

'Het bevalt me niets, die bezoekjes van onze professor.'

Plotseling koesterde Iris argwaan.

'Had Sandbergen ook de beschikking over de toegangscode tot de quarantainedeur?' vroeg ze.

'Verdorie! Ik denk het wel. Ik zal het nakijken.'

'Doe dat. Het zou een aanknopingspunt kunnen zijn. Zijn er verder nog bijzonderheden te vermelden?'

Deborah schudde haar hoofd. Haar rossige haar bewoog heftig heen en weer. Ze keek Iris vermanend aan. Iris begreep de boodschap.

'Het spijt me dat ik in Amerika onbereikbaar was. Ik dacht dat Darren had doorgegeven waar ik logeerde.'

'Ik snap het. Het was een ongelukkig misverstand. Darren kwam meteen terug, maar ik had niets aan hem. Hij heeft geen idee wat het belang van proefdieren is. Heb je trouwens nog iets opgestoken op dat congres?'

'Nee, niet echt. De interessantste sessies begonnen toen ik terug-geroepen werd.'

'Wat jammer.'

Iris liep haar kamer binnen, plofte in haar bureaustoel en liet zich languit onderuitzakken. Ze schopte haar schoenen uit en probeerde ondanks haar zeurende hoofdpijn na te denken.

# 18 Domweg ellendig

Jaren geleden had Darren zijn voet opengehaald. Het was zo'n typisch huis-, tuin- en keukenongeluk geweest. Hij was van een laddertje gevallen en omdat hij geen schoenen aanhad, had de scherpe kant van de metalen trede voor een lelijke winkelhaak in het vlees van zijn voetzool gezorgd. Het bloedde vreselijk en de wond werd met zeven hechtingen onder plaatselijke verdoving dichtgemaakt in de polikliniek van het ziekenhuis.

Het had lang geduurd voordat de wond genas, langer dan Darren had verwacht. Het was lastig geweest met lopen en hij had zich afgevraagd of het herstel niet versneld kon worden. Indertijd had hij geen flauw benul van de manier waarop zo'n wond dichtgroeide. Sinds hij bij GenIris werkte, wist hij het antwoord. De cellen deelden zich en specialiseerden zich tot nieuwe huid- en spiercellen, net zo lang totdat de wond geheeld was. Een soortgelijk proces van genezing, stelde hij zich voor, zou in de toekomst mogelijk zijn met stamceltherapie.

Darren was tot in zijn vingertoppen gemotiveerd. Hij had het gevoel dat de cellen in zijn lichaam bezig waren zich dagelijks te verdubbelen, als bruistabletten van energie. Lange dagen en vaak ook nog 's avonds was hij aan het werk. De voorbereidingen van de beursgang waren in volle gang. Samen met Jeen Westerhoff van het Darwin Fund onderhandelde hij met de investeringsbank die de beursgang ging begeleiden. Het was de Londense vestiging van de Duitse bank Weiss, Kleinknecht & Braunschweig Ltd., een agressieve speler op de internationale kapitaalmarkten. Het betekende geregelde dagretours Londen. Jekyll Kline en George Althorpe, twee jonge bankiers met de arrogantie van de City, waren laaiend enthousiast. Tijdens hun eerste ontmoeting schermden ze al met een fabuleuze introductiekoers. Darren behield zijn kalmte, hij kende dergelijke voorspellingen. Ze waren bedoeld om aan te tonen hoe macho de *investment bankers* waren – en niet als reële inschatting van de prijs.

De Londense bankiers gingen aan de slag om het prospectus op te stellen. Na enig nattevingerwerk kwamen ze met een bandbreedte voor de introductiekoers tussen de negenendertig en negenenveertig euro. Darren gaf geen krimp. Hij knipperde zelfs niet met zijn ogen. Uit ervaring wist hij dat *investment bankers* haaien waren en dat hij vooral niet de indruk moest wekken dat hij willoos aas was.

· Maar inwendig jubelde hij. Zijn eigen voorzichtige inschatting dat een koers van veertig euro haalbaar was, was ruimschoots bevestigd. Hij voelde zich gesterkt dat hij het bod van Fernando en zijn partners resoluut had afgewezen. GenIris was minimaal vier keer zoveel waard als The Organ Factory had voorgesteld.

Darren genoot. De problemen die zich hadden voorgedaan, probeerde hij te vergeten. Van zijn voornemen om te onderzoeken wat er achter de brand bij Darwin stak en of er een verband bestond met de ontsnapping van de proefdieren, kwam niets terecht. Hij had het te druk met de lopende zaken.

De onderhandelingen met de bankiers van WK & B gaven hem een adrenalinestoot. Hij werkte op het scherp van de snede en verloor geen moment het belang van GenIris uit het oog. Dat zijn optiepakket een flinke som geld zou gaan opleveren, was niet meer dan een bijzaak. Hij dacht er amper aan. De hoofdzaak was dat hij zichzelf opnieuw bewees als financieel expert na de crisis die zijn leven zo grondig had veranderd. Darren Gittinger, de opperstalmeester van de beursgang van beginnende bedrijven, leefde toe naar de grote finale van het financiële circus.

Half uit leedvermaak stuurde Darren een e-mail naar Fernando om hem op de hoogte te stellen van de koersindicatie die de Londense bankiers genoemd hadden. Fernando antwoordde dat The Organ Factory bereid was het bod te verhogen tot twaalf euro, maar onmogelijk hoger kon gaan. Hij feliciteerde Darren met de vooruitzichten en wenste hem veel succes.

Ook Westerhoff was opgetogen. Als de WK & B-bankiers erin zouden slagen om GenIris tegen de hoogste koers aan het publiek te slijten, dan behaalde het Darwin Fund een prachtig rendement op zijn investering. Daarmee was de toekomst veiliggesteld. Zijn partners hadden hun kritiek op Iris Stork ingeslikt en klaagden niet langer over het vertrek van Sandbergen. Er stond hun twintig procent van de opbrengst te wachten.

Geld bleef de aanjager van de adrenaline bij de financiële jongens. Darren, Jeen, de partners van Darwin, Fernando en de Londense bankiers Kline en Althorpe – ze hadden uiteenlopende en vaak tegenstrijdige belangen. Maar ze werden allemaal gedreven door dezelfde materiële instincten die ze tijdens hun studies aan de business schools gecultiveerd hadden. Geld maken! Geen scrupules hebben! Niet terugdeinzen om het beste uit een deal te halen ten koste van de ander. Er voor gaan! Ze kenden elkaars mentaliteit en ze wisten dat ze elkaar zouden pakken als de kans zich zou voordoen. Ze respecteerden dat. Ook al waren ze studievrienden geweest, Jeen, Darren en Fernando waren geenszins van plan een duimbreed voor elkaar opzij te gaan. Ieder wilde er het beste voor zichzelf en zijn bedrijf uit slepen. Dat was hun verwachtingspatroon. Natuurlijk waren er coalities. De belangen van Jeen en Darren liepen allesbehalve parallel, maar ze vormden wel een gezamenlijk front tegen de bankiers van WK & B. Kline en Althorpe konden niet zonder Darren. Alleen Fernando moest het stellen zonder coalitiegenoten. Daarom alleen al was hij kansloos.

Ruimte voor vrijetijdsbesteding in Londen had Darren nauwelijks. 's Morgen vroeg heen met de zakenvlucht van vijf voor zeven naar het City Airport, met de Docklands Light Rail naar de City, de hele dag opgesloten in een kantoorkolos op Bishopsgate en dan dezelfde route in omgekeerde volgorde. 's Avonds viel hij uitgeput in zijn onopgemaakte bed waar hij 's ochtends uit gekropen was. Het was het leven van een larf.

In Londen probeerde Darren tussen de middag soms te ontsnappen voor een lunch van *kidney pie* en ale in een pub bij Leadenhall Market en één keer ging hij met Jeen naar Spitalfields Market voorbij Liverpool Street Station. Maar in al die weken dat hij naar Londen ging, kwam hij niet één keer in de National Gallery, de Tate of het Victoria & Albert. En ook niet in de Millennium Dome aan de overkant van de Theems waar een tentoonstelling over de genetische revolutie van de 21ste eeuw liep.

Darren kreeg geleidelijk aan tijd om een sociaal leven op te bouwen. Met Jeen ging hij naar een squashbaan in een verbouwde voormalige scheepsloods aan het IJ in Amsterdam-West. Darrens conditie was matig, zijn bewegingen waren traag. Jeen versloeg hem in alle partijen. Maar het was een goede manier om de agressie na de lange dagen op kantoor van zich af te meppen. Hij sloeg ook wat ponden van zijn overgewicht af. Darren voelde zich lekkerder in zijn vel zitten. Na afloop gingen ze soms naar een kroeg om een biertje te drinken.

Op een van die avonden informeerde Darren nog eens of er schot zat in het onderzoek naar de brand bij het Darwin Fund. Jeen had geen nieuws te melden. Hij had de politie een paar keer gebeld en die had gezegd dat er vanwege personeelstekort niet veel van het onderzoek verwacht moest worden. Er waren geen aanknopingspunten en dat was het laatste wat hij gehoord had. De geheimzinnige koerier die het pakje had gebracht, had zich nooit meer laten zien.

Fernando kwam op een dag naar Amsterdam. Hij was op doorreis naar München om enkele Duitse biotechbedrijven te polsen voor samenwerking nu de overname van GenIris op niets leek uit te lopen. Een tussenstop in Amsterdam was gemakkelijk gemaakt. Darren had een afspraak geregeld waarbij ook Iris aanwezig zou zijn. Ze besloten met z'n drieën uit eten te gaan en zo troffen ze elkaar op een avond in restaurant Van Puffelen aan de Prinsengracht. Buiten op het terras zaten toeristen te genieten van de vroege zomerzon. Met het heldere licht dat weerspiegelde in het water van de gracht, was Amsterdam in deze tijd van het jaar op zijn mooist.

Fernando was een en al charme. Hij vertelde over de beperkingen van stamcelonderzoek in de Verenigde Staten. Wat zijn jullie in Europa bevoorrecht, herhaalde hij een paar keer, dat het politieke klimaat niet verziekt wordt door rechts-religieuze kerkgenootschappen die vasthouden aan het scheppingsverhaal uit de bijbel als de geopenbaarde waarheid. Ze willen verbieden dat in de biologielessen op middelbare scholen en zelfs op universiteiten de evolutieleer wordt onderwezen! En dan de militante antiabortusbeweging. Nog even, zei hij, en wij moeten bij The Organ Factory voor ons leven vrezen.

Iris luisterde zwijgend. Sinds haar overhaaste terugkeer uit de Verenigde Staten was ze in zichzelf gekeerd. Ook al hadden zich na de inbraak in het quarantainehok van de proefdieren geen nieuwe onregelmatigheden voorgedaan, ze leek gebukt te gaan onder de zorgen. Jegens Darren was ze afstandelijker geworden. Ze straalde niet meer het enthousiasme uit van een gezamenlijk avontuur waaraan ze begonnen waren. Darren dacht dat het te maken had met zijn ongelukkige versierpoging die nacht in het Charles Hotel. Of misschien was het omdat ze elkaar door de werkdruk nauwelijks spraken. Terwijl hij in Amsterdam en Londen was, bracht Iris haar tijd door in het laboratorium waar ze met Deborah werkte aan de stamcelkolonies.

Aan tafel in het restaurant zaten ze voor het eerst in weken informeel bij elkaar. Ze bestelden alle drie het weekmenu en op aandrang van Fernando kozen ze een Zuid-Amerikaanse wijn. Maar echt gezellig werd het niet.

Fernando wilde nog één keer over het overnamebod praten. Hij wist dat hij geen kans maakte tegen de introductieprijs die de WK & B-bankiers hadden genoemd, en daarom gooide hij het over een andere boeg.

'Vertrouw die bankiers niet!' zei hij bezwerend. 'Je weet, Darren, dat ze je altijd te grazen nemen. Hoeveel voorbeelden hebben we daarvan niet gehad!'

Daarna, Iris aankijkend, vervolgde hij: 'Ze beloven gouden bergen, maar als het moment is aangebroken, hebben ze altijd een smoes paraat om te rechtvaardigen dat, helaas, de beoogde introductiekoers toch niet gehaald wordt. En dan zit je met de ellende.'

Hij was bereid tot veertien dollar te gaan. En hij noemde twee voordelen om zijn bod aan te bevelen. Ten eerste zou de samenwerking van The Organ Factory en GenIris tot een bedrijf met een uniek aanbod van de hoogwaardigste biomedische behandelingen leiden. Parkinson! Alzheimer! Orgaandonaties! Samen konden ze de wereld aan. En ten tweede kon GenIris dan niet worden gekocht door anonieme buitenstaanders, investeerders die op snelle koerswinst belust waren en hun aandelen direct weer zouden dumpen. Als GenIris naar de beurs ging, kon het bedrijf de speelbal worden van speculanten. Geen scenario om naar uit te zien, concludeerde Fernando.

Het was een hartstochtelijk betoog. Iris prikte in haar zalm, nam een slok van de wijn en keek even naar Darren.

Toen zei ze op vlakke toon: 'Fernando heeft gelijk. Een overname voorkomt een hoop financiële ellende en biedt grote voordelen voor mijn onderzoek. Ook wat de toepassingsmogelijkheden van behandelingen betreft biedt het betere vooruitzichten dan een beursgang. Het opent de Amerikaanse markt voor ons. Ik ga voor overname.'

Darren wist niet wat hij hoorde.

'Maar Iris, hoe kun je dat zeggen! We hebben het erover gehad en je was het met me eens dat het een slechte keuze is. Ik ken de argumenten van Fernando. Ze klinken overtuigend, maar ze zijn het halve verhaal.'

Hij keek zijn oude studievriend vermanend aan. 'Ik waardeer je verhoogde bod, Fernando, maar we gaan er niet op in. Als een beursgang drie of vier keer zoveel opbrengt als een overname door The Organ Factory, dan kiezen we voor de beursgang. De tweede fase van het klinische onderzoek kost tientallen miljoenen. Dat geld kunnen we uit de markt halen. Het is geen verwijt, ik neem het je niet kwalijk, maar het is de realiteit. We gaan voor koersmaximalisatie.'

Darren wendde zich tot Iris. 'Zo simpel is het. Ik ben de *chief financial officer*. Geloof me, dit is het beste voor GenIris en voor jou.'

Iris keek hem ijzig aan.

'Natuurlijk zijn er risico's aan een beursgang verbonden, dat weet ik maar al te goed', vervolgde Darren. 'Maar zonder risico's bestaat er geen leven en voor speculanten ben ik niet bang. Niemand verwacht dat wij onze beurskoers omhoog jagen met vluggertjes op de korte baan. In de biotech gaan beleggers voor de lange termijn.'

Fernando drong nog een keer aan, toen gaf hij zich gewonnen.

'Je hebt de lessen van onze business school niet verleerd', zei hij met een zweem van respect. 'Hoe dan ook, het was het proberen waard. Ik had werkelijk graag met jullie het management gevormd.' Hij keek Iris aan, maar ze ontweek zijn blik.

Toen de serveerster vroeg of ze een nagerecht wilden, zei Iris dat ze zich niet lekker voelde en naar huis ging. Ze spoorde Darren en Fernando aan te blijven, ze wilde niet dat door haar toedoen hun ontmoeting vroegtijdig beëindigd werd. Ze stond op, verontschuldigde zich, gaf Fernando een hand, zei 'tot morgen' tegen Darren en verliet het restaurant.

'Fantastische vrouw', zei Fernando zodra ze uit zicht was.

'De laatste tijd is ze nogal in zichzelf gekeerd', zei Darren. Hij voelde zich ongemakkelijk over de manier waarop hij Iris tot de orde had geroepen. Dat maakte hun werkverhouding er niet beter op.

'Is er iets aan de hand?'

'De druk van het onderzoek, de spanning van de beursgang, alles samen, denk ik. Maar zeker weet ik het ook niet. We spreken elkaar nauwelijks.'

Ze lieten het nagerecht achterwege en bestelden koffie.

'Hoe dan ook, deze ontmoeting was een goede reden om via Amsterdam te reizen', mijmerde Fernando.

Ze besloten dat de koffie met een glaasje armagnac beter tot zijn recht zou komen.

'Cheers', proostte Fernando. Hij nipte aan het glas. 'Heb je de laatste tijd nog iets gehoord van mijn avontuurlijke zus uit het oerwoud?'

'Nee, al tijden niet. Jij wel?'

'Niets.'

'Ik begin me zorgen te maken. Kan jouw familie ter plaatse niet eens poolshoogte nemen?'

Fernando schudde lachend zijn hoofd. 'Ik kan wel merken dat je nooit in Brazilië bent geweest. De afstanden zijn enorm. In het regenseizoen zijn gebieden zo groot als West-Europa van de buitenwereld afgesloten. Waarschijnlijk zijn alle verbindingen verbroken.'

'Zodra de beursgang achter de rug is, ga ik haar opzoeken.'

'Ze zal het waarderen als er een globetrotter uit de beschaafde wereld bij haar langskomt in de rimboe.' In Fernando's stem klonk lichte ironie.

'De wildernis trekt me.'

'Je weet niet wat je zegt. Het is daar verschrikkelijk. Onvoorstelbaar warm, vochtig en klam. Geen voorzieningen, alleen maar ontberingen. Muskieten, insecten, slangen, piranha's, de vreselijkste ziektes. Ooit gehoord van de ziekte van Chagas, van dengue of malaria? Geef mij maar de verlokkingen van Amsterdam!'

'Wat je de beschaafde wereld noemt.'

Nadat Darren Fernando naar het Pulitzer Hotel verderop aan de gracht had begeleid, wandelde hij terug naar zijn appartement. Het was een aangenaam frisse avond. Slenterend langs het water overdacht hij wat Fernando verteld had over het tropische oerwoud. Was de natuur werkelijk zo machtig? Gabriela's belangstelling voor de magische wereld van de sjamaan veroorzaakte een sluipende verwijdering tussen hen. Zij vereenzelvigde zich met de krachten van de natuur, hij was de gevangene van de techniek. Het enthousiasme dat ze aanvankelijk had opgebracht voor zijn werk in de biotechnologie, verdampte.

'En wat dan nog,' schreef ze in haar laatste e-mail die hij ontvangen had, 'dacht je echt met een bolletje cellen in een reageerbuisje al die honderden miljoenen jaren van de evolutie te kunnen nabootsen? Of de heelheid van de kosmische orde? Ik zie om me heen de duizelingwekkende verscheidenheid van de natuur, de vitaliteit van de planten, de insecten, de zoogdieren, de vissen, de vlinders en de vogels en alles wat hier om me heen krioelt. Wat jullie pretenderen, dat is toch menselijke hoogmoed van de ergste soort? De schepping kan niet kunstmatig worden overgedaan.'

Ze hield nog steeds van hem, had ze eronder geschreven, maar de tekst was plichtmatig en zonder passie.

Thuis wachtte Darren een onaangename verrassing. De postbode had een volumineuze envelop bezorgd afkomstig van een advocatenkantoor in Boston. Het was de echtscheidingsadvocaat van zijn exvrouw. In droge juridische termen sommeerde hij Darren om akkoord te gaan met een alimentatieregeling plus bijdrage in het onderhoud van de kinderen. Ik word geruïneerd, schoot het door Darrens hoofd toen hij de bedragen tot zich door liet dringen. Verbeten zette hij zich achter zijn computer om een venijnig elektronisch antwoord aan de advocaat op te stellen.

Ogenschijnlijk was hij bezig zijn leven een nieuwe wending te geven. Alles liep zoals hij wenste. Hij vervulde de rol van de financier die geen twijfels kende volgens het patroon dat hij zich eigen had gemaakt op de business school. Naar buiten toe was het een en al glamour en straks ging hij scoren. Maar onder de oppervlakte knaagden de twijfels. De verhouding met zijn zakelijke partner Iris Stork was bekoeld sinds de nacht in het Charles Hotel; tussen zijn geliefde Gabriela en hem was een kloof van wederzijds onbegrip groeiende; met zijn ex-vrouw stond hij op voet van juridische oorlog. Het perspectief was prachtig met die stamcellen en de therapeutische behandelingen van chronisch zieke patiënten, maar Darren Gittinger voelde zich op het ogenblik domweg ellendig aan de Brouwersgracht.

# 19 Kweekstoffen

Iris Stork had andere zorgen. Samen met Deborah was ze al weken bezig in het laboratorium om een oplossing te vinden voor de problemen die zich voordeden bij de kweek van de stamcellen. Het procédé dat ze hiervoor ontwikkeld had en waarvoor de octrooien op haar werkkamer aan de muur hingen, was het belangrijkste kapitaal waarover GenIris beschikte. Haar gepatenteerde methode om stamcellen te specialiseren, moest natuurlijk wel werken.

Dat was het probleem. De kweekstoffen waarin de stamcellen werden gebracht, gaven niet het gewenste resultaat.

De ochtend na het etentje met Fernando en Darren kwam Iris om halfacht naar haar kantoor. Ze had gezegd dat ze zich niet lekker voelde, in werkelijkheid had ze geen zin in nog meer zakenpraat. Voor haar opvatting dat ze wilde samenwerken met The Organ Factory had ze geen steun gekregen van haar mededirecteur. Ze nam het Darren kwalijk dat hij haar als een onbenul terecht had gewezen in aanwezigheid van Fernando. Als het erop aankwam, was hij net zo'n botte bankier als alle anderen.

In de zomer hield ze ervan om vroeg naar haar werk te gaan. Bij zonsopgang, als de hemel roze kleurde, genoot ze van het gezang van de vogels in het bos. Soms bleef ze staan luisteren en probeerde ze de vogels van elkaar te onderscheiden. De geuren en kleuren van het loofbos waren 's ochtends vroeg nog niet aangetast door de warmte van een lange dag. Dan zoog ze de buitenlucht diep in haar longen en voelde ze de vochtigheid van de optrekkende dauw in haar gezicht.

Deborah was al binnen. Ook zij maakte er een gewoonte van vroeg te komen. Ze begroette Iris terloops. De twee vrouwen kenden elkaar al van de tijd dat ze beiden bij de universiteit werkten; toen Iris vertrok, had ze Deborah gevraagd met haar mee te gaan. Wat de passie voor hun werk betreft, deden ze niet voor elkaar onder. Bij de oprichting van het bedrijf had Iris voorgesteld om Deborah partner te maken, maar Sandbergen had dat resoluut tegengehouden. Er

moest een verschil in belangen bestaan tussen de academisch gevormde leiding en het hoofd van het laboratorium, vond hij. Iris had
zich erbij neergelegd, al had ze daar later spijt van gehad. Daarom had
ze tegen Darren gezegd dat Deborah bij de beursgang een extra
toewijzing van de beschikbare personeelsaandelen moest krijgen.

Deborah kon het niet schelen. Ze leefde samen met haar vriendin
en twee poezen en ze gaf vrijwel geen geld uit. Als het moest vanwege
de kweek van de stamcellen bivakkeerde ze dag en nacht in het
laboratorium.

Zwijgend trokken de twee vrouwen een groene laboratoriumjas
aan over hun kleren. Voordat ze door de schone ruimte gingen,
wilden ze eerst wat onderzoekjes controleren die ze de vorige dag
in gang hadden gezet.

In de ruimte naast het lab stonden twee ronde stikstofvaten. Bij
een temperatuur van 195 graden onder nul werd hierin het genetische
materiaal bewaard. Alle biologische processen lagen bij die temperatuur stil. Deborah trok een blauwe handschoen aan die tegen extreme
temperaturen bestand was, en opende de deksel van de trommel. Er
kwam een witte wolk van verdampende stikstof vrij, zoals bij rook-
effecten in theatershows. Met haar beschermde hand trok Deborah
een metalen staaf omhoog waaraan een bekertje zat dat in de vloeibare stikstof was gedompeld. In het bekertje zat een rekje met
reageerbuisjes met celmateriaal. Ze pakte het rekje en deed het vries-
vat snel weer dicht.

Vervolgens gingen ze aan het werk. Iris en Deborah wisten precies
van elkaar wat ze deden. De hele ochtend waren ze bezig. Ze voegden
enzymen toe waarmee de cellen werden opengebroken en vervolgens
scheidden ze de celvloeistof in centrifuges. Het genetische materiaal
werd met andere enzymen uit elkaar gerafeld, gescheiden en geïsoleerd. Daarna werd het DNA geschud, gecentrifugeerd, afgeroomd en
opnieuw gemengd. De centrifuges zagen eruit als kleine afwasma-
chines en de schudplateaus maakten bewegingen zoals een ouderwetse cakewalk op de kermis. Overal blonk het van roestvrijstalen
apparaten. Werken in een biotechlab leek nog het meest op werken in
een miniatuur melkfabriek.

Uren later waren ze klaar. Ze hadden de witte vlokken DNA losgeweekt en geïsoleerd, opgelost in een vloeistof van water en fysiologisch zout, en daarna in de PCR-machine gebracht. PCR, de *polymerase chain reaction*, was het werkpaard voor de vermenigvuldiging van strengen DNA. Vervolgens konden ze de genetische eigenschappen onderzoeken. Daarvoor was elektronische apparatuur beschikbaar die tienduizenden verschillende stukjes DNA tegelijk kon vergelijken.

Het gebruik van computers had het onderzoek in de biotechlaboratoria op zijn kop gezet: niet alleen ging het veel sneller, de manier van werken was omgekeerd aan de traditionele onderzoeksmethode. Voor een paar honderd dollar waren computerchips met industrieel geproduceerde stukken van het menselijk genoom te koop. De robots gingen op zoek naar verschillen tussen het DNA van het onderzoeksmateriaal en de industriële chips. Het was een kwestie van combineren, vergelijken en deduceren.

Tegen het begin van de middag hadden ze hun werk afgerond. Ze hadden misschien tien woorden met elkaar gewisseld. Ze namen een pauze om wat te eten in de kantine.

'Dat is waar ook', zei Deborah. 'Ik heb nagekeken of Sandbergen beschikte over de toegangscode voor de ruimte van de proefdieren.'

'Laat me raden. Het antwoord is ja', merkte Iris op. Ze nam een slok melk.

'Inderdaad. Niemand had eraan gedacht om na zijn vertrek de code te veranderen. Het is inmiddels gebeurd, maar dat is natuurlijk mosterd na de maaltijd.'

'Sandbergen kon dus ongemerkt die deur open krijgen. Interessant.'

'Ik heb nog een keer met de politie gesproken en de informatie over Sandbergens code doorgegeven. De rechercheur zei dat hij bezig was sporen van activisten van het Dierenbevrijdingsfront na te trekken.'

'Daar schieten we niets mee op. Kom, we gaan verder, we hebben nog genoeg te doen vanmiddag.'

Ze gingen naar de sluis die toegang gaf tot de schone ruimte. Ze kleedden zich uit, trokken hun steriele pakken aan en stapten de beveiligde ruimte binnen.

Het probleem zat in de stamcellen. Gedompeld in het kweek-medium ontwikkelden ze zich niet tot beginnende hersencellen, maar vertoonden ze onheilspellende afwijkingen.

Aanvankelijk had Deborah gedacht dat ze iets verkeerd had gedaan met de kweekvloeistoffen. Dan had doctor Telecky toch gelijk gehad. Ze had de vloeistoffen een paar keer vervangen en de resultaten bleven hetzelfde. De enige verklaring die Iris kon bedenken, was dat er iets mis was met de stamcellen waarmee ze werkten. Het was een raadsel wat de oorzaak daarvan kon zijn en ze wist ook niet wat voor maatregelen ze moest nemen. Deborah kon haar niet helpen. Ze was een laborant met gouden handen als het ging om de kweek van de stamcellen, maar van de biomedische wetenschap had ze onvoldoende kennis.

De enige met wie Iris overlegde, was Matthias Illbruck van NeuroLinks in Martinsried. Geregeld belde ze met hem. Matthias deelde haar passie voor stamcellen en hij was een onvoorwaardelijke steun bij haar onderzoek. Hij wist hoe belangrijk het was dat het probleem met de stamcellen snel werd opgelost. De toekomst van GenIris hing ervan af.

De roomservice van het Stanhope Hotel in de Rue du Commerce had het ontbijt neergezet op het tafeltje in de suite. Ernst Boiten voelde zich een beetje beschaamd dat hij een nacht in het befaamde Brusselse hotel had doorgebracht, maar het was de eerste ingeving die de vorige avond bij hem was opgekomen. Uit ervaring wist hij dat het Stanhope comfort met discretie combineerde.

In bed lag Simone Reekers. De studente-activiste sliep nog, of ze deed alsof. Haar blonde haar lag gedrapeerd op het kussen. Op de radioklok zag Boiten dat het halftien was. Hij moest zijn secretaresse bellen en zeggen dat hij onverwacht andere verplichtingen had. De afspraak met een groepje lobbyisten van de farmaceutische industrie moest ze naar een later tijdstip verzetten.

Boiten stond versteld van zichzelf. De eurocommissaris vond dat hij gepresteerd had als een jonge held. Weliswaar met behulp van het lichtblauwe wonderpilletje, maar hij kreeg het toch nog voor elkaar. En dat met zo'n jong, aantrekkelijk ding.

Het was gelopen zoals hij gehoopt had. Nadat ze hun lunch bij Bruneau hadden beëindigd, had hij Simone meegenomen naar zijn kantoor. Daar had hij kopieën van een paar dossiers uit zijn archiefkast gehaald. Achteloos had Simone de stukken, waarop de stempels *Vertrouwelijk* en *Geheim* stonden, in haar rugzakje laten verdwijnen. Hoewel ze het niet liet merken, jubelde ze vanbinnen. Wat haar niet gelukt was met die zelfingenomen Sandbergen, kreeg ze bij Boiten moeiteloos voor elkaar: met haar versiertruc ontfutselde ze hem geheime stukken. Later zou ze uitzoeken waarop ze precies beslag had weten te leggen.

Boiten was nogal zenuwachtig geweest, ook al ging het om verouderde, inmiddels herziene versies van documenten voor het Europese biotechnologiebeleid. Een paar keer had hij de stapel documenten op de grond laten vallen. Hij had de neiging ze plichtsgetrouw op te bergen in zijn archiefkast. Maar telkens als hij naar Simone keek, vermande hij zichzelf. Ze stond zo dicht naast hem dat hij haar parfum kon ruiken. De zoete geur vervulde hem van opwinding.

Naderhand had Boiten voorgesteld dat ze 's avonds uit eten zouden gaan, dan konden ze hun gezamenlijke strategie verder bespreken.

Het diner liep uit. Boiten had de bediening verzocht het kalm aan te doen omdat hij met zijn gezelschap in alle rust wilde genieten van de heerlijkheden die de chef-kok voor zijn gasten in petto had. Alles vegetarisch, maar dat vormde geen belemmering. Pas toen de ober de muskaatwijn inschonk die het nagerecht begeleidde, keek Simone terloops op haar horloge.

'Oeps,' zei ze geschrokken, 'het is al kwart voor tien. Ik ben bang dat ik de laatste trein naar Amsterdam ga missen.'

Boiten had zijn hand geruststellend op haar jeugdige arm gelegd. 'Maak je geen zorgen, ik arrangeer een goed hotel voor je. En dan neem je morgen in alle gemak een trein terug. Als je daar geen bezwaar tegen hebt, natuurlijk', had hij er zekerheidshalve op laten volgen.

Simone had hem dankbaar aangekeken en zijn hand even vastgepakt.

Een uur later checkte ze in bij de lobby van het Stanhope Hotel in het historische centrum van Brussel. Simone had veelbetekenend geglimlacht toen Boiten samen met haar in de lift stapte.

Zodra ze in de kamer waren, ging Boiten op het bed zitten. Hij was een beetje draaierig van de dessertwijn. Simone verdween in de badkamer. Boiten hoorde het water van de douche. Hij stond op, deed de deur op het veiligheidsslot en trok zijn jasje, stropdas en schoenen uit. Even later kwam Simone binnen, gewikkeld in een dubbele handdoek. Boiten voelde zich opgewonden raken. Eerst naar het toilet, bedacht hij en hij stond moeizaam op.

Toen hij terugkwam, had hij zijn overhemd en broek ook uitgetrokken. In een slobberende onderbroek, met een ouderwets singlet en hoge sokken zag hij er aandoenlijk stuntelig uit.

Simone moest haar lachen onderdrukken. Ze was een beetje aangeschoten, maar ze had de situatie geheel onder controle. Ze betrapte zichzelf erop dat ze het meer dan spannend vond wat ze aan het doen was. Boiten had zich niet alleen een willig slachtoffer getoond, hij was waarachtig niet onaardig. Hij kon wat leeftijd betreft haar vader zijn, maar ze viel altijd al op oudere mannen. De gedachte dat ze op het punt stond met een invloedrijke eurocommissaris naar bed te gaan, gaf haar een kick.

Nog geen minuut later had ze Boiten van zijn ondergoed ontdaan en daarna had ze haar handdoek langzaam open laten vallen. Boiten verkeerde in de hoogste staat van opwinding. Simones gladde huid, haar volle borsten en haar slanke lichaam, overweldigden hem.

Boiten was geen groot minnaar, maar hij bleef onverdroten doorgaan. Simone eiste dat hij condooms gebruikte, die ze uit het zijvakje van haar rugzak pakte. Ze was blij dat ze een doosje van vijf stuks had gekocht, want drie keer kwam hij klaar. Toen hij daarna nog steeds een erectie hield, wist ze zeker dat hij een Viagra'tje geslikt moest hebben. Hij bleef met zijn stijve geslacht tegen haar aan liggen, maar hij was te uitgeput en Simone vond het allang best. Tegen halftwee vielen beiden in slaap.

's Ochtends voelde Boiten zich ongemakkelijk. De Viagra was nog steeds niet volledig uitgewerkt, maar hij deinsde ervoor terug Simone opnieuw met zijn opwinding lastig te vallen. Hij stond zachtjes op, ging naar de badkamer, bestelde met de telefoon die naast het toilet hing een ontbijt voor twee personen en nam een langdurige douche. De warme waterstraal ontspande hem. Daarna kleedde hij zich aan en ging hij aan het tafeltje zitten waar de roomservice het ontbijt had neergezet. Er lag ook een krant bij.

Simone was wakker geworden van het gestommel en kwam in haar T-shirt bij hem zitten. Ze wisten niet goed wat ze tegen elkaar moesten zeggen. De ochtend na de daad was een moment van vervreemding. Dat gold al helemaal voor de intimiteit met deze studente-activiste. Boiten besefte dat hij zichzelf kwetsbaar had gemaakt, maar hij was Simone graag ter wille. Ze had hem een onvergetelijke nacht bezorgd en ze kon hem een onschatbare dienst bewijzen. Daar had hij wel een paar vergeelde dossiertjes voor over als ze die graag wilde hebben voor haar campagne.

Simone dronk haar glas jus d'orange leeg, daarna schonk ze koffie in. Boiten nam een hap van een croissant. Behalve een verlegen 'goedemorgen, heb je goed geslapen?' wisselden ze geen woord. Op dit vroege uur, in deze ongebruikelijke situatie, hadden ze elkaar niets te zeggen.

De krant lag uitnodigend op het tafeltje. Boitens oog viel op de kop die net boven de vouw leesbaar was: WEER AANSLAG OP BIOTECHBEDRIJF.

Hij spreidde de krant open, zocht naar zijn leesbril en begon het bericht te lezen. In Zuid-Duitsland was de vorige avond een bom ontploft bij een biotechnologiebedrijf. Er waren voorzover bekend geen slachtoffers gevallen. Een woordvoerder van de politie zei dat de daders gezocht werden in de hoek van de radicale milieubeweging.

Boiten keek over de krant naar Simone. Déze activiste heeft in ieder geval een alibi, dacht hij. Hoewel hij onmiddellijk besefte dat hij haar alibi nooit zou kunnen bevestigen. Hij kon zich trouwens niet voorstellen dat Simone, die hem zo vriendelijk verzorgd had na het taartincident en hem de afgelopen nacht zo gewillig had laten neuken, zich met gewelddadige aanslagen zou bezighouden.

'Je Duitse vrienden zijn actief geweest', zei hij, terwijl hij op het krantenartikel wees.

Simone las het bericht.

'Dat soort dingen doe ik niet', zei ze stellig. 'Ik gooi niet met bommen. Ik demonstreer alleen maar.'

'Dat is waar ook', reageerde Boiten. 'Ik had je nog willen vragen om bij dat Nederlandse bedrijf dat ik gisteren noemde, een demonstratie te organiseren. Tegen de Amerikaanse dreiging in de Europese biotechnologie.'

'En wat staat daar van jouw kant tegenover?' vroeg Simone.

Ze wachtte zijn antwoord niet af. 'Na deze nacht ben je me wel wat verschuldigd, Ernst', zei ze ondeugend.

Ze liep naar de badkamer, nam een douche en kleedde zich aan. Ze had plotseling ontzettend genoeg van zichzelf en wilde zo snel mogelijk de trein naar Amsterdam halen.

# 20 Ballen met tanden

'Toch klinkt het interessant. Je moet het bod niet onmiddellijk van de hand wijzen…' Matthias Illbruck keek de kring rond en hij zag de reacties die hij verwachtte. Iris Stork knikte instemmend, Darren Gittinger schudde heftig nee. Elmer Telecky stond geïrriteerd op en begon zwijgend over het gras van de binnenplaats van GenIris te ijsberen.

'…en wel vanwege de aanknopingspunten voor wetenschappelijke samenwerking. Je krijgt toegang tot de beste researchinstituten in de omgeving van Boston. Dat is veel waard. Ik zou zeggen, meer dan je in een overnameprijs tot uitdrukking kunt brengen.' Hij keek Darren aan en begon schaterend te lachen. 'Sorry Darren, ik had je al gezegd dat ik *keine Ahnung* van financiën heb!'

Matthias Illbruck en doctor Telecky waren bij GenIris op bezoek om de problemen met de stamcelkweek te bespreken. De ochtend hadden ze doorgebracht in het lab samen met Deborah. Halverwege de middag zaten ze met zijn allen buiten op de binnenplaats nog wat na te praten, genietend van de zomerzon. Darren was erbij gekomen en nadat Deborah was vertrokken, was het gesprek ongemerkt afgedwaald naar het overnamebod van The Organ Factory. Iris had er hoog van opgegeven en Darren had duidelijk gemaakt dat er voor hem geen sprake van een overname kon zijn tegen zo'n absurd laag bod. Matthias had geïnteresseerd geknikt; Telecky had zich geërgerd afgewend.

Het viel Darren op met hoeveel aandacht Iris naar de mening van Matthias luisterde, en hoe ze hem respecteerde. Ook merkte hij dat ze opklaarde door zijn aanwezigheid. Haar sombere stemming leek verdwenen, ze straalde weer zoals Darren zich haar herinnerde uit de dagen van hun eerste kennismaking. Ze voelde zich gesterkt door de opvattingen van Matthias. Hij was een wetenschapper, net als zij, en hij begreep haar gedachtegang over The Organ Factory. Het deed Iris plezier dat hij weerstand bood tegen de financiële invalshoek van Darren.

De schaterlach van Matthias weerkaatste tegen de gebouwen rondom het grasveld. Hij was klein, een beetje gedrongen van gestalte waardoor zijn hoofd groter leek dan het in werkelijkheid was en Darren vroeg zich af of hij als kind misschien een groeistoornis had gehad. In ieder geval vormde hij samen met Telecky een wonderlijk koppel.

Telecky, zijn grijze haar in een paardenstaart en met een gevlochten bandje om zijn hoofd, stond op enige afstand van hen. Hij had een vaalblauw T-shirt aan met gekleurde cirkels die met *tie-and-dye* gemaakt waren. Zodra het gesprek op de hoogte van het overnamebod van The Organ Factory kwam, stond hij op om geërgerd heen en weer te lopen. Beurskoersen, overnames – zijn lichaamstaal maakte duidelijk dat het financiële jargon hem tegen de borst stuitte.

'Jullie zijn alle drie louter op geld gefixeerd', zei hij van een afstand, maar duidelijk hoorbaar.

Matthias besteedde geen aandacht aan hem. 'Sorry, Darren,' zei hij nogmaals, 'ik bedoel het niet persoonlijk. Je zult wel denken: wat een nerds zijn zij.' Hij sprak Engels met een aanstekelijk Duits accent.

Darren probeerde luchtig te blijven. 'Welnee, jullie bekijken het vanuit een andere invalshoek. Heel waardevol. Alleen geeft mijn standpunt de doorslag als het om een overnamebod gaat.' Nu lachte hij, maar het klonk kunstmatig en niemand lachte mee.

'Hier komen we niet uit', doorbrak Iris de ongemakkelijke stilte. 'Maar ik vond het prettig dat je je mening hebt gegeven.' Ze keek Matthias dankbaar aan. 'En voor het overige moeten we het nog over de onregelmatigheden bij de celkweek hebben. Daarvoor zijn Matthias en doctor Telecky hier tenslotte gekomen.'

De zon was achter de laagbouw verdwenen en het begon frisser te worden. Het groepje wetenschappers leek het niet te deren. Darren luisterde zwijgend naar de uitwisseling van standpunten tussen Iris, Matthias en Telecky. Telecky speelde de rol van de eenzame dissident, de dwarsligger die kritische vragen stelde en de discussie een onverwachte wending probeerde te geven. Matthias en Iris, viel hem op, vulden elkaar voortdurend aan. Ze hadden aan een half woord van elkaar genoeg om een zin te kunnen afmaken.

De schaarse opmerkingen van Telecky daarentegen verstoorden de harmonie. Het was alsof hij uit was op de torpedering van de redenering die Matthias en Iris met zorg probeerden op te bouwen. Een paar keer maakte hij cynische opmerkingen dat het ze alleen maar om commerciële toepassingen te doen was en dat ze de betekenis van het *reine Vernunft* in het biologische onderzoek schromelijk verwaarloosden.

'In de Verenigde Staten,' zei hij met zijn scherpe stem, 'in de Verenigde Staten is een octrooi toegekend op de techniek van het klonen van mensen. Dát is zeker wat jullie ook willen!'

Iris en Matthias schudden heftig hun hoofd.

'Nee, natuurlijk niet. Dat weet je toch, Elmer?' probeerde Matthias hem gerust te stellen.

'Toch is dat het gevaar waar ik voor wil waarschuwen', vervolgde Telecky.

'Jullie zijn zo naïef dat je mij niet gelooft. Maar commerciële belangen zullen er met jullie onderzoek vandoor gaan. Ook al zijn jullie van goede wil, de resultaten van jullie werk zullen misbruikt worden door grote ondernemers en hun financiële sponsors. Het grootkapitaal van de farmaceutische industrie! En dan is de geest uit de fles. Niemand, ook jullie niet, kan het meer terugdraaien. Dit onderzoek moet zich beperken tot de pure wetenschap. En zich niet bezig houden met commerciële toepassingen.'

Daarna stond hij op en ging naar binnen. Hij had het koud en bovendien wilde hij nog wat nazien in het lab.

Darren vroeg waar Telecky's uitval op sloeg.

'Doctor Telecky is van de oude stempel', zei Matthias berustend. 'Hij is bang dat biotechnologische kennis zal worden misbruikt. Er zijn natuurlijk risico's, maar hij overdrijft gigantisch.'

'Ik geloof dat hij niet kan hebben dat wij – Iris keek schuin naar Matthias – verder zijn met ons onderzoek dan hij zelf ooit heeft kunnen komen. We zijn toch zijn leerlingen en we hebben hem overschaduwd.'

'Zijn tovenaarsleerlingen', lachte Matthias. Hij tilde er niet zwaar aan. Hij was al zo lang gewend met Telecky te werken. 'Het komt door zijn achtergrond. Hij heeft nog in de DDR gewerkt, de voormalige 'arbeiders-en-boerenstaat'. Daar heeft hij zijn vooroordelen tegen het bedrijfsleven opgedaan. Maar hij kan zelf geen dag zonder zijn werk bij NeuroLinks. Hij trekt wel weer bij. Uiteindelijk komt hij met een briljant idee en daarmee laat hij ons dan verder ploeteren.'

'Waar hebben jullie het eigenlijk over?' vroeg Darren, nu hij toch de kans kreeg om in te breken in het gesprek.

'Nog steeds het probleem met die celkweek', zei Iris.

'Ja, die kleverige stamcelletjes doen niet wat van ze verwacht wordt', vulde Matthias aan.

'Kun je het uitleggen?'

'Een ingelaste les?' grapte Iris. Ze stond op. 'Vind je het goed dat ik deze aan Matthias overlaat?' Ze liep naar binnen en kwam even later terug met zes bierflesjes in haar armen.

'Weet je wie Lance Armstrong is?' vroeg Matthias aan Darren nadat ze zich alle drie van een flesje bier hadden voorzien.

Darren knikte. Ja, natuurlijk. De Amerikaanse wielrenner, meervoudig winnaar van de Tour de France.

Lance Armstrong, vervolgde Matthias, had een zeldzame vorm van kanker gehad, waarvan hij was genezen. Het terato-carcinoom. Het was een kwaadaardig gezwel in de kiemcellen van de zaadballen, waarbij stamcellen spontaan alle soorten van menselijke lichaamscellen begonnen te maken. Zodat de patiënt een monsterachtige tumor in zijn zaadballen ontwikkelde, met haren, tanden, spieren, bot, huidweefsel en al.

'Gedver...'

'Ja, het is behoorlijk wreed. Maar Armstrong kon na zijn behandeling weer prima fietsen, dus die ziekte valt op zichzelf te overleven. In de volksmond wordt het ook wel het "wondergezwel" genoemd. Hoe dan ook, het terato-carcinoom heeft iets van een kermisattractie. De man met tanden in zijn ballen, komt dat zien, komt dat zien.' Matthias schaterlachte.

'Matthias!' onderbrak Iris hem vermanend.

'Sorry. Maar het is voor mannen een angstaanjagende gedachte, dat mag ik toch wel zeggen.'

De wildgroei die zich voordeed bij de stamcelkweek in het lab, vervolgde Matthias, deed denken aan de verschijnselen van het terato-carcinoom. In de kweekbakjes was sprake van het begin van ontwikkeling van uiteenlopende celtypes – haren, tanden, botten en spieren. Dat was het laatste wat GenIris wenste. De stamcellen moesten zich netjes ontwikkelen tot hersencellen – en niet tot allerlei andere weefsels. Het raadsel waar ze voor stonden, was hoe dit terato-carcinoom zich spontaan had kunnen ontwikkelen.

'We zijn er niet uit', zei Iris bezorgd. Ze keek naar Matthias.

'We denken dat we weten wat we zien. Dat is in ieder geval een begin', zei Matthias. Hij dronk zijn flesje bier leeg. 'Nu moeten we de oorzaak zoeken. En een remedie. Anders kun je die hele gekloonde kolonie stamcellen weggooien. En dan ben je met het procédé dat Iris heeft ontwikkeld om stamcellen te maken, terug bij af.'

'Dat zou een ramp zijn', beaamde Darren. Dat gezwel met een naam die hij niet kon onthouden moest onder controle gebracht worden. Het leek hem allesbehalve aanlokkelijk om van GenIris een bedrijf met cellen als kermisattractie te maken.

'Toch begrijp ik er niets van. Waarom begon Telecky ineens over klonen?' vroeg Darren.

'O, omdat hij bang is dat de techniek van GenIris gebruikt gaat worden om mensen te klonen. Niet hier, maar bijvoorbeeld als een arts of een zakenman de techniek zou kopen om ermee aan de slag te gaan in een land waar geen verbod op klonen bestaat, of waar dat niet wordt nageleefd. In Azië of zo.'

'Ik dacht dat klonen van mensen...'

'In theorie is het niet moeilijk. Maar in de praktijk zijn er veel obstakels', zei Iris.

'Zoals?'

'Ik zal er een noemen waar je niet meteen aan denkt. Je hebt een paar honderd eicellen nodig om één succesvol voltooide zwangerschap te bereiken. Dus heb je om te beginnen twintig vrouwen nodig die hun eicellen vrijwillig willen afstaan. En daarna nog meer vrouwen bij wie je de gekloonde cellen kunt inbrengen om ze te laten volgroeien. Vrouwen worden instrumenteel gebruikt, als eiceldonoren en als draagmoeders. Als dat zich voordoet, komt daar in Europa en Amerika vast en zeker fel protest van feministen tegen.'

'Waarom maakt Telecky zich er dan zo druk om?'

'Omdat over een paar jaar robots dit allemaal overnemen.' De stem van Telecky klonk scherp. Geen van drieën hadden ze gemerkt dat hij teruggekomen was. Hij stond op enige afstand, maar had kennelijk hun gesprek gevolgd. 'Dan komen er embryonale-kloonboerderijen met vrouwen als grondstoffenleveranciers en gestuurd door computers die slimmer zijn dan mensen. Dat is wat er gaat gebeuren.'

Telecky bleef zwijgend staan. Hij had een mantel over zijn schouders geslagen, als een generaal die het slagveld overziet. Hij kwam dichterbij, aarzelde even of hij een bierflesje van de houten tafel zou pakken, bedacht zich en kondigde aan dat hij een korte boswandeling ging maken.

'Dat is zijn angstvisioen', zei Matthias zodra Telecky weer verdwenen was. 'Een paar jaar geleden heeft hij er een serie alarmerende artikelen over geschreven die door niemand in de wetenschappelijke wereld serieus werden genomen. Ik geloof dat hij het er sindsdien bij heeft laten zitten.'

'Het klinkt nogal huiveringwekkend', zei Darren.

'Ja, maar het is complete sciencefiction. Als je graag een kindje wilt maken, heb je echt veel minder kans met klonen dan met een keer goed neuken.' Hij schaterlachte weer.

'Matthias!' riep Iris verschrikt.

'Sorry', zei Matthias verontschuldigend. 'Sorry, maar het is wel waar.'

Telecky vertoonde zich niet meer en het bleef gezellig. Voor het eerst in tijden was de sfeer weer ontspannen. Iris haalde nog drie flesjes bier, Darren raakte heftig in gesprek met Matthias. Hij kon het uitstekend met de Duitse onderzoeker vinden. Hij hoorde steeds meer bijzonderheden over het werk met gekloonde cellen, die tot nu toe voor hem verborgen waren gebleven of die hem niet duidelijk waren geworden.

'Dus bij therapeutisch klonen zoals we hier bij GenIris doen, offer je ook embryo's op', zei hij.

'Ja, dat klopt', bevestigde Matthias.

'Dan hebben die antiabortusgroepen toch gelijk, ook al ben je het met hun standpunt niet eens?'

'Nee', onderbrak Iris hem heftig. 'Nee, die hebben ongelijk. Een embryo bezit vanaf het prilste stadium van zijn ontstaan geen absolute beschermwaardigheid. Dat is een wettelijk erkend uitgangspunt.'

'Hoezo?' vroeg Darren.

'Je moet je voorstellen dat je het hebt over een bolletje cellen dat zich onder natuurlijke omstandigheden nog niet zou hebben vastgehecht in de baarmoeder. Als een vrouw een eenvoudig spiraaltje gebruikt als voorbehoedmiddel, voorkomt ze dat zo'n bolletje zich een paar dagen na de bevruchting innestelt. Het is een klompje zwevende cellen, maar het is geen beginnende mens. We planten het niet in, we werken ermee in een kweekschaaltje. Dat druist niet in tegen de bescherming van het leven. Het is ook geen inbreuk op de menselijke waardigheid.'

Ze keek Darren aan. Aan de felheid van haar blik zag hij dat ze iets van wezenlijk belang wilde zeggen.

'We maken die embryo's ten behoeve van een therapie. De behandeling staat voorop, het klonen is een techniek. We willen geen nieuwe mensen kweken, nieuwe Einsteins, dictators, schoonheidskoninginnen, supermensen, schaakkampioenen of wie dan ook. We streven naar gezondheid, niet naar de gekweekte perfectionering van het menselijke ras. Ook al zou dat in de praktijk kunnen. Ik wil levende mensen helpen, geen genetische kopieën maken. Snap je dat?'

Darren knikte.

Matthias vulde aan: 'Therapeutisch klonen is fundamenteel iets anders dan reproductief klonen, waarbij je een mens maakt die een kopie is van zijn donor. Klonen van mensen is een inbreuk op de menselijke waardigheid. Het gaat over de ethische grens, dat is duidelijk.'

Alle drie zwegen ze. Een groepje pauwen kwam parmantig aangewandeld en in de deuropening zagen ze de gestalte van doctor Telecky verschijnen.

Tegen het einde van de middag vertrokken Matthias Illbruck en Telecky met een taxi naar het vliegveld. Ze vlogen met de late vlucht terug naar München. Darren ging naar huis, hij had even genoeg van alle zwaarwichtige discussies over carcinomen en klonen. Hij aarzelde of hij naar een café of naar de bioscoop zou gaan, maar uiteindelijk koos hij voor zijn appartement.

Iris verliet als laatste het gebouw. Maar ze pakte niet haar auto, ze liep naar de weg en ging enkele honderden meters verder een oprit in die naar een ander gebouw leidde. Een paviljoen met oranjekleurige markiezen en met muren die begroeid waren met klimop. Voor de ingang stond een bord met de tekst *Verpleeghuis Morgenstern.*

Ze liep naar binnen, groette de receptionist als een vertrouwde bezoeker en nam de lift naar de tweede verdieping. Daar stapte ze een kamer binnen waar een oude man ineengedoken in een rolstoel aan een tafel zat.

'Dag pappa', zei ze terwijl ze de man vluchtig op beide wangen zoende.

Haar vader was er niet goed aan toe. Hij had last van bewegingsstoornissen, waardoor hij niet meer zelfstandig kon lopen en evenmin zichzelf kon verzorgen. Hij kon nauwelijks meer praten, en Iris vermoedde dat hij ook last had van geheugenverlies en aanvallen van depressiviteit.

Met moeite draaide hij zich naar haar toe. Hij glimlachte flauwtjes toen hij zijn dochter zag. Iris pakte zijn hand vast en streelde die een tijdje. Daarna begon ze tegen hem te praten, ook al zei hij weinig terug en was wat hij zei, moeilijk te verstaan. Zijn gezicht drukte een hulpeloze verdrietigheid uit. Op de tafel stond een bord met gesneden boterhammen met kaas. Iris hielp haar vader met de maaltijd, daarna verzorgde ze zijn uiterlijk. Ze vertelde over haar werk, over het mooie weer, over de vogels in het bos. Haar vader deed zijn best om te glimlachen. Daarna hielp ze hem uit zijn stoel en liepen ze gearmd samen een klein stukje de gang op en neer.

Niemand bij GenIris wist dat Iris geregeld aan het einde van de dag even bij haar vader in het nabijgelegen verpleeghuis langsging. Zelf vond ze dat ze niet genoeg bij hem was, maar er kwam zo vaak wat tussen. Ze deed het uit liefde voor haar vader, uit bewondering voor wat hij zijn hele leven voor haar had betekend. En telkens als ze hem zag, als ze die sterke man van vroeger zo hulpeloos in zijn rolstoel zag zitten, voelde ze zich aangespoord om door te zetten met haar onderzoek. De opdracht die ze zichzelf gesteld had was een middel vinden om de ziekte van Parkinson te bestrijden. Ze wist dat haar vader haar steunde, al kon hij dat nauwelijks uiten. Het gaf haar kracht, ook al besefte ze dat een behandeling op basis van haar gentherapie, als het zover was, voor hem te laat zou komen.

# 21 Kritische geluiden

Drie dagen na zijn escapade met Simone Reekers stond eurocommissaris Ernst Boiten aangekondigd als de gastspreker bij het jaarlijkse congres van de European Biotechnology Association in het elegante George v Hotel aan de Place de la Concorde in Parijs. Toen hij bij het hotel aankwam, zag hij dat er enige honderden demonstranten op de stoep stonden. Luidruchtig maakten ze hun ongenoegen kenbaar. Boiten verzocht zijn chauffeur om hem bij de zij-ingang af te zetten, zodat hij ongehinderd naar binnen kon.

De politie hield de demonstranten op een veilige afstand, maar de leuzen waren duidelijk te verstaan: *Geen Frankenstein-voedsel, Geen klonen in Europa, Bescherming van de Franse boeren, Tegen Amerikaanse overnames, Geen euro's voor genen.* Voorwaar, stelde Boiten met gemengde gevoelens vast, Simone heeft haar Europese netwerk waarachtig gemobiliseerd.

Bij binnenkomst in de grote zaal met de antieke kroonluchters schudde Boiten links en rechts wat handen. De voorzitter van de EBA verontschuldigde zich voor de overlast van de demonstraties buiten. Boiten wuifde het weg. Hij accepteerde een kop koffie en bladerde daarna vluchtig door zijn toespraak, die een van zijn medewerkers had geschreven. Even later kondigde de voorzitter het begin van de bijeenkomst aan. Hij nodigde Boiten uit om plaats te nemen achter de sprekerstafel op het podium.

Na de gebruikelijke complimenten aan het adres van de organisatoren begon Boiten zijn tekst voor te lezen. Het was een aaneenschakeling van obligate opmerkingen over de betekenis van de Europese biotechnologie. De gasten in de zaal lieten zijn woorden gelaten over zich heen komen. De ene helft van de aanwezigen zat vermoedelijk nog te slapen, de andere helft was niet geïnteresseerd.

Het geluid van snerpende politiesirenes drong naar binnen. Buiten wordt er op losgeslagen, vermoedde Boiten. Dit was het moment om de geschreven tekst terzijde te leggen. Hij nam zijn leesbril af en keek even indringend de donkere zaal in.

'U hoort dat op straat wordt gedemonstreerd tegen deze bijeenkomst, tegen ons, de aanwezigen hier in deze fraai gerestaureerde
zaal', begon hij. 'En wij, als verantwoordelijke bestuurders en ondernemers, wij moeten ons afvragen: wat bezielt deze demonstranten?
Wat doen wij fout in hun ogen? We moeten ons niet bij voorbaat
voor hun argumenten afsluiten. Nee, we moeten naar ze luisteren,
ook al zijn we het niet met ze eens.'

Boiten merkte dat de zaal aandacht begon te krijgen voor zijn
woorden. Het geroezemoes werd minder.

'Er doen zich gevaarlijke ontwikkelingen voor', vervolgde de
eurocommissaris. Hij leunde over de katheder naar voren. Het licht
van de schijnwerpers die op het podium gericht waren, hinderde
hem. De mensen in de zaal vormden een diffuse massa voor hem.

'Wij weten allemaal dat aan de *life sciences* aspecten kleven die niet
unaniem positief beoordeeld worden. Dan heb ik het over twee
vraagstukken die ik vanochtend met u, als vertegenwoordigers van
de sector, openhartig wil bespreken. Ten eerste – en dat zal u bekend
voorkomen – de overheersing van enkele grote multinationale ondernemingen in de agrarische biotechnologie. Zowel de boeren die
van hun gm-zaden en bestrijdingsmiddelen gebruikmaken, als de
consumenten die de voedingsproducten in de supermarkten kopen,
zijn aan deze multinationals overgeleverd. En hoewel ik landbouw
niet in mijn portefeuille heb, heb ik er begrip voor, dames en heren,
dat hiertegen bezwaren bestaan.'

Vanuit de zaal klonk aarzelend applaus, elders werd verontwaardigd 'boe' geroepen.

'Het tweede vraagstuk doet zich voor in de medische biotechnologie – en ook dat zal u bekend voorkomen. Met de nieuwe technologische mogelijkheden komen er ethische afwegingen in het geding
die we niet mogen afdoen als marginale oprispingen van bevlogen
actievoerders. Nee, we moeten daar serieus aandacht aan geven.
Temeer...' Boiten hield even stil omdat de beroering in de zaal
groter werd.

'...temeer dus omdat zich een nieuwe ontwikkeling voordoet die mij als eurocommissaris toenemende zorgen baart. U weet dat sommige Amerikaanse biotechbedrijven in hun eigen land politieke weerstand ondervinden. Daarom…' opnieuw pauzeerde hij even, '…daarom proberen Amerikaanse ondernemingen zich te nestelen op de Europese markt. Ónze biotechbedrijven worden opgekocht door Amerikanen, die van mening zijn dat ze in Europa hun gang kunnen gaan!'

Er klonk luidruchtig protest. Maar Boiten was nog niet klaar. Zijn retorische sprekersgave, geoefend in jarenlange parlementaire debatten met politieke tegenstanders, kwam hem volop van pas.

'Wij wensen géén Amerikaanse bedrijvigheid waardoor onethische praktijken naar Europa komen, dames en heren! Wij verzetten ons, met het oog op het behoud van de Europese werkgelegenheid, het Europese wetenschappelijke onderzoek en de besteding van Europees belastinggeld, tegen Amerikaanse overnames van biotechbedrijven.'

'Bullshit', riep iemand woedend uit de zaal.

'Vanochtend wordt buiten gedemonstreerd voor het behoud van de Europese eigenheid, op het platteland en in de ethiek', ging Boiten onverstoorbaar door. 'U heeft ongetwijfeld gelezen over de recente aanslagen die tegen biotechbedrijven zijn gepleegd. Enkele dagen geleden nog in Zuid-Duitsland. Wij verwerpen deze gewelddadige aanslagen. Terrorisme moet in al zijn vormen worden bestreden. Een volgende keer kunnen er slachtoffers vallen. Maar wij moeten ervoor openstaan dat deze anonieme actievoerders ons iets duidelijk willen maken. Namelijk dat wij de Europese normen en waarden hoog dienen te houden als het gaat om het welzijn van mensen en dieren. En die normen en waarden, dames en heren, worden bedreigd…' – het lawaai in de zaal zwol aan tot het tumult van een voetbalstadion waar de tegenpartij een goal uit buitenspel heeft gescoord – '…die worden bedreigd door een Amerikaanse opmars waarvan kleine, veelbelovende Europese bedrijven het slachtoffer worden.'

Boiten veegde de papieren van zijn toespraak bij elkaar. Hij had nog niet de helft uitgesproken van de voorbereide tekst.

'Ik dank u.'

Terwijl de voorzitter van de EBA tevergeefs probeerde de zaal tot bedaren te brengen, verliet Boiten het podium. Tientallen aanwezigen schoten op hem af. Begeleid door een van de organisatoren baande hij zich een weg naar een kamertje achter het toneel. Een man in een tweedjasje deed zijn best om hem te volgen.

'Mr. Boiten?' herhaalde de man een paar keer.

Boiten draaide zich om. Even vreesde hij dat hij opnieuw een taart in zijn gezicht zou krijgen, of misschien nog wel erger.

'Ik ben van de *Financial Times* en zou graag wat vragen willen stellen naar aanleiding van uw toespraak.'

Boiten bleef aarzelend in de hotelgang staan.

'Ga uw gang.'

'Welke Europese bedrijven heeft u op het oog als u spreekt over Amerikaanse overnames?'

'Kunnen we daar over een halfuurtje over praten? Ik ben toe aan een glas water en ik wil even met mijn medewerkers in Brussel bellen.'


'Mevrouw Stork?'

'Spreekt u mee.'

'Goedemorgen, dit is Petra Broeders van het tv-programma voor zakelijke activiteiten *BizNieuws...*'

'Ja?'

'We hebben vanochtend in de *Financial Times* een artikel gelezen waarin GenIris genoemd wordt. Dat is toch uw bedrijf?'

'Dat klopt, ja.'

'In dat artikel wordt beweerd dat uw bedrijf het doelwit is van een Amerikaanse overnamepoging. Eurocommissaris Boiten heeft daar gisteren in een nogal, eh, controversiële toespraak stelling tegen genomen.'

'Ik weet nergens van.'

'Nou ja, hoe dan ook, er staat in dat artikel dat uw bedrijf met baanbrekende dingen bezig is. Wat we lazen leek ons interessant. Dus...'

'Wat wilt u precies weten?' onderbrak Iris de tv-redactrice.

'Nou ja, klopt het dat een grote Amerikaanse onderneming uw bedrijf gaat overnemen?'

'Nee, dat klopt niet', zei Iris, die tot haar eigen tevredenheid merkte dat ze niet eens hoefde te liegen.

'Waarom heeft eurocommissaris Boiten u dan genoemd?'

'Mevrouw, ik heb geen idee. Ik heb nog nooit met die man contact gehad. Ik houd me bezig met onderzoek.'

'Nou ja, we zouden u graag willen uitnodigen voor onze uitzending.'

'U overvalt me.'

'Zal ik u straks terugbellen?'

'Nee, dat hoeft niet. Ik voel daar niets voor op dit moment.'


Darren zat te werken aan de voorbereidingen van de roadshow. Samen met de Londense investeringsbankiers van Weiss, Kleinknecht & Braunschweig was hij bezig afspraken te maken voor presentaties in Londen, New York, Frankfurt, Amsterdam en misschien ook nog Parijs en Zürich. Nog even, en de karavaan zou in beweging komen.

Hij keek verstoord op toen Iris onaangekondigd zijn kamer binnenstapte.

'Kan ik je even spreken?' vroeg ze, zonder acht te slaan op zijn overduidelijke concentratie op zijn beeldscherm. Ze bleef tegenover hem staan aan de andere kant van zijn bureau.

Darren klikte de spreadsheets weg met de muis van zijn computer.

'Uiteraard', zei hij korzelig. 'Al heb ik de presentatie voor de roadshow nog niet klaar. Ik denk…'

'Daar wil ik het nu eens niet over hebben.' Iris' stem klonk twee octaven hoger. Ze trommelde geërgerd met haar vingers op zijn bureaublad.

'We hebben nog wel even tijd. Ik zal je binnenkort laten zien wat ik gemaakt heb.'

'Het interesseert me niets. Er zit me iets anders dwars.'

'Hoe bedoel je?'

'Iets met jou.'

'Jeez, Iris, je wilt toch niet die affaire…'

'Nee, dat niet. Dat heb ik echt wel van me afgezet. Iets anders.'

Iris zweeg even, alsof ze naar de juiste woorden zocht. Haar gezicht stond gespannen.

'Weet je,' begon ze, 'ik werd net gebeld door een tv-programma om in hun uitzending te komen…'

'Moet je doen! Iedere publiciteit is meegenomen!'

'Jij kunt alleen maar aan die ellendige beursgang denken', reageerde ze nijdig. 'Dat is precies wat me dwarszit. Waarom dacht je dat we hier zo afgelegen werken? Ik wíl helemaal geen publiciteit. Niet voor mijn bedrijf en niet voor mezelf.'

'Ik kan het toch niet helpen dat de redactie van een tv-programma jou belt?'

'Hoe kwam dat programma op het spoor van GenIris? Omdat er een artikel over ons in die favoriete zakenkrant van jou, de *Financial Times* heeft gestaan. Wat denk je daar van?'

Iris keek Darren aan, alsof ze hem met zijn eigen wapens had verslagen.

'Hoezo?' vroeg Darren schaapachtig. Hij begreep absoluut niet wat Iris bedoelde. Genoemd worden in de FT – daar deden startende bedrijven bij wijze van spreken een moord voor.

'Hoezo? Precies! Waar komt dat verhaal vandaan? Een of andere eurocommissaris schijnt ergens beweerd te hebben dat hij zich zorgen maakt omdat een Amerikaanse onderneming belangstelling heeft voor overname van GenIris. Hoe komt die vent daarbij? En waarom vertelt hij het aan een journalist? Waar komt dat verhaal vandaan? Wie heeft er gelekt zodat anderen daarvan kennelijk op de hoogte zijn geraakt? Ook al zou het hele verhaal van a tot z gelogen zijn, ik wíl helemaal niet dat GenIris in de publiciteit komt.'

Iris' stem sloeg over van verontwaardiging.

'Kom Iris, kalmeer even.'

'Ik heb die redacteur van het tv-programma afgepoeierd.'

'Wacht even. Binnenkort ontkom je niet aan publiciteit.'

'Dan blazen we die hele beursgang van jou af en laten we ons toch overnemen door The Organ Factory!'

'Jeez, kan het wat minder? De beursgang is onmisbaar voor de voortgang van het onderzoek, voor de klinische fase, voor de continuïteit van het bedrijf. Dat weet je al te goed.'

'Wat ik weet, Darren, is dat sinds jij hier bent komen werken, er alleen maar dingen mislopen!'

Darren raakte nu ook geïrriteerd.

'Waar héb je het over! Ik heb de puinhoop van vier jaar achterstallige administratie opgeschoond!'

'Jij kunt alleen maar denken als een boekhouder! Je weet niet half wat er in het laboratorium aan de hand is. En of dat niet alles is, beginnen er plotseling berichten in de pers over ons te verschijnen. Dát is er aan de hand en ik ben het zat. Meer dan zat.'

'Alsof ik iets met die problemen in het lab te maken heb!'

'Darren, alles ging goed, totdat jij je intrede in dit bedrijf deed.'

'Wil je beweren...'

'Ik wil niets beweren. Maar dat verzoek van die tv-rubriek was de druppel. Jíj staat de hele dag in contact met de financiële wereld, met mensen die de *Financial Times* van nieuws voorzien...'

'Iris, dat is absurd. Ik zit hier de boel niet te saboteren! Neem die beschuldiging terug!'

Darrens stem sloeg over. Hij ging half staan, met zijn handen op het bureau, en keek Iris woedend aan.

'Ik stel alleen maar iets vast. Sinds jij met die beursgang bezig bent, gebeuren hier absurde dingen die we nooit eerder hebben meegemaakt.'

Darren deed moeite zich in te houden. Hij probeerde tot tien te tellen, maar verder dan vijf kwam hij niet.

'Luister eens, Iris. Jij bent een mens van de wetenschap. Je moet je wetenschappelijke methode hanteren. Bewijzen. Oorzaak en gevolg. Een en een is geen drie. Goed, ik ben hier vijf maanden geleden komen werken. Sindsdien gebeuren er vreemde dingen. Maar sindsdien is het ook al vijf keer vollemaan geweest. Heeft dat iets met elkaar te maken? Ik dacht het niet.'

Darren liet zich met een plof op zijn wieltjesstoel vallen, zodat die achteruit schoot.

De komische situatie die hierdoor ontstond doorbrak de spanning. Iris kalmeerde enigszins. 'Oké, ik ben de laatste tijd misschien te gevoelig', krabbelde ze terug.

Darren probeerde zijn toon ook te matigen. 'Je kunt me niet al die tegenslagen in de schoenen schuiven. Voorzover het in mijn vermogen ligt, wil ik je graag helpen erachter te komen wat er aan de hand is. Ik zal actiever achter dingen aangaan. En nu we toch zo bezig zijn: het hangt míj de keel uit dat ik niet weet wat hier allemaal gebeurt. Ik wil exact weten wat er bij GenIris aan de hand is. Straks moet ik het allemaal kunnen verantwoorden tegenover onze beleggers.'

'Jij met je beleggers! Dat werkt me op mijn zenuwen. We hadden moeten ingaan op het bod van Fernando. Het zit me enorm dwars dat je dat hebt geblokkeerd. Dan waren ons deze problemen bespaard gebleven.'

'Dat is onzin, Iris, en dat weet je beter dan ik. Je zou dezelfde problemen in het lab hebben gehad. En overigens is Fernando's bod een gepasseerd station. Je zou jezelf er alleen maar tekort mee hebben gedaan.'

'Het geld interesseert me niets. Ik vertrouw je niet, Darren, dat is het. Je bent als een bezetene bezig met je financiële vriendjes die beursgang te regelen. Ben je alleen maar op geld uit? Jij denkt aan je opties en nooit aan mijn onderzoek.'

'Iris, wat haal je je in je hoofd! Wil je dat ik nu opstap of dat ik morgenochtend niet meer terugkom?'

Darrens stem klonk dreigend, alsof hij in staat was acuut de daad bij het woord te voegen.

'Weet je, ik wilde eigenlijk dat je hier nooit gekomen was. Je bent net zo onuitstaanbaar als al die andere klootzakken van bankiers.'

Iris stond op, trok met een ruk haar shirt recht en haalde geagiteerd haar hand door haar haar. Haar gezicht stond op wanhoop. Zonder iets te zeggen stampte ze Darrens kamer uit. Darren klikte nijdig zijn spreadsheets aan, maar hij was niet langer in de stemming om verder te gaan.

# 22 God is genetisch

Bij de ingang van de collegezaal botste Herbert Sandbergen tegen Simone Reekers op. Hij mompelde een verontschuldiging, maar daar was Simone niet in geïnteresseerd.

'Ik wil met u praten', zei ze uitdagend, recht in zijn gezicht.

'Over die demonstratie van jullie in Brussel?' reageerde Sandbergen sarcastisch. 'Ik heb het op het nieuws gezien. Je zult wel flink te grazen zijn genomen door de Belgische politie! Die arme eurocommissaris. Dat hij zich voor zo'n mediastunt heeft geleend. Bespottelijk.'

Hij wilde langs haar heen naar binnen stappen, maar Simone bleef voor hem in de deuropening staan.

'Nee, ik wil voorstellen dat we elkaar helpen. Ik denk dat we elkaar iets te bieden hebben.'

'Ik heb geen zin in nieuwe domheid', zei Sandbergen kribbig. 'Eerst geef ik mijn college en daarna heb ik andere dingen te doen. Maar als je me zo graag wilt spreken, dan kan dat vanmiddag tussen twee en kwart over twee in het café hier op de hoek.'

'Yoppi,' antwoordde Simone, 'dan zien we elkaar daar.' Ze draaide zich om en liep weg.

Sandbergen keek haar even na. Simone beweerde dat ze hem iets te bieden had. Interessant. De aantrekkingskracht van jonge vrouwen stemde overeen met zijn opvattingen over de genetische bepaaldheid van mannelijk gedrag.

Sandbergen kwam niet goed op dreef. Hij was op het verkeerde been gezet door de vluchtige ontmoeting met Simone Reekers. Zijn gedachten waren bij het databestand dat hij van zijn computer bij GenIris had gehaald en niet bij de zaal vol studenten voor hem. Hij had zelfs geen lust om een student uit te zoeken op wie hij zich deze keer zou richten.

'…en zoals ik dus al vaker heb betoogd in deze colleges, God is genetisch', oreerde Sandbergen. Zonder zijn gebruikelijke uitstraling had hij het gevoel tegen de banken, de muren en het plafond te praten.

'Wat wil ik hiermee zeggen?' vervolgde hij retorisch. 'Ik wil zeggen dat de evolutie de strijd om het bestaan is van genen, die individuen gebruiken als dragers om zich te vereeuwigen. Anders gezegd, en ik haal de bioloog Richard Dawkins aan: "Genen zijn *selfish replicators*, op hun eigen belang gerichte kopieermachines, en hun omhulsels, de lichamen waarin ze zich bevinden, zijn niet meer dan wegwerp-artikelen." Is dat duidelijk? Zo is het vier miljard jaar geweest. "Een ongestuurd proces onder leiding van een blinde klokkenmaker genaamd natuurlijke selectie." Ook dat is een uitspraak van Dawkins, dames en heren, schrijf die maar op.'

De studenten hingen onuitgeslapen in hun banken. Sandbergen voelde zich plotseling een ouwe zak, een professor die over zijn hoogtepunt heen was. Hij keek op zijn horloge. Nog een halfuur te gaan. Het vooruitzicht op zijn afspraak met Simone beurde hem allesbehalve op.

'En nu kom ik op de doorbraak van de moderne biotechnologie. De klokkenmaker is niet langer blind. Hij heeft zijn ogen geopend en hij kan zelf bepalen welke klok hij maakt. Wij kunnen onze cellen onsterfelijk maken. Dames en heren in de zaal, wakker worden! Het ligt binnen ons bereik om de mensheid onsterfelijk te maken.'

Met tevredenheid stelde hij vast dat er interesse voor zijn betoog ontstond. Hier en daar sloeg iemand zijn dictaatschrift open, er klonk ongelovig gemompel uit de zaal.

'Jawel, onsterfelijkheid!' herhaalde Sandbergen, eindelijk bevangen door zijn vertrouwde geestdrift. 'En dat bereiken wij door volwassen cellen te klonen. Door klonen brengen we de cellen terug in de stand waarin ze zich bevonden in de allereerste fase na de bevruchting. De biologische klok wordt op nul gezet. Ik herhaal het zodat u het allemaal in hoofdletters kunt opschrijven: met het klonen van cellen wordt de biologische klok op nul gezet.'

Triomfantelijk keek Sandbergen de zaal in. Hij zag de studenten braaf opschrijven wat hij dicteerde. Ze hadden er geen benul van dat dit de kern was van zijn eigen wetenschappelijke onderzoek. En van de ruzie die uiteindelijk had geleid tot zijn breuk met Iris Stork.

'Sinds in 1997 in Schotland het gekloonde schaap Dolly ter wereld is gekomen, worden koeien, schapen, geiten, muizen en huisdieren op commerciële basis gekloond. Er zijn plannen om uitgestorven diersoorten terug op aarde te brengen met behulp van bewaard gebleven DNA. En waarom zou de wetenschap stoppen bij het klonen van mensen? Natuurlijk gaat dat ook gebeuren. Tegenstanders beweren dat klonen een ingreep in de goddelijke schepping is en gelijkstaat aan moord. Grotere onzin kan niet worden beweerd. Laat ik u dit zeggen. Ik geloof dat klonen voor reproductieve doeleinden de toekomst heeft. Er zal nageslacht uit voortkomen voor mensen die op een andere manier niet in staat zijn zichzelf te vermenigvuldigen. En daarmee, dames en heren, maakt de mensheid zichzelf onsterfelijk! Mensen kunnen zichzelf vermenigvuldigen. Voor een volgende generatie studenten staat een kopie van professor Herbert Sandbergen!'

De studenten keken hem ongelovig aan.

'Hier laat ik het bij. Over een week gaan we verder', sloot Sandbergen af. Hij klapte zijn aantekeningen dicht. Een uur praten had hem vermoeid. College geven was een acteursprestatie, een fysieke inspanning. Dat alleen al deed hem verlangen naar verjonging van zijn cellen. Wat zou hij dan presteren – en niet alleen in de collegezaal.

Het studentencafé was om twee uur 's middag nagenoeg leeg. Eén tafeltje was bezet door vier opgewonden studentes die luidkeels hun mening gaven over de slepende relatieproblemen waarmee een van hen te maken had. Ze rookten sigaretten en dronken Breezers.

Herbert Sandbergen nam een tafeltje bij het raam zodat hij uitzicht had op de oude gracht. Hij bestelde een kop thee. Hij keek op zijn horloge. Vijf over twee. Simone Reekers was nergens te bekennen. Ik geef haar nog vijf minuten, nam Sandbergen zich voor.

Om tien voor halfdrie zag hij haar op de fiets aan de overkant van de gracht. Hijgend kwam ze even later binnen.

'Ai', begon ze. 'Ik werd opgehouden door een telefoongesprek met een medewerker van ons kantoor in Brussel.' Ze zei er niet bij dat het eurocommissaris Boiten was.

'Ik heb niet veel tijd, dus laten we snel ter zake komen', antwoordde Sandbergen. Hij kon niet nalaten naar de stevige welvingen onder haar plakkerige EuGene-T-shirt te kijken. Geen beha, signaleerden zijn hersencellen.

Simone zag hoe zijn ogen afdwaalden. Ranzige seksist, dacht ze, maar dat liet ze niet merken. Ze ging zitten, nog nahijgend van haar fietstocht. Ze wenkte de ober voor een glas jus d'orange.

'Wat is de bedoeling?' vroeg Sandbergen.

'Heel eenvoudig', zei Simone. 'Wij hebben via ons netwerk gehoord dat er gevaarlijke ontwikkelingen aan de gang zijn die we willen tegenhouden.'

Simone legde uit wat EuGene op het spoor was gekomen. Er was een tip binnengekomen van hun kantoor in Brussel dat er verdachte dingen gebeurden bij een Nederlands biotechbedrijf. Het bedrijf heette GenIris.

'Bij dat bedrijf heeft u toch gewerkt?'

Sandbergen nam haar geamuseerd op. Was dat alles?

'Dat heb ik u al eens verteld. Ja, inderdaad, daar heb ik gewerkt.'

Triomfantelijk keek Simone hem aan.

'Oeps! Dan had ik me toch niet vergist!' riep ze quasi-verrast. Haastig bracht ze haar hand naar haar mond, omdat de studentes aan de andere tafel zich nieuwsgierig omdraaiden.

'Er gebeurt trouwens niets verdachts bij GenIris', zei Sandbergen. 'Tenminste, niet toen ik er nog werkte. Dus als u, eh, zich daarop richt, moet ik u teleurstellen.'

'Maar wij hebben geheime informatie!' zei Simone met een stelligheid die Sandbergen verbaasde.

Ze legde uit dat ze uit zéér betrouwbare bron had vernomen dat een grote Amerikaanse multinational van plan was GenIris over te nemen. Uit strategische overwegingen. De Amerikanen wensten voet aan de grond te krijgen in Europa en daarvoor hadden ze GenIris uitgekozen.

'Wij zijn tegen biotechnologie, en helemáál tegen Amerikaanse biotechnologie. Begrijpt u? Mag ik trouwens "je" tegen u zeggen, nu we zo vertrouwelijk zitten te praten?' Ze was vergeten dat ze al eerder met Sandbergen had afgesproken elkaar met de voornaam aan te spreken.

Sandbergen kon zijn oren niet geloven. Het was alsof hij, via de band gekaatst, zijn eigen verhaal terug hoorde. Weliswaar aangedikt en uit zijn verband gerukt, maar de kern ervan had hij zelf kortgeleden in alle vertrouwelijkheid aan Leutwiler verteld. Zijn hersens werkten op volle toeren. Hoe kwam dat kind erbij? En, wat wilde ze ermee bereiken? Hij zocht naar een aanknopingspunt, maar dat schoot hem zo snel niet te binnen.

'Je mag "je" zeggen', antwoordde hij. En daarna, om tijd te rekken: 'Maar ik begrijp niet precies wat je bedoelt.'

'Oeps!' zei Simone weer. Haar hand legde ze op de onderarm van Sandbergen alsof ze daarmee de overtuigingskracht van haar woorden wilde versterken. 'Misschien heb ik het niet duidelijk genoeg verteld.'

Ze legde uit wat haar vermoedens waren. Een Amerikaans bedrijf dat een onbekend Nederlands biotechbedrijf wilde overnemen, dat was toch verdacht? Daar moest iets achter zitten, maar wat? Dát wilde ze weten.

Natuurlijk! Leutwiler had gezegd dat hij een eurocommissaris in Brussel zou inschakelen. Die was in het Brusselse circuit vast en zeker loslippig geweest. Hoe Simone hiervan op de hoogte was geraakt, was hem een raadsel. Maar het verhaal zong kennelijk rond, dat was precies zijn bedoeling geweest. En zij had er iets van opgevangen. Hoe, dat interesseerde hem voorlopig niet. Maar Sandbergen besefte onmiddellijk dat hij haar uitstekend kon gebruiken. Voor zijn eigen doel, natuurlijk.

'Je zei... een Amerikaanse bedrijf dat wil uitbreiden in Europa...' formuleerde hij bedachtzaam.

'Ja, of in ieder geval dingen doet die wij willen tegenhouden.'

'...en ze hebben belangstelling voor GenIris?' Sandbergen probeerde de indruk van diep nadenken te wekken. Inwendig jubelde hij van triomf.

'Weet je wat', riep hij onverwacht, alsof zijn gedachten een spectaculaire doorbraak hadden bereikt. 'Ik stel voor dat we nog iets bestellen. Iets sterkers misschien?'

Hij nam een whisky, Simone hield het bij een glas verse jus d'orange.

'Vertel meer details, dan kan ik het misschien plaatsen', zei Sandbergen quasi-diepzinnig.

'Nou ja, meer weet ik eigenlijk niet. Volgens onze informatie willen de Amerikanen onderzoek verrichten dat ze in eigen land niet kunnen doen en in Europa wel. Wat zou dat kunnen zijn?'

'Pfff. Moeilijk, hoor. Laat me eens denken. Tja... Er is niet zo maar iets wat me te binnen schiet...' formuleerde Sandbergen voorzichtig.

Koortsachtig was hij bezig een strategie uit te denken. Dit blonde tutje was een godsgeschenk voor zijn zakelijke plan om GenIris, en Iris Stork persoonlijk, te grazen te nemen. Ondertussen had hij van dat kittige ding van de receptie al gehoord dat het niets met de Amerikaanse belangstelling voor GenIris zou worden, maar hij moest dat verhaal blijven voeden. Met de dreigende Amerikaanse overname als voorwendsel kon hij zijn gang gaan. Geniaal, Sandbergen, geniaal, signaleerden zijn hersenen. De blinde klokkenmaker kon tevreden zijn. Nee, Herbert Sandbergen speelde zelf de rol van de klokkenmaker en hij was allesbehalve blind. Hij keek naar de aantrekkelijke vrouw tegenover hem aan tafel en hij wist precies wat hij deed.

'Ja! Ik weet het!' riep hij alsof hij zojuist de eureka-ervaring van Archimedes in zijn badkuip had beleefd. 'Weet je, in Amerika ligt het werk met stamcellen gevoelig. Héél gevoelig. En GenIris houdt zich daarmee bezig.'

'Ik dacht dat GenIris zich met gewone cellen bezighield', zei Simone zonder dat ze wist waarover ze het had.

'Nee, GenIris werkt met bijzondere cellen.' Sandbergen boog zich vertrouwelijk over het tafeltje dicht naar het gezicht van Simone. Deze keer waakte hij ervoor om met zijn arm de glazen omver te duwen.

'Stamcellen zijn een nogal ingewikkeld onderwerp. Misschien moet ik je eens een klein privé-college geven.'

'Yoppi! Dan begrijp ik het vast beter.'

'Nu ik erover nadenk… Weet je wat er misschien in het geheim bij GenIris gebeurt? Iets waarin Amerikaanse bedrijven geïnteresseerd zijn, maar waarmee ze zich in hun eigen land absoluut niet mogen bezighouden?' Hij boog zich nog verder voorover en fluisterde iets in haar oor. Hij was zo dicht bij haar hals dat haar zoete parfum hem in vervoering bracht.

'Neeeee…' Simone slaakte een kreet.

'Dat zou de reden kunnen zijn', zei Sandbergen zelfbewust. 'Daar kun je vast wel wat mee beginnen.'

'Zeker weten!' riep Simone enthousiast. Ze boog over de tafel alsof ze Sandbergen een zoen wilde geven.

Sandbergen leunde naar achteren en keek Simone triomfantelijk aan.

# 23 Moord in Martinsried

De volgende dagen spraken Darren en Iris geen woord met elkaar. Ze kwamen ook niet meer op hun slaande ruzie terug en ze bleven krampachtig in hun eigen kamers werken. Als ze elkaar in het voorbijgaan op de gang tegenkwamen, hielden ze nadrukkelijk afstand en vermeden ze elkaars blik. Iris deed alsof ze verdiept was in onderzoeksgegevens, Darren alsof hij bezig was met berekeningen.

Ze ergerden zich aan elkaars hebbelijkheden. Op een ochtend stond de Peugeot van Iris half op de plek waar Darren zijn Audi gewoonlijk neerzette. Ze is zo onhandig dat ze niet eens fatsoenlijk kan parkeren, schamperde Darren. Iris wond zich op over de joviale manier waarop Darren met de andere personeelsleden omging. Ze beeldde zich in dat hij in korte tijd populairder was geworden dan zijzelf en dat stak haar.

Maar het was onzin. Ook al was geen van tweeën bereid de eerste stap naar verzoening te zetten, hun ruzie sloeg nergens op. Want beiden beseften maar al te goed dat ze elkaar nodig hadden. Iris was afhankelijk van het zakelijke talent van Darren; Darren kon niets beginnen zonder het wetenschappelijke genie van Iris. Zij bezat met haar octrooien de sleutel tot het commerciële succes, hij kon dat alleen maar kapitaliseren. Zo simpel was het. Darren wist ook dat hij zich met een gouden ketting aan GenIris had verbonden, zoals Jeen Westerhoff hem had gewaarschuwd. Door zijn optiepakket, door zijn lening, door zijn voornemen om zijn winst voor het project van Gabriela te bestemmen. Hij had het geld straks hard nodig.

Ondertussen waren ze intensief met hun eigen werk bezig. Na het bezoek van Matthias Illbruck was Iris met hernieuwde energie samen met Deborah bezig in het laboratorium, terwijl Darren zijn tijd doorbracht met juristen van WK & B om het prospectus voor de beursgang op te stellen. Ieder woord, ieder zinnetje, wist hij, luisterde nauw want niet alleen werden hierin de wettelijk vereiste gegevens opgenomen, het was ook de basis voor eventuele juridische claims mocht er onverhoopt iets misgaan.

Aan het einde van de middag had het geregend en door het openstaande raam van haar werkkamer rook Iris de geur van vochtige aarde. Uit het bos klonk het gezang van vogels. Ze herkende het schaterende gelach van een specht, het gekwetter van staartmezen en het gefluit van winterkoninkjes. Grappig eigenlijk, besefte ze, dat die kleine vogeltjes naar de winter heten en in de zomer zingen. Hun melodieën deden haar aan fuga's van Bach denken.

Iris was als laatste nog in het gebouw. Alle medewerkers waren naar huis. Darren was in Londen. Hij was weggegaan zonder haar te groeten. Nog even, dacht ze, en hij zou voorgoed vertrokken zijn. Dan kon ze zich weer volop wijden aan de dingen die haar interesseerden.

Vreemd – ze was zo in haar nopjes geweest toen hij bij GenIris kwam werken. Wanneer was dat geweest? Vier, vijf maanden geleden. In het begin kon ze het uitstekend met hem vinden, ze was enthousiast over zijn inzet. Maar geleidelijk was er een verandering in hun verstandhouding geslopen. Het was begonnen na hun reis naar Cambridge. Niet door die versierpoging van Darren in het Charles Hotel. Daar moest ze om glimlachen – man probeert vrouwelijke collega te versieren op zakenreis. Het was zo clichématig en zo voorspelbaar.

Nee, het kwam door de financiële druk. Darren leefde in een wereld waarmee ze geen affiniteit had. Hij was van geld, zij van genen.

De verwijdering was begonnen door het bod van The Organ Factory. Iris begreep het niet: aanvankelijk was Darren enthousiast geweest en deed hij zijn best om haar ervan te overtuigen dat ze zich over haar weerstand heen moest zetten. Ze had haar scepsis overwonnen en was meegegaan – niet alleen voor het bezoek aan The Organ Factory, natuurlijk ook voor de conferentie, dat moest ze toegeven. Daarna waren de rollen omgedraaid: zij raakte enthousiast en hij verwierp het bod van Fernando. Oké, het bod was laag, maar wat deed dat ertoe? Voor haar niets. Maar Darren vatte het op als een persoonlijke belediging. Het enige wat voor bankiers telde was de hoogte van de prijs. Alsof het de lengte van hun geslacht betrof.

Toegegeven, het was niet eerlijk van haar geweest om alles aan zijn komst te wijten. Ze was sneller geprikkeld, misschien was haar energie gewoon opgebrand. Straks, als alles achter de rug was, nam ze zich voor om een week vakantie te nemen. Daar had ze de afgelopen vier jaar geen tijd voor gehad. Haar leven bestond uit haar werk. En de enige die ze in haar leven toeliet, deelde die passie. Dat gold niet voor Darren, zoveel was duidelijk.

Ze moest voortmaken. Als GenIris binnenkort met de tweede fase van de klinische proeven kon beginnen, kon ze over twee of drie jaar met therapeutische producten op de markt komen om patiënten te helpen. Op haar netvlies zag ze haar vader in zijn stoel in het verpleeghuis. Een man van de wereld, zijn leven lang energiek en met een geweldige uitstraling. Hij had Iris altijd aangemoedigd om door te gaan met haar studie, haar onderzoek, haar ambities te volgen. Nu zat hij verstijfd, als een plant, in een verpleeghuis, met moeite in staat haar te herkennen, weggedreven in een onbereikbare kosmos. Gesloopt door de ziekte van Parkinson.

Ze wist dat haar vader haar diepste motivatie was om door te gaan.

De telefoon ging. Iris keek op haar horloge. Tien over acht. Er was maar één persoon die haar op dit uur nog op het werk belde.

'Hallo?' zei ze met een verwachtingsvolle stem. En daarna: 'Ik hoopte al dat jij het was!'

'Ik ben blij dat ik je nog tref. Ik was bang dat je al naar huis zou zijn', zei de stem aan de andere kant van de lijn.

Een paar minuten wisselden ze onschuldige informatie uit over hun wederzijdse gemoedstoestand. Iris vertelde dat ze zich uitgeput voelde.

'Je maakt te lange werkdagen', zei de stem.

'Dat moet jij zeggen', protesteerde Iris. 'Jij zit toch ook nog achter je bureau? Of zit je je te vervelen?' Ze giechelde.

'Ja, je hebt gelijk. Iedereen is allang naar huis. We werken te hard, Iris.'

'Ik heb me voorgenomen een week vakantie te nemen. Ergens ver weg en zonder toeristen.'

'Als je mij niet tot de toeristen rekent, mag ik dan mee?'

'Wat dacht je?'

'Afgesproken. Maar ik bel niet voor vakantieplannen. Ik heb eindelijk ontdekt wat er mis is met het groeimedium.'

'Neeeeh, echt waar?'

'Ja! Echt waar! Het is eigenlijk heel simpel. Te banaal voor woorden. Sinds een tijdje maken we gebruik van andere kweekplaten. Ze zijn van betere kwaliteit, daarom heb ik er aanvankelijk niet naar gekeken. Maar er blijkt vervuiling in de bedding te zitten. Het kan zijn dat die hier bij ons is ontstaan, maar dat lijkt me onwaarschijnlijk. Ik vermoed dat ze is veroorzaakt door de leverancier. Daar ga ik van uit.'

'Goeie genade!'

'Ja, en het gevolg is dat de CEBC's een ander effect sorteren dan de bedoeling is. Dan krijg je vanzelf ongewenste soorten celweefsel.'

'Hoe is het mogelijk dat we dit niet eerder hebben onderzocht?'

'Wie verwacht nou zoiets? We hebben die kweekplaten getest en er was niets mee aan de hand. Ik denk dat de leverancier toch iets fout heeft gedaan. Maar nu hebben we een aanknopingspunt en kan ik gaan onderzoeken of...'

Op dat moment hoorde Iris een daverende klap en daarna nog een, alsof een doos Chinees vuurwerk werd afgestoken. Er volgden nog een paar knallen en vervolgens geluiden alsof de boel instortte.

'Iris, Iris', hoorde ze te midden van gekreun aan de andere kant van de lijn. De stem zakte weg.

*'Ich liebe dich.'* Het was een stem uit een andere wereld.

Een moment keek Iris radeloos naar de telefoonhoorn in haar hand. De lijn was dood. Paniek beving haar, ze zag zwarte vlekken voor haar ogen. Met één hand hield ze zich vast aan de rand van haar bureau om niet van haar stoel te zakken. Ze had het gevoel dat ze bezig was flauw te vallen. Nee, ze moest iets doen, uitvinden wat er gebeurd was, actie ondernemen. Nu meteen, voor het te laat was.

Met moeite bracht ze de telefoonhoorn naar haar wang.

'Matthias! Matthias!' schreeuwde Iris. Haar wanhopige stem weerkaatste tegen de glazen wanden van haar kamer.

# 24 Geen geheimen

Darren Gittinger werd gewekt door lawaai op de gang van het hotel. Een stel mensen liep luidruchtig pratend en met koffers op rammelende wieltjes langs zijn kamerdeur. Met één oog keek hij op zijn reiswekker. Halfacht. Keurige tijd om op te staan. Om negen uur had hij een afspraak met de bankiers van Weiss, Kleinknecht & Braunschweig in de City. Dit werd de laatste onderhandelingsronde voor de beurslancering van GenIris. Hij had er zin in.

Het Tower Hotel lag vlak bij de City. Vanuit zijn kamer had Darren uitzicht op de imposante Tower Bridge met zijn blauwgeschilderde stalen tuien, en op de gerenoveerde pakhuizen aan de overkant van de Theems. Aan de andere kant van het hotel waren de versterkingen van de Tower en Saint Katherine's Dock. Daar had hij de avond tevoren rondgelopen op zoek naar een restaurant om nog een hapje te eten.

Slaperig stapte Darren uit bed. Routinematig klikte hij met de afstandsbediening de tv aan om het ochtendnieuws van CNN te horen en daarna slofte hij naar de badkamer. Hij zette de douche op hydromassage en liet het water op de wervels van zijn nek en rug terechtkomen. De warme, hamerende waterstraal had een weldadige uitwerking. Hij voelde zich sterk, klaar voor een belangrijke dag.

Door de openstaande badkamerdeur drong de monotone stem van de CNN-nieuwslezer naar binnen. Midden-Oosten, Washington, Brussel – Darren kon het maar half verstaan en besteedde er ook niet echt aandacht aan. In zijn hoofd recapituleerde hij de punten die hij straks in de vergadering met de bankiers wilde bespreken. Nog een laatste keer liet hij de waterstraal over zijn schouders lopen en daarna draaide hij de kraan dicht. Met één hand pakte hij een kingsize badlaken van het rek. Hij wikkelde de handdoek van aangenaam zachte stof om zijn middel. Een flard van het nieuws golfde naar binnen.

'...om het leven gekomen. De aanslag, vermoedelijk een explosie gevolgd door brand, vond gisteravond plaats in Duitsland... ten zuiden van München. Het is de vierde aanslag in korte tijd op biotechnologische bedrijven in Europa. Eerdere aanslagen vonden plaats in Groot-Brittannië, Duitsland en Frankrijk... En dan kijken we nu naar de vooruitzichten van het weer in Europa...'

Het duurde even voordat de woorden doordrongen tot Darren. Hij wist niet zeker of hij het goed gehoord had en in drie stappen was hij terug in de kamer om meer details te horen. Maar CNN was al overgeschakeld naar de weersvoorspelling.

Darren liet de handdoek van zich af vallen. Een aanslag? München? Biotechnologie? Hij moest Iris bellen om te vragen of ze meer informatie had. Gealarmeerd zocht hij tussen zijn spullen naar zijn gsm.

Darren kreeg Mariëtte van de receptie aan de lijn. Ze wist van niets. Maar Iris was niet aanwezig, die was halsoverkop naar München vertrokken. Nee, ze had geen reden opgegeven. Ze had ook geen adres of nummer achtergelaten en haar gsm stond doorgeschakeld naar het centrale nummer van GenIris.

'Luister. Ik heb dadelijk een vergadering hier in Londen die ik onmogelijk kan missen. Maar houd me op de hoogte als er wat te melden valt en laat Iris me bellen. Ik kom in ieder geval vanavond terug', instrueerde hij de receptioniste.

Haastig kleedde hij zich aan. Hij ging naar de ontbijtzaal, maar hij had geen trek in een uitgebreid Engels ontbijt met roerei, worstjes en spek. Hij nam alleen een glas *orange juice* en daarna liep hij het hotel uit. De stem van de nieuwslezer weergalmde in zijn hoofd. Had hij het goed verstaan? Geen twijfel mogelijk. Weer een aanslag, het zette een domper op zijn dag. Wat kon dit betekenen voor de beursgang? Bezorgd stapte hij in een taxi voor de korte afstand naar Bishopsgate.

De muren van de directiekamer van de WK & B-bank aan Bishopsgate waren versierd met schilderijen van klassieke zeilschepen en portretten van de Engelse stichters van de bank. Imposante bankiers van middelbare leeftijd met grijzende bakkebaarden en strenge blikken, die de macht van de negentiende-eeuwse bourgeoisie in de hoogtijdagen van het imperium belichaamden. De statige Britse bank was inmiddels overgenomen door een Duitse financiële groep. De nieuwe eigenaren hadden de naam veranderd, maar ze waren zo tactvol geweest de portretten van de oprichters te laten hangen.

De twee bankiers die tegenover Darren aan tafel zaten, zagen er minder indrukwekkend uit dan hun verre voorgangers. Ze waren dertigers, leeftijdsgenoten van Darren. Snel geld verdienen bepaalde hun bestaan en daar wonden ze geen doekjes om.

Darren kon zich niet concentreren. Zijn gedachten dwaalden voortdurend af naar wat hij opgevangen had over een aanslag. Kline en Althorpe, de WK & B-bankiers, hadden het nieuws ook gehoord, maar ze wisten geen details. Ze maakten wel een paar cynische grappen, waar Darren zelfs niet om kon glimlachen.

Voor de laatste keer liepen ze alle punten langs. Het prospectus voor de beursgang was klaar. De datum voor de beursgang kon definitief worden vastgesteld: 18 september. Het was krap, maar er was voldoende tijd voor een aantal presentaties bij investeerders. De introductiekoers zou een week voor de beursgang worden bepaald, afhankelijk van de belangstelling in de markt, maar de bankiers verzekerden Darren dat de bandbreedte van 39 tot 49 euro haalbaar was. Dat zou de opbrengst op minimaal veertig en maximaal ruim vijftig miljoen euro brengen.

De koffie in het wedgwood-servies liet Darren koud worden, de flinterdunne koekjes op de zilveren schaal liet hij onaangeroerd. Hij was bang dat zijn mentale afwezigheid voor zijn gastheren merkbaar was. Zijn gedachten dwaalden af naar het bericht van CNN, naar Iris in München, naar Fernando in Boston, naar Gabriela in het oerwoud.

'Stemt u met alles in, Mr. Gittinger?'

De gebiedende stem klonk ver weg en drong met moeite tot Darrens bewustzijn door. Even was hij zijn oriëntatie kwijt, toen besefte hij weer waar hij zich bevond. In de Founder's Room van

WK & B in Londen. De finale vergadering met de investeringsbankiers.

'Ik, eh... *Yes, gentlemen.* Ik ben akkoord.'

Die avond, terug in Amsterdam van zijn bezoek aan Londen, hoorde
Darren dat de aanslag had plaatsgevonden bij NeuroLinks en dat
Matthias Illbruck daarbij om het leven was gekomen. Hij was totaal
van zijn stuk. Hoewel hij Matthias maar twee keer had ontmoet, had
de jonge Duitse onderzoeker een sympathieke indruk op hem gemaakt.

Alle medewerkers van GenIris waren diep geraakt door de aanslag
bij NeuroLinks. De meesten kenden Matthias, zo niet persoonlijk
dan toch van gezicht. De medewerkers werden door angst bekropen,
al leek er niets aan de hand. De uitbundige, collegiale sfeer die
Darren had aangetroffen toen hij voor het eerst kennismaakte met
GenIris, verdween. De onbevangenheid maakte plaats voor angst.

Het bedrijf leek in een toestand van verdoving terecht te zijn
gekomen. Er werd nog wel gewerkt, in het lab gingen de proeven
door en de lopende zaken werden afgehandeld. Maar de fitnessruimte bleef onbenut, de loungekamer was verlaten, de flipperkasten
stonden stil. De stemming was gedrukt. Iedereen voelde dat de golf
van aanslagen tegen biotechbedrijven akelig dichtbij gekomen was.
Als NeuroLinks doelwit was, dan kon GenIris het volgende zijn.

Darren voelde zich verantwoordelijk. Hij belde een paar keer met
Jeen Westerhoff om te overleggen wat hun te doen stond. Westerhoff, die Matthias Illbruck niet kende en nog nooit van hem gehoord
had, bleef zakelijk. Hij had meer belangstelling voor de afspraken die
Darren in Londen had gemaakt en had maar één advies: energiek
doorgaan met de beursgang. De aanslag in Martinsried was niet meer
dan een ongelukkige samenloop van omstandigheden, waarbij vooral niet te lang moest worden stilgestaan.

Bij afwezigheid van Iris besloot Darren het personeel bij elkaar te
roepen. Eerst liet hij een minuut stilte houden ter nagedachtenis van
Matthias Illbruck en daarna sprak hij de medewerkers toe. Hij
probeerde zijn stem geruststellend te laten klinken, maar dat lukte

hem maar half. Wel drukte hij iedereen op het hart om alert te zijn op ongebruikelijke voorvallen en verdachte dingen te rapporteren. En verder zei hij dat niemand zich moest laten afschrikken door wat een op zichzelf staande gebeurtenis leek te zijn. Hij had alle vertrouwen in de toekomst van GenIris.

Maar het kostte hem moeite om geloofwaardig over te komen. Dit had hij zich nooit voorgesteld toen hij voor het eerst op bezoek ging bij een onschuldig lijkend bedrijf dat zo verscholen in de bossen lag dat hij het met moeite had kunnen vinden.

Iris kwam vier dagen later terug. Ze zag er oververmoeid uit. De wallen onder haar ogen, de groeven in haar gezicht, de treurige uitdrukking van haar mondhoeken – aan alles was te zien hoezeer de aanslag in Martinsried haar had aangegrepen. Ze was bij de begrafenis van Matthias geweest. Natuurlijk, ze waren bevriend, ze hadden jarenlang nauw samengewerkt in hun onderzoek. Maar ze praatte er met niemand over. Niet met Deborah en al helemaal niet met Darren. Uren en uren sloot ze zichzelf op in haar werkkamer, gebogen achter haar computer. Wie vanaf de gang met de stenen poorten door de glazen scheidingswand naar binnen keek, kon zien dat ze geregeld eenzaam zat te huilen.

Gegeven de omstandigheden was het onmogelijk dat Darren en Iris hun gedrag van ontwijken en zwijgen volhielden. Er waren te veel dingen gebeurd die hen beiden aangingen. De dood van Matthias natuurlijk, de aanslag op NeuroLinks. Ze moesten bespreken wat deze tragedie betekende voor GenIris. En ze moesten, of Iris het leuk vond of niet, overleggen over de beursgang. Iris moest weten wat hij in Londen had afgesproken over de datum, de roadshows, de presentaties in de media, de contacten met grote investeerders.

In de dagen na Iris' terugkeer uit München was er nog steeds geen gelegenheid voor een gesprek geweest. Ze verschanste zich in haar werkkamer en was voor niemand aanspreekbaar.

Het weekeinde brak aan en ze hadden nog geen woord met elkaar gewisseld. Darren zat zich te verbijten in zijn appartement aan de

Brouwersgracht. 's Ochtends had hij zijn e-mail gedownload. Er was eindelijk weer een bericht van Gabriela. Het was kort en bevatte slecht nieuws: ze kampte met hevige aanvallen van malaria waardoor ze de dagen met koorts in haar hangmat doorbracht. De kruidenextracten die de sjamaan haar gaf brachten verlichting, maar geen genezing. Haar werk lag stil. Nog steeds stierven kinderen aan darminfecties. De coöperatie zou het einde van het jaar niet halen.

De sobere opsomming van de tegenslagen waarmee Gabriela te kampen had, spoorde Darren aan om in actie te komen. Terwijl zij in het oerwoud worstelde om te overleven, zat hij stommetje te spelen met zijn zakenpartner. Wat een egotripperij. Hij moest over zijn gekrenkte trots heen stappen. Diep in zijn hart had hij te doen met Iris, ze had het waarachtig niet makkelijk. Kom op Gittinger, toon karakter. Hij besloot Iris te bellen om iets af te spreken.

Iris was thuis. Nee, hij stoorde niet, ze was bezig haar huishouden op orde te brengen na een chaotisch verlopen week. Ja, ze vond ook dat ze met elkaar moesten praten. Nee, geen verwijten. Ja, een afspraak was goed. Ze verontschuldigde zich bij voorbaat voor haar gedrag. Ze was niet helemaal in orde.

Anderhalf uur later belde Darren aan bij Iris. Hij was nooit eerder bij haar thuis geweest en tot zijn verrassing woonde ze in een schilderachtig huisje met een rieten dak aan de rand van het bos in de buurt van de barakken van GenIris. Ze heette hem welkom, niet uitbundig, maar ook niet afstandelijk. Van hun conflict en de krampachtige ontwijking van elkaar geen spoor. Ze deed haar best om hem op zijn gemak te stellen.

Ze gingen naar de woonkamer die uitzicht gaf op een verwilderde tuin. Toen ze Darren naar de opschietende berenklauwen zag kijken, zei Iris dat ze te weinig tijd had om voor het tuinonderhoud te zorgen. Op de lage salontafel stond een blad met koffie, zelfgebakken appeltaart en twee GenIris-mokken. In een oogopslag stelde Darren vast dat Iris er minder ontredderd uitzag dan de voorafgaande dagen. Ze had een verschoten trainingsbroek en een sweatshirt aan. Maar haar stem was emotieloos en haar houding was gelaten, alsof ze in andere sferen verkeerde.

'Ik geniet van deze omgeving', zei Iris terwijl ze koffie inschonk. 'Het leven buiten geeft me rust. Hier kom ik tot mezelf. Ik zou nooit in een stad kunnen wonen.'

Een lapjeskat kwam de kamer binnengeslopen en sprong op Iris' schoot.

'Dit is Copycat. Zegt die naam je iets?' Iris aaide hem over zijn kop en de kat begon tevreden te spinnen.

'Een poes uit een stripverhaal?'

'Het was de naam van de eerste gekloonde kat die ter wereld is gekomen. Gek genoeg kent iedereen het schaap Dolly, maar vrijwel niemand kent Copycat.'

Iris liet haar vingers door de vacht van het dier gaan en de kat begon weer heftig te spinnen. Dat brak de spanning.

'Ik ben blij dat je gekomen bent, Darren. Het was absurd om ons te blijven gedragen als gekrenkte kinderen', zei Iris.

'Precies, dat dacht ik ook. Uit, over, af. We zijn bovendien, hoe je het wendt of keert, op elkaar aangewezen. En het spijt me van die ruzie.'

'Mij ook.'

Beiden leken ze opgelucht. Iris werkte een pluk haar uit haar gezicht weg.

Iris schonk opnieuw koffie in en schepte nog een stuk appeltaart op een schoteltje. Darren keek om zich heen. In de overvolle boekenkast was een plank vrijgemaakt waarop foto's stonden. Hij herkende Iris in jonge jaren, familiefoto's en tot zijn verrassing ook een foto van Matthias Illbruck.

'Arme Matthias, wat een tragisch ongeval', zei hij met medeleven in zijn stem. Hij hoopte dat Iris zou vertellen wat ze bij NeuroLinks had meegemaakt.

'Daar wil ik het liever niet over hebben', onderbrak ze hem. 'Ik stel voor dat we het zakelijk houden. Ik neem tenminste aan dat je gekomen bent om over de laatste stand van zaken te praten.' Ze deed moeite om de trilling in haar stem te onderdrukken.

'Sorry.'

Het volgende uur namen ze alles door. Iris stemde in met de beslissingen die genomen waren. Ze berustte in de presentaties die ze moest geven en ze leek opgelucht dat er een datum voor de beursintroductie was vastgesteld. Ze wist nu waar ze aan toe was.

'En daarna ben ik van alle beslommeringen af', zei ze alsof ze van Darren een bevestiging verwachtte.

'Ja. Dat wil zeggen, je blijft nog zes maanden gebonden aan de lock-up-periode waarin je je aandelen niet mag verkopen om te voorkomen dat het management met voorkennis van de gang van zaken bij het bedrijf direct gaat cashen. Het management moet laten zien dat het gelóóft in het bedrijf.'

'En na zes maanden mag je doen wat je wilt? Echt een regel ingegeven door financiële experts', zei Iris sarcastisch.

Darren ging er niet op in. Hij kende Iris' minachting voor bankiers inmiddels voldoende. Hij was al opgelucht dat ze niet opnieuw over het overnamebod van The Organ Factory begon.

'Zolang alles maar netjes in het prospectus is vermeld, is er niets aan de hand. Dat wordt allemaal keurig geregeld door de heren van Weiss, Kleinknecht & Braunschweig.'

'Gelukkig maar, dan hoeven wij ons daar niet mee te bemoeien.'

'Er is wel iets anders, waar ik het met je over wil hebben', veranderde Darren van onderwerp.

Iris keek hem vragend aan.

'Die aanslagen. De brand bij Darwin. En nu bij NeuroLinks. Ik maak me grote zorgen. Straks zijn wij aan de beurt.'

'Hoe bedoel je?' vroeg Iris.

'Ik weet het niet, maar er lijkt een patroon in te zitten. GenIris heeft met het Darwin Fund en met NeuroLinks te maken. Daarvoor was er ook al die brand in Engeland.'

'Ja, maar ik geloof niet dat het iets met elkaar te maken heeft. Ik zie althans het verband niet.'

'Je reageert net zo laconiek als Westerhoff.'

'Dat pleit niet voor me', zei Iris met een flauwe glimlach. 'En trouwens, over de aanslag bij NeuroLinks ben ik allesbehalve laconiek.'

'Dat heb ik gemerkt. Het heeft je enorm aangegrepen.'

Iris zweeg. Ze keek mistroostig naar haar tuin.

'Ik wil uitzoeken of er een verband is tussen al deze gebeurtenissen', vervolgde Darren. 'Al heb ik geen idee hoe en weet ik ook niet waar ik een aanknopingspunt zou moeten vinden. Ik wil ook wel eens weten wat die Sandbergen nog steeds bij ons uitspookt. Het mag tenslotte niet zover komen dat onze beursgang door een serie van aanslagen in Europa tegen biotechbedrijven in het honderd loopt.'

'Nee', zei Iris afwezig.

'En daarom wil ik op de hoogte zijn van wat er bij GenIris allemaal speelt', vulde Darren aan. 'Zoals de problemen in het lab waarmee je mij niet hebt willen lastigvallen, maar die van belang kunnen zijn voor de toekomst van het bedrijf. Begrijp je wat ik bedoel?'

Iris knikte. Ze aaide met haar hand over de kop, de rug en de staart van de kat die nog steeds op haar schoot lag.

'Ik begrijp wat je bedoelt, maar daar voel ik niets voor', zei ze afgemeten.

Darren werd verrast door de verandering van haar toon. Daar gaan we weer, dacht hij. Opnieuw een blokkade. Wat is hier aan de hand? Wat is er met Iris, wat is er met dit bedrijf aan de hand?

'Het zijn technische kwesties, Darren, onderzoeksproblemen in het lab. Daar ga ik jou niet mee lastigvallen. Of je het leuk vindt of niet, daar kun je beter buiten blijven.'

'Maar Iris…'

Darren voelde opnieuw ergernis opkomen. Hij probeerde zich te beheersen, maar dat lukte maar half.

'Luister nou eens goed, Iris. Dat kán eenvoudig niet. Ik móét weten wat er speelt. Ik kan geen bedrijf naar de beurs begeleiden…'

'Daar begin je weer over die verdomde beurs van je!'

'Jij je zin. Maar ik ben gerechtigd te weten wat er zich afspeelt in het bedrijf waaraan ik op financieel gebied leiding geef. Zo goed? Er hebben zich dingen voorgedaan die ik heb opgemerkt en waarnaar ik nooit heb gevraagd. Misschien uit valse bescheidenheid, omdat ik niet vertrouwd ben met de technologie. Maar nu we op het punt staan om publiek te gaan, moet ik het weten.'

Darren stond op en begon voor het raam te ijsberen.

'Sorry, Darren.' De stem van Iris was resoluut.

'Luister, Iris, zo kunnen we samen niet verder, zo kan ik niet verder. We kunnen geen zakelijke geheimen voor elkaar hebben in deze fase. Of ze nu over de cashflow gaan of over de celkweek.'

'Er zijn geen geheimen.' Haar stem was ijzig.

'Maar er zijn wel vreemde dingen aan de hand. Dat verzin ik niet, dat heb ik van jou en Deborah gehoord. Jullie werken aan de oplossing van een probleem. Al weken! Als er iets van in de openbaarheid komt, moet ik weten wat ik moet zeggen. Zo simpel is het.'

'Nogmaals: er zijn geen geheimen, Darren. *No tricks, no secrets.* Er is niets aan de hand, alles loopt naar wens. Ben ik zo duidelijk?'

'Dat meen je niet! Wat is er dan mis met de kweekcellen? Waarom loopt Sandbergen rond? Hoe was het mogelijk dat de proefdieren zijn ontsnapt? Ga zo maar door. En trouwens, wat bezielde jou om afgelopen week spoorslags naar Duitsland te gaan zonder...'

'Dáár zouden we het niet over hebben!' viel Iris onverwacht fel uit. Ze sloeg met haar hand op haar knie. Copycat, die had liggen sluimeren, sprong verschrikt van haar schoot.

Iris stond ook op. Ze stonden vlak tegenover elkaar, Darren stak een hoofd boven haar uit.

Ze keek Darren geëmotioneerd aan. Met een stem als een gespannen vioolsnaar zei ze: 'Dit was het voor vandaag, Darren Gittinger. We hebben genoeg gepraat, de zaken zijn besproken, alles is geregeld. De bijeenkomst is opgeheven.'

Darren begreep dat het geen zin had te blijven aandringen.

'Goed. Voor vandaag is het genoeg. Maar maandag kom ik erop terug. Negatieve publiciteit is het ergste wat je kan overkomen bij een beursgang.'

'Als het je niet bevalt, kun je opstappen. GenIris is nog altijd míjn bedrijf.'

'Iris, dat is absurd. Je dreigt voor de tweede keer ons partnerschap op te blazen.'

'Niets is zo veranderlijk als een vrouw, Darren. Nogmaals, we zijn uitgepraat.'

Ze hield de voordeur voor hem open. Hij kon gaan. Zonder afscheid te nemen liep Darren naar buiten. Uit zijn broekzak viste hij de autosleutels en even later reed hij weg. Hij accelereerde nijdig en besefte dat hij amper wist in wat voor wereld hij verzeild was geraakt.

# 25 Gestampte genen

Toen Darren na het weekeinde het terrein van GenIris wilde oprijden, werd hij tegengehouden door een groepje demonstranten bij de ingang. Van achter de bloeiende rododendrons sprongen ze plotseling naar voren. Ze hielden een spandoek over de weg waarop hij las *GenIris gebruikt gestampte genen.*

Een van de demonstranten, een jonge vrouw met blond haar in een groen shirt waarop de tekst *EuGene* stond, hield een megafoon voor haar mond. 'Geen gestampte genen! Geen Amerikanen in het laboratorium van GenIris!' Een andere demonstrant zwaaide lustig met een stok waaraan een touw zat en aan dat touw hingen vijf identieke poppen. Het leek een hengel die beet had gehad in de kraamkliniek van een ziekenhuis.

Wat krijgen we nou? dacht Darren. Waar komen die halvezolen vandaan? Een demonstratie – dat konden ze er helemaal niet bij hebben. Hij toeterde geïrriteerd en probeerde stapvoets langs de demonstranten te manoeuvreren, maar die beletten hem de toegang tot het terrein. Pas nadat hij door het geopende raampje van zijn auto een pamflet had aangenomen, mocht hij doorrijden.

'Geen klooncellen in dit lab!' hoorde hij nagalmen.

'Wat is dat buiten voor ongein!' riep Darren terwijl hij opgewonden de glazen deur van Iris' kamer openduwde. Ze zat achter haar bureau, ze was vroeg zoals gebruikelijk.

'Die demonstranten? Ja, ik heb ze ook gezien. Ze stapten uit een busje toen ik aankwam.'

'Weet je wat ze beweren?'

'Dat we hier gestampte genen gebruiken! Wartaal. Totale onzin', antwoordde Iris.

'Maar het is gevaarlijk!' Darrens stem sloeg over van ergernis. 'Wat dacht je, als een tv-programma hier lucht van krijgt, kunnen we de hele beursgang vergeten. Wat zijn dit voor idioten! Vandaag staan ze te demonstreren en morgen steken ze de boel in de fik of laten ze een bom ontploffen!'

'Darren, bewaar je kalmte!'

'Niets kalmte, Iris. Ik wil weten wat hier aan de hand is. En wel meteen. Je móét openheid van zaken geven. Wat is hier aan de hand, Iris? Wat is er in hemelsnaam bij GenIris aan de hand?'

Hij klapte de deur zo hard dicht dat het glas trilde. Na de woordenwisseling van zaterdagmiddag was hij niet van plan weg te gaan zonder antwoord op zijn vragen te hebben gekregen.

Iris besefte dat ze hem niet opnieuw buiten de deur kon zetten. Darren zou zich niet nóg een keer laten afschepen.

'Ga zitten, Darren, en kalmeer alsjeblieft. Gedraag je een beetje. Iedereen kan je horen schreeuwen als een bestolen marktkoopman.'

'Zo voel ik me ook', zei hij, nog steeds opgewonden.

Iris schonk een mok koffie voor hem in. 'Hier.' Ze was minder afstandelijk dan afgelopen zaterdag bij haar thuis, viel Darren op. Het leek alsof ze haar zelfvertrouwen had hervonden, alsof ze de situatie waarin ze zich bevond had overzien en wist waar ze aan toe was. Haar kalmte bracht Darren geleidelijk tot bedaren.

'Vooropgesteld dat ik niet weet waar deze demonstranten vandaan komen, laat staan waar ze hun wijsheid over GenIris vandaan hebben, al heb ik over dat laatste wel een vermoeden', begon Iris. Ze roerde in haar kop koffie. 'Dat alles dus vooropgesteld, besef ik dat ik je op de hoogte moet stellen van het probleem waarmee we in het lab te kampen hebben. Beschouw het als je laatste introductie in het werk dat we hier doen. En het spijt me dat ik zaterdag zo onaardig tegen je was.'

Even keek Iris hem aan, met die mengeling van academische rationaliteit en vrouwelijke charme die Darren die avond in Fire & Ice in Cambridge zo in verwarring had gebracht. Ze verontschuldigde zich nogmaals voor haar gedrag. Ze had een afschuwelijke week achter de rug, ze had zich ellendig en eenzaam gevoeld, ze was intens verdrietig geweest. In het weekeinde had ze rust genomen. Ze had haar slaapachterstand ingehaald, ze voelde zich evenwichtiger dan twee dagen geleden, ze kon de spanning beter aan. Darren knikte begripvol. Ondanks zijn ergernis had hij met haar te doen.

Iris waarschuwde hem dat ze gruwelijke details te vertellen had, technische bijzonderheden die ze hem liever had bespaard. Maar met die krankzinnige demonstranten voor de poort wilde ze hem inwijden in wat er werkelijk in het lab gebeurde.

In Zweden, begon ze, waren experimenten gedaan om de ziekte van Parkinson te bestrijden met embryonale hersencellen afkomstig uit geaborteerde embryo's. Uit foetussen van zes weken oud werden de hersencellen gespateld. Ze werden tot een papje gemalen en vervolgens door een gaatje in het schedeldak ingespoten bij patiënten met Parkinson. De verwachting was dat de embryonale hersencellen de gestokte dopamineproductie weer op gang zouden brengen en daarmee het aftakelingsproces zouden stoppen. In Mexico en Rusland waren soortgelijke experimenten gedaan. Het was ook bekend dat er levendig handel gedreven werd in foetussen afkomstig uit Chinese abortusklinieken. Vermogende Chinezen, maar ook Amerikanen die in eigen land de moraalridders tegen abortus uithingen, lieten zich in China behandelen met hersencellen afkomstig uit geaborteerde foetussen.

Darren voelde de neiging om over te geven. Iris zag dat zijn gezicht bleek wegtrok. 'Sorry,' zei ze, 'het is een cru verhaal, maar het is echt zo. Ik zei je al dat ik het je had willen besparen.'

De resultaten van deze experimenten waren tegengevallen, vervolgde ze. De embryonale hersencellen waren niet lichaamseigen en hun signaal werd niet geactiveerd bij de patiënten. Het procédé stuitte bovendien op ethische en praktische bezwaren. Voor één behandeling waren wel tien geaborteerde foetussen nodig.

'Maar waarop slaat de leus die de demonstranten buiten roepen?' vroeg Darren. Zijn gevoel van onpasselijkheid zakte weg, maar hij begreep niet waarom Iris deze macabere details vertelde.

'Ik heb een andere techniek ontwikkeld. Herinner je je nog dat ik je in het laboratorium liet zien hoe we de stamcellen aansporen zich te ontwikkelen tot neurale cellen?'

Darren knikte. Dat was in zijn eerste dagen bij GenIris geweest, toen alles nieuw was en spannend en er nog geen sprake was van tegenslagen.

Stamcellen, ging Iris verder, ontwikkelen zich op een signaal uit hun omgeving. Als de omgeving bestaat uit neurale cellen, dan specialiseren ze zich tot neurale cellen. GenIris had een medium ontwikkeld dat was samengesteld uit drie verschillende groeifactoren. Een cocktail met de afkortingen bFGF, EGF en CEBC. De eerste twee, *basic fibroblast growth factor* en *epidermal growth factor* – groeifactoren uit bindweefselcellen van muizen en menselijke huidcellen – waren niets bijzonders, die gebruikten alle laboratoria als kweekmedium. Maar de derde, CEBC, had Iris zelf ontwikkeld. Met haar onderzoek had ze indertijd de belangstelling van Sandbergen gewekt.

'Wat betekent die afkorting?' vroeg Darren. Hij had het gevoel dat er eindelijk een tip van de sluier van het geheim van GenIris werd opgelicht.

'*Crushed embryonic brain cells*', antwoordde Iris.

'Sorry?' Hij meende het niet goed verstaan te hebben.

'Gestampte embryonale hersencellen.' Ze zei het zachtjes, fluisterend bijna.

'Jezus…'

'Ik zei je al dat dit een onsmakelijk verhaal is.'

Iris ging verder. Nadat ze GenIris had opgezet, had ze met Matthias Illbruck bij NeuroLinks samengewerkt om de toepassing van CEBC's te verbeteren. Dat was gelukt. In proeven met muizen werkte het fantastisch, keer op keer. Maar uitgerekend met het CEBC hadden zich de laatste weken de problemen in het laboratorium voorgedaan waarmee ze zo intensief bezig was geweest. Matthias had meegeholpen om de problemen op te lossen. Daarin was hij geslaagd en hij was dolblij dat hij haar had kunnen helpen.

Iris stopte met praten en Darren zag dat ze tegen haar tranen vocht.

'Was je daarom zo geschokt door de dood van Matthias?' vroeg hij.

Iris schudde heftig haar hoofd. Het was meer dan dat. Matthias was zo'n enorme steun voor haar geweest. Ze deed er het zwijgen toe en staarde verdrietig voor zich uit. Darren respecteerde haar eenzame emotie.

Na enige seconden hervatte Iris op een vlakke toon haar verhaal.

GenIris en NeuroLinks hadden alle twee hun eigen geleerde, Sandbergen en Telecky. Beiden waren geïnteresseerd geweest in de experimenten van Matthias en haar. Sandbergen was er enthousiast mee aan de slag gegaan, Telecky aanvankelijk ook. Maar hij toonde steeds grotere scepsis. Hij was bang dat zich door het gebruik van CEBC afwijkingen in de stamcelontwikkeling konden voordoen.

'Hoezo?' vroeg Darren.

'Simpel. Omdat je niet precies weet waar de grondstoffen die we gebruiken, vandaan komen. Hij was bang voor vervuiling.'

'Waar komen die, eh, gestampte embryonale hersencellen dan vandaan?' vroeg Darren. Hij moest onwillekeurig aan gestampte muisjes denken. De slogan op het spandoek van de demonstranten was hem nu ook duidelijk.

'Dat is het geheim van GenIris en zo had ik het voor je willen houden. Maar nu die lui voor de deur staan te demonstreren, besef ik dat je dit moet weten. Matthias was er voor verantwoordelijk. We krijgen de CEBC's opgelost in fysiologisch water in plastic jerrycans van NeuroLinks. Ik zei je al, Matthias heeft het procédé samen met mij ontwikkeld. Hij zorgt voor de toelevering, ik voor de toepassing. Maar als je wilt weten waar NeuroLinks die embryonale hersencellen vandaan haalt, dan moet ik het antwoord schuldig blijven. Al heb ik wel een vermoeden.'

'En?'

'IVF-klinieken. Het gaat om restembryo's die anders, hardvochtig gezegd, weggegooid zouden worden omdat ze niet meer nodig zijn voor vruchtbaarheidsbehandelingen. Maar ik heb met opzet nooit naar details gevraagd. Ik wil het niet weten – niet uit een gemankeerd moederinstinct of ethische motieven, maar om een praktische reden. Handel in embryonaal weefsel is omgeven met geheimzinnigheid omdat het onderwerp in de openbaarheid zo gevoelig ligt. Ook al vindt die handel legaal plaats, zoals met materiaal van IVF-klinieken. Alles wat we doen is wettelijk toegestaan. Het gaat voor ons werk trouwens om heel kleine hoeveelheden. Dat is de grap – een heel klein beetje is genoeg om de stamcellen het duwtje te geven om zich te specialiseren. En het werkt. Het werkt fantastisch.'

Iris zweeg. Dit was het geheim van haar levenswerk. Daarna zei ze, haast smekend om begrip: 'Begrijp je waarom ik terughoudend ben om dit allemaal te vertellen? Ook aan jou? En waarom we hier zo teruggetrokken in de bossen zitten? Het ligt hypergevoelig en mensen snappen het niet. Ik wil me niet hoeven verantwoorden tegenover de eerste de beste journalistieke onbenul van een tv-rubriek. Of tegenover opportunistische politici die bij het woord "embryo" gewetensvol hun handen ten hemel heffen. Laat staan tegenover zo'n stelletje demonstranten die niet weten waarover ze het hebben. Allemaal moraalridders van de ergste soort! Zij willen niet begrijpen dat wat wij doen *pro life* is. We gebruiken embryonaal materiaal dat anders in de vuilcontainer zou worden gegooid en vernietigd, voor een goed doel. Om patiënten béter te maken.'

'Hoe verzin je het', bracht Darren ten slotte uit. Hij wist niet wat hij moest zeggen na alles wat Iris onthuld had. Maar zijn respect voor haar, voor haar werk en voor haar bedrijf, was terug.

Daarna zei hij: 'Je hebt gelijk, het is een gruwelijk verhaal voor een buitenstaander zoals ik. Toch ben ik opgelucht dat je het verteld hebt. Voor mij is het belangrijk om te weten wat de ethische achilleshiel van GenIris is. Ook al is het allemaal in orde, dat verhaal van de embryonale hersencellen ligt natuurlijk gevoelig. Het maakt ons kwetsbaar, een gemakkelijk doelwit voor tegenstanders zoals die demonstranten vanochtend bij de ingang. Zo'n demonstratie roept alleen maar negatieve publiciteit op.'

'Misschien heb je gelijk', zei Iris. 'Ik moet toegeven dat ik me hierop verkijk. Weet je, ik werk al zo lang in dit wereldje van stamcellen en kweekstoffen. Voor mij is het de normaalste zaak van de wereld. Ik kan me niet voorstellen dat kwaadwillende buitenstaanders daar anders tegenaan kijken. Wat wij doen is zo goed! Maar je hebt gelijk. Het ligt gevoelig en daar kunnen we ons niet voor afsluiten.'

'We kunnen ons niet isoleren, Iris. Kijk naar wat er om ons heen gebeurt! Zitten die demonstranten achter de aanslagen? Misschien zijn ze van het Dierenbevrijdingsfront! We moeten dat uitgezocht hebben voordat ze met onthullingen komen waardoor onze beleggers worden afgeschrikt.'

'Die beleggers van jou interesseren me niets. Maar demonstranten kunnen het politieke klimaat verzieken, zoals in Amerika. En dat kan mijn onderzoek blokkeren.'

Iris zweeg. Kennelijk had ze nooit beseft hoe heftig de reacties op haar levenswerk konden zijn. Toen zei ze bedachtzaam: 'Ik denk trouwens dat ik weet hoe die demonstranten aan hun informatie over ons zijn gekomen.'

'Hoe dan?'

'Van Herbert Sandbergen. Hij zit boordevol rancune omdat ik hem heb gedwongen te vertrekken. Hij weet alles van ons CEBC-gebruik. Daar heeft hij zelf onderzoek naar gedaan. Tegenwoordig geeft hij weer college. Die demonstranten zijn natuurlijk zijn studenten.'

'Maar waarom zou Sandbergen demonstranten op ons afsturen? Hij heeft toch alle belang bij een succes van GenIris?'

Iris keek Darren indringend aan.

'Oké, het is een gok, op niets anders gebaseerd dan mijn intuïtie. Maar ten eerste zijn er weinig mensen van ons procédé op de hoogte en Sandbergen is een van hen. Ten tweede koestert hij een enorme wrok jegens GenIris, of liever gezegd tegen mij persoonlijk. Hij probeert me het leven zo zuur mogelijk te maken, omdat ik hem eruit heb gewerkt. En ten derde denk ik dat hij er een financieel belang bij heeft.'

'Hoezo? Hij is toch nog altijd aandeelhouder?'

'Ja, maar hij heeft een dubbele agenda. Hij onderhoudt contact via een of andere biotechmakelaar in Basel met een Zwitsers farmaceutisch bedrijf waar hij in de directie hoopt te komen. Dat was een deel van ons conflict. Ik eiste dat hij dat contact zou verbreken, want hij praatte over onze bedrijfsgeheimen met de concurrentie. Maar dat weigerde hij. Nu hij is vertrokken, kan hij doen en laten wat hij wil. Als hij GenIris voor een zacht prijsje aan dat Zwitserse bedrijf kan overdoen, zal hij daar niet voor terugdeinzen. Dat levert hem op

termijn meer op. Hij is een uitgekookte geldwolf.'
'Dit is explosief, Iris, explosief. Hier ga ik meteen achteraan.'

Na een uurtje hielden de demonstranten het voor gezien. Ze rolden het spandoek op, stopten de plastic poppen in een grote tas en stapten in de Transporter die buiten het hek langs de kant van de weg geparkeerd stond. Simone Reekers ging voorin zitten naast de bestuurder, een jonge man met een kaalgeschoren hoofd. Hij was van het Dierenbevrijdingsfront en had zijn bestelauto beschikbaar gesteld aan EuGene. Actievoeren was zijn beroep – of het nu tegen nertsenfokkers was, milieuvergunningen voor varkensstallen, genetisch gemodificeerde maïs of tegen iets met cellen.

Simone glom van tevredenheid. De demo was klein geweest, maar ze was er zeker van dat ze de medewerkers van GenIris de stuipen op het lijf hadden gejaagd. Volgende keer zou ze de televisie uitnodigen en dan was het spektakel compleet.

Uit haar rugzak pakte ze haar gsm. Ze toetste een nummer in en zodra er werd opgenomen riep ze enthousiast: 'Het is toppie gegaan!'

Herbert Sandbergen reageerde verheugd. 'Uitstekend gedaan, Simone', zei hij. Daarop liet hij volgen: 'Zullen we iets afspreken, dan kun je me alles in detail vertellen. Misschien kan ik je nog meer informatie geven. Morgenavond misschien?'

'Ja, gaaf! Dat doen we!'

Ze concretiseerden de afspraak en vervolgens verbrak Simone het gesprek. Daarna toetste ze een ander nummer in.

'Hallo, met Simone!' zei ze.

En, na antwoord te hebben gekregen: 'Ja, alles is super gegaan. We hebben gedemonstreerd tegen Amerikaanse toestanden bij GenIris. Ze hadden de schrik flink te pakken.'

'Weer naar Brussel komen? Ja, dat zou ik best wel willen.'

'Nee, morgenavond kan ik niet, maar volgende week is prima.'

Zodra ze uitgebeld was, draaide Simone zich naar de vijf activisten achter in de bestelbus. 'Zo, jongens, dat is geregeld. We gaan verder met deze campagne.'

Tegen de tijd dat de bestelbus de snelweg opdraaide, ging de telefoon op het kantoor van Jürgi Leutwiler in Basel.

'Herr Boiten! Wat een genoegen uw stem te horen', verwelkomde Leutwiler de eurocommissaris uit Brussel.

In enkele woorden vertelde Boiten dat er een demonstratie bij het bewuste biotechbedrijf was gehouden. Hij hoedde zich voor het noemen van namen.

'Dat klinkt als een goed begin. Daar ben ik zeer verheugd over, Herr Boiten. U heeft werkelijk bewonderenswaardige contacten dat u een dergelijke, eh, actie op zó korte termijn kunt organiseren. Werkelijk bewonderenswaardig.'

Boiten maakte een relativerende opmerking.

'Weet u,' blufte Leutwiler, 'ik heb me uit betrouwbare bron laten vertellen dat die Amerikanen inmiddels aarzelen. Het schijnt dat ze niet met negatieve publiciteit geconfronteerd willen worden. Nog wat extra druk op de ketel zou goed zijn om ze definitief tot andere gedachten te brengen. Denkt u dat u uw, eh, vrienden, nog een keer kunt mobiliseren?'

Boiten verzekerde Leutwiler dat hij zijn uiterste best zou doen. Hij dacht aan de nacht met Simone in het Stanhope Hotel. Alles had zijn prijs.

# 26 E-mail aan het oerwoud

*Sweet* Gabi,

Ik hoop dat je in staat bent je e-mails te ontvangen. Dan is er weer stroom in je dorp en ben je hersteld. Ik heb me vreselijk zorgen om je malaria-aanvallen gemaakt, wat was ik graag bij je geweest om je te helpen. Ik denk alle momenten van de dag aan je. Met jouw sterke geest kom je er snel bovenop en de lokale geneeswijzen helpen je vast ook. Hoewel ik toch meer zou vertrouwen op de antimalariapillen van de farmaceutische industrie. Zorg alsjeblieft net zo goed voor jezelf als je voor de mensen in je dorp doet.

Hier loopt niet alles naar wens. Er vinden de laatste tijd merkwaardige gebeurtenissen plaats. Ik probeer uit te zoeken wat er aan de hand is, maar dat is niet zo eenvoudig. Als ik denk iets te weten te zijn gekomen, bots ik op nieuwe ongerijmdheden. Het geeft me een gevoel dat ik word buitengesloten en telkens op glazen muren stuit waarachter zich geheimen bevinden die ik niet mag weten. Alsof hier onzichtbare krachten aan het werk zijn, net zo mysterieus als bij jou in het oerwoud. Het is vreemd, en vooral vervreemdend. Later zal ik het je allemaal vertellen, als dit avontuur achter de rug is.

Ik geloof nog steeds dat het de moeite waard is hier te werken. Maar GenIris werkt met levende cellen, hier wordt geëxperimenteerd met de prilste vormen van menselijk leven. Dat stelt bijzondere eisen en ik weet niet of ik daaraan kan voldoen.

Daarom heb ik me voorgenomen te vertrekken zodra alles achter de rug is. De financiële regeling die ik heb getroffen maakt dat mogelijk. Mijn plan is om over één, hooguit twee maanden naar je toe te komen. Ik verwacht dan over voldoende geld te beschikken om je projecten te kunnen steunen. Maar vooral hoop ik jou weer te zien. Ik verheug me erop om ver van de vooruitgang met jou van het leven in de natuur te genieten. Om samen in een hangmat onder een afdak van palmbomen te luisteren naar de geluiden van het oerwoud, om met je te zwemmen in de rivier en om het tropische bestaan met je te delen.

Ieder moment van de dag en de nacht denk ik aan je. Ik weet dat ik bij jou mijn bestemming heb gevonden.

*I love you,*

Darren

# 27 Zilveren eeuw

De zomerse weken verliepen zonder opvallende gebeurtenissen. De weerberichten spraken van tropische temperaturen, oudere mensen klaagden over de hitte, boeren over gebrek aan regen. Bij GenIris leek de rust te zijn teruggekeerd. De demonstranten lieten zich niet meer zien, Sandbergen kwam niet opnieuw onverhoeds langs, er deden zich geen aanslagen meer voor. Iris werkte samen met Deborah teruggetrokken in het laboratorium, Darren zat achter zijn computer berekeningen te maken. Ze gingen weer op een normale zakelijke manier met elkaar om. Het gesprek dat ze met elkaar gevoerd hadden, had de lucht geklaard. Nu Darren op de hoogte was van de CEBC's, voelde hij zich deelgenoot van het geheim van GenIris. Hij had begrip gekregen voor de positie van Iris. Ze had het waarachtig niet gemakkelijk.

De medewerkers hervatten na de schok van de dood van Matthias Illbruck geleidelijk aan hun dagelijkse routine. In de gangen werd weer gelachen, de flippercompetitie werd hervat en de stafleden genoten van het prachtige weer in het bos. Het was zo rustig, dat Darren het gevoel had bij een gewoon bedrijf te werken, en niet bij een experimenteel laboratorium voor stamcellen. Met hernieuwd enthousiasme wierp hij zich op de financiële gang van zaken. En hij deed pogingen om te onderzoeken of hij een patroon kon ontdekken in de aanslagen die hem zoveel zorgen baarden. Hij probeerde wat afspraken te maken voor gesprekken, maar er kwamen geen reacties en het onderzoek schoot niet op. Toen het rustig bleef, verloor het zijn prioriteit. De brand, de demonstratie, de aanslag, ze leken elementen van een vervagende droom. Darren had genoeg andere dingen aan zijn hoofd, dus hij liet zijn onderzoek voor wat het was. Maar de heimelijke angst dat zich een nieuwe ramp zou voordoen, deze keer bij GenIris, raakte hij niet kwijt.

Het beursklimaat voor startende bedrijven was goed. Darren hoopte dat de introductie van GenIris in de opgaande markt zou vallen. Jeen Westerhoff was er zeker van dat het ging lukken, de andere partners van Darwin waren lyrisch over de gang van zaken. Ze klaagden niet langer over een gebrek aan commerciële activiteiten van GenIris.

Iris Stork bleef zwijgzaam. Naarmate de datum van de beursgang dichterbij kwam, zag ze er meer tegen op, vermoedde Darren.

De eerste presentatie was in Londen. Iris en Darren, vergezeld van Jeen Westerhoff, namen de ochtendvlucht van Schiphol naar Heathrow. Ze werden opgewacht door de limoservice van Weiss, Kleinknecht & Braunschweig, die ze naar Bishopsgate reed. Anderhalf uur zaten ze vast in het Londense verkeer. De Heathrow Express was sneller geweest, maar minder voornaam dan een auto met chauffeur. Iris ergerde zich aan de opgeklopte chic van de bank en Darren kon haar geen ongelijk geven.

Kline en Althorpe, de *investment bankers* van WK & B, verwelkomden hen in een neo-Victoriaans zaaltje op het hoofdkantoor van de bank met schilderijen aan de muur met taferelen van vossenjachten. Er stond antiek notenhouten meubilair en er waren stoelen met tafeltjes voor de gasten die werden verwacht. De ontvangstkamer van WK & B was een decor uit een toneelstuk.

Iris had haar best gedaan zich voor de gelegenheid te kleden. Ze had een loshangend deux-pièces van donkerblauw linnen aan, zomers licht, zakelijk met een vrouwelijke uitstraling. Onder een crèmewitte blouse met een wijde kraag droeg ze weer haar ketting met de gouden amulet in de vorm van een kikker. Zonder het elastiekje van haar paardenstaart piekte haar haar naar alle kanten. Het zag er grappig, springerig uit. Ze had haar best gedaan zich met zorg op te maken, ze maakte een gemotiveerde indruk. Haar weerzin tegen de bankiers had ze kennelijk overwonnen.

De belangstellende investeerders druppelden geleidelijk binnen. Ze vertegenwoordigden beleggingsfondsen in biotechbedrijven, pensioenfondsen, banken en grote institutionele beleggers. Ze kenden elkaar van talloze andere bijeenkomsten en ze stonden met een houding van geroutineerde vanzelfsprekendheid te wachten op de presentatie. Dit was dagelijkse kost voor hen. Het blad met dungesneden sandwiches en scones raakte in snel tempo leeg.

Iris en Darren kregen een plaats achter een tafel. Westerhoff ging op de eerste rij zitten naast Althorpe en Kline. Na een kort welkomstwoord door de gastheer van de WK & B Bank kreeg Mrs. Iris Stork, *chairwoman and chief scientific officer of GenIris*, het woord.

'*Thank you, Mr. Chairman*', begon Iris. En daarna stak ze van wal, zonder aantekeningen, zonder tekst op papier, alsof ze een werkgroep van eerstejaarsstudenten toesprak.

'Op weg naar deze bijeenkomst besefte ik dat we voortdurend risico's lopen. Wij zijn vanochtend komen vliegen, u bent met de taxi, de *Underground* of wellicht lopend naar deze voorname ruimte gekomen. Leven betekent blootgesteld staan aan risico's. We accepteren dat, omdat de kansen op een ongeluk klein zijn. Zo is het ook met investeringen in een onbekend bedrijf, zoals GenIris, en met de *life sciences* waarin wij actief zijn.'

Darren keek bewonderend naar Iris. Zelfverzekerd, met een microfoon op de revers van haar linnen jasje, haar handen gesticulerend voor haar borst, sprak ze deze zaal vol institutionele beleggers toe alsof ze een stelletje snotjongens waren. Hij herkende de kracht van Iris, dezelfde uitstraling die ze had gehad bij hun eerste kennismaking, maanden geleden, en later in Amerika toen ze bij The Organ Factory op bezoek waren geweest en ze zo'n indruk had gemaakt op het team van Fernando. Ze had haar vertrouwde zelf terug, haar overtuigingskracht, het geloof in haar werk. Darren maakte met een opgestoken duim een bemoedigend compliment naar haar. Dit was de toon! Vasthouden! Ze ving zijn signaal op en hij zag een knipoog als bevestiging.

'U heeft, mijne heren en als ik het goed zie twee dames, genoeg kennis van de *life sciences* om te weten dat we ons op een risicovol terrein bewegen. De klinische onderzoeken vergen veel geld. Onze behandelingen komen, op zijn gunstigst, over drie à vijf jaar op de markt. Ondertussen kan er veel gebeuren. Er kunnen zich tegenslagen voordoen in de klinieken, er kunnen obstakels komen door nieuwe wetgeving of door veranderingen in de publieke opinie.'

Iris pauzeerde even. Ze klikte de PowerPoint-presentatie van de computer aan. Het logo van GenIris verscheen, de sierlijke paarsblauwe iris.

'Wij willen de gezondheidsrisico's waarmee het verouderingsproces gepaard gaat, beperken. En daarvoor gebruiken we lichaamseigen cellen.'

Ze maakte een paar passen in de richting van het publiek.

'In de cellen van ons lichaam bevinden zich de bouwstenen waaruit wij zijn opgebouwd. Dit systeem verkeert normaal gesproken in een sluimertoestand, maar het kan geactiveerd worden. Het draait om de stamcellen, de allereerste cellen die na de samensmelting van een eicel en een zaadcel ontstaan. Deze stamcellen hebben het vermogen om alle andere soorten cellen waaruit ons lichaam is opgebouwd, te produceren. En de grap is,' – Iris klikte naar de volgende illustratie – 'de grap is dat de sluimerstand van volwassen stamcellen aangezet kan worden om ze opnieuw tot hun oorspronkelijke activiteit te brengen. Als ze weer "aangezet" worden, zijn ze in staat om versleten of gestopte lichaamsfuncties te herstellen. Dat is' – volgende illustratie – 'in essentie wat GenIris doet.'

Ze keek de zaal in. Net zoals vroeger toen ze college gaf, wist ze dat ze de aandacht van de aanwezigen gevangen had.

'We staan aan het begin van de revolutie van de regeneratieve geneeskunde. U kunt zich voorstellen dat bij algemene toepassing van deze behandelingen de kosten van de gezondheidszorg zullen dalen. Zover is het nog lang niet. Maar wij denken patiënten met ouderdomsziektes binnen afzienbare tijd te kunnen helpen. Wij gaan verjongde hersencellen inbrengen bij oude patiënten. Ons doel is dat bejaarden op een menselijke manier hun oude dag beleven. We gaan de zilveren eeuw tegemoet, de eeuw van een gemiddeld oudere bevolking, en GenIris hoopt daar met zijn stamceltherapieën een positieve bijdrage aan te leveren.'

Toen Iris zweeg klonk er spontaan applaus. Ze nam het met een glimlach in ontvangst en ging zitten.

Daarna kreeg Darren het woord. Hij begon zijn presentatie met een opmerking die hij eerder had bedacht: in de toekomst maken chronisch zieke patiënten een reisje naar GenIris in plaats van een bedevaart naar Lourdes. De analisten grinnikten om zijn gevatheid. Vervolgens goochelde hij met cijfers, winst en verlies, balanstotalen, verwachte opbrengsten, investeringen, koers-winstverhoudingen, schuld-kapitaalratio en nog veel meer. Dit was gesneden koek voor deze institutionele beleggers. Ze maakten plichtmatig aantekeningen en stelden kritische vragen.

Na afloop stonden er bladen met glazen bruisende champagne en schalen met toastjes klaar. De gasten werkten het assortiment hapjes routinematig naar binnen. Daarna haastten ze zich om te vertrekken naar een volgende presentatie. Bij de uitgang namen ze de mappen met informatie en het prospectus voor de beursgang onder de arm en graaiden een paar balpennen met het iris-logo mee als souvenir. Een uur na het einde van de presentatie was de zaal verlaten en waren de schalen en glazen leeg, alsof een sprinkhanenplaag was langsgekomen.

De gastheren van WK & B waren euforisch. Ze verzekerden Iris en Darren dat ze indruk hadden gemaakt. Deze investeerders vertegenwoordigden tientallen miljarden aan belegd vermogen en ze zouden ongetwijfeld intekenen op de aandelenuitgifte.

'Je deed het geweldig', zei Darren tegen Iris toen ze, na een lichte lunch in de directiekamer van de bank, halverwege de middag in een pub achter een pint ale zaten.

'Dank je. Jij was trouwens ook niet slecht. Proost.'

'Cheers. Mijn cijfers zijn routinewerk. Ik heb zo vaak dergelijke presentaties gegeven, ik weet precies wat die analisten willen horen. Wat jij vertelde was nieuw voor ze. Je zág ze denken: hé! die vrouw heeft iets te melden.'

Iris glimlachte.

Overmoedig sloeg Darren zijn glas achterover. 'Hoe dan ook, de eerste presentatie zit erop. En ik kreeg de indruk dat je een beetje over de schok van de dood van Matthias Illbruck heen bent.'

Iris zweeg. Haar blik kreeg weer diezelfde glazige treurigheid die Darren eerder was opgevallen zodra hij over Matthias begon.

'Nee', zei ze na een lange stilte. 'Je weet niet hoeveel moeite het me kost om met een blijmoedig gezicht zo'n presentatie te geven. Vanbinnen word ik verscheurd door verdriet.'

'Het was je niet aan te zien.'

'Ik besef het nauwelijks. Ik doe het op mijn oude routine. Het enige wat me op de been houdt, is denken aan Matthias. Ik denk gewoon dat hij in de zaal zit, ergens achteraan, zodat ik hem niet kan zien. Hij vindt het fantastisch als hij mij ons verhaal hoort vertellen. Ik weet dat hij er is en dat geeft me kracht.'

Wanneer Ernst Boiten door het zonwerende glas van het Directoraat Generaal Onderzoek naar buiten keek, zag hij de zwarte au-pairmeisjes met de blanke kindertjes van hun welgestelde Brusselse families drentelen in het groen van het Meeus Park. Congolese meisjes, vermoedde hij, dit was tenslotte België. De wereld was tegenwoordig één grote smeltkroes.

Boiten had een tevreden gevoel. Hij had zojuist een moeizame vergadering afgerond over een nieuwe Europese richtlijn voor de opslag van menselijke cellen. De vertegenwoordigers van de farmaceutische industrie, de lobbyisten en de academische onderzoekers waren akkoord gegaan met zijn voorstellen. Nu moesten de lidstaten, de politieke leiders, nog over de streep getrokken worden. Dat was lastig genoeg, want het politieke klimaat was omgeslagen in Europa. Vooral op het gebied waar de veelbelovendste ontwikkelingen te verwachten waren, het gebruik van embryonale cellen. Er bleef maar één argument over dat het altijd goed deed: Europa kon niet achterblijven bij de Verenigde Staten. Daar probeerde Boiten gebruik van te maken.

Hij dacht aan de activiste van EuGene. Ze had meer bij hem losgemaakt dan hij wilde toegeven. Als hij haar nog wat informatie verstrekte over de vergadering die hij net had afgerond, dan kon hij haar wellicht overhalen opnieuw een demonstratie in Brussel te organiseren tegen de opmars van de Amerikaanse biotechindustrie. Dat zou zijn strategie om de richtlijn door te drukken, geen kwaad doen. Het zou hem persoonlijk helpen om die ellendige Zwitser,

Leutwiler, ervan te overtuigen dat er werkelijk geen reden was om compromitterende informatie over zijn vroegere commissariaat bij dat farmabedrijf in de openbaarheid te brengen.

Wat een perfide chantage! Boiten vroeg zich af wat Leutwiler in zijn schild voerde. Van die dreigende overname door een Amerikaanse bedrijf waarover Leutwiler zo bezorgd was geweest, had hij niets meer vernomen. Hij had er in de pers nergens iets over gelezen – behalve dan wat hij er zelf over gezegd had tegen die journalist van de *Financial Times* in Parijs. Leutwiler had ongetwijfeld zijn bronnen, die man was een spin in het web van informatie. Zou hij het hele verhaal verzonnen hebben, vroeg Boiten zich af. Naar de stand van zaken moest hij hem binnenkort toch eens vragen.

Maar eerst die studente. Boiten haalde haar kaartje uit zijn bureaulade en toetste haar nummer.

Simone pakte haar gsm op nadat deze zeven keer was overgegaan. Even had ze moeite om de stem van Boiten te herkennen. Hij had haar nooit eerder gebeld en hij sprak aarzelend, een beetje zenuwachtig. Ja, ze was zeker geïnteresseerd in nieuwe informatie uit Brussel. En, ja, een afspraak wilde ze graag maken, maar op dit moment was het lastig. Ze kon niet bij haar agenda. Mocht ze straks terugbellen?

Boiten kon niet weten dat Simone op dat moment in bed lag met professor Herbert Sandbergen. Het was nog maar vier uur 's middags, maar Sandbergen had haar zover gekregen dat ze voorafgaand aan hun eetafspraak bij hem thuis langs was gekomen. Simone had zich snel van haar kleren ontdaan. Sandbergen was haar nogal tegengevallen. Hij was weliswaar fors geschapen, maar de seks met hem was een non-gebeurtenis geweest. Ze wachtte eigenlijk totdat ze naar een restaurant zouden gaan om te eten. Tenslotte had hij haar nog meer informatie beloofd voor actie tegen GenIris. Eigenlijk voelde ze zich een beetje hoerig, maar het was voor de goede zaak. Ze dacht aan het lot van de proefdieren in hun kooitjes en aan de zeldzame vlinders die werden bedreigd door genetisch gemodificeerde gewassen.

Tijdens de terugvlucht van Londen naar Amsterdam verzonk Iris weer in stilzwijgen. Darren vroeg zich af hoe het de komende weken zou gaan. Ze hadden nog vier bijeenkomsten met beleggers voor de boeg en ook al waren haar presentaties nog zo voortreffelijk, dat telkens terugkerende depressieve gevoel liet haar niet los. Het maakte hun komende reisjes niet iets om naar uit te zien.

Het cabinepersoneel kwam langs met vruchtensap en broodjes in plastic verpakking. Het vliegtuig had last van atmosferische turbulentie, zodat het sap danste in de plastic bekertjes. Darren bladerde ongeconcentreerd door een tijdschrift. Zijn gedachten dwaalden af naar de beursgang. Als demonstranten de boel op het laatste moment maar niet verziekten. Zou Sandbergen daar werkelijk achter zitten, zoals Iris beweerd had? Daar kon hij geen sluitende verklaring voor bedenken.

'Hoe weet je eigenlijk dat Sandbergen zo'n uitgekookte geldwolf is?' vroeg hij onverwacht.

Iris was in haar eigen gedachten verzonken.

'Wat, hoezo?' reageerde ze verward.

'Ik dacht aan wat je me laatst vertelde.'

'O, heel eenvoudig. Ik heb vier jaar met Sandbergen samengewerkt – en dan leer je elkaar wel kennen. Inclusief elkaars persoonlijke agenda's en privé-geheimen. Begrijp je?'

Ze keek hem met een geamuseerde, superieure glimlach aan.

'Vrouwen zijn daar misschien beter in dan mannen', suggereerde Darren.

'Absoluut. Dat is genetisch bepaald.'

'En hoe weet je dat hij GenIris wil verkopen aan die Zwitsers?'

'Dat heeft hij me in een vertrouwelijke bui een keer verteld. Hij dacht dat ik daar enthousiast over zou zijn, maar dat was natuurlijk niet zo. Daarna heeft hij er nooit meer iets over geopperd, maar hij bleef contact met ze onderhouden. Ik vermoed dat ze hem betaalden.'

'Absurd.'

'Ja. Dit was trouwens ook een reden waarom ik een overname door The Organ Factory wel zag zitten. Dan zou Sandbergen met lege handen bij zijn Zwitserse vrienden moeten aankomen.'

'Ik had niet beseft dat je zo uitgekookt bent.'

'Ben ik ook niet. Het was niet mijn belangrijkste motief. Maar Sandbergen dwarszitten, dat speelde in mijn achterhoofd wel mee.' Ze giechelde.

'Had dat eerder gezegd.'

'Ik had je toch niet overtuigd.'

'Nee, daar heb je gelijk in. Dat bod van Fernando was er niet beter op geworden.'

'Precies. Hoe dan ook, Sandbergen is niet te vertrouwen. Je herinnert je dat hij de afgelopen tijd een paar keer onaangekondigd bij ons langs is geweest om zijn persoonlijke onderzoeksgegevens uit zijn computer te halen. Het zou mij niets verbazen als hij ook geprobeerd heeft om de financiële gegevens van GenIris die jij zo keurig hebt uitgezocht te downloaden, zodat hij ze aan zijn Zwitserse vrienden kan verkopen. Misschien is hem dat wel gelukt.'

'Maar dat is volslagen illegaal!'

Iris keek Darren veelbetekenend aan. Het vliegtuig begon aan de daling voor de landing op Schiphol. Stoelriemen vastmaken, tafeltje opklappen, stoel rechtop zetten, kondigde de stewardess aan.

'Daar deinst hij niet voor terug.'

'Denk je dat Sandbergen niet alleen achter die demonstratie, maar ook achter de sabotages bij GenIris zit?' vroeg Darren.

Iris schudde haar hoofd. Haar paardenstaart zwiepte heen en weer. 'Nee, dat denk ik niet. Liever gezegd, ik kan het me niet voorstellen. Hij is een klootzak, maar hij had wel hart voor ons onderzoek. Alleen hanteerde hij andere ethische normen.'

Ze zweeg even. 'Daar heb je de kustlijn met het strand en de duinen', zei ze, naar buiten wijzend. Haar stem klonk nostalgisch, alsof ze na een lange reis thuis kwam.

# 28 Kloonkliniek

Voor dag en dauw sloop Simone Reekers samen met twee andere actievoerders van EuGene door de bossen van het terrein waarop het gebouw van GenIris stond. Het was al licht. Ze hoorde het gefluit van merels en de sonore roep van houtduiven. De kippen stonden nog te slapen op lage boomtakken en de pauwen hielden zich schuil in het struikgewas. Het was zes uur in de ochtend, in de wijde omgeving was niemand te bekennen.

De actievoerders hadden een emmer muurverf en een paar kwasten bij zich en ze deden hun werk snel en doeltreffend. Twintig minuten nadat de Transporter was gestopt bij de toegang tot het terrein, waren ze klaar. Ze lieten nog wat verfspetters achter op de oprit, ze kliederden haastig een leuze op een bijgebouwtje en daarna verdwenen ze in de optrekkende dauw van de beginnende zomerdag.

Twee uur later kwam Iris Stork in haar Peugeot Cabrio aangereden.

*Kloon Kliniek* stond met knalrode letters op de vaalwitte muur naast de ingang van GenIris gekladderd.

Jezus Maria, wat móét dat daar? schoot Iris door het hoofd.

'Wat is hier gebeurd?' vroeg ze aan de receptioniste. Maar Mariëtte wist niet meer te vertellen dan dat ze bij aankomst de kreet op de muur had aangetroffen.

Getergd liep Iris naar haar werkkamer. Even later verscheen Deborah en daarna kwam Darren binnen. Gedrieën hielden ze haastig beraad.

'Waar slaat deze krankzinnigheid op?' vroeg Darren. 'Eerst een demonstratie en nu deze leus.'

'Laten we zorgen dat iemand de muur opnieuw wit', zei Iris. Ze was niet in een stemming om uitgebreid te discussiëren. Het was ook de andere twee duidelijk: die leus moest onmiddellijk overgeschilderd worden. Daarna konden ze bespreken wat er aan de hand was.

In een werkplaats die vroeger had toebehoord aan de psychiatrische kliniek en die nooit was opgeruimd, vonden ze een paar potten met muurverf en rollers. Op aanwijzing van Darren ging een van de schoonmakers aan de slag. Drie kwartier later schenen de rode letters nog slechts vaag door de nieuwe verflaag heen. De muur vertoonde wel een opvallende, vers geschilderde rechthoek. Het was duidelijk zichtbaar dat hier iets was overgeschilderd, maar het was onmogelijk om in zo korte tijd het hele gebouw op te knappen.

'Waar slâât die kreet op?' brieste Darren. Hij was terug op de kamer van Iris en hij eiste opheldering.

Iris zweeg. Ze wist dat ze dingen waar Darren al zo vaak naar gevraagd had, voor hem verborgen had gehouden. Voor het eerst voelde ze zich schuldig omdat ze hem niet eerder in vertrouwen had genomen. Ze had Darren op afstand willen houden. Hij was geen wetenschapper, maar een bankier. Ze had hem niet willen betrekken bij het onderzoek van GenIris. Bizar genoeg was hij nu zó onmisbaar geworden, dat ze niet zonder hem kon.

'Ik stel voor dat we een eindje gaan wandelen', zei Iris met een vlakke stem. Darren vroeg zich af wat dit aanbod te betekenen had, maar hij ging akkoord. Zijn woede bekoelde enigszins.

'Dit is het laatste geheim van GenIris dat ik je vertel. Hierna, dat beloof ik je, is er niets meer', begon Iris. Ze liepen over een pad dat het bos in kronkelde. Links en rechts stonden beuken, eiken en kastanjes. Het miezerde een beetje. Behalve het gedempte geluid van hun voetstappen was het doodstil in het bos.

'Dat heb je me al zo vaak gezegd, en telkens kom je met nieuwe onthullingen', antwoordde Darren geprikkeld. Hij schopte met zijn dure brogues tegen een paar dode takjes. Hij voelde zich getergd. Nee, dat was zwak uitgedrukt. Hij was razend. Hoelang werkte hij nu bij GenIris? Vijf, zes maanden? Hij had zich kapot gewerkt om alles op orde te krijgen, de boekhouding inzichtelijk te maken, de financiële gegevens boven tafel te krijgen, de investeerders van het Darwin Fund en de bankiers van Weiss, Kleinknecht & Braunschweig op één lijn te krijgen, kortom, om de financiële presentatie van GenIris zo aantrekkelijk te maken dat de beursgang een succes ging worden. En telkens opnieuw verraste Iris hem met nieuwe negatieve informatie. Onthullingen die rampzalig konden zijn en waar hij voortdurend achteraan liep.

Nijdig luchtte hij tegen Iris Stork zijn hart, zijn opgekropte frustraties kwamen allemaal naar boven. Ze was een wetenschapster, dat was het probleem. Ze dacht alleen maar aan haar klinische fase twee, haar onderzoek, haar celweek. Ze had geen benul van de gevoeligheid van onwelgevallige informatie. Laat staan van de macht van de financiële analisten. Die konden een bedrijf, al was het nog zo veelbelovend, in vijf minuten de grond in boren. Dan was het afgelopen, einde voorstelling. En de publieke opinie! Wat dacht ze, dat hij alle hobbels moeiteloos kon gladstrijken? Dan had ze het goed mis. Zo werkte het niet en daarvoor leende hij zich evenmin. Hij was geen pr-agent die recht praatte wat krom was.

Iris antwoordde niet. Het kostte haar moeite om het toe te geven, maar Darren had gelijk. Ze had hem nooit volledig in vertrouwen genomen. Dat kon ze niet – hij deed het voor het geld, nergens anders voor. Hij leefde niet, zoals zijzelf, zoals Deborah, zoals Matthias, voor het onderzoek. Haar werk was haar leven, en Darrens werk was zijn levensonderhoud. Dat maakte het verschil.

Ze liepen voorbij de vijver waar de eenden en zwanen hun rondjes in het water trokken. Ondertussen praatte Darren verder. 'Ik weet dat ik nu niet meer terug kan. Maar laat ik je dit zeggen. Direct na de beursgang ben ik vertrokken. Ik heb er meer dan genoeg van telkens met voldongen feiten geconfronteerd te worden.'

Zijn stem klonk onverbiddelijk.

Iris keek hem spottend aan.

'Je kunt helemaal niet weg, Darren Gittinger. Je hebt een lening afgesloten die je als een gouden ketting aan dit bedrijf bindt. Weet je nog?'

*Fuck you*, dacht Darren. 'Die lening heeft een ontbindingsclausule, maar dat komt later wel. Wat wil je me eigenlijk vertellen – of is het laatste geheim van GenIris deze idyllische boswandeling?'

'Wat ik je ga toevertrouwen is diep geheim.'

Iris ging dichter bij Darren lopen. Ze pakte een stok van de grond en begon een lijn te trekken. Herbert Sandbergen, zei ze zachtjes, alsof ze bang was dat de spechten zouden meeluisteren, Herbert Sandbergen was bezig geweest met experimenten in de tijd dat hij bij GenIris werkte. Die experimenten deed hij buiten haar om. Hij was steeds vaker tot diep in de nacht alleen in het laboratorium aan het werk geweest, een enkele keer samen met een Chinese technicus die inmiddels was ontslagen. Ze wist niet precies wat hij deed, wel dat hij zijn onderzoek met de grootste geheimzinnigheid omgaf. Toen was er het conflict geweest over het congres in Singapore, waar Sandbergen naartoe wilde en waar zij niets in zag. Ondanks haar bezwaren was ze meegegaan en daar had ze knallende ruzie met hem gekregen. Dat had ze Darren indertijd verteld. Ze had hem alleen de helft van de reden voor de breuk met Sandbergen toevertrouwd.

In Singapore, vervolgde Iris, was ze erachter gekomen dat Sandbergen contact had met een Italiaanse arts die bekendstond als expert in reproductief klonen. Ze had hen min of meer betrapt aan een tafeltje achter een paar palmbomen in de lobby van het dure hotel waar ze logeerden. Toen ze van Sandbergen uitleg eiste wat hij met deze omstreden arts te bespreken had, was hij in woede uitgebarsten. Waarmee bemoeide ze zich! Híj was de professor! Hij was de expert! Hij maakte zelf wel uit met wie hij sprak! De ruzie was zó hoog opgelopen, en deze kwam boven op de woordenwisseling die ze gehad hadden over Sandbergens presentatie waarbij hij haar naam niet vermeld had, dat ze gescheiden terugreisden naar Nederland.

Terug in Nederland was haar achterdocht zo groot geworden, dat ze op een avond met hulp van een technicus in de computerbestanden van Sandbergen was gedoken. Het had geen moeite gekost te ontdekken dat hij privé-bestanden had, buiten de database van GenIris. Daarna was ze alleen verder gaan zoeken. Ze vond gegevens die betrekking hadden op pogingen om menselijke embryo's te klonen. Niet voor therapeutische doeleinden, maar voor reproductie.

Iris bleef stilstaan op het bospad. Met haar stok draaide ze cirkels in de aarde. 'Begrijp je wat ik bedoel?'

Darren knikte. Dat was het dus. Sandbergen was bezig geweest met een privé-project om mensen te klonen.

'Ik heb hem de wacht aangezegd. Liever gezegd: ik heb hem voor de keuze gesteld: hij eruit of ik zou alles openbaar maken. Zo simpel lag het. In overleg met Westerhoff, die ik de ware reden nooit heb toevertrouwd, heb ik Sandbergen te verstaan gegeven dat hij onmiddellijk moest vertrekken. Ik wilde hem geen dag langer in mijn omgeving hebben.'

'Jezus christus', stamelde Darren. Hij was met stomheid geslagen. Het draaide hem voor zijn ogen. Sandbergen, de professor, de medeoprichter van het bedrijf, was bezig geweest GenIris te gebruiken als dekmantel voor kloonexperimenten. Darrens ergernis over de zwijgzaamheid van Iris, zijn achterdocht over dingen die ze achterhield, zijn woede om telkens met nieuwe voldongen feiten te worden geconfronteerd, waren op slag verdwenen. Hij was totaal verbluft. En hij had grenzeloos respect voor de manier waarop Iris dit conflict met Sandbergen in haar eentje had opgelost, zonder haar eigen belang of dat van GenIris te schaden.

'Dus als ik je goed begrijp: Sandbergen probeerde te experimenteren met klonen. Jij hebt hem eruit gegooid. Je kon verder met je werk. Maar Sandbergen is niet van de aardbol verdwenen. Hij is nog altijd aandeelhouder.'

'Ja, dat kon ik hem niet ontnemen. Dan had ik hem moeten uitkopen, en daar had ik het geld niet voor. En aan het Darwin Fund kon ik dat natuurlijk niet vragen. Ik heb Westerhoff en zijn partners bewust in het ongewisse gelaten over de ware reden van Sandbergens ontslag. Ik was bang dat ze zich acuut als investeerders zouden hebben teruggetrokken.'

'En nu? Wat betekent dit allemaal? Denk je dat die kreet "kloon kliniek" op Sandbergens experimenten slaat?'

'O, dat weet ik wel zeker.'

'Maar als alleen jij en Sandbergen dat weten – hij is niet het type dat in alle vroegte met verf en kwast op stap gaat.' Darren dacht aan de lijvige man die hem in de gang bijna omver had gelopen.

'Nee, hij kijkt wel uit. Maar hij kan het aan iemand hebben doorverteld.'

'Aan wie?'

'Wat dacht je. Aan die studente-activiste natuurlijk. Het meisje dat eerder bij ons stond te demonstreren met het spandoek.'

'Ik begrijp er niets van. Waarom zou Sandbergen…?'

'Ik weet niet meer dan jij, Darren. Maar ik heb mijn vermoedens. Stel dat Sandbergen die studente verteld heeft dat GenIris zich bezighoudt met CEBC's. Dat snapte ze natuurlijk niet en daarom noemde hij het gestampte cellen. Dat sloeg aan en om het nóg spannender te maken, heeft hij haar toevertrouwd dat er bij GenIris gekloond wordt. Tot zoiets is hij in staat. Zich interessant voordoen en daarmee zo'n meisje inpakken.'

'Maar waarom? Wat bezielt hem?'

'Hij wil ons kapot hebben. Ik heb hem eruit gegooid, dat was een enorme persoonlijke vernedering voor hem. Sandbergen weet dat we ons voorbereiden op een beursgang en als die mislukt, zitten we financieel aan de grond. Dan kan ik niet verder met mijn onderzoek en is het voor mij afgelopen. Daarna zorgt hij ervoor dat zijn Zwitserse vrienden GenIris voor een spotprijs kopen. Dan komt hij terug en hervat hij zijn experimenten. Bingo. Het is niet meer dan een veronderstelling, maar zo zou het kunnen gaan.'

Ze liepen verder. Het gebladerte van het bos sloot zich links en rechts en boven hen. Behalve het knappen van een enkel takje onder hun voeten was het stil.

'Als dit naar buiten komt, dan worden we afgemaakt', somberde Darren.

Iris knikte. 'Daarom heb ik dit nooit aan iemand verteld. Jij bent de tweede die het hoort. Zelfs Deborah weet het niet. Al had ze wel een vermoeden dat er iets aan de hand was toen ik plotseling een van de vorige Chinese technici op staande voet ontsloeg.'

'Wie was de eerste aan wie je het hebt verteld?'

'Matthias Illbruck.'

Darren zweeg. Hij begreep wat Iris bedoelde. Matthias kon het niet verder vertellen.

'Wist Telecky het?' vroeg hij.

'Niet van mij – en Matthias wist een geheim te bewaren.'

'Jezus christus', zei Darren weer. Hij trapte een stel takken weg. 'Toch begrijp ik niet hoe hij zijn experiment voor elkaar dacht te krijgen. Ik heb er geen verstand van, maar als je embryo's wilt klonen, dan heb je toch een medische kliniek nodig?'

'Vergeet niet dat Sandbergen hoogleraar is geweest. Hij kent al die IVF-klinieken en daar kan hij makkelijk terecht. In ons lab deed hij zijn experimenten. Onderzoek naar de kwaliteit van eicellen, ontker-ningstechnieken, groeifactoren om gekloonde cellen aan het delen te krijgen. Zijn onderzoek liep parallel aan dat van mij met de stam-cellen, daarom was hij zo in mijn technieken geïnteresseerd.'

'En? Had hij resultaat?'

'Echt een menselijk embryo klonen heeft hij bij mijn weten niet gedaan. Maar hij was ertoe in staat. En al die onderzoeksgegevens had hij in zijn computer opgeslagen.'

'Ik ga die computer van Sandbergen onmiddellijk bekijken', zei Darren vastbesloten.

'Daar zul je niets meer in vinden. Je hebt hem toch zelf over de gang zien lopen? Hij heeft al zijn privé-gegevens van zijn computer gehaald. Je snapt nu wel waarom.'

'Misschien is hij een paar bestanden vergeten te wissen.'

Iris haalde haar schouders op.

'Zijn grootste probleem was dat hij de eicellen waarmee hij ex-perimenteerde, moest opslaan zonder dat iemand het zou merken. Nadat hij vertrokken was, ontdekte ik dat hij een eigen diepvriesvat op zijn kamer had staan. Hij had er een kleedje over gelegd. Dat ding staat nu op mijn kamer, trouwens.'

'En welk geheim bewaar jij daarin?' vroeg Darren half schertsend. Nu Iris hem alles verteld had, was zijn mening over haar definitief omgeslagen. Zijn bewondering voor haar was terug. Ook Iris voelde zich opgelucht dat ze hem zo diep in vertrouwen had genomen. Ze raakte er balorig van.

'Jaha, dat zou je wel willen weten', zei ze met gespeelde geheim-zinnigheid. 'Nee, helemaal niets, dus. Ik heb er een vaas met irissen op gezet.'

'Kom, laten we teruggaan', zei Darren. 'Ik heb over een kwartier een telefonische conferentie met Londen. Die mag ik niet missen.'

In stevig tempo liepen ze terug naar het gebouw. Met natte haren van de miezerige regen kwamen ze naar binnen.

# 29 Zesenveertig chromosomen

Het neogotische kasteel in het lommerrijke park fungeerde als ruimte voor feestelijke bijeenkomsten. De entree en de zalen links en rechts waren versierd met heraldieke herinneringen aan de adellijke familie die hier vroeger gewoond had. Er hingen familieportretten en zwaarden aan de muur en er stonden zware houten meubelen in negentiende-eeuwse neoclassicistische stijl.

Niet alleen uit decoratieve overwegingen, ook uit vrees voor onverwachte ongeregeldheden had Westerhoff, in samenspraak met Darren, gekozen voor deze afgelegen locatie, die moeilijk bereikbaar was en gemakkelijk te beveiligen. Westerhoff was beducht voor activisten van het Dierenbevrijdingsfront. Hij had het zekere voor het onzekere genomen. Demonstraties kon hij vandaag niet gebruiken, want aanstonds zouden de Londense bankiers van WK & B hier de introductiekoers van GenIris bekendmaken.

De gasten verzamelden zich in de tuin voor het bordes, waar hun een vorstelijke ontvangst wachtte. Obers stonden gedienstig klaar met bladen fluitglazen vol sprankelende, rozerode kir royal. Midden op het grasveld stond een overluifelde tafel voorzien van schalen met zilte heerlijkheden alsof de Doggersbank was leeggevist. Aan niets ontbrak het. Op het bordes, naast de openslaande deuren die toegang gaven tot de vroegere bibliotheek, stond een bandje opgesteld dat voor beschaafde achtergrondmuziek zorgde.

Het Darwin Evolution Fund had de feestelijke ontvangst georganiseerd en Jeen Westerhoff vervulde zijn rol van gastheer met verve. Uit Nederland, uit Europese landen en de Verenigde Staten was er belangstelling om in te schrijven op de aandelen van GenIris. Dat was te danken aan Iris en Darren die met hun presentaties indruk hadden gemaakt: een sterk verhaal, deugdelijke cijfers, gerenommeerde bankiers. En vooral: het vooruitzicht op de behandeling van ouderdomsziektes, waarvan iedereen wel tragische voorbeelden uit zijn of haar naaste omgeving kende. GenIris sprak aan, het verkocht zichzelf. Het was zoals Iris bij haar kennismaking tegen Darren had gezegd: Parkinson vormde een groeimarkt.

Het was stralend weer, twee weken nadat Iris aan Darren had onthuld waarmee Sandbergen bezig was geweest. In de tussentijd was het rustig gebleven bij GenIris. Tot Darrens opluchting waren er geen nieuwe acties geweest en ook geen nieuwe onthullingen naar buiten gekomen. Tijdens hun boswandeling had Iris werkelijk het laatste geheim van GenIris aan hem toevertrouwd. Hij was de dag erna onmiddellijk op zijn computer gaan zoeken naar sporen van de bestanden van Sandbergen, in de hoop iets te vinden, maar Iris had gelijk gehad. Sandbergen had alles zorgvuldig gewist. Al zijn privé-mappen waren leeg. Het stelde Darren in zoverre gerust, dat hij nu zeker wist dat er geen compromitterende gegevens op de computers van GenIris te vinden waren. Dat sterkte hem in zijn vertrouwen dat niets het succes van de beursgang nog in de weg stond.

Nu het grote moment was aangebroken voelde Darren de spanningen van de afgelopen maanden wegebben. Hij had zich zorgen gemaakt – veel meer dan hij had laten blijken – over de problemen in het lab, de aanslagen her en der, de dood van Matthias, de demonstraties, en ten slotte over Sandbergen. Hij wist maar al te goed wat de risico's waren bij een beursgang van een startend bedrijf: er kon zich onverwachts een probleem voordoen, er kon plotseling een rel in de media uitbreken over iets waar niemand aan had gedacht. En dan was een jong bedrijf, dat voor zijn naamsbekendheid afhankelijk was van positieve berichten, ongelooflijk kwetsbaar.

Maar ze hadden de dag van de bekendmaking van de introductiekoers zonder kleerscheuren gehaald. In de markt was sprake van positieve verhalen over GenIris. Het ging lukken. Darren leefde op. Dit was zijn moment. Hij voelde de koortsachtige opwinding van vroeger toen hij als financieel consultant de ene beursintroductie na de andere verzorgde. En hij voorspelde aan iedereen die het horen wilde, wat er ging gebeuren: de koers van GenIris zou omhoog schieten.

In de schaarse momenten van rust dacht hij aan zijn opties. Ze zouden dik in de plus komen. Hij zou ze na zijn lock-up verkopen en meer dan genoeg verdienen om zijn schulden af te lossen, inclusief de lening voor zijn tropische project. Hoe zou het met Gabriela zijn? Het e-mailverkeer met het oerwoud stond al wekenlang stil. Hij had het ook zo druk gehad. Maar dat ging veranderen, en binnenkort had hij alle tijd voor haar.

Zijn verstandhouding met Iris was verbeterd. Darren vermoedde dat ze opgelucht was omdat de financiële verwikkelingen nu werkelijk bijna achter de rug waren. Hij was ook blij dat ze hem deelgenoot had gemaakt van de poging van Sandbergen om haar bedrijf te misbruiken. Daardoor begreep hij haar emotionele reacties. Zelfs haar enthousiasme voor een overname door The Organ Factory kon hij nu beter plaatsen. Al bleef hij van mening dat dat nooit iets was geworden. De beursgang werd het succesnummer dat hij haar steeds had voorgehouden. Deze slag had hij gewonnen.

Toch bleef Iris' gedrag ondoorgrondelijk. Soms zag Darren haar teruggetrokken in haar werkkamer zitten, met haar rug naar de glazen wand, overweldigd door emoties. Dan was ze onaanspreekbaar. Maar naar buiten toe, in de aanwezigheid van anderen, liet ze niets van haar gevoelens merken.

Westerhoff had iedereen die hij kon bedenken voor de feestelijkheid uitgenodigd. Alle medewerkers van GenIris, de staf van het Darwin Fund en het team van Weiss, Kleinknecht & Braunschweig waren natuurlijk aanwezig. Verder waren er beleggers uit binnen- en buitenland, academici, collega-biotechondernemers. Westerhoff had ook een reportageploeg van een commerciële tv-zender gevraagd om opnames te maken. Iris had geen moeite gedaan om het te verhinderen. Ze besefte dat op dit feest van de markt publiciteit onvermijdelijk was. Vandaag had ze daar niets tegen in te brengen.

Van NeuroLinks was doctor Telecky met drie van zijn medewerkers gekomen. Telecky stond nors aan de kant en mengde zich niet in het sociale circuit. Hij was allergisch voor festiviteiten. Het team van The Organ Factory was gevraagd te komen, maar Fernando had een onduidelijk excuus gegeven waarom hij was verhinderd. Herbert Sandbergen was als medeoprichter uiteraard ook uitgenodigd, maar hij schitterde door afwezigheid.

De gasten hadden hun kleding aangepast aan het mooie nazomer-weer. Iris had opnieuw haar linnen mantelpak aan. Ze bewoog zich onopvallend door de menigte, een bescheiden verschijning op haar eigen feest. Darren bespeurde weer die terughoudendheid in haar omgang met anderen. Te midden van de gasten creëerde ze bewust afstand om zich heen.

Zelf genoot hij van de lof die hij voor zijn financiële werk kreeg. Dit was zijn middag. Hij had een camelkleurig pak aan met een overhemd in pasteltint en een maïsgele stropdas met vlindermotief. Het was een persoonlijk statement: eigentijdse bankier verlegt zijn grenzen naar de kleurrijke dynamiek van de *life sciences*.

Het grasveld was inmiddels geheel gevuld met gasten. De bedie-ning liep af en aan met drankjes en hapjes, in een afgelegen hoek was iemand bezig het vuur van een barbecue aan te wakkeren, waarop gegrilde spiesjes met vlees geroosterd werden.

Bij het bordes stond een katheder en daar stapte Jeen Westerhoff op af. Hij was opgetogen, hij wist als geen ander hoe hard de partners van het Darwin Fund het financiële succes dat vandaag zou worden aangekondigd, nodig hadden. Natuurlijk gunde hij Iris Stork ook de beloning voor haar onderzoekswerk van de afgelopen vier jaar. En Darren Gittinger, zijn oude studiemaat die hij op zo'n fortuinlijke manier had weten te strikken om GenIris financieel op poten te zetten. Ja, het werd een fantastische dag en toch was hij nerveus.

Westerhoff tikte een paar keer op de microfoon, schraapte zijn keel en stak van wal met zijn welkomstwoord.

'We zijn allemaal benieuwd wat GenIris voor ons gaat betekenen', begon hij. 'Wel, het goede nieuws is dat we er beter van gaan worden! En dan bedoel ik niet in financiële zin – hoewel wij dat natuurlijk hopen – maar wat betreft onze gezondheid. GenIris gaat ons beter maken. Wij kunnen ons pensioen tegemoet zien zonder de geseling van lichamelijke en geestelijke afbraak. We gaan een zilveren tijdperk tegemoet!'

Hij wachtte even om zijn woorden te laten bezinken.

Daarna vervolgde hij: 'Er zijn veel bedrijven actief in de *life sciences.* GenIris gaat naar de beurs omdat het een technologische voorsprong heeft dank zij het baanbrekende werk van de oprichtster, Iris Stork!'

Gejuich klonk op van het grasveld.

'Iris, ik weet dat je wars bent van publiek vertoon, maar je ontkomt er vandaag niet aan om naar voren te komen. En dat vraag ik ook aan Darren Gittinger, de onvolprezen *chief financial officer* die het financiële management op orde heeft gebracht.'

Terwijl Westerhoff een moment zweeg om Iris en Darren de gelegenheid te geven zich door de menigte naar voren te bewegen, zag hij dat de gasten hun hoofd in de richting van de openslaande deuren van het kasteel draaiden. Met een monumentaal gebaar stapte Herbert Sandbergen naar buiten om vervolgens langzaam het bordes af te dalen. Hij werd vergezeld door een jonge blonde vrouw.

'Laat uw feestvreugde niet door mij verstoren!' riep Sandbergen met zijn welluidende stem. 'Ik ben slechts te gast op dit feest van het bedrijf dat ik heb helpen oprichten. Dat leek me het minste waarop ik aanspraak kan maken.'

Met een elegant gebaar leidde hij de vrouw naast hem aan haar arm naar beneden. Hij richtte zich tot haar, nog steeds op luidruchtige toon.

'Kijk goed om je heen, Simone, dit zijn de mensen tegen wie je actie voert. De financiële profiteurs, de oplichters van de banken, de hebzuchtige beleggers, de benepen durfkapitalisten! Laat me niet lachen! Het enige wat ze durven is wetenschappers uitbuiten en ze ontslaan als ze lastig worden! Hier stáát zo'n wetenschapper die aan de kant is gezet. Dus ik zou zeggen, Simone, tast toe en laat dit banket je voortreffelijk smaken, want het is het énige wat ze gratis aanbieden.'

Simone Reekers balanceerde onzeker van haar ene been op het andere. Het was niet duidelijk of ze genoot van de aandacht die haar aanwezigheid trok, of dat ze zich een beetje schaamde voor de provocaties van de lijvige man die naast haar stond.

'Welkom, professor Sandbergen', probeerde Westerhoff het initiatief weer naar zich toe te trekken. 'We zijn verheugd dat u deze middag met uw aanwezigheid luister komt bijzetten.'

'Wat moet die vent hier?' fluisterde Darren tegen Iris.

'Dit is zijn theatrale persoonlijkheid. Altijd het middelpunt willen zijn.'

'Die vrouw, dat is de activiste die bij ons hek stond te demonstreren. Ze heeft me een pamflet in de hand geduwd.'

'Zie je wel!' zei Iris half triomfantelijk.

'Wat een absurde vertoning. Hij heeft haar als Assepoester mee naar het bal genomen.'

'Hij voert iets in zijn schild, Darren, we moeten met hem uitkijken.'

'Daar ben ik inmiddels ook achter.'

Westerhoff droeg de microfoon over aan George Althorpe van WK & B uit Londen. Iris en Darren stonden ongemakkelijk naast hem op het kleine podium. Het rumoer dat de komst van Sandbergen had veroorzaakt, verstomde nu de bankier de introductieprijs ging onthullen. Hij nam alle tijd, alsof hij bezig was de score van het Eurovisiesongfestival te presenteren.

Achter hem stond een groot elektronisch scorebord met knipperende getallen. Drieënveertig, vierenveertig, vijfenveertig. Daaromheen dansten gele en rode balletjes.

'U weet, dames en heren,' galmde Althorpe, 'dat u bent samengesteld uit cellen.'

In zijn gestreepte pak met een enorme pochet die uit zijn colbertjasje wapperde, in dezelfde lichtroze kleur als zijn stropdas, straalde hij de arrogantie uit van de bankiers waaraan Iris zo'n hekel had. Darren voelde een walging opkomen over zo veel zelfingenomenheid.

'In die cellen', vervolgde Althorpe met zijn onnavolgbare Oxbridge-accent, 'zit het materiaal dat maakt wie u bent en wat u bent. En dit erfelijke materiaal is opgeslagen in chromosomen, waarvan u drieëntwintig paren bezit – een set van uw vader en een set van uw moeder. Samen maakt dat zesenveertig chromosomen.'

Hij wachtte even, in de ijdele hoop dat zijn biologische uiteenzetting indruk zou maken.

'Daarom dachten wij, nee, dat zeg ik verkeerd. Daarom hebben wij de markt gesondeerd en zijn wij uitgekomen op een introductiekoers voor GenIris van één euro per chromosoom. Dames en heren: zesenveertig euro!'

Terwijl de bankier deze laatste woorden sprak als een standwerker op de markt, begon het scorebord te knipperen. Een enorme vier en een zes flitsten aan en uit. Eromheen dartelden gekleurde elektronische ballen over het scherm. De dixielandband begon 'Happy Days are Here Again' te spelen en uit een luchtkanon dat verdekt was opgesteld achter de rododendrons kwamen trossen met fleurige ballonnen te voorschijn die met tientallen tegelijk omhoog werden geschoten.

'Zesenveertig euro!' riep de investeringsbankier nogmaals. Hij liep op Iris en Darren toe en schudde ze enthousiast de hand alsof ze zojuist een atletische prestatie van formaat hadden geleverd. Darren maakte een gebaar met zijn armen in de lucht en Iris zwaaide aarzelend naar het publiek. Dat stond inmiddels luidruchtig te applaudisseren.

Zesenveertig euro. De overeenkomst met het aantal chromosomen was een stunt, het was ook een schitterende introductiekoers. Darren glom dat hij zo'n goede inschatting had gemaakt. Ook tot Iris drong de betekenis van de getallen door. Ze gaf Darren spontaan een zoen.

'Gefeliciteerd,' zei ze, 'dit heb je verdiend!'

Darren zag hoe het televisieteam een breed shot maakte van de mensen op het grasveld en vervolgens inzoomde op Iris en hem op het bordes. Althorpe gaf hun beiden een bos zonnebloemen. Iris zwaaide met de bloemen. Het was het enige wat ze kon bedenken – op een dergelijk onthaal was ze niet voorbereid. Vagelijk hoorde ze het geknip van camera's. Ze dwong zichzelf te lachen. Triomf, triomf, prentte ze zichzelf in. Zorg dat het eruitziet als een moment waar je gelukkig mee bent.

'Vandaag over een week vindt de eerste officiële notering van GenIris plaats op de beurzen van Amsterdam, Londen en Frankfurt', vervolgde Althorpe nadat het tumult wat was geluwd. 'In de tussentijd staat de inschrijving voor beleggers open. Wij verwachten dat het storm zal lopen.' Hij keek even rond en grapte toen: 'Wie nog niet heeft ingetekend, kan bij mij persoonlijk zijn bestelling opgeven.'

De introductiekoers was hoger dan verwacht, hetgeen ten eerste betekende dat WK & B de markt positief inschatte en ten tweede dat vrijwel iedereen een stijging van zijn banksaldo kon verwachten. Maar dat was niet het belangrijkste, al leek het daar wel op gezien de opgetogenheid van de gasten op het grasveld. Het belangrijkste was dat GenIris verzekerd was van het geld voor de klinische proeven.

Iris en Darren vormden het middelpunt van de aandacht. De gasten verdrongen zich om hen te feliciteren.

Westerhoff klopte Darren een paar keer op zijn schouders.

'Ik wist dat ik op je kon bouwen', zei hij prijzend. 'Wat ben ik blij dat Fernando me op de reünie over je privé-omstandigheden vertelde.'

'Het netwerk, hè?' lachte Darren gul. 'Ik ben werkelijk blij dat je me overgehaald hebt te komen, Jeen. Je hebt me er een enorme dienst mee bewezen.'

Ze klonken met hun champagneglazen op het succes.

'Dit is het feest dat we allemaal nodig hadden', jubelde Jeen. 'Iris natuurlijk, na alle tegenslagen, maar jij ook na je privé-moeilijkheden, en wij van Darwin kunnen dit succes ook gebruiken. Al was het maar om dit feestje te betalen.'

'Alles loopt op rolletjes', zei Darren. Hij liet zich gewillig champagne bijschenken door een ober.

'Zeg dat wel. Behalve dan die binnenkomst van Sandbergen. Wat een aandachttrekker is die man.'

'Ik vertrouw hem voor geen cent. Wat moet hij hier?'

'Je kent Sandbergen niet', antwoordde Westerhoff. Hij boog zich in de richting van Darren. 'Om je de waarheid te zeggen, ik was dolblij toen Iris me zei dat ze hem uit het management wilde zetten. Met die man had ik veel te stellen. Hij houdt van provocaties, daarmee trekt hij aandacht naar zich toe. Ik denk dat hij die blonde vrouw heeft meegenomen om op te vallen. Zo'n stuk van een meid naast zich, dat streelt zijn ijdelheid.'

'Zouden ze iets van plan zijn?'

'Kan ik me niet voorstellen.'

'Laten we dan maar genieten', zei Darren.

'Precies. En vertel eens, wat ga je straks met de opbrengst van je opties doen – of heb je daar nog niet over nagedacht?'

Darren maakte een gebaar met zijn handpalm langs zijn keel. De scheidingsadvocaat van zijn ex-vrouw zat hem op zijn nek met aangetekende brieven.

'Goed dat je er wat aan overhoudt', stelde Jeen hem met een schouderklop gerust.

Iris probeerde zich aan het sociale gewoel te onttrekken. Maar ook al hield ze zich afzijdig, de aanwezigen kwamen op haar af om haar te feliciteren, haar hand te schudden, haar te zoenen. Ze had het ongemakkelijke gevoel dat ze een figurant was op haar eigen receptie.

'Dit moet de mooiste dag van je leven zijn', fluisterde een institutionele belegger in haar oor. Hoewel ze de man nooit van haar leven had ontmoet, drong hij zich op met drie zoenen.

'U bent een geweldige zakenvrouw. Ik bewonder u zeer', complimenteerde een andere man haar.

Iris mompelde nietszeggende reacties. Dank u. Ja, een schitterende dag. Inderdaad, fantastisch. Nee, dit had ik ook niet verwacht. Fijn dat u gekomen bent. Ze antwoordde plichtmatig, haar gedachten waren elders. Ze maakte zich zorgen om de aanwezigheid van Sandbergen, ze had verdriet om de afwezigheid van Matthias.

Vreemd, ze voelde geen triomf, geen blijdschap, geen gevoel van missie-vervuld. Ze voelde uitsluitend een onvoorstelbare leegte. De beurskoers – was dát nou het hoogtepunt van het zakenbestaan? Toen ze vier jaar geleden begonnen was, had ze alleen maar gedacht aan haar zelfstandigheid. En nu stond ze op het punt haar zelfstandigheid te verkopen aan onbekenden die bereid waren zesenveertig euro voor een aandeel in GenIris te betalen. Zo raakte ze haar onafhankelijkheid weer kwijt. Voortaan was ze overgeleverd aan de grillen van de markt. Zesenveertig euro – het mocht wat.

Het televisieteam kwam op haar af. De reporter wilde een kort interview met de geslaagde zakenvrouw opnemen. Iris had er geen zin in, maar ze besefte dat ze deze middag onmogelijk kon weigeren.

'Hartelijk gefeliciteerd mevrouw Stork, u zult blij zijn met de introductiekoers', begon de verslaggever.

'O, ja, zeker. Dit is een prachtige prijs. Het betekent dat wij verder kunnen met ons onderzoek. We gaan met een grote groep patiënten de betrouwbaarheid van onze therapie klinisch testen. Dat is voor mij het belangrijkste.'

'Wat is de doorbraak die u hoopt te bereiken?'

Op de automatische piloot draaide Iris voor de zoveelste keer haar verhaal af.

'Het klinkt allemaal fantastisch', zei de verslaggever. 'En gaat uw, eh, methode mij ook helpen?'

'Nee, ik moet u teleurstellen', glimlachte Iris. 'We richten ons op mensen met de ziekte van Parkinson en Alzheimer. Veel ouderen lijden aan die verschrikkelijke ziektes. Mijn eigen vader is een slachtoffer van Parkinson. Ik moet vaak aan hem denken als ik in mijn laboratorium bezig ben. Eigenlijk doe ik dit werk voor hem.'

Iris keek melancholisch in de camera.

'Maar toch ook een beetje voor uzelf. Ik neem aan dat u persoonlijk veel verdient aan deze beursintroductie. U bent als oprichtster toch de grootste aandeelhouder van GenIris?'

Even aarzelde Iris.

'Nou, dat valt wel mee. Mijn aandeel is gaandeweg teruggelopen. Ik weet niet of ik veel aan deze gebeurtenis verdien. Mijn financiële directeur heeft me verteld dat ik de komende zes maanden niets van mijn aandelen mag verkopen. Verder houd ik me daar niet zo mee bezig.'

'Dank u wel voor het gesprek en veel succes met uw bedrijf.'

De cameraman maakte een laatste breed shot en wilde afsluiten, toen hij in de zoeker een blonde vrouw op de bordestrap achter Iris Stork in beeld zag verschijnen. De vrouw haalde iets onder haar groene T-shirt vandaan en begon dat langzaam uit te rollen. De cameraman bleef doordraaien. Iris' aandacht werd afgeleid door Herbert Sandbergen, die met uitgestoken armen op haar af kwam om haar te feliciteren. Iris maakte een afwerend gebaar, ze had geen zin in een omhelzing door de man die ze haatte. Maar Sandbergen bleef zich opdringen. Achter Iris, perfect in beeld, hield de vrouw heel even een strook stof omhoog. *GenIris Kloon Kliniek* stond er in bloedrode letters op.

Vrijwel alle gasten waren vertrokken. De televisieploeg had zijn spullen ingepakt en was verdwenen. De verslaggever had Iris bedankt voor de ontvangst, de hapjes en de drankjes. Hij was zich niet bewust van de laatste opnames die zijn cameraman had gemaakt.

Darren zag dat Sandbergen in een hoek van de tuin met zijn gsm stond te telefoneren. Hij maakte gebaren met zijn vrije arm en draaide zijn gezicht weg toen hij Darrens blik kruiste. De studente-activiste was al eerder weggegaan. Ze had Darren tot zijn verrassing een hand gegeven en gezegd dat ze het een toffe party vond.

Doctor Telecky kwam op Iris afgelopen. Hij keek stuurs, zoals altijd.

'Gefeliciteerd, *Frau* Stork', zei hij afgemeten. 'Dit was dus waar het u altijd om te doen is geweest. Het kapitalistische feest der erkenning.' Iedere lettergreep beklemtoonde hij apart.

Iris antwoordde niet. Ze nam de Duitse onderzoeker kritisch op. Werkelijk een zonderling, dacht ze. Een genie op zijn vakgebied, maar mensenschuw en wereldvreemd. Als enige deze middag viel hij compleet uit de toon. Telecky liep op sandalen. Hij had een shirt aan met de tekst *It's the biology, stupid!* Zijn stoppels verraadden dat hij zich in dagen niet had geschoren, zijn grijze haar hing vettig op zijn schouders.

'Het is ook een beetje uw succes', zei Iris in een poging hem milder te stemmen. 'NeuroLinks is onze belangrijkste partner en u heeft ons persoonlijk veel geholpen. Dat waardeer ik bijzonder.'

Telecky maakte een kritisch gebaar. 'Ik hoef niet in uw financiële succes te delen', zei hij. 'U heeft bereikt wat u wilde. U kunt nu stamcellen therapeutisch gaan klonen.'

'Zonder de samenwerking met u en met...' begon Iris, maar Telecky brak haar af.

'U zult Matthias Illbruck vanmiddag gemist hebben. Hij was erg op u gesteld, weet u. Werkelijk een voortreffelijk wetenschapper. In feite heeft hij het CEBC-probleem opgelost. Dat weet u toch?'

Iris knikte. Haar gezicht verstrakte. Ze voelde dat ze op het punt stond in tranen uit te barsten. Nee, niet in het bijzijn van Telecky, hield ze zichzelf voor. Ze beet op de binnenkant van haar onderlip.

'Zijn dood moet een tragische vergissing zijn geweest', vervolgde Telecky. 'De aanslag vond om kwart over acht 's avonds plaats. Op dat tijdstip is ons kantoor normaal gesproken leeg. Er werkt zelden iemand zo laat door. Ik denk dat de aanslagpleger ervan uitging dat er niemand meer in het gebouw was. Hij moet zijn daad hebben uitgevoerd zonder te beseffen dat Matthias nog met u aan het telefoneren was.'

Iris keek Telecky gekweld aan. Waarom haalde hij op dit moment die vreselijke herinnering op? Niets in zijn gezicht verraadde emotie om het verlies van zijn naaste medewerker. Zelf voelde ze haar verdriet weer opwellen. Ze draaide zich om en met een plotseling gevoel van misselijkheid haastte ze zich naar binnen op zoek naar het toilet.

# 30 Darrens onderzoek

De volgende ochtend kwam Iris in alle staten van opwinding naar kantoor. Zodra Darren binnen was, haastte ze zich naar hem toe. Aan haar gezicht zag hij dat ze volkomen van slag was.

'Ik heb de hele nacht geen oog dicht gedaan!' begon ze geëmotioneerd.

'Dat kan ik me voorstellen, na zo'n enerverende dag', zei Darren. Hij zat zelf nog na te genieten van het opwindende succes dat hij geboekt had.

'Nee, dat bedoel ik niet. Of eigenlijk ook wel...'

Darren bood Iris een stoel aan, maar ze bleef staan, zonder verder iets te zeggen.

'Ik heb dringend behoefte aan cafeïne', ging Darren verder. Hij voelde achter zijn ogen de naweeën van de champagne van de avond tevoren. Samen met Jeen Westerhoff en de partners van Darwin had hij de beursprijs van zesenveertig euro nog uitbundig gevierd.

Even later kwam hij met twee mokken koffie terug. Iris pakte de kop zonder te bedanken aan en begon te praten op een staccato-achtige toon, alsof ze een telegram aan het dicteren was.

'Luister. Je moet me helpen, Darren, je moet zeggen of ik gelijk heb. Of dat ik gek ben geworden. De hele nacht heb ik liggen piekeren. Want dit gebeurde er. Gisteren, aan het einde van het feest, stond ik met Telecky te praten. Telecky begint over de aanslag bij NeuroLinks en de dood van Matthias. Oké, dat is logisch, Matthias was zijn collega. Maar dan beweert hij twee dingen. Ik weet het heel zeker, maar zeg me wat jij ervan vindt. Ten eerste dat Matthias mij heeft laten weten dat hij het probleem met de CEBC had opgelost. Dat klopt. Op de avond van de aanslag had ik Matthias aan de telefoon en toen vertelde hij me dat hij wist wat er aan de hand was. Maar – en nu komt het, Matthias was alleen in het gebouw. Iedereen was al naar huis, had hij me verteld.'

Iris' stem smoorde in emotie, maar ze herstelde zich. Ze stond nog steeds voor Darrens bureau, met haar handen gesticulerend. Na een haastige slurp koffie vervolgde ze: 'En dan ten tweede. Telecky zei dat de aanslagpleger ervan was uitgegaan dat het gebouw van NeuroLinks 's avonds leeg was. Hij had niet beseft dat Matthias nog met mij zat te bellen. Maar hoe kon Telecky dat weten? Hoe kon hij weten wat de aanslagpleger had gedacht? Hoe kon Telecky weten dat Matthias met mij aan het bellen was?'

Iris keek Darren indringend aan. 'Begrijp je wat ik bedoel?'

'Om je de waarheid te zeggen: nee, ik begrijp er niets van. Hoezo? De politie kan toch hebben vastgesteld dat Matthias zat te bellen...'

'Ja, en zeker met mij en zeker dat hij net had gezegd dat hij het CEBC-probleem had opgelost! En dat heeft de politie dan zeker ook allemaal aan Telecky doorgegeven. Ze zijn wel goed bij de Duitse politie, maar ze zijn geen helderzienden.'

'Nee,' zei Darren peinzend, 'nee, dat is niet waarschijnlijk.'

'Snap je het?'

'Ik begrijp niet wat je bedoelt.'

'De hele nacht hebben die woorden van Telecky door mijn hoofd gespookt. Ik heb liggen woelen en nadenken en ineens begreep ik het. Telecky was nog in het gebouw aanwezig! Hij heeft Matthias met mij horen praten over de CEBC's. Hij wist dat Matthias aan het telefoneren was met mij.'

Iris boog zich over het glazen bureaublad naar voren totdat haar hoofd vlak bij dat van Darren was. Op samenzwerende toon vervolgde ze, met nadruk op iedere lettergreep: 'Doctor Telecky wist wat er die avond aan de hand was bij NeuroLinks omdat hij die brandbom tot ontploffing heeft gebracht. Doctor Elmer Telecky heeft Matthias vermoord.'

'Iris, dat is absurd!'

'Nee, Darren. Het is niet absurd. Ik weet het zeker. Telecky heeft die aanslag gepleegd.'

'Iris, hoe kun je dat nou beweren! Telecky, de man die je zo bewondert.'

'Darren, ik ben er heel zeker van.'

'Maar waarom zou hij? Wat zou zijn motief kunnen zijn?'

'Dat weet ik niet. Jaloezie, misschien. Of kwaadaardigheid. Destructiedrang. Daarom wil ik het uitzoeken. En jij moet daarbij helpen. Alsjeblieft.'

Met dikke betraande ogen keek ze hem aan. Zo vastbesloten had Darren haar nooit eerder meegemaakt.

Jürgi Leutwiler had een opperbest humeur. Hij was een paar dagen in Brussel geweest, waar hij zijn oude vriend Ernst Boiten had bezocht. Zijn inval om de eurocommissaris te verrassen, was perfect geweest. Boiten had aanvankelijk vreemd opgekeken, en heimelijk had hij liever iemand anders op bezoek gehad, maar hij was toe aan afleiding van het uitputtende Brusselse vergadercircuit. Weg van het oeverloze gesteggel! Leutwiler had hem een avond meegenomen naar een beschaafde nachtclub. Terwijl op de achtergrond de barpianist een medley van populaire deuntjes speelde, had hij Boiten uitvoerig bedankt voor zijn inspanningen om dat Europese biotechnologiebedrijf uit Amerikaanse handen te houden.

Boiten had een afwerend gebaar gemaakt, maar hij was zichtbaar opgelucht geweest. De doorzichtige poging tot chantage was kennelijk voorbij. Tot Boitens verrassing zinspeelde Leutwiler vervolgens op een Zwitserse overname van hetzelfde bedrijf waarvoor die anonieme Amerikanen zoveel belangstelling hadden getoond. En als klap op de vuurpijl stelde Leutwiler voor dat hij, Ernst Boiten, na de overname een functie als commissaris bij het bedrijf zou kunnen krijgen. Boiten was gretig op het voorstel ingegaan.

Vreemd, had Leutwiler gedacht. Hij vroeg zich af wat Boiten en Sandbergen verbond in hun belangstelling voor GenIris.

Leutwiler had Boiten in het ongewisse gelaten over de achtergrond van zijn zakelijke plannen.

Samen met Sandbergen had Leutwiler de hele strategie uitgedacht. Sandbergen had hem verzekerd dat GenIris over waardevolle kennis beschikte op het gebied van het klonen van cellen. Na de overname door de Zwitsers zou de directie van het bedrijf vervangen worden en dan zou Herbert Sandbergen de leiding overnemen. Sandbergen had beloofd dat hij revolutionaire technieken zou introduceren in samenwerking met een medische partner in Singapore. Leutwiler had aan een half woord genoeg gehad om te weten waarop Sandbergen doelde.

Daarop had Leutwiler voorgesteld om bij de beursgang van Gen-Iris een meerderheid van de aandelen te bemachtigen. Sandbergen had hem dat uit het hoofd gepraat. Het was te riskant. Er tekende zich zo'n grote belangstelling voor het nieuwe aandeel af, dat ze er nooit in zouden slagen om een controlerende meerderheid in handen te krijgen. Het was beter, had Sandbergen gezegd, om te wachten op een drastische koersdaling en GenIris dan tegen een spotprijsje over te nemen. Hoe die koersdaling bereikt zou worden, moest Leutwiler maar aan hem over laten. Sandbergen verzekerde hem dat hij een strategie had bedacht die niet kon mislukken.

Dat was de stand van zaken.

Gisteravond, vlak na zijn thuiskomst, had Sandbergen hem gebeld vanaf een feestterrein waar de introductiekoers van GenIris bekend was gemaakt. Zesenveertig euro. Leutwiler had een kreet van verwondering niet kunnen onderdrukken. Hij wist dat zijn Zwitserse farmaceutische cliënt nooit zoveel zou willen betalen. Geen nood, had Sandbergen hem verzekerd. Hij zou ervoor zorgen dat de koers naar beneden zou gaan. Het was een kwestie van rustig afwachten.

En nu zat Leutwiler achter zijn computer in het kantoor van Pharmatics met uitzicht over Basel. Op internet was de informatie van Sandbergen bevestigd. GenIris ging voor zesenveertig euro naar de beurs. De inschrijving was nu al drie keer overtekend. Een explosieve stijging van de koers lag in het verschiet. Leutwiler had nog steeds een opperbest humeur, en hij vroeg zich af wat Sandbergen in zijn schild voerde.

Darren moest erkennen dat Iris' redenering over de uitlatingen van Telecky niet helemaal van logica gespeend was. Inderdaad, als Telecky wist dat Matthias op het moment van de aanslag aan het telefoneren was met haar, dan kon hij dat alleen maar hebben vastgesteld als hij ook nog in het gebouw van NeuroLinks aanwezig was geweest. Van wie kon hij het anders weten? Dus dan moest hij ofwel getuige zijn geweest van de aanslag – en als zodanig had hij zich niet gemeld bij de politie – of iets te maken hebben gehad met de ontploffing. Maar wat was zijn motief? Dat was de zwakste schakel van de theorie.

De politie had Telecky waarschijnlijk nooit naar een alibi gevraagd. Wie zou de gevierde doctor Telecky, medeoprichter van NeuroLinks, van zo'n gruwelijke daad verdenken? Een aanslag op zijn eigen bedrijf? Het was absurd. Maar toch. Naarmate ze er meer over praatten, klonk het minder vreemd. Het was niet compleet uitgesloten. In ieder geval was het de moeite van het uitzoeken waard. Misschien konden ze ergens een aanwijzing vinden die iets verhelderde.

Een gedisciplineerde kalmte maakte zich van Iris meester. Ze redeneerde als een wetenschapster die bezig was een experiment voor te bereiden. Ze stelde voor dat Darren zich in eerste instantie met het onderzoek zou belasten en dat zij hem waar mogelijk zou helpen. Darren besefte dat er akelig weinig tijd was, minder dan een week tot de dag van de eerste beursnotering. Zo gauw mogelijk moesten ze weten of hun vermoeden klopte. Als Telecky werkelijk verantwoordelijk was, niet alleen voor de aanslag bij NeuroLinks, maar misschien ook nog voor andere acties, en als hij opnieuw een aanslag zou beramen, dan kon dat bij GenIris zijn. Ja, ze moesten Telecky met hun vermoedens confronteren. Of nog beter: absolute zekerheid hebben. Liever vandaag dan morgen, maar in ieder geval voor de dag van de eerste beursnotering. Hetgeen betekende dat ze nog zes dagen hadden.

Darren begon met een leeg vel papier, waarop hij met een viltstift een verticale streep trok. Aan de linkerkant schreef hij *Aanslagen* en aan de rechterkant *Telecky*. Vervolgens zette hij de aanslagen en sabotageacties die Iris en hij zich konden herinneren, onder elkaar in een schema.

## Aanslagen                    Telecky

1. Brand biotechbedrijf Haselmere UK
2. Brand Darwin Evolution Fund
3. Geknoei met CEBC
4. Ontsnapping proefdieren GenIris
5. Demonstratie bij GenIris
6. Leus op muur GenIris
7. Ontploffing biotechbedrijf Duitsland
8. Ontploffing biotechbedrijf Frankrijk
9. Ontploffing NeuroLinks

Zijn bedoeling was om uit te zoeken of er een samenhang bestond tussen Telecky en de aanslagen. En of er misschien een patroon zat in de wijze waarop de aanslagen gepleegd waren.

Haselmere was gevestigd in de buurt van Cambridge, het Engelse centrum van de biotechindustrie. Die aanslag stond met foto's in de krant op de dag van Darrens eerste werkdag bij GenIris en moest dus de voorafgaande dag hebben plaatsgevonden. Darren herinnerde zich dat hij de volgende middag kennis had gemaakt met Telecky en Matthias en dat ze over de aanslag gepraat hadden. Ze waren op doorreis uit Engeland naar Duitsland. Waren ze bij Haselmere geweest?

Hij liep naar de kamer van Iris om het te vragen.

'O, ja, absoluut. Zij zijn bij Haselmere geweest', zei ze verrast. 'Dat ik daar niet zelf aan heb gedacht! Maar nu je het zegt, Telecky is vast en zeker ook bij díé aanslag betrokken geweest.'

Die gevolgtrekking ging Darren te snel. Om uitsluitsel te krijgen belde hij met de Engelse politie in Cambridge. Hij werd doorverbonden met de rechercheur die het onderzoek geleid had.

'Enig vermoeden wie erachter zat?' voeg Darren zo neutraal mogelijk.

'Vermoedens wel, maar nooit iemand gearresteerd', antwoordde de agent.

'Is de aanslag door iemand geclaimd?'

'Ja, het Dierenbevrijdingsfront heeft een pamflet uitgegeven waarin stond dat men deze actie had gepleegd en dat men de dood van de apen betreurde.'

'Dank u wel, ik weet voldoende.'

Zo eenvoudig lag het dus niet. Telecky en Matthias waren de bewuste dag wel in Cambridge geweest, maar daar had het Dierenbevrijdingsfront toegeslagen. Licht teleurgesteld zette Darren een streepje in de rechterkolom.

Punt vijf en zes – de demonstratie bij GenIris en de leus op de muur – waren eenvoudig te beantwoorden. De acties waren het werk geweest van de blonde studente. Telecky was er vrijwel zeker niet bij betrokken geweest. Er konden weer twee streepjes gezet worden.

Voor punt acht gaven Franse kranten op internet uitsluitsel. De aanslag was opgeëist door Attac!, de Franse actiegroep tegen globalisering. Daders en motief waren bekend. Streepje erachter.

Punt zeven, een aanslag in Duitsland, bleef onduidelijk. Een vraagteken.

De brandbrief bij het Darwin Evolution Fund was nog altijd een raadsel. Iemand had een pakje bezorgd, maar wie? Darren belde de secretaresse van Darwin om te vragen of ze zich iets kon herinneren van de man die het pakje had gebracht. Ze zei dat het een lange man was geweest. Die beschrijving kwam niet overeen met het postuur van Telecky. Darren belde naar de Amsterdamse politie. Hij had pech. De rechercheur die het Darwin-onderzoek deed, was een week met opfrisverlof. En trouwens, over lopende zaken werd geen informatie verstrekt.

De twee grootste raadsels had Darren voor het laatst bewaard: de problemen met het CEBC en de ontsnapping van de proefdieren bij GenIris. Hij ging naar het lab op zoek naar Deborah in de hoop dat ze hem een aanknopingspunt zou kunnen geven, maar tevergeefs. Daarna vroeg hij aan het hoofd beveiliging of deze zich nog iets kon herinneren. Ook dat leverde niets op.

Tegen halfacht 's avonds reed Darren naar huis. Een dag zoeken had in zijn schema geen enkele plus opgeleverd. Wel vier minnen en vijf vraagtekens. Een patroon was niet zichtbaar en een motief diende zich niet aan.

Het weekeinde brak aan en er waren nog vijf dagen te gaan.


Iris stond op het punt de deur achter zich dicht te trekken toen haar telefoon ging.

'Mevrouw Stork?'

'Spreekt u mee.'

'Dit is Vic de Ridder. Ik ben de eindredacteur van het programma *NieuwsLijn*. Wij hebben gistermiddag opnames gemaakt van het feest ter gelegenheid van de introductieprijs van GenIris.'

'Ja?'

'Het programma wordt zondagavond uitgezonden. Daaraan gekoppeld willen we een studiodebat organiseren tussen voor- en tegenstanders van, eh, klonen. Ik wil vragen of u aan het debat wilt meedoen.'

'Daar kan ik kort op antwoorden. Nee, daar doe ik niet aan mee.'

'O. Dat is vreselijk jammer.'

'Ik wil u niet teleurstellen, maar ik werk liever op de achtergrond. En trouwens, ik heb al een interview aan u gegeven. Ik zou dezelfde antwoorden nog een keer herhalen.'

'Maar aan de vooravond van uw beursnotering…'

'Ik begrijp dat u aandringt. Maar als het over de beursnotering gaat, kunt u beter onze *chief financial officer* vragen. Hij weet alles van de financiële kant van de beursgang.'

'We zouden liever u persoonlijk in de uitzending hebben. We willen het ook over de biomedische aspecten hebben.'

'Helaas, meneer De Ridder.'

'Als u bij uw standpunt blijft, zit er niets anders op.'

'Zal ik mijn collega Gittinger vragen?'

'Graag. Hoe is zijn naam precies?'


Onderweg naar Amsterdam ging Darrens gsm over in zijn auto. Iris had twee telefoontjes voor hem gekregen die ze wilde doorgeven. Een om deel te nemen aan een studiodebat van *NieuwsLijn* over de beursgang, een ander van de secretaresse van het Darwin Fund.

Vanuit zijn appartement bevestigde Darren zijn deelname aan het tv-programma, daarna belde hij het nummer van de secretaresse. Er was haar iets te binnen geschoten.

In de week na de brand was ze twee keer op straat aangesproken door een zwerver. Zo'n man in lompen met een paar plastic tassen waarin hij zijn bezittingen meesleepte. De man had tamelijk onsamenhangend iets tegen haar gezegd. Hij was dronken geweest of misschien was hij wel een junk. Met moeite had ze begrepen dat hij iets wilde vertellen dat verband hield met de aanslag.

'En?' vroeg Darren.

'Ik was een beetje bang voor die man, dus ik ben niet meer naar hem toe gegaan. Hij was zo vies. En ook totaal verward. Maar ik heb het aan meneer Westerhoff doorgegeven.'

'Die heeft me daar nooit iets over verteld. Terwijl ik hem toch een paar keer gevraagd heb of hij nog iets nieuws had gehoord.'

'Nee, dat zal wel kloppen', zei de secretaresse. 'Meneer Westerhoff zei dat ik me niets van die man moest aantrekken. Hij noemde hem een geestesgestoorde gek die thuishoorde in een kliniek. Iedereen kent hem, want hij zwerft al jaren in de buurt rond.'

'Westerhoff heeft dus niet de moeite genomen met hem te praten?'

'Nee, volgens mij niet. U kent meneer Westerhoff.'

Dat beaamde Darren. Jeen was niet het type dat zich verwaardigde met zwervers te praten.

'Moet je eens luisteren. Hangt die man nog steeds rond?'

'O, ja. Ik zie hem geregeld lopen.'

'Als we morgenochtend afspreken, kun je hem dan op straat aan me aanwijzen?'

Zaterdagochtend stond Darren om halfnegen voor het kantoor van het Darwin Fund. De secretaresse, die zich voorstelde als Irene, stond al op hem te wachten. De buurt was in complete rust. Op straat was niemand te bekennen.

'Ik zie hem 's ochtends meestal uit het park komen', zei Irene. 'Daar slaapt hij volgens mij.'

Ze liepen drie blokken naar het stadspark. Op een paar vroege joggers en hondenbazen na was het ook daar nog rustig.

'Denk je dat je hem herkent?' vroeg Darren.

'O, vast', verzekerde Irene hem. 'Hij sleept altijd een rode deken met zich mee.'

Ze volgden het pad door het park. Op de eerste bank die ze controleerden lag een vrouw onder plastic tassen te slapen, op de tweede een zwarte man met rastahaar en op de derde bank een man die zich ingepakt had in platgeslagen kartonnen dozen. Ook alle volgende banken waren bezet. Darren verbaasde zich over het aantal stadsnomaden dat Amsterdam in de zomer telde.

Op de bank bij het rozenperk troffen ze een man aan die bezig was een vuile rode deken op te vouwen. Hij had vettig lang haar en er stonden twee lege jeneverflessen naast de bank.

'Dat is hem', fluisterde Irene.

Darren stapte op de man af. Irene bleef op afstand staan, alsof ze bang was hepatitis op te lopen. De man stonk, was ongezond en een zonderling. Maar hij was niet agressief en hij was ook niet verward. Darren ging naast hem zitten. Hij legde uit waar hij voor kwam. De zwerver keek naar Irene, maakte een gebaar met zijn arm, en gaf antwoord. Hij kon, althans op dit uur van de dag voordat hij de hand aan de fles sloeg, helder uit zijn woorden komen.

Hij begon onsamenhangend, de herinnering aan het voorval van de brand kwam van heel ver. Maar de gebeurtenis had zo veel indruk op hem gemaakt, dat de details geleidelijk terugkwamen.

Er was een auto geweest, die hem bijna had overreden, daar was het mee begonnen. Hij was achter de auto aan gelopen, scheldend op de chauffeur. Wat dacht die wel. Iedereen had recht op de straat.

'En toen?' vroeg Darren geduldig.

'De auto stopte en ik liep naar ze toe. Ik wilde die zak op zijn lazer geven. Maar ik struikelde. En toen ik er bijna was, reed die auto weer weg. De auto bleef om de hoek staan wachten. Ik had er geen zin meer in en ben op straat gaan zitten om uit te rusten. Toen vond die ontploffing plaats en daarna scheurde die auto weg.'

Darren keek Irene teleurgesteld aan. Een getuige van de brand – daar schoot hij niets mee op.

De zwerver pakte een fles van de grond. De fles was leeg. Hij zette hem terug. 'Ik moet aan het werk', zei hij veelbetekenend. Hij verzamelde zijn spullen in een plastic tas.

'Wacht even, de dag is nog lang', zei Darren. 'Heb je iets van de mensen in die auto gezien?'

'O, ja, ik stond vlak bij ze. Er kwamen twee mannen uit. De chauffeur gaf een pakje aan de andere man, die het bij dat kantoor bezorgde.'

'Kun je je nog iets van ze herinneren?'

'O, van die ene vent wel. Dat was een lange man in een pak.'

'En die andere?'

'Ja, dat was een vreemd geval. Misschien heb ik het niet goed gezien. Ik was al een paar uur aan de slag.' De man tikte tegen een lege drankfles.

'Vast wel', zei Darren bemoedigend. 'Wat was er zo vreemd aan die man?'

'O, hij zag eruit alsof hij een collega van me was.'

'Was hij de chauffeur van de auto?'

'Ja, dat vond ik zo vreemd. Welke dakloze heeft er nu een auto?'

'Misschien was het geen dakloze.'

'Hij had oude kleren aan en zijn haar zat met een touw op zijn rug gebonden. Dat vond ik zo vreemd en dat had ik die juffrouw daar' – de zwerver wees met zijn hoofd in de richting van Irene – 'willen vertellen.'

'Ik ben blij dat je je het nog herinnert. En enorm bedankt.' Darren haalde een heupflacon jenever uit zijn tas en zette die op de houten bank.

Even later liep hij samen met Irene terug in de richting van het kantoor van Darwin.

'Had u er iets aan?' vroeg de secretaresse.

'Die man is geweldig', zei Darren opgetogen. 'Met zijn observatievermogen is ondanks de jenever niets mis. Je mag wel tegen Westerhoff zeggen dat we het raadsel van de brand hebben opgelost.'

# 31 Simones show

Zondagavond was het televisiedebat van *NieuwsLijn*. Darren was ruim van tevoren aanwezig in de studio. Hij had geen studio-ervaring, maar het zou over de beursintroductie gaan, had Iris hem verzekerd, dus hij voelde zich redelijk zeker van zijn zaak.

Even later kwam een jonge vrouw binnen. Darren herkende haar onmiddellijk. Hij had haar twee keer eerder gezien, één keer bij de ingang van GenIris toen ze pamfletten uitdeelde en daarna op het feest in de kasteeltuin. Ze stelde zich aan hem voor als Simone Reekers, Reekers met dubbel e. Er verscheen nog een derde studiogast, een professor die Darren niet kende en van wie hij de naam niet goed verstond.

Om beurten werden ze geschminkt. Met een poederkussentje bracht de visagiste een laagje make-up aan op zijn gezicht. Ook zijn handen gaf ze een vleugje kleur. Daarna haalde ze vluchtig een kam door zijn haar.

'Klaar', zei het meisje. Ze trok de zwarte cape van Darrens schouders.

'Gaat u mee, meneer Gittinger?' vroeg een redactiemedewerkster. Ze bracht hem naar de studio waar de presentator hen opwachtte. Hij nam even tijd om het draaiboek door te nemen en daarna verzocht hij de gasten te gaan zitten. Alle vier kregen ze een microfoontje opgespeld en vervolgens wachtten ze op het teken van de regie dat ze live in de uitzending waren.

Darren voelde zich sterk, hij was in een overwinningsstemming. Het gesprek met de zwerver had een onschatbaar aanknopingspunt opgeleverd. Ook al was hij verder met zijn onderzoek nog niet erg opgeschoten, hij had een voorgevoel dat hij Telecky tijdig ging ontmaskeren. En hij had de koers van zesenveertig euro binnen. Het ging allemaal goed komen.

Zodra het rode lampje op de camera brandde, begon de presentator met zijn introductie. Daarna kondigde hij de video aan die was opgenomen op het grasveld van het kasteel bij de bekendmaking van de beurskoers. Darren keek naar de monitor die voor hen op studiovloer stond. Hij zag zichzelf, Iris, de gasten, de bankiers, het spektakel van de introductieprijs. Obers met bladen vol glazen champagne, de barbecue, de tafels met hapjes. De stemming was vrolijk, de beelden waren vriendelijk. Het interview dat de reporter Iris had afgenomen, liep op zijn einde. Darren ontspande zich.

Daar verscheen in het beeld van de monitor iemand achter Iris op het bordes. Even keek Darren links naast zich aan tafel, waar Simone Reekers zat, en toen weer naar de monitor. Geen twijfel mogelijk. Dezelfde Simone Reekers had zich in het blikveld van de cameraman opgesteld. Ze pakte iets onder haar T-shirt en rolde het uit. Een spandoek. De camera zoomde erop in. Het beeld vulde zich met de tekst *GenIris Kloon Kliniek*. Daarna zoomde de camera weer uit. Iris, opnieuw in beeld, had niets gemerkt van de actie die achter haar rug had plaatsgevonden.

Venijnig keek Darren zijn linkerbuurvrouw in de studio aan. Die beantwoordde zijn blik met een triomfantelijke grijns.

'U bent terug in de studio en naast mij zitten Darren Gittinger van het bedrijf GenIris, Simone Reekers van de actiegroep EuGene en professor Blextoon van het instituut voor biomedisch onderzoek. Welkom', las de presentator van de autocue voor.

Hij richtte zich tot Darren. 'Gefeliciteerd met uw beurskoers, meneer Gittinger. Dat belooft een succes te worden.'

'Ik hoop het', zei Darren. Hij schoof ongemakkelijk op zijn stoel heen en weer.

'In ieder geval voor u persoonlijk. U bent er als financieel directeur in geslaagd deze beursintroductie tot een spectaculair succes te maken waarover iedereen in de financiële wereld praat.'

Darren gaf een ontwijkend antwoord. 'We zullen zien wat er gebeurt als de eerste notering plaatsvindt. Maar u heeft gelijk, wij zijn erg trots dat er zoveel belangstelling voor GenIris is.'

'Voordat ik met u verderga, een vraag aan Simone Reekers. Waarom stond u daar te demonstreren?'

'Omdat wij tegenstanders zijn van klonen.'

'Daar horen we dadelijk meer over. Maar nu eerst…' de presentator richtte zich weer tot Darren, '…meneer Gittinger, is zo'n demonstratie schadelijk voor de reputatie van uw bedrijf?'

Darren haalde even diep adem. Hij probeerde zijn ergernis te onderdrukken. De woorden *Kloon Kliniek* zweefden voor zijn ogen.

'Kijk, u heeft onze oprichtster, mevrouw Stork, horen uitleggen dat ons doel is om mensen met ouderdomsziektes te helpen. GenIris is een combinatie van een technologische doorbraak, een financiële belofte en een menselijke missie. Dat maakt het tot zo'n fascinerend bedrijf.'

'Dat klinkt veelbelovend. We willen allemaal graag gezond oud worden. Waarom protesteert u dan, mevrouw Reekers?'

De camera zwenkte naar rechts. Simone Reekers rechtte haar rug en zwiepte haar blonde haar naar achteren.

'O, heel eenvoudig. Van die zogenaamde doorbraak, die belofte en die missie is niets bewezen. Meneer Gerritsen' – ze weet verdomme niet eens mijn naam, registreerde Darren nijdig – 'vergeet te vertellen dat GenIris nog geen enkele patiënt heeft genezen. Zijn beweringen zijn propagandapraatjes om geld op de beurs te verdienen. Dat is zijn specialiteit. Hij weet kennelijk niets van het onderzoek dat bij GenIris wordt gedaan. Maar wíj weten dat daar achter de schermen schandelijke praktijken plaatsvinden.'

'Zoals?' vroeg de presentator.

'Zoals plannen om mensen te klonen.'

'Ahhh…' zei de presentator met gespeelde verbazing.

'Hoe komt u bij die flauwekul!' riep Darren getergd.

'Helemaal niet!' kaatste Simone Reekers terug. 'Wij hebben bewijzen in handen dat er bij u in het diepste geheim gewerkt wordt aan het klonen van mensen. Daar protesteren wij tegen.'

'Ik kan me niet voorstellen dat GenIris zich dáármee inlaat. Mevrouw Stork staat in de academische wereld uitstekend bekend. Uitstekend', opperde de professor die aan het andere einde van de tafel zat.

'Ja, zo is het. Daarmee houden wij ons niet bezig', bevestigde Darren. De professor had hem gered. Althans voor het moment. Hij voelde de zweetdruppels langs zijn oksels naar beneden sijpelen.

'Helaas moet ik meneer Gerritsen en die andere meneer tegenspreken', zei Simone Reekers. Ze bleef de verkeerde naam gebruiken. Maar dat weerhield haar er niet van triomfantelijk de camera in te kijken. 'Ons netwerk heeft de hand weten te leggen op geheime informatie die afkomstig is van de computers van GenIris. Hier!' Ze zwaaide met een stapeltje papier en hield met haar andere hand een diskette omhoog. 'Op deze floppy staan gegevens van een databank om mensen te klonen.'

De camera zoomde in op de velletjes papier die Simone omhoog hield. De tekst was niet te lezen, maar het logo van GenIris, de sierlijke paarse iris, was op de kleurenkopie zichtbaar.

'Hoe... waar haalt u die gegevens vandaan? Daar klopt helemaal niets van!' brieste Darren. Hij had het gevoel te hyperventileren.

'Jaha!' kraaide Simone. 'Ze zijn toch echt van uw bedrijf afkomstig. Wij hebben goede bronnen...'

De presentator genoot. Deze confrontatie zorgde voor een geweldige uitzending.

'Meneer Gittinger?' vroeg hij met de toon van de grootinquisiteur die op het punt stond te oordelen dat de paus schuldig was bevonden aan ketterij.

Hij moest zich beheersen. Hij moest zich niet tot absurde uitspraken laten verlokken. O, als Iris naast hem had gezeten. Ze had met haar overtuigende manier van praten de zaak kunnen redden.

'Ik weet niet hoe, eh, deze mevrouw aan haar zogenaamde bewijzen komt, maar ze kunnen onmogelijk van ons afkomstig zijn. Wat ze beweert is niet waar. Laat ik het hier voor alle duidelijkheid zeggen: GenIris houdt zich niet bezig met proeven voor het klonen van mensen.'

Darren besefte dat hij in een onmogelijke positie verkeerde. In dit soort omstandigheden won de overrompeling het altijd van de verdediging. Televisie vroeg om spektakel. Hij werd verblind door het licht van de studiolampen, hij had het gevoel dat hij ging flauwvallen. Haastig nam hij een slok water. Het had geen zin nog iets te zeggen. De slag was verloren, de twijfel was gezaaid. De professor aan het andere einde van de tafel deed er het zwijgen toe. Simone Reekers kraaide van triomf. De presentator sloot af met een gezicht alsof hij zojuist het historische moment van de eerste gekloonde mens in de uitzending had gebracht.

Iris zat thuis met haar knieën opgetrokken op de bank naar het tv-programma van *NieuwsLijn* te kijken. Ze was opgelucht dat Darren in haar plaats gegaan was. Ze kon het niet opbrengen – de spanningen, de emoties, het verdriet, het succes, het was haar allemaal te veel. Ze had behoefte aan rust, afzondering, reflectie.

Op haar schoot lag Copycat te spinnen. Vreemd, bedacht ze, dat ze de laatste tijd zoveel behoefte aan huiselijkheid had. Niet meer tot laat in de avond in het lab werken, maar thuis op de bank hangen in een gemakkelijk joggingpak en met een pot kruidenthee binnen handbereik. Haar leven was bezig een ander ritme te krijgen.

Met een half oog keek ze naar de tv-uitzending. Ze had een video meelopen, die ze aan haar vader in het verpleeghuis wilde laten zien. De trots om zijn dochter in beeld te zien, gunde ze haar vader graag. Hij zou het prachtig vinden.

Verdorie! Wat was dat? Op het tv-scherm zag ze achter haar rug die blonde demonstrante verschijnen met een spandoek. Wat gebeurde daar? Dit moest gemonteerd zijn! Want toen ze geïnterviewd werd, had ze niets gemerkt.

Kloon Kliniek! In bloedrode, doorgelopen letters! Iris ging recht-op zitten. Wakker geschrokken sprong de poes van haar schoot.

Met verbijstering keek ze naar de uitzending. Wat een krankzinnige beschuldigingen. In beeld zwaaide Simone Reekers met een stapel fotokopieën. En onmiddellijk wist Iris waar die gegevens vandaan kwamen. Het waren de computerbestanden van het privé-onderzoek van Herbert Sandbergen.

# 32 Het spoor terug

Darren voelde zich een sukkel toen hij maandagochtend door het drukke ochtendverkeer van Amsterdam naar kantoor reed. Hij was niet in staat geweest om de valse beschuldiging van Simone Reekers in het tv-debat ongedaan te maken. Er was precies gebeurd waar hij altijd zo bang voor was geweest: sensationele verhalen, ook al waren ze aantoonbaar onwaar, konden plotseling opduiken en dan konden ze enorme schade aanrichten.

Hij begreep nu waarom Iris zo allergisch was als het om publiciteit over de activiteiten van GenIris ging. Hij kon haar geen ongelijk geven na wat hem de avond tevoren was overkomen.

Toen hij binnenstapte, stonden Iris en Deborah hem bij de receptie op te wachten.

'Je hebt je dapper geweerd', zei Iris, nog voordat Darren iets had kunnen zeggen. 'Ik meen het. Je zei de goede dingen en je liet je niet van je stuk brengen door de verdachtmakingen van de presentator.'

Darren was opgelucht. Kennelijk was zijn optreden in beeld beter overgekomen dan hij het zelf beleefd had.

'Achteraf heb ik er spijt van dat ik zelf niet ben gegaan', vervolgde Iris. 'Dan had ik jou deze confrontatie bespaard en ik had dat kind, die studente, alle hoeken van de studio laten zien.'

'Die lui van dat programma hebben ons een enorme loer gedraaid. Ik zal Westerhoff erop aanspreken. Wist jij dat van dat spandoek?' vroeg Darren.

'Nee, natuurlijk niet. Ik had amper door wat er om me heen gebeurde die middag van dat feest.'

'Hoe komt die actievoerster aan zo'n absurde beschuldiging', vroeg Deborah zich hardop af. Ze hield zich enigszins afzijdig.

Iris keek Darren een moment veelbetekenend aan. 'Geen idee', zei ze. 'Geen flauw idee. Een of andere gek moet haar dat hebben ingefluisterd. Iemand die te veel sciencefictionboeken leest.'

Het andere nieuws van die ochtend was Darrens verslag van zijn ontmoeting met de zwerver. Iris veerde op toen hij vertelde wat de zwerver had verteld over het uiterlijk van de man die in de auto zat bij de aanslag op Darwin.

'Zie je wel!' riep ze. 'Telecky heeft met die aanslagen in onze omgeving te maken. Ga door, Darren!'

Om tien uur liep Darren de kamer van het hoofd van de beveiliging binnen. Met een smoes over verzekeringspremies zei Darren dat hij wilde weten hoe de ruimte van de proefdieren beveiligd was. Die was toch voorzien van een alarm? De chef beveiliging knikte. Maar toen de muizen waren ontsnapt, was het alarm niet afgegaan. De alarmsignalen werden in het geheugen van de centrale computer opgeslagen. Misschien had de computer een *default* gemeld, veronderstelde Darren. Kon de chef beveiliging hem uitleggen waar hij die bestanden in het computersysteem kon vinden?

Teruglopend naar zijn kamer ging Darren langs het lab op zoek naar Deborah. Hij trof haar bezig met de kweekstoffen.

'Hoelang duurt het voordat je het effect van een verkeerde samenstelling van die pokon voor de cellen kunt zien?' vroeg Darren.

Deborah lachte. 'Het gaat een beetje anders, maar ik begrijp wat je bedoelt. Wij krijgen die CEBC's van NeuroLinks. Normaal gesproken komen de stamcellen na vijf tot zeven dagen tot expressie.'

'Heb je de data van de zendingen?'

'Niet bij de hand, maar ik kan ze voor je opzoeken.'

'Graag. En ook de data waarop we voor het eerst afwijkingen vaststelden.'

'Die moet ik in de protocollen opzoeken. Wanneer heb je ze nodig?'

'Zo gauw als je kunt.'

'Vanmiddag?'

Voordat hij verderging met zijn onderzoek wilde Darren met Westerhoff bellen. Jeen had de tv-ploeg van *NieuwsLijn* uitgenodigd voor opnames bij het feest in de kasteeltuin, natuurlijk in de hoop op een societyachtige positieve publiciteit. Hij had overduidelijk geen rekening gehouden met het studiodebat.

'Heb je de uitzending gisteravond gezien, Jeen?' vroeg Darren.

Westerhoff had andere bezigheden gehad, maar hij had er inmiddels van gehoord.

'Ik werd compleet overvallen. Dit had nooit mogen gebeuren! Je had harde afspraken moeten maken over de inhoud van het programma. Nu ben ik er ingeluisd. Ik stond compleet voor schut, man!'

'Journalisten zijn vrij om hun eigen programma te maken, Darren. Dat valt onder de persvrijheid', verweerde Westerhoff zich slapjes.

'Maar je had moeten voorzien dat het ten koste van de reputatie van GenIris kon gaan. We kunnen ons deze week geen golf van negatieve publiciteit veroorloven.'

'Welnee! Het gaat ontzettend goed. De inschrijvingen op de aandelen stromen binnen. GenIris is hot en daar verandert zo'n ongefundeerde beschuldiging uit een tv-studio niets aan.'

'Ik hoop het maar', reageerde Darren. Hij voelde zich nog steeds gepakt, maar begreep dat het geen zin had om Westerhoff verdere verwijten te maken.

'Waar ben jij trouwens mee bezig?' vervolgde Westerhoff. 'Ik hoor van Irene dat meneer Gittinger voor privé-detective aan het spelen is.'

'Het werd tijd om tot actie over te gaan, dacht ik.'

'En? Volgens Irene heeft een knettergekke junk je zijn diepste inzichten verteld waardoor je het raadsel van de brand bij Darwin hebt opgelost.'

'Zoiets, ja.'

'Kun je een tip van de sluier oplichten, *Mr. Holmes?*' vroeg Westerhoff sarcastisch.

'Nog even geduld, Jeen. Nog even geduld.'

De rest van de ochtend wierp Darren zich weer op het onderzoek naar Telecky. Met de aanwijzing die de chef beveiliging hem gegeven had, begon hij te zoeken in het computernetwerk naar mogelijke foutmeldingen in het alarmsysteem. Maar dat viel tegen. Ook al kon hij redelijk met computerprogramma's omgaan, hij was geen specialist. Na drie uur gaf hij het op. Darren overwoog of hij de chef beveiliging opnieuw met een smoes zou lastigvallen, maar daar zag hij van af. Hoe minder betrokkenen, des te beter.

Verbeten zette hij zich opnieuw aan een speurtocht door het elektronische doolhof van het computersysteem en na talloos veel pogingen had hij meer geluk. Hij vond een aanknopingspunt. Het alarm van de deuren van het proefdierenhok was een keer uitgezet. Hoe was dat mogelijk? Darren zocht verder. De instellingen van het alarmprogramma waren aangepast. Hij dook dieper en dieper in de bestanden. En toen zag hij het: er was een elektronische opdracht gegeven om de deuren van de hokken en van de afgesloten ruimte automatisch te openen.

Nu begon het hem te dagen: er was niemand in het gebouw geweest, er was niemand die de deuren had open gezet, ze waren elektronisch ontgrendeld. De proefdieren konden op eigen gelegenheid ontsnappen. Er was geen alarm geslagen, omdat dit was uitgeschakeld.

Welke gek had de opdracht hiertoe gegeven? Zijn eerste ingeving was Sandbergen tijdens zijn bezoeken aan GenIris waarbij hij zogenaamd zijn persoonlijke bestanden van de computer had gehaald. Het was een voorwendsel geweest om in de computer in te breken en de instellingen te veranderen. Maar waar hij ook zocht, nergens was een elektronisch spoor van Sandbergen te vinden. Als hij erachter had gezeten, dan had hij zijn computerinbraak perfect gecamoufleerd.

Het was hopeloos. Er was een ervaren hacker aan het werk geweest. Darren was bang dat hij er geen vinger achter kon krijgen.

Deborah kwam zijn kamer binnen met een computeruitdraai. Het waren de data van de leveranties van CEBC. In de kantlijn had ze erbij geschreven wanneer zich vreemde groeiverschijnselen begonnen voor te doen. Telkens vijf dagen later.

'Dus?' vroeg Darren gespannen.

'Je kunt vermoeden dat de CEBC's met defecten zijn aangeleverd en bij ons tot expressie kwamen. Dat de defecten dus bij NeuroLinks zijn opgetreden – en niet hier zoals doctor Telecky een paar keer heeft beweerd. Wat ik trouwens van het begin af aan al ongeloofwaardig heb gevonden. Ik weet precies wat er bij ons in het lab gebeurt.'

'Is er een overlapping met de dagen dat Telecky hier was?' vroeg Darren.

'Nee. Hij was hier op andere dagen.'

'Geen verband dus.'

Tegen het einde van de middag had Darren een inval. Hij zocht het protocol met de data van veranderingen van het programma voor de beveiliging van de dierenruimte op. Nu had hij direct beet.

Op zijn eerste werkdag bij GenIris, de dag waarop hij 's middags had kennisgemaakt met de bezoekers van NeuroLinks, had doctor Telecky ingelogd en de centrale computer opdracht gegeven om drie maanden later om middernacht de vergrendeling van de dierenverblijven te openen en het alarm uit te schakelen.

'Bingo!' riep Darren triomfantelijk. Hoe Telecky dat precies gedaan had, zonder de systeembeheerder te alarmeren, zou hij later uitzoeken.

Met een potlood vulde hij het schema dat hij drie dagen eerder gemaakt had, in. Een voorwaardelijke plus achter de brand bij Darwin en achter de ontsnapping van de proefdieren. Daarna riep hij Iris. Hij liet haar het schema zien. Er waren nog twee dagen te gaan.

| Aanslagen | Telecky |
|---|---|
| 1. Brand proefdierbedrijf Haselmere UK | - Dierenbevrijdingsfront |
| 2. Brand bij Darwin Fund | +? Signalement zwerver |
| 3. Geknoei met CEBC | NeuroLinks? |
| 4. Ontsnapping proefdieren GenIris | +? Computerinbraak |
| 5. Demonstratie bij GenIris | - Simone Reekers |
| 6. Leus op muur GenIris | - Simone Reekers? |
| 7. Ontploffing biotechbedrijf Duitsland | ? |
| 8. Ontploffing biotechbedrijf Frankrijk | - Attac! |
| 9. Ontploffing biotechbedrijf NeuroLinks | Aanwezig? |

Iris was opgetogen en beduusd tegelijk door de bevindingen van Darren. Absolute zekerheid hadden ze niet, een motief evenmin, maar haar voorgevoel leek juist: er waren duidelijke aanwijzingen dat Telecky op de een of andere manier betrokken was bij de reeks aanslagen en sabotagedaden. Hij was niet alleen een briljant moleculair bioloog, maar kennelijk ook een man met een sinister dubbelbestaan. Of iemand die zichzelf een kwaadaardige opdracht had gegeven. Wat had hem bezield? Een wetenschapper die tot terreurdaden overging – Iris kon zich daar niets bij voorstellen.

Ze zag wel een patroon. De aanslagen waarmee Telecky vermoedelijk iets te maken had, hadden plaatsgevonden bij GenIris en bij de twee bedrijven waarmee GenIris nauw samenwerkte. Tegelijkertijd waren er om onopgehelderde redenen ook demonstraties bij GenIris gehouden en hadden er aanslagen plaatsgevonden in Engeland, Frankrijk en Duitsland. Maar daar zaten anderen achter en dat maakte het beeld zo verwarrend.

Darren aarzelde. Hij had aanwijzingen, maar geen sluitend bewijs. De zwerver was geen betrouwbare getuige. De herkomst van de defecten met de CEBC's was duidelijk, maar niet waardoor ze veroorzaakt werden. Alleen de computerinbraak van Telecky had hij ondubbelzinnig vastgesteld. Hij stelde voor dat ze de politie hierover informeerden, maar Iris had een ander plan. Ze moesten naar Martinsried gaan om Telecky met hun bevindingen te confronteren. Dat was de snelste manier om zekerheid te krijgen. In ieder geval wisten ze dan waar ze aan toe waren. Daarna konden ze de politie altijd nog inschakelen. Als ze de volgende dag de vroege vlucht naar München namen, konden ze tegen twaalf uur in Martinsried zijn en diezelfde avond terugvliegen. Darren moest voor tickets zorgen, zij zou bij NeuroLinks nagaan of Telecky aanwezig zou zijn.

Iris' stem klonk vastberaden. Ruimte voor tegenwerpingen, twijfel of bedenkingen liet ze niet. Darren kreeg het gevoel dat ze zijn aanwezigheid in de kamer nauwelijks opmerkte, ze praatte tegen hem alsof hij er niet stond. Ze was met zichzelf bezig, met haar persoonlijke afrekening. Hij speelde de rol van de verkenner, die ze vooruit had gestuurd om de zaak te onderzoeken en die haar mocht begeleiden nu ze de dader ging ontmaskeren. Het was haar wraak op de moordenaar van Matthias Illbruck.

# 33 Ontmaskering

De vroege ochtendvlucht naar München was punctueel. Iris en Darren spraken nauwelijks met elkaar, ze waren beiden verzonken in hun eigen gedachten. Darren had de vorige avond besteed aan een bitter telefoongesprek met de echtscheidingsadvocaat in Boston. Daarna had hij een e-mail naar het oerwoud gestuurd. Er was een kort mailtje van Gabriela waarin stond dat ze de malaria eindelijk bedwongen had en dat het beter met haar ging.

Iris dacht aan de vorige keer dat ze deze vlucht had gemaakt. Dat was de ochtend geweest na de aanslag op Matthias. Ze was toen totaal ontredderd geweest. Nu voelde ze zich minder wanhopig. Ze had een vastberaden trek om haar mond.

'Gisteravond had ik opeens een ingeving', zei ze tegen Darren. Verrast keek hij op uit zijn krant.

'Ik heb mijn oude collegedictaten uit de kast gehaald. En daarin heb ik interessant materiaal gevonden. Van jaren geleden. Ik was die stof totaal vergeten, maar toen ik het doorbladerde, kwam alles weer boven. Het kan ons straks van nut zijn.'

'Bij Telecky?'

'Je zult het wel merken.' In Iris' stem klonk een zweem van triomfalisme, alsof ze er zeker van was dat ze er een wetenschappelijke troef in handen had.

Het vliegtuig begon aan de daling voor de landing. De steward haalde de plastic doosjes van het ontbijt op, de passagiers maakten hun stoelriemen vast en even later liepen ze door de filmisch-futuristische hal van het vliegveld van München. Ze huurden een auto en reden over de westelijke ringweg langs München naar Martinsried.

Toen ze bij het biosciencepark aankwamen, zagen ze dat er een hek om het gebouw van NeuroLinks was gezet en dat bouwvakkers bezig waren een steiger op te richten. Het herstel van de ravage die door de ontploffing was veroorzaakt, werd met Duitse voortvarendheid aangepakt.

De medewerkster van de receptie keek verrast op toen ze de twee gasten uit Nederland onaangekondigd zag binnenkomen. Ze meldde hun aanwezigheid telefonisch aan doctor Telecky. Daarna vroeg de receptioniste of ze even wilden wachten. Darren en Iris gingen zitten. Vijf, tien, vijftien minuten. Ze hoorden het geluid van een auto op het parkeerterrein. De receptioniste keek hen aan met een uitdrukking dat ze het ook niet begreep. Darren werd ongeduldig en na nog vijf minuten vroeg hij waar de kamer van Telecky was.

De kamer was leeg. Telecky was onopgemerkt via de achteruitgang van het gebouw verdwenen.

'Enig idee waar hij naartoe kan zijn?' vroeg Darren aan de receptioniste. Iris was ook opgestaan en stond getergd naast hem.

De receptioniste maakte een verontschuldigend gebaar. Ze voelde zich opgelaten met de situatie en probeerde de Nederlandse bezoekers ter wille te zijn.

'Doctor Telecky gaat wel vaker plotseling weg. Dan voelt hij zich niet goed en gaat hij naar huis', zei ze. 'Waarschijnlijk heeft hij dat nu ook gedaan. Ik zou niet weten waar hij anders heen is. Hij leidt een teruggetrokken leven.'

'Dan zoeken we hem thuis op', zei Iris. 'Kunt u ons uitleggen hoe we daar komen?'

'Dat is niet moeilijk. U rijdt het terrein af, volgt de borden richting Starnberg en dan ziet u een kilometer voorbij het dorp Gauting een alleenstaand huisje aan de linkerkant van de weg staan. Het is helemaal begroeid met klimop.'

Even later reden Darren en Iris door het glooiende landschap op zoek naar Telecky.

Het huis was een scheefgezakt boerderijtje. Het ging niet alleen verscholen achter klimop, maar ook achter een verwaarloosde tuin vol opschietend onkruid. De luiken hingen voor de ramen en het geheel zag er troosteloos uit. Half verscholen achter het huis stond een auto geparkeerd.

Darren klopte op de houten voordeur. Toen er na een tweede keer kloppen niet werd open gedaan, stapte hij naar binnen met Iris achter zich aan.

In de kamer zat Elmer Telecky aan een grote rechthoekige tafel die bezaaid was met documenten en stapels papier. Hij dronk koffie.

Het interieur was een onbeschrijfelijke rotzooi, op het aanrecht stond de afwas van dagen, op de grond lagen kranten van weken, her en der lagen kleren. Alles rook naar verwaarlozing en Iris had de neiging om de ramen open te zetten. Alleen de boekenkast was goed geordend en daarnaast stond een werktafel met een flatscreencomputer. Kennelijk was Telecky bezig een wetenschappelijk artikel te schrijven.

'Wat komen jullie doen?' riep hij vertwijfeld. 'Ik heb jullie niet uitgenodigd binnen te komen!'

'We komen een paar dingen ophelderen', zei Darren. Ongevraagd schoven ze aan op de houten stoelen bij de tafel.

'Dat rechtvaardigt nog niet dat jullie mijn privacy schenden', zei Telecky, maar hij deed geen moeite hen tegen te houden. Zijn grijze haar was in een paardenstaart gebonden, zijn wollen vest hing losjes open over een vaal overhemd. Aan zijn bril, die scheef op zijn neus stond, ontbrak een poot. Hij zag er hulpeloos uit.

Darren keek Iris aan. Ze hadden afgesproken dat hij Telecky met hun vermoedens zou confronteren en dat Iris zou proberen hem tot een bevestiging te bewegen. Maar ze waren van slag door wat ze aantroffen. Telecky was een trieste oude man die zichzelf compleet verwaarloosde.

Iris nam het initiatief. 'We hadden u liever bezocht op uw kamer in het kantoor van NeuroLinks.'

Telecky mompelde onsamenhangend: 'Jullie wilden me bespioneren om te weten te komen met welke wetenschappelijke doorbraak ik bezig ben.'

'Nee, dat interesseert ons niet. We denken dat u meer weet van de aanslag op NeuroLinks', vervolgde Iris.

'Ha!' smaalde Telecky. 'Dacht ik het niet! Eerst de politie en nu jullie. Zeker omdat ik een makkelijke zondebok ben! Maar jullie hebben het mis.'

'U wist details die u alleen maar kon weten als u zelf getuige van de aanslag was geweest', hield Iris vol. 'Die heeft u me zelf verteld.'

'Je hoeft geen getuige van een gebeurtenis geweest te zijn om systematisch een wetenschappelijke reconstructie te kunnen maken', zei Telecky. 'Reduceren en deduceren, mevrouw Stork, net als in het laboratorium.'

'U was bij de aanslag aanwezig omdat u zelf...'

'Je wilt me toch niet beschuldigen van medeplichtigheid? Welja! Bewijzen, bewijzen, rigoureuze bewijzen wil ik zien. Zoals het een wetenschapper als u betaamt.'

'Er zijn twee andere situaties waarvan we denken dat u erbij betrokken bent geweest', mengde Darren zich erin. Telecky keek hem minachtend aan. Een bankier, wat kon die te beweren hebben.

'Ik dacht dat u verstand had van beurskoersen. Maar vooruit, uw beurt', schamperde hij.

'De ontsnapping van de proefdieren bij GenIris. Toen u een keer bij ons op bezoek was heeft u ingebroken in het computersysteem en de instellingen van de beveiliging veranderd. Daardoor konden de proefdieren...'

'En wanneer heeft deze magiër dat gedaan?'

'De dag waarop ik u voor het eerst ontmoette. Ik heb de elektronische sporen van u in ons computersysteem teruggevonden.'

'Ha! Hoe komt u daarbij! Ja, die dag heb ik ingelogd op de computer van GenIris omdat ik gegevens over de muizen wilde opzoeken. Daar liepen toen proeven mee omdat er een probleem was met de kweekstoffen. Dat was alles. Nee, meneer Gittinger, zo makkelijk laat ik me niet vangen!'

Darren liet zich niet van de wijs brengen. 'En u heeft de envelop overhandigd die bij het Darwin Fund voor een ontploffing heeft gezorgd.'

'Hoezo? Heb ik aangebeld bij Darwin en gezegd: ik ben doctor Telecky en ik heb een brandbrief voor u? Schei nou toch uit! U moet met een beter verhaal komen.'

'Nee, u bent gesignaleerd. Iemand heeft gezien hoe u de envelop overhandigde.'

'En wie mag dat zijn geweest?'

'Een man die u bijna had aangereden. Een zwerver. Hij heeft alles gezien en herinnert zich alles. Ik heb hem gesproken.'

'Laat me niet lachen! Uw fantasie schiet werkelijk tekort. Dacht u dat een getuigenis van een zwerver door iemand serieus wordt genomen – behalve dan door een naïeveling zoals u?'

Telecky stond moeizaam op. Hij hield zich met twee handen vast aan de tafelrand. 'En als dit alles is wat u me wilde meedelen, verzoek ik u nu te vertrekken. Eruit!'

Iris bleef zitten en Darren volgde haar voorbeeld.

'Er schiet me ineens iets te binnen wat u zal aanspreken', zei ze kalm. 'Een oude publicatie van u.'

Telecky ging weer zitten. Voor het eerst leek zijn gevoel van superioriteit, versterkt doordat hij in zijn eigen omgeving was, aangetast.

'Het zal me benieuwen.'

Iris begon met een omweg, zoals ze altijd deed als ze een lastig verhaal duidelijk wilde maken. Er waren problemen met een van de kweekstoffen die GenIris gebruikte om de stamcellen te specialiseren. De cebc's, de *crushed embryonic brain cells* waarvan de werkzame bestanddelen afkomstig waren van NeuroLinks. Telecky wist ongetwijfeld wat ze bedoelde.

Telecky knikte. Natuurlijk was hij hiervan op de hoogte.

'De cebc's veroorzaakten een wildgroei van celontwikkelingen. U dacht dat wij iets verkeerd deden, maar dat bleek niet het geval', vervolgde Iris. Ze praatte zoals ze vroeger college gaf aan haar studenten, of zoals ze Darren de eerste keer de beginselen van de celbiologie had uitgelegd aan de hand van toverballen. Rustig, weloverwogen en zeker van haar zaak.

'Matthias ontdekte dat de bron van de besmetting ergens anders door veroorzaakt werd. NeuroLinks gebruikte andere kweekplaten, waarvan de bedding was vervuild. Hij dacht dat de nieuwe leverancier een fout had gemaakt. Dat vertelde hij me vlak voordat hij stierf. Maar hij had ongelijk.'

Telecky keek haar nerveus aan.

'De aard van de wildgroei hadden Matthias en ik wel opgelost. De stamcellen ontwikkelden zich als het terato-carcinoom. Of liever gezegd,' Iris nam even de tijd, 'of liever gezegd een bijzondere variant van het terato-carcinoom. Een variant die afkomstig is van een bijzondere cellijn en die uitzonderlijke afwijkingen geeft waarvan ik u de details zal besparen. Maar die afwijkingen komen zelden voor en daarom kostte het ons aanvankelijk zoveel moeite vast te stellen wat er precies aan de hand was.'

Darren probeerde te volgen wat Iris zei. Hij herinnerde zich wat Matthias over dat carcinoom had gezegd. Ballen met tanden.

'En het gekke was,' ging Iris onverstoorbaar verder, 'het gekke was dat ik me iets over die variant meende te herinneren. Ik had er eerder van gehoord, maar ik kon niet thuisbrengen wanneer dat was geweest. Het wilde me niet te binnen schieten. Totdat ik afgelopen nacht, omdat ik niet kon slapen, door mijn oude collegedictaten bladerde. En toen vond ik grappig genoeg de verwijzing die ik zocht.'

Iris leunde over de tafel, Telecky deinsde op zijn stoel naar achteren. Priemend wijzend met haar vinger naar hem, zei ze: 'Het was mijn dictaat van een practicum dat ik jaren geleden volgde. De docent vertelde over gespecialiseerde teratoomcellen. Hij beschikte over die bijzondere cellijn en hij deed er proeven mee. Het waren opzienbarende proeven, met spectaculaire resultaten waarvan we enthousiast zeiden dat de onderzoeker er de Nobelprijs voor verdiende. Weet u nog, doctor Telecky?'

# 34 Bedreiging der mensheid

Elmer Telecky bleef geslagen aan tafel zitten. Hij opende zijn mond en sloot deze weer, zonder een woord uit te brengen. Met zijn handen verfrommelde hij een vel papier. Door zijn scheefhangende bril keek hij Iris aan. Ten slotte zei hij, langzaam formulerend: 'Kijk, dat is een argument dat me beter bevalt. Het wetenschappelijke debat.'

Daarna zweeg hij weer. Hij was zichtbaar in tweestrijd. Uiteindelijk won zijn academische inslag het.

'Mijn complimenten, Iris,' zei Telecky bedachtzaam, 'ik ben altijd van mening geweest dat je een briljante student was. Dat onderzoek is inderdaad van langgeleden. Ik had wel vermoed dat je er een keer achter zou komen, maar niettemin bewonder ik je scherpzinnigheid.'

Hij stond op en liep naar het raam waardoor tussen de halfgesloten luiken stralen licht naar binnen vielen. Het licht gaf Telecky een soort aureool.

'Nu jullie zover gekomen zijn, kan ik beter uitleggen waarom een oude gek actie voert tegen de biotechnologie die hij groot heeft gemaakt. Ik neem tenminste aan dat dát de reden is waarom jullie hierheen gekomen zijn.'

Iris en Darren zwegen. Beiden waren verbluft dat Telecky hun vermoedens bevestigde.

'Hoeveel tijd hebben we?' zei Telecky. Het was een mededeling, geen vraag.

'We hebben alle tijd. Morgen moeten we aanwezig zijn bij de eerste beursnotering', zei Darren. Halverwege zijn antwoord voelde hij de misplaatstheid van zijn opmerking.

'De beursnotering, precies! De financiële managers bepalen wat er gebeurt, niet de onderzoekers. En dat is waartegen ik me verzet.'

Telecky ging weer aan de tafel zitten. Met zijn hand schoof hij een stel papieren aan de kant totdat hij een leeg vel tegenkwam. Daarop maakte hij met een potlood aantekeningen. Darren zag dat zijn hand bibberde.

'Ik heb mijn leven gewijd aan de wetenschap', begon hij. 'Dat was in de tijd dat belachelijke termen als biotechnologie nog niet gebruikt werden. Maar langzamerhand veranderde alles. De wetenschap van het cellulaire leven werd gereduceerd tot een technisch proces.'

Computers die het mysterie van het menselijk genoom ontrafelden, daar was het op uitgedraaid. Telecky had zich steeds grotere zorgen gemaakt. De commercie en de techniek grepen de macht, ten koste van de zuivere wetenschap. Hij was begonnen om alarmerende artikelen te schrijven in vakbladen, maar die werden afgewezen en als ze al werden geplaatst dan nam niemand ze serieus. Daarom had hij ingezonden brieven naar vooraanstaande kranten gestuurd, waarin hij waarschuwde voor de gevaren van ingrepen in het DNA. Na een tijdje kreeg hij zijn brieven ongeopend retour. Telecky, de beroemde celbioloog, werd afgedaan als een oude zot.

Het had hem gesterkt in zijn overtuiging dat hij zijn strijd moest intensiveren.

'Twee jaar geleden ben ik tot het inzicht gekomen dat de biotechnologie de grootste bedreiging voor de mensheid in de eenentwintigste eeuw vormt. Waarom? Omdat de mensheid zich in de plaats van God stelt.'

Hij pauzeerde even. Uit een doosje haalde hij een groenachtig mentholsnoepje, dat hij achteloos in zijn mond stak.

'Hoe komt u bij zulke nonsens', zei Iris fel. Ze voelde zich in haar beroepsethiek aangetast.

'Dat moet jij zeggen', antwoordde Telecky verbitterd. 'Jij, een van mijn veelbelovendste studenten.'

Gentechnologie luidde het begin van de posthumane fase van de geschiedenis in, vervolgde Telecky. Het menselijke karakter, de vrijheid van de menselijke geest, de individuele mens, dat zou allemaal ophouden te bestaan als mensen kunstmatig geproduceerd gaan worden. Het betekende het einde van de menselijke samenleving.

'Waarom?' vroeg Telecky retorisch zonder nog acht te slaan op de gasten die tegenover hem aan tafel zaten. 'Omdat genen, de informatiedragers van vier miljard jaar evolutie, ophouden te fungeren als de bouwstenen van het lichaam. Ze worden de grondstoffen voor de serieproductie van mensen. Aan vier miljard jaar van evolutionaire veranderingsprocessen komt dan een einde – de nieuwe mens komt uit het laboratorium. Het technologische proces zal onbeheersbaar zijn. Het zal ertoe leiden dat genen door robots gestuurde instructies krijgen om nieuwe levende wezens te maken. Zelfreproductie – dát wil ik voorkomen.'

Iris keek Telecky verbijsterd aan. Die man is volslagen getikt geworden, dacht ze. Getikt en gevaarlijk.

'Friedrich Nietzsche heeft het al voorspeld. De komst van *Übermenschen* en dus ook van *Untermenschen*. Hebben jullie daarbij stilgestaan? Jullie zijn jong, jullie hebben zijn boeken natuurlijk nooit gelezen. Wij,' – hij klopte zichzelf op zijn borst – 'wij hier in Duitsland wéten waartoe dat kan leiden. Dat heeft ons volk te gronde gericht en dat zal ons niet nog een keer overkomen. Ik zal dat tegenhouden. Met medestanders. Of desnoods alleen.'

Telecky sprak als een door de heilige geest bezeten profeet. Alsof hij opgelucht was zijn verhaal van jarenlange frustraties eindelijk aan de openbaarheid te kunnen prijsgeven.

'Kennen jullie *Brave New World*? Ook vast en zeker nooit van gehoord. Ik ben van een generatie die heeft meegemaakt wat totalitaire regimes doen als ze de complete controle over mensen hebben. Ooit gedacht wat dat kan betekenen in het licht van de biotechnologische revolutie van deze eeuw? Medische behandelingen op basis van stamcellen! Laat me niet lachen. Menselijk leven mag nooit opgeofferd worden ten behoeve van andere mensen. Maar dat is wat ons te wachten staat! Een weerzinwekkende nieuwe wereld waarin menselijke cellen handelswaar zijn en niet langer gekoesterd worden als de evolutionaire schatkamer van het bestaan.'

Steeds groter werden de cirkels en pijlen die Telecky op het vel papier trok. Hij lette niet meer op de aanwezigheid van Darren en Iris, hij praatte voor zichzelf uit, tegen het kwaad dat de wereld bedreigde. Op zijn voorhoofd verschenen zweetdruppels. Hij pakte nog een mentholsnoepje om zijn stembanden te smeren.

Wat dachten wetenschappers tegenwoordig? Dat ze de interacties tussen dertigduizend genen en driehonderdduizend eiwitten in kaart konden brengen. Wat een hoogmoed! Hubris, de grootste van de zonden uit de Griekse Oudheid, daar zou de mensheid aan te gronde gaan. Telecky hief zijn handen ten hemel.

'En ik, Elmer Telecky, zal dat tegenhouden!'

'U bent volkomen gestoord', stamelde Iris.

'De doos van Pandora is geopend en moet dicht voordat het te laat is', riep Telecky bezwerend. 'Noemt u dat gestoord? De enige redding van de mensheid is de vooruitgang stilzetten. Stop de gekte voordat de gekte ons stopt.'

Opnieuw stond hij op. Hij ging voor het raam staan, met zijn rug naar Iris en Darren toe. Zijn stem werd samenzweerderig van toon.

Daarom was hij begonnen acties te beramen. Met het doel de mensheid wakker te schudden, aandacht te krijgen voor de gevaren van de biotechnologie. Hij was begonnen bij GenIris. Waarom? Omdat GenIris verder was dan andere bedrijven met de ontwikkeling van stamcellen. Omdat hij wist hoe deskundig Iris Stork was. Ja, natuurlijk. Zij was van goede wil en ze had het beste voor met haar patiënten. Maar haar werk bevatte de kiem van het gevaar dat hij bestreed. Na de stamcelbehandeling was de 'baby op bestelling' de volgende stap. En daarna de laboratoriummens uit de reageerbuizen van de genetische fabriek. Hij had de opmars van GenIris willen stuiten voordat het te laat was.

Telecky draaide zich om. 'We zijn geen slaven van een onafwendbare toekomst. We moeten de samenleving zoals we die kennen, beschermen tegen het kwaad. Ik ben de voorhoede van de verzetsbeweging die de menselijke waardigheid zal redden. En daartoe zijn alle middelen gerechtvaardigd.'

Hij ademde met korte, heftige bewegingen en zag er uitgeput uit. Om zijn mond hing een randje wittig schuim.

'Volkomen gestoord', mompelde Iris nogmaals. Ze was niet bij machte iets te zeggen.

'Nu jullie mij gevonden hebben, ben ik vrij. Vrij om de wereld te laten weten wat mijn motieven zijn. Jullie kunnen een persconferentie organiseren, jullie kunnen me aangeven, of anders zal ik mezelf aangeven.' Hij zweeg. Toen zei hij met zijn hoofd omhoog gericht: 'Zoals Jezus zei: "Het is volbracht".'

'Ongelooflijk', stamelde Iris.

'Zo moeilijk was het niet. Ik ken jullie bedrijf vanbinnen en vanbuiten.'

'Toch begrijp ik een paar dingen niet', zei Darren. Hij voelde zich als een inspecteur die een bekentenis van de verdachte heeft gekregen en nu nog de laatste details wilde ophelderen. 'Bijvoorbeeld: waarom wilde u de proefdieren bevrijden?'

Telecky begon hinnikend te lachen. 'Het was een spontane inval. Die aanslag in Engeland had net plaatsgevonden bij dat bedrijf waar Matthias en ik de vorige dag op bezoek waren geweest. Ik vond dat verwerpelijk, die dieren waren het slachtoffer geworden van het geweld van de activisten van het Dierenbevrijdingsfront. Bij GenIris zat ik achter de computer te zoeken naar gegevens over de resultaten van de proefdieren. We waren bezig met testen. En toen, plotseling, stuitte ik op de bestanden die het alarm van de quarantaineruimte regelden. Daar heb ik iets in veranderd, zodat de dieren op mijn verjaardag bevrijd zouden worden.'

'Absurd', fluisterde Iris.

'En het Darwin Fund? Hoe wist u van ons bezoek?' vroeg Darren.

'Bij toeval wil ik niet zeggen, maar ik hoorde wat Iris aan Matthias vertelde. Jullie zouden naar het Darwin Fund gaan. Ik heb ervoor gezorgd dat ik die dag in Amsterdam was en ik heb jullie eenvoudig gevolgd. Plotseling zwalkte er een dronkelap over de weg, die ik bijna aanreed. Daarna hebben we een tijdje gewacht om er zeker van te zijn dat die zwerver verdwenen was. Met als gevolg' – er klonk spijt in zijn stem – 'dat het brandpoeder later ontvlamde dan de bedoeling was. Het had tijdens de vergadering moeten gebeuren.'

'Er hadden doden kunnen vallen!' riep Iris.

'Welnee, het was gevaarloos spul. Er zou alleen brand ontstaan. Mijn acties waren niet gericht tegen mensen, maar tegen dingen.'

'U bent bereid de levens van mensen, van vrienden en collega's op te offeren', schreeuwde Iris. Ze stond op, gebogen over de tafel.

'Nee, dat wilde ik niet. Ik wilde geen slachtoffers maken.'

'En Matthias dan? U heeft Matthias vermoord!' Haar stem sloeg over van razernij.

Telecky boog zijn hoofd. Hij toonde een zweem van berouw. 'Dat is mijn fout geweest. Ik wist niet dat Matthias nog aanwezig was. Hij had gezegd dat hij tijdig naar huis zou gaan. Ik had het explosief met een mechanisme in ons laboratorium aangebracht. Heel vernuftig. Ons lab zou voor maanden buiten gebruik worden gesteld. Het lab ligt naast Matthias' werkkamer. Vlak voordat de ontsteking afging, liep ik door de gang naar buiten. Matthias had de deur van zijn kamer openstaan en ik hoorde dat hij met jou telefoneerde. Toen was het te laat. Ik kon hem niet meer waarschuwen, ik kon niet meer terug. Ik ben naar buiten gehold en hoopte dat de constructie van het gebouw de kracht van de ontploffing zou opvangen. Helaas, dat is niet gebeurd. De muur en het plafond van Matthias' kamer stortten in. Het spijt me. Het spijt me werkelijk. Hij was een goed mens en ik weet dat hij van je hield.'

# 35 Eerste notering

De gasten verzamelden zich om kwart voor negen onder het bord met de aandelenkoersen in de hal van het Amsterdamse beursgebouw. De directeur van de beurs heette iedereen welkom, in de eerste plaats natuurlijk Iris Stork en Darren Gittinger van GenIris, maar ook Jeen Westerhoff van het Darwin Evolution Fund, Jekyll Kline en George Althorpe van Weiss, Kleinknecht & Braunschweig, plus alle overige aanwezigen. De hal was stampvol mensen en degenen die achteraan stonden, moesten zich verdringen om een glimp van de korte plechtigheid op te vangen.

Iris had nauwelijks geslapen. Het was haar aan te zien. Westerhoff, die haar met een bleek, ingevallen gezicht zag staan, vermoedde dat haar vermoeidheid een gevolg van de hectiek van de beursintroductie was. De werkelijke reden was alleen Darren bekend.

Tijdens de late terugvlucht van München naar Amsterdam, de avond tevoren, hadden ze emotioneel over de onthutsende bekentenis van Telecky gepraat. Iris was afwisselend woedend, verbitterd en vol onbegrip. Een gek, dat was het enige wat ze kon bedenken. Een man wiens genialiteit was omgeslagen in complete waanzin. Twee keer tijdens de korte vlucht barstte ze in huilen uit. 'Hij wilde mijn werk kapot maken, Darren. Mijn werk en mijn leven. En daarin is hij geslaagd.'

Het circus van de beursintroductie draaide verder alsof er niets aan de hand was. Darren en Iris moesten nog één keer meedoen, of ze wilden of niet. Dit was het moment van de eerste notering. Maar in plaats van tevreden te luisteren naar het voortkabbelende praatje van de beursdirecteur, waren ze het liefst helemaal ondergedoken.

De gong van de beurs klonk. Op het elektronische bord flitste de naam van GenIris aan – code GNS. De koers opende op zesenveertig euro en vrijwel onmiddellijk steeg de prijs. Zesenveertig vijftig, zevenenveertig, zevenenveertig dertig, achtenveertig negentig, vijftig. Het groene pijltje naast de koers knipperde blijmoedig omhoog.

In de hal klonk gejuich. Cameraploegen en fotografen die zich aan de zijkant hadden verzameld, drongen naar voren om het moment goed in beeld te krijgen. De directeur van de beurs overhandigde een bos bloemen aan Iris en gaf haar op beide wangen een zoen. De aanwezigen klapten en er klonken kreten van bewondering. Eindelijk weer een ouderwetse beursintroductie waarbij de koers direct omhoog schoot. Doorgewinterde beleggers hadden dat lang niet meegemaakt.

Uit een niche kwamen serveersters met grote bladen vol glazen champagne. En opnieuw werd Iris van alle kanten gefeliciteerd. Ze stond er beduusd bij te kijken. De fotografen en cameralieden drongen aan op beweging, ze wilden geen statische plaatjes. Iris pakte de bos bloemen en zwaaide ermee in het rond. Ze hief een glas champagne en toastte op de koers op het bord. Tweeënvijftig euro vijftig. Ze deed haar best om te lachen.

Darren kwam naast haar staan. Hij was kapot van vermoeidheid, maar dit was een moment van glorie. De koers schoot voorbij drieënvijftig euro. Vijftien procent koerswinst in een halfuur tijd. Het geroezemoes ging over in nieuw gejuich. Darren zag hoe verschillende aanwezigen hun gsm grepen en in een hoek van de hal naar hun effectenmakelaar belden. Dat waren vluchtige instappers die hun winst pakten.

'Gefeliciteerd, Iris.' Hij sloeg zijn arm om haar middel en gaf haar een collegiale zoen op haar wang. Darren hoorde de fotocamera's klikken. De tv-camera's namen haastig een shot van de twee managers van de nieuwe beursliveling.

'Jullie hebben je kapitaal binnen om verder te kunnen.' Jeen Westerhoff kwam naast hen staan. 'Gefeliciteerd, jongens. Dit is fantastisch. Echt fan-tas-tisch.' Westerhoff glunderde van tevredenheid. Het Darwin Evolution Fund had zijn investering in GenIris dubbel en dwars terugverdiend.

De woordvoerder van de beurs kwam naar het drietal toe.

'Het spijt me dat ik u op dit heugelijke moment lastigval. Maar er zijn journalisten die u vragen willen stellen. Ik stel voor dat we ze daartoe in de gelegenheid stellen.'

Iris stribbelde tegen, het laatste waaraan ze behoefte had waren vragen van de pers. Maar de woordvoerder drong aan. Het was gebruik dat na een beursintroductie een informeel gesprek met de financiële pers gehouden werd. Een reactie op de koersontwikkelingen, dat soort vragen. Niets bijzonders. Darren ging akkoord, Westerhoff drong aan. Iris berustte in de situatie en fluisterde tegen Darren dat hij de vragen maar moest beantwoorden. De beursdirecteur kwam erbij staan en even later kon de geïmproviseerde persconferentie beginnen.

'Vijf vragen', zei de woordvoerder. 'Er is de mogelijkheid voor vijf vragen. Ja, u daar.'

Hij wees in de richting van de verslaggeefster van een commerciële nieuwszender.

'De koers is in een uur met vijftien procent omhooggegaan. Vindt u dat de banken hebben ingezet op een te lage introductiekoers?'

Iris knikte naar Darren. Deze was voor hem.

'Nee, we zijn bijzonder tevreden. De samenwerking met onze bank is goed geweest. WK & B heeft een geweldige inspanning geleverd. Dat de koers het eerste uur omhooggaat, verbaast me niet. Ik ga ervan uit dat het orders zijn van beleggers die bij de inschrijving geen stukken toegewezen hebben gekregen. Die worden nu ingekocht en dat stuwt de prijs omhoog. Als aan die vraag is voldaan, zal de koers wel stabiliseren, of misschien wat zakken.'

'Mevrouw Stork, hoe rijk bent u geworden van deze beursintroductie?' De tweede vraag kwam van een cynische dagbladverslaggever.

'Ontwijk die vraag', fluisterde Darren in Iris' oor. Hij zag de krantenkoppen over de nieuwe vrouwelijke biotechmiljonair al voor zich.

'Ten eerste heb ik geen idee en ten tweede valt het wel mee. Ik heb niet zo'n groot aandeel meer in het bedrijf.'

'Hoezo? U bent toch de grootste aandeelhouder?' riep de journalist, maar de woordvoerder kapte hem af. 'Derde vraag daar achterin.'

'Wat heeft uw bedrijf patiënten te bieden?'

Dit was een inkopper voor Iris.

'Ik ben blij dat u ernaar vraagt, want dit is voor mij het belangrijkste. De beleggers hebben ons de mogelijkheid gegeven om patiënten met Parkinson en mogelijk ook Alzheimer te genezen.'

De vierde vraag kwam van een journalist van een financieel persbureau.

'Ik wil terugkomen op de vraag die net gesteld werd door mijn collega. U bent als oprichtster de belangrijkste aandeelhouder van GenIris. Hoe groot is uw aandeel eigenlijk en wat betekent de beursgang financieel gesproken voor u persoonlijk?'

Even keek Iris naar Darren. Deze pakte de microfoon en zei resoluut: 'U kunt het allemaal nalezen in het prospectus. Daar staat het in.'

'Laatste vraag, u daar', kondigde de woordvoerder aan.

'Zondag waren er in het programma *NieuwsLijn* beelden te zien van een spandoek waarop stond dat u een kloonkliniek bent. Men beweert dat u menselijke klonen maakt. Weet u dat er op het ogenblik buiten gedemonstreerd wordt tegen uw bedrijf?'

'Die demonstranten zijn ons bekend', antwoordde Iris. 'Ze hebben het al een tijdje op ons gemunt. Wat ze beweren is onzinnig. Bij GenIris worden geen menselijke klonen gemaakt en dat zal ook niet gebeuren. Ik wil ze aanraden kennis te nemen van de medische behandelingen die wij ontwikkelen'

De woordvoerder sloot de persconferentie af. 'Ik maak u erop attent dat bij de uitgang een persmap met achtergrondmateriaal ligt. Plus een attentie van GenIris, die u kunt meenemen. En dank u wel voor uw komst.'

De cameraploegen en fotografen haastten zich naar buiten om de demonstratie voor de ingang te registreren. Zo'n beursintroductie was een saaie bedoening van pratende hoofden. Op straat viel er tenminste wat te beleven.

's Middags begon de koers van GNS te zakken. Er was een hoogste koers bereikt van vijfenvijftig. Daarna ging het geleidelijk naar beneden en toen om halfzes de markt sloot, stond er zesenveertig vijftig op het bord. Vijftig cent boven de introductieprijs. Voor wie gerekend had op een spectaculaire koerswinst, was het een teleurstelling. De beelden van de persconferentie haalden de televisiejournaals van die avond. Opgetogen meldden de verslaggevers dat de ziekte van Parkinson binnenkort bestreden kon worden. De demonstranten kwamen even in beeld met hun spandoek *Kloon Koers*, maar hun actie werd niet serieus genomen.

De demonstranten haalden ook de ochtendkranten, evenals de foto van Iris en Darren triomfantelijk onder het koersenbord. De berichtgeving in de populaire kranten richtte zich op de medische vooruitzichten. Dat sprak lezers aan. Alleen in de financiële pers werd kritisch de vraag gesteld waarom de koers zo snel teruggezakt was naar het introductieniveau.

Ook internationaal trok de beursgang van GenIris de nodige aandacht. De *Financial Times* kwam met een afgewogen artikel, maar niet alle berichtgeving was even zakelijk. Het Britse tabloid *The Sun* kopte CLONED STOCK en in Duitsland bracht *Bild Zeitung* het bericht onder de kop KLÖNUNG GEHT ZUR BÖRSE.

Ernst Boiten bekeek de volgende morgen in zijn Brusselse kantoor on line op zijn beeldscherm het koersverloop van GenIris. Toen de koers na een halfuur handelen onder de introductiekoers van de vorige dag dook, besloot hij zijn beheerder opdracht te geven het pakketje aandelen dat hij bij de inschrijving bemachtigd had, van de hand te doen. Jammer, dacht hij, het gokje had hem niets opgeleverd.

Boiten had een ambivalent gevoel over GenIris. Aan de ene kant was hij achterdochtig over wat zich daar afspeelde. Die Amerikanen met hun belangstelling, Leutwiler met zijn plannen – het zat hem nog steeds niet lekker. Anderzijds was hij blij met het succes, want zo werd de aandacht gericht op de veelzijdigheid van de medische biotechnologie. Positieve verhalen in de media waren gunstig voor het politieke klimaat in Europa ten aanzien van de biomedische wetenschappen. Dat kon hij goed gebruiken. De weerstand tegen alles wat met stamcelonderzoek te maken had, werd alsmaar groter.

'Zwart-Groen' had hij de coalitie tegen biotechnologie smalend genoemd: conservatief-christelijk en milieu-groen. En blond, bedacht hij.

Zoveel was zeker, die Amerikaanse overname van GenIris was definitief van de baan. Dat had hij toch maar bereikt samen met die activiste. Boiten maakte een mentale aantekening dat hij haar moest uitnodigen voor een dinertje in Brussel om haar te bedanken voor haar hulp. De gedachte alleen al bracht hem in vervoering.

Hij vroeg zich af wat de bedoeling van Leutwiler was. Leutwiler had hem een commissariaat aangeboden als GenIris door de Zwitsers zou worden overgenomen. Dat was een aanlokkelijk vooruitzicht. Boiten zat nog een jaar vast in Brussel en daarna moest hij naar wat anders omkijken. Afgezien van het vorstelijke belastingvrije salaris was zijn eurocommissariaat toch op een teleurstelling uitgelopen. Hij had niet veel bereikt en politiek was hij uitgerangeerd. Terug naar eigen land wilde hij niet meer. Misschien, schoot door zijn hoofd, kon hij iets duurzaams met Simone beginnen aan de Spaanse zuidkust. Ja, dat zou een prachtige afsluiting van zijn carrière zijn.

# 36 Vrije koersval

De koers van GenIris zakte verder in. Darren kon zich er niet over opwinden, hij wist hoe dat ging. De investeringsbankiers hadden met overspannen verwachtingen de beleggers geld uit hun zakken geklopt. De koers zou vanzelf stabiliseren. Jammer voor degenen die bij de introductie of onmiddellijk daarna hadden gekocht, maar zo ging dat. Beleggen was een kwestie van lange adem en koersen konden zowel omhoog als omlaag. De enige zekerheid was dat je ingepakt werd door de investeringsbankiers.

Maar het merkwaardige was dat de daling gestaag doorzette. Daar had Darren geen verklaring voor. Waar was de bodem van de prijs? WK & B onthield zich van steunaankopen. Darren begon zich toch enige zorgen te maken om het imago van GenIris als beursgenoteerde onderneming. Het was nooit goed als op het scorebord achter de letters GNS dag na dag de rode pijltjes naar beneden wezen.

Iris liet zich niet zien. Ze was met Deborah bezig in het laboratorium de voorbereidingen te treffen voor de klinische proeven. Die zouden in samenwerking met een academisch ziekenhuis uitgevoerd worden. Er moesten patiënten geselecteerd worden en donoren van eicellen. De vrouwen die zich hadden gemeld, moesten op medische en psychologische geschiktheid getest worden. Het zou weken gaan duren.

De media lieten zich ondertussen niet onbetuigd. Na de enthousiaste verhalen over de vooruitzichten van de genetische tovercellen, kwamen er kritische berichten. Simone Reekers bleef opduiken. De activiste verscheen die week in het ene tv-praatprogramma na het andere. Ze was een aantrekkelijke verschijning en dat was precies wat de tv-shows, altijd op zoek naar gemakkelijke sensatie, zochten. Telkens weer liet ze dezelfde computeruitdraai zien met gegevens waarvan niet duidelijk was wat ze voorstelden. Ze wist geen te antwoord geven op de simpele vraag waar al die gekloonde baby's gebleven waren en ze kwam evenmin met nadere bewijzen. Maar de oudere mannen die de talkshows presenteerden, kregen geen genoeg van Simone. Haar verhaal was angstaanjagend, ze kon het dramatisch brengen en ze had de juiste proporties.

Na afloop van de uitzendingen stond de Jaguar van Herbert Sandbergen haar steevast op te wachten. Dan gingen ze samen uit eten en daarna naar bed. Simone had zich over haar aanvankelijke weerzin tegen Sandbergen heen gezet en begon zelfs plezier aan haar relatie met hem te beleven. Vertederd dacht ze nog wel eens aan haar nacht met de eurocommissaris. Toen ze een verzoek kreeg van Boiten om nog eens naar Brussel te komen, hield ze dat af. Ze kon geen twee mannen tegelijk aan. Trouwens, een nieuwe campagne van EuGene vergde ook de nodige tijd. Ze was bezig een demonstratie tegen menselijk klonen te organiseren. De adhesiebetuigingen stroomden binnen.

Darren kreeg een e-mail van Fernando uit de Verenigde Staten. Fernando feliciteerde hem met het succes van de beursintroductie. In een cryptische zin schreef Fernando dat hij opgetogen was om als kleine aandeelhouder in het succes te delen. Hoezo, vroeg Darren zich verbaasd af, zou The Organ Factory zich toch hebben ingekocht? Tegen zesenveertig euro terwijl hij indertijd niet meer dan veertien wilde bieden? Dat was een absurde gedachte, waarbij Darren niet lang stilstond.

Fernando herinnerde in zijn mail aan de rol die hij gespeeld had als bemiddelaar op de jaarlijkse reünie van de business school, zes maanden eerder. Toen had Fernando hem aan Jeen gekoppeld. En aan Gabriela, dacht Darren sentimenteel.

Gabriela. Wat was het langgeleden dat hij haar had bemind. De tijd was voorbijgevlogen. Hij dacht terug aan alles wat er gebeurd was en hij verheugde zich op het moment dat hij haar weer zou omhelzen. Het zou niet lang meer duren. Binnenkort, had hij zich voorgenomen, zou hij afreizen naar de binnenlanden van Brazilië. Informatie over vaccinaties had hij al verzameld.

Ja, hij wilde zo snel mogelijk weg uit het rariteitenkabinet waarin hij, zonder het aanvankelijk te beseffen, verzeild was geraakt. Weg van Telecky, de dolgedraaide geleerde die in zijn eentje de strijd was aangegaan om de gevaren van de biotechnologische revolutie te keren. Weg van Simone Reekers, de actievoerster die niet wist waar ze tegen was en geen idee had van wat ze met haar valse beschuldigingen teweegbracht. Weg van Herbert Sandbergen, bezeten van zijn kloonexperimenten, weg van Deborah Henderson, weg van Jeen Westerhoff, weg van de herinnering aan Matthias Illbruck. Weg van het laboratorium met die ongrijpbare cellen die zich onder invloed van pokon en sportdrankjes als toverballen gedroegen. Weg ook uit zijn appartement in Amsterdam waar de parkeerbonnen zo'n grote stapel vormden dat hij ermee kon kwartetten. En ja, ook weg van Iris Stork, de monomane onderzoekster voor wie hij een zwak had gekregen, ondanks alles waar ze hem buiten had gehouden. Iris kon verder met haar onderzoek, met haar klinische testen, met de behandeling van patiënten. Dat was het belangrijkste wat hij bereikt had – hij had haar idealen een gezonde financiële basis gegeven. En nu kon hij zich aan zijn eigen project wijden.

Darren begon een e-mail aan Gabriela te schrijven. Terwijl hij schreef, fantaseerde hij dat hij in een prauw, voortbewogen door peddelende indianen, over de rivier door de groene hel van het oerwoud naar haar dorp zou varen. Hij zou aanleggen op het zandstrand bij het dorp. Hij stelde zich de vreugde voor op haar gezicht als hij het geld zou overhandigen dat hij had meegenomen. Daarmee zou ze haar project kunnen redden en de arme mensen in het oerwoud kunnen helpen.

Nog even, Gittinger, hield hij zichzelf voor, nog even en ze zouden opnieuw hun momenten van gelukzaligheid beleven.

Het weekeinde ging voorbij en op maandagmorgen stond op de binnenpagina van de ochtendkrant een opmerkelijk bericht. In Duitsland was de vermoedelijke dader van een serie aanslagen tegen biotechbedrijven gearresteerd. Doctor Elmer Telecky, de internationaal vermaarde wetenschappelijk directeur van het bedrijf Neuro-

Links in Martinsried, had een bekentenis afgelegd, waarin hij de volle verantwoordelijkheid voor zijn daden nam.

Darren kon zich niet voorstellen dat Telecky zichzelf zou hebben aangegeven. Hij wist vrijwel zeker dat Iris de Duitse politie had getipt. Dat had ze fantastisch voor elkaar gekregen. Die slag was binnen.

Gedurende die week kalfde de koers van GenIris verder af. Niet dramatisch, maar wel verontrustend. Er zat geen bodem in de koers, en dat baarde Darren zorgen. Hij vroeg zich af wat er aan de hand kon zijn. Hij overwoog Westerhoff te bellen, maar daar schoot hij niets mee op. Hij kon beter de bankiers van Weiss, Kleinknecht & Braunschweig vragen of die wisten wat er met de koers gebeurde.

Althorpe was een en al vriendelijkheid. Geen wonder, schoot door Darrens hoofd, WK & B had goed verdiend op GenIris.

Darren vroeg waarom WK & B in de dagen na de beursgang geen aandelen kocht om de koers op peil te houden.

'Sorry, Darren, wij onthouden ons altijd van steunaankopen. Dat is staande praktijk bij ons. We laten de koersvorming aan de markt over. We hebben liever dat particuliere beleggers de verliezen voor hun kiezen krijgen dan dat wij met onverkoopbare stukken op de plank blijven zitten. Daar zul je begrip voor hebben.'

'Enig idee wat er aan de hand kan zijn? Een grote belegger die verkoopt?'

'Niet dat wij weten. Beschouw het als een tijdelijke beweging van de markt.'

Darren hing geïrriteerd op. Dit kon hij zelf ook verzinnen. De vraag was of er iets aan de hand was. Hij vertrouwde de koersbeweging niet.

Van alle beursgenoteerde ondernemingen werd op de website van de effectenbeurs een lijst bijgehouden met de namen van aandeelhouders met een belang van vijf procent of meer. Daarbij stond ook of ze actief bezig waren met kopen of verkopen. Als hij eens onderzocht wat de grote aandeelhouders van GenIris aan het doen waren, misschien kon hij daar iets uit afleiden. Wellicht was er een farmaceutische industrie bezig met koersmanipulatie. In een flard herinnerde Darren zich dat Fernando hem daar nog voor gewaarschuwd had.

De gegevens had hij snel op zijn beeldscherm. In alfabetische volgorde stonden daar de namen van de aandeelhouders die na de beursgang een belang van vijf procent of meer in GenIris bezaten. Het was een kort, overzichtelijk lijstje.

Bovenaan stond het Darwin Fund. Met krap twintig procent was het nog steeds de grootste afzonderlijke aandeelhouder. Het Darwin Fund viel onder de lock-up en mocht niet verkopen.

Daaronder stonden de opties van hemzelf vermeld. Niets aan de hand. Onder Gittinger stond Illbruck. Tot zijn verrassing zag Darren dat Matthias een aandeel in GenIris had dat net boven de vijf procent lag. Dat was nieuw voor hem. Hij vroeg zich af wanneer hij dat verworven had en wat ermee zou gebeuren nu Matthias dood was.

Het aandelenpakket van Sandbergen stond uiteraard ook geregistreerd. Aha. Hier was een aanknopingspunt. Sandbergen was agressief bezig zijn pakket van de hand te doen. In kleine porties verkocht hij zijn bezit. Sandbergen liep dus financieel binnen. Aangezien hij geen lid meer van de directie was, viel hij niet onder de lock-up. Hij was gemachtigd om te verkopen en zijn verkooporders konden een verklaring zijn voor de druk op de koers.

De volgende op het lijstje was Stork. Darren keek er al overheen, Iris viel uiteraard onder de lock-up. Maar in een fractie van een seconde registreerde zijn oog dat Iris Stork volgens de opgave op het beeldscherm veel minder aandelen bezat dan ze behoorde te hebben. Ze stond genoteerd voor amper meer dan vijf procent, terwijl ze ongeveer drie keer zoveel had moeten hebben na de beursgang. Wat was hier aan de hand? Verkopen mocht ze niet en dat stond trouwens ook niet vermeld. Hier moest een pijnlijke vergissing zijn gemaakt. Darren nam zich voor dadelijk de effectenbeurs te bellen.

Maar toen Darren de naam van de volgende aandeelhouder las, viel hij van zijn stoel van verbazing. The Organ Factory stond onder aan de lijst. Wat krijgen we nou? Darren kon zijn ogen niet geloven. The Organ Factory als bezitter van bijna tien procent van de aandelen van GenIris? Dat was onmogelijk. Er was iets compleet mis. En het absurdste was dat The Organ Factory, niet gebonden door enige beperking, agressief bezig was te verkopen. Agressiever zelfs dan Sandbergen.

Darren wilde onmiddellijk opheldering. Hij keek op zijn horloge en zag dat het nog te vroeg was om naar de Verenigde Staten te bellen.

Om halfdrie toetste hij het nummer van The Organ Factory in Cambridge. Hij kreeg de receptioniste aan de lijn, Mr. Cardoso was nog niet binnen.

Een halfuur later belde Fernando terug.

'Wat is dít voor belachelijks?' viel Darren uit.

'Rustig maar, we stappen weer in als de koers lager is. We maken een aardig financieel ritje', probeerde Fernando hem gerust te stellen. Hij begreep niet waar zijn vriend zich zo over opwond. Kopen en verkopen, kopen en verkopen, daar was toch niets bijzonders aan.

Darren was allesbehalve rustig. 'Waar sláát dit op, Fernando?'

'We verkopen om onze kaspositie te verbeteren. Als de koers stabiliseert kopen we weer. We zitten voor de lange termijn in GenIris, dus maak je geen zorgen.'

'Maar hoe komt The Organ Factory in godsherennaam aan zo'n pakket aandelen GenIris?'

Nu klonk de stem van Fernando verbaasd. 'Hoezo, dat wéét je toch, mag ik aannemen?'

'Ik weet alleen maar wat ik voor me zie. The Organ Factory als speculant in GenIris en ik begrijp niet hoe dat mogelijk is.'

Fernando probeerde tevergeefs om Darren te kalmeren. Toen dat na een paar pogingen niet lukte, zei hij onverwacht: 'Maar práten jullie dan niet met elkaar bij GenIris?'

'Praten met wie?'

'Jij en Iris. Heeft Iris je niet verteld dat ze een deel van haar pakket aan mij heeft doorgeschoven?'

'Je maakt een grap...'

'Helemaal niet. Iris heeft een pakket van haar aandelen aan mij

317

verkocht. Ze bezwoer me dat ze het met jou overlegd had.'

'Fernando, met de hand op mijn hart, ik weet van niets.'

De opmerking drong kennelijk niet tot Fernando door, want hij vervolgde opgewekt, alsof het de normaalste zaak van de wereld was: 'Iris ging akkoord met de laatste prijs die we hadden geboden. Wij vonden het een *pretty good deal*.'

Darren was verbijsterd. Minutenlang keek hij naar zijn beeldscherm zonder een samenhangende gedachte te kunnen formuleren. Iris Stork had kort voor de beursgang het grootste deel van haar belang in haar bedrijf voor veertien euro verkocht aan The Organ Factory. Zonder hem daarvan op de hoogte te stellen. Zonder de beleggers te informeren.

Maar dit kon helemaal niet, schoot door Darrens hoofd. In het prospectus dat hij met zoveel moeite had opgesteld samen met de bankiers van WK & B, stond haar aandeel keurig vermeld. Dit was een schending van de beursregels.

Darren griste een exemplaar van de stapel onverzonden prospectussen uit een doos achter zijn bureau. Sinds zijn laatste onderhandelingen met Kline en Althorpe in Londen had hij dat ding niet meer ingekeken. Hij had wel wat anders aan zijn hoofd gehad. Nu bladerde hij driftig door de gortdroge juridische teksten. Allemaal kleine lettertjes. Niet om door te komen. Prospectussen waren zo onleesbaar geschreven, dat geen mens ze ooit las. Maar als er moeilijkheden rezen, was dit het juridische document waarop alle partijen zich beriepen. Hierop werden kwesties van aansprakelijkheid uitgevochten. Alles, maar dan ook alles moest erin staan en het moest deugen. Het had hem dagen en dagen werk gekost om de teksten op hun juistheid te controleren.

Hier had hij het, pagina 99, *Share Ownership of Management.*

De deelnames van Darwin Evolution Fund, Herbert Sandbergen, de personeelsbelangen en zijn eigen opties waren keurig aangegeven. Allemaal in orde. Maar wat was er met de tekst van het bezit van Iris Stork gebeurd? *Mrs. Stork has transferred part of her shares by private contract to a friendly party.*

Welgodallemachtig. Eén ding wist Darren absoluut zeker: hij had die zin nooit eerder gelezen, niet opgesteld en al helemaal nooit goedgekeurd. Hij las de zin nog een keer over. *Mrs. Stork has transferred part of her shares by private contract to a friendly party*! Iris – die altijd maar beweerde dat ze geen greintje verstand van financiële zaken had en zich daar ook niet mee wilde bezighouden. In een flits herinnerde hij zich haar opmerking tijdens de persconferentie dat ze niet zo'n groot aandeel in haar bedrijf meer bezat. Ze had, waar hij bij zat, zonder dat hij het gemerkt had, openheid van zaken gegeven. Nee, ze had hem en het publiek grotelijks belazerd.

Woedend toetste hij het nummer van WK & B en zodra hij Althorpe aan de lijn had, barstte hij los. Of hij wist dat er geknoeid was in de tekst van het prospectus. Of hij zich ervan bewust was dat er een schandaal dreigde en hoe hij het in zijn hoofd had gehaald dingen te veranderen zonder hem, *chief financial officer*, daarin te kennen.

Althorpe liet de tirade over zich heen komen. Toen antwoordde hij met zijn lijzigste Britse tongval: 'Maar Darren, *old chap*, communiceren jullie dan niet met elkaar?'

'Hoezo?'

'Iris heeft me kortgeleden – wacht ik kan de datum voor je opzoeken – telefonisch verzocht de tekst aan te passen. Daarna heeft ze het per e-mail bevestigd. Zij was daar statutair toe gerechtigd. Ik heb haar natuurlijk aangeraden het met jou te bespreken. Misschien is dat er door alle drukte bij ingeschoten.'

'Maar het prospectus dat we samen hebben opgesteld...'

'Dat was de voorlopige versie. De definitieve versie is pas vlak voor de beursgang beschikbaar gekomen en verschilt inderdaad op enkele punten van de eerdere tekst. Een paar kleine vuiltjes die onze juristen nog tegenkwamen. Daar heb ik je niet mee lastiggevallen. En, inderdaad, die aanpassing in opdracht van Iris. Onze juristen hebben er uiteraard ook nog naar gekeken. Het is binnen de toegestane regels.'

'Maar je begrijpt toch dat je míj daarin had moeten kennen.'

'Ik ga ervan uit dat Iris Stork bevoegd is tot handelen als het haar eigen bedrijf aangaat. Dat kun je me toch niet kwalijk nemen. De statuten geven haar deze bevoegdheid. Naar de reden van de wijziging heb ik niet gevraagd.'

Darren voelde zich totaal in zijn hemd gezet.

Iris bleef de hele middag onbereikbaar. In het ziekenhuis kon ze onmogelijk gestoord worden, omdat ze samen met een gynaecoloog vrouwelijke kandidaten voor de eiceldonatie screende. Darren overwoog naar het ziekenhuis te rijden en haar uit de onderzoekskamer te sleuren.

Op zijn beeldscherm zocht hij de on line-koers van GNS op. De lijn bleef verder omlaag gaan. De hele dag was de koers gestaag gezakt. Er was vijftien procent af op 33,80 en de pijltjes bleven rood. Darren wist wat er zou gebeuren zodra in de markt bekend zou worden dat Iris haar aandeel vóór de beursgang voor veertien euro van de hand had gedaan. Dan zou de koers onmiddellijk naar dat niveau zakken. En eronder. Geen enkele belegger wilde aandelen hebben van een bedrijf waarvan bekend was geworden dat de oprichtster vlak voor de beursgang haar eigen bezit had verkocht. Als iets het vertrouwen in een prille beursgenoteerde onderneming ondermijnde, dan was dat het wel.

Darren belde Westerhoff op zijn kantoor, maar die was de drukte ontvlucht en een weekje golf spelen in Málaga. Zijn gsm werd beantwoord door een caddie die alleen maar Spaans sprak. Nee, señor Vestergov was op dit moment niet aanspreekbaar, maar hij zou hem vragen zo snel mogelijk terug te bellen.

Om kwart voor vijf belde Westerhoff uit Málaga. Darren hoorde hem binnensmonds vloeken toen hij hem het verhaal vertelde. Ook Jeen wist nergens van.

'Hoe zit het met de lock-up? Ze mág toch helemaal niet verkopen?' vroeg Westerhoff.

'Die geldt ná de beursintroductie. Wat je daarvoor doet, daarin ben je vrij.'

'Zou ze op die manier haar lock-up proberen te ontduiken? Door haar aandeel tijdelijk bij een bevriende partij te stallen? Ik had nooit gedacht dat Iris zich nog eens als een financieel genie zou ontpoppen dat ons allemaal te slim af is.'

Sarcastisch wenste Darren zijn vriend veel plezier op de golfbaan. Daarna klikte hij opnieuw op de on line-koerspagina. 27,80. Ruim een derde onder de introductieprijs. De koers zakte in de richting van de uitoefenprijs van zijn opties.

# 37 Iris' bekentenis

De donkerrode Peugeot Cabrio draaide tegen zes uur het parkeerterrein van GenIris op. Iris voelde zich moe. Ze had zich weer volledig op haar werk gestort en zichzelf geen tijd gegund om de aaneenschakeling van emotionele gebeurtenissen die zich hadden afgespeeld, te verwerken. Ze trok haar eigen plan. En ze wilde al helemaal niet meer denken aan de ontmaskering van Telecky. De Duitse justitie zou wel raad met hem weten. De dag na hun bliksembezoek aan Martinsried had ze op een verloren ogenblik vanaf het beursgebouw de agent gebeld, van wie ze een visitekaartje had gekregen toen ze daar was geweest na de aanslag waarbij Matthias om het leven was gekomen. Ze kon altijd bellen, had hij gezegd en dat had ze gedaan.

Nu de agitatie van de beursgang achter de rug was, koesterde ze de hoop dat ze zich weer op haar onderzoek kon storten. Net als vroeger, voordat de financiële carroussel in beweging was gekomen. En trouwens, ze had andere plannen voor de komende tijd.

Na de dag in het ziekenhuis overwoog ze om direct naar huis te gaan. Niet naar het lab, maar naar haar huis en haar tuin. Nu kon het, alles was achter de rug. Eindelijk! Ze voelde zich van een last bevrijd. Maar er lagen nog stapels onderzoeksgegevens op haar te wachten, waar ze naar wilde kijken. Ze was dus in volle vaart naar GenIris teruggereden.

Iris was compleet overrompeld toen ze de paniek bij Darren Gittinger bemerkte.

'Wat is er aan de hand?' vroeg ze verbouwereerd. Darren sleurde haar zijn kamer binnen. Met de achterkant van zijn schoen trapte hij de deur achter zich dicht, waardoor het glas vervaarlijk rinkelde.

'Hé, wat denk je wel, dat je me kunt ontvoeren?' riep Iris geschrokken. Ze probeerde zich tevergeefs te verzetten.

'Wat ik wel denk, wat ik wel denk? Ik zal je zeggen wat ik denk, Iris!'

Darren stond dreigend voor haar. Met zijn stevige lichaam blokkeerde hij de weg naar de deur en schermde hij Iris af van nieuwsgierige blikken vanaf de gang.

'Ik denk dat jij bezig bent de zaak grotelijks te belazeren. Dát is wat ik denk.'

Iris keek hem sprakeloos aan. Ze ging op de rand van het bureau zitten, half leunend met haar armen achter zich.

'Waar heb je het over, Darren? Waar slaat deze krankzinnige vertoning op?'

'Iris, als jij dat niet weet, hoe zou ik het dan kunnen weten? Je weet heel goed waar ik het over heb. Je hebt GenIris financieel belazerd. Geruïneerd.'

'Doe niet zo geagiteerd, er is niets aan de hand. Ik begrijp niet waar je het over hebt.'

'Je hebt je aandelen verkocht zonder iemand daarin te kennen!'

Darrens gezicht liep rood aan. Met zijn handen gesticuleerde hij driftig. Even was Iris bang dat hij haar naar de keel zou vliegen.

'Als je eerst eens gaat zitten. Dan kunnen we bespreken wat er aan de hand is', probeerde ze hem te kalmeren. Ze straalde een ongrijpbare, serene rust uit.

Het werkte. Enigszins bedaard ging Darren achter zijn bureau zitten. Maar toen hij met een schuin oog het beeldscherm zag waarop nog steeds de actuele koersgrafiek van GNS werd afgebeeld, verstrakte hij weer.

'Ja. Ik heb mijn aandelen verkocht', zei Iris zonder een spoor van gêne.

Darren keek haar verbijsterd aan. 'Hoe heb je...' begon hij, zonder de zin af te maken. 'Hoe is het mogelijk? Hoe heb je in godsnaam de zaak zo kunnen saboteren? Je hebt de ondergang van je eigen bedrijf in de hand gewerkt.'

Nu reageerde Iris beledigd. 'Kom nou, we gaan de klinische proeven beginnen. Ik heb veertig vrouwen uitgezocht voor eiceldonatie en tweehonderd patiënten waarmee we gaan werken!'

'Iris, je begrijpt het niet. Kijk naar deze grafiek. Kijk naar de snelheid waarmee het aandeel GenIris keldert.'

Darren draaide de monitor van zijn computer driftig naar haar toe. Het beeld trilde. Iris keek naar de lijn op het beeldscherm. Daarna zei ze uitdagend: 'So what? Wat kan ons dat koersverloop schelen? We hebben het kapitaal van de aandelenemissie toch binnen? Daar ging het ons toch om? Dat heb je me steeds voorgehouden. Of niet soms, Darren Gittinger?'

Tegen het einde van de middag zaten Darren en Iris in Het Bronstige Hert. Iris had erop gestaan dat ze buiten het kantoor verder zouden praten, zodat ze door niemand werden gestoord.

Achter een glas witbier met een schijfje citroen dwaalden Darrens gedachten even af naar de eerste keer dat hij met Iris in dit café had gezeten, een halfjaar geleden. Wat was er sindsdien veel veranderd. Toen stonden ze aan het begin van hun zakelijke verbintenis, vol energie en goede bedoelingen; nu hadden ze de eindstreep bereikt – uitgeput, beschadigd en van elkaar vervreemd. Het was volkomen anders gelopen dan hij zich had voorgesteld. Het avontuur dat zo aanlokkelijk had geleken was een krankzinnige cakewalk geworden. En hier zaten ze weer. Darren was getergd tot in de toppen van zijn vingers. Iris daarentegen leek alles onder controle te hebben. Ze leek onthecht, een zuivere rust had zich van haar meester gemaakt.

Darren wilde beginnen over haar aandelenverkoop, maar al na een paar woorden onderbrak Iris hem. Ja, ze had een deel van haar aandelen aan The Organ Factory verkocht.

'Weet je wat dit voor GenIris betekent?' donderde Darren. 'Zodra bekend wordt dat de oprichtster van het bedrijf haar aandelen voorafgaand aan de beursgang voor veertien euro verkocht heeft, klapt de koers in elkaar. Het is een teken van gebrek aan vertrouwen van de oprichtster in haar eigen bedrijf. Dat wordt meedogenloos afgestraft.'

'Ik heb het volste vertrouwen in de toekomst van GenIris.'

'Maak dat de beleggers maar eens wijs! Die voelen zich belazerd. Het had bovendien officieel gemeld moeten worden.'

'Ik heb me laten leiden door mijn intuïtie. Die zei me dat dit goed was.'

'Intuïtie is een keuze! Wat heeft je bezield? Het is hooguit een kwestie van dagen en dan komt dit in de publiciteit. Dan is het gedaan met GenIris op de beurs.'

'Die beurs interesseert mij niets, Darren. Hoe vaak moet ik je dat nog zeggen.'

'Maar je bedrijf is aan de beurs genoteerd en dan moet je je aan de regels houden!'

'Ik heb de tekst van het prospectus laten aanpassen.'

'Je bedoelt', probeerde Darren voor alle duidelijkheid, 'dat je op eigen houtje in de laatste week iets hebt laten veranderen?'

Iris knikte. Hij had toch zelf verteld dat alle relevante omstandigheden in het prospectus vermeld moesten worden. Dat had ze uitstekend onthouden. Maar ze had eerlijk gezegd niet gedacht dat het zo belangrijk was. Het was een detail, de overdracht van een deel van haar aandelenpakket. En het was erbij ingeschoten om het hem te vertellen omdat ze alle twee zo druk waren geweest. Zij met haar screenings- en laboratoriumactiviteiten, hij met het onderzoek naar de aanslagen.

'Neem me niet kwalijk, Iris, maar kun je uitleggen wat dit te betekenen heeft? Waarom verkoop je je aandelen, waarom laat je zo'n cruciale verandering aanbrengen? Iedereen met een beetje gezond verstand kan aanvoelen dat dit gevolgen zal hebben. Ook al snap je geen fluit van beurszaken – dat is toch volslagen duidelijk?'

'Althorpe zei dat het kon. Het was volgens hem geen probleem.'

'Althorpe heeft er niets mee te maken. Dat is geen verklaring. Hooguit een smoes van een investeringsbankier. Die letten alleen maar op hun provisie, leer mij ze kennen. Ze smeren hun klanten stroop om de mond of desgevraagd cocaïnepoeder. Als ze maar kunnen declareren. Dus nogmaals: wat heeft je bezield om die verandering aan te brengen?'

Hij dronk in één teug zijn glas leeg. Daarna vervolgde hij met een snor van schuim boven zijn mond: 'En waarom heb je mij niet op de hoogte gesteld?'

Iris schudde zwijgend haar hoofd.

'Wat heeft je bezield? Wilde je wraak nemen op mij? Omdat ik

een bankier ben? Omdat ik me seksueel aan je heb opgedrongen?'
Darrens stem klonk niet langer woedend, maar wanhopig.

Iris schudde meewarig haar hoofd. Haar gezicht betrok. Haar lippen trilden.

'Oké, Darren. Ik vertel het je. Ik neem je in vertrouwen. In diep vertrouwen.'

'Ja, dat heb je al zo vaak beweerd', schamperde Darren. 'Ik dacht dat ik eindelijk door al je geheimen heen was.'

Iris haalde een paar keer diep adem. 'Er is nog een geheim. Een laatste verborgen mysterie. Niet van GenIris, maar van mijzelf. Een privé-geheim.'

Ze zweeg even. Toen zei ze, zo zachtjes dat hij haar nauwelijks kon verstaan: 'Ik heb het geld nodig.'

Darren was van zijn stuk gebracht. 'Hoezo?'

'Zoals ik het zeg. Ik heb het geld nodig.'

'Maar Iris, het geld zal straks met bakken binnenkomen voor jou. Je bent schatrijk. Het geld dat je als oprichtster in je bedrijf hebt gestoken, ben je in veelvoud waard nu GenIris op de beurs is genoteerd.'

'Daar zit een lock-up-periode van zes maanden aan vast en ik heb het geld direct nodig.'

'Je begrijpt het niet. Ik had hetzelfde probleem en daarom heb ik een lening afgesloten bij Darwin. Vergeleken met mij had je het tienvoudige kunnen lenen met je aandelen als onderpand. Ik kén de kneepjes van de manier waarop dat moet. Waarom heb je mij niet gevraagd om je te helpen in plaats van je aandelen aan Fernando te verkopen?'

'Ik begrijp het best. Maar ik ben geen bankier, zoals jij. Lenen is voor mij geen optie.'

Ze sprak op een weloverwogen manier die geen tegenspraak duldde. Dit was haar privé-domein waar Darren geen toegang toe had.

'Heeft u de koers van GenIris gevolgd, *Herr* Leutwiler?'

De stem van Herbert Sandbergen klonk opgetogen. Hij zat met

een gsm aan zijn oor en met een glas whisky in de hand op het terras van het studentencafé. Het leven was hem uitstekend gezind en zijn strategie werkte, stelde Sandbergen tevreden vast. Hij was ervan overtuigd dat de daling van GenIris op de beurs louter te danken was aan de verdachtmakingen over klonen die Simone onvermoeibaar verspreidde. De relatie met haar was van onschatbare waarde voor hem. Werkelijk, ze vormden een verbazingwekkend goed team: hij voorzag haar van informatie waarmee ze actie voerde. Zij had geen idee hoe hij haar voor zijn zakelijke belangen gebruikte. En samen beleefden ze hun bedgenot. Het kon werkelijk slechter.

'Ah, goedemiddag *Herr Professor*!'

Sandbergen zette met zijn vrije hand zijn glas whisky neer. 'De koers beweegt zich gestaag in de goede richting. U ziet, we slagen erin om het gewenste doel te bereiken.'

'Ik sta versteld over uw capaciteiten. Hoe krijgt u dat voor elkaar?'

'Ik heb wat hulptroepen ingezet. Een campagne die GenIris in een kwaad daglicht stelt.' Hij grinnikte zachtjes. 'Laten we zeggen: ik bespeel de publieke sentimenten en ik word daar nog voor beloond ook.'

'U bent werkelijk veelzijdig', zei Leutwiler met Zwitsers gevoel voor discretie. Hij wist dat hij niet naar details moest vragen. 'Maar ter zake. Wat zijn de vooruitzichten?'

Sandbergen zette uiteen dat hij een verdere koersdaling verwachtte. Hij stelde voor dat de Zwitserse farmaceutische industrie die Leutwiler vertegenwoordigde, voorzichtig zou beginnen aandelen GenIris te kopen. In kleine porties, zodat het niet zou worden opgemerkt in de markt, en natuurlijk zonder de koers omhoog te jagen. Zo kon tegen steeds lagere koersen een controlerend minderheidsbelang worden opgebouwd. Daarna kon de Zwitserse aandeelhouder eisen dat het management werd vervangen. Stork eruit, Sandbergen terug in functie. Dan kon hij zijn experimenten weer oppakken. Zijn onderzoek naar kloningsfactoren, waarvan hij een geanonimiseerde uitdraai had gegeven aan Simone Reekers. Dat was werkelijk een geniale zet van hem geweest. Zij had er goede sier mee gemaakt in haar campagne tegen GenIris – en nu ging hij oogsten door het bedrijf tegen een afbraakprijs te laten overnemen door de Zwitserse farmaciegigant waarvan hij bezoldigd adviseur was.

'Het is me volstrekt duidelijk, *Herr Professor*', zei Leutwiler. 'Ik zal de zaak discreet in beweging zetten. Er is trouwens nóg iemand die ik wil laten meedoen. Eurocommissaris Boiten. Hij is ons bijzonder ter wille geweest door iemand in te schakelen die protesten organiseerde tegen de dreigende Amerikaanse overname van GenIris waarop u mij had geattendeerd. Daarvoor mogen we onze eurocommissaris wel belonen. Ik stel voor dat we Boiten te zijner tijd commissaris van de nieuwe vennootschap maken.'

Sandbergen liet niet merken dat hij donders goed wist wie Leutwiler bedoelde met de activiste. Die Simone. Ze had dus gemene zaak gemaakt met een eurocommissaris. Hij moest glimlachen om haar vindingrijkheid. En haar gedurfdheid. Jammer dat ze zelf niet besefte hoe ze van twee kanten gebruikt werd.


'Wat heeft je privé-geheim in hemelsnaam te maken met de verkoop van je aandelen? En waarom aan The Organ Factory?' In Darrens stem klonk woede en vertwijfeling.

'Ik zal proberen het uit te leggen', zei Iris kalm.

Het had niets te maken met Darren en ook niet met de beursgang. Het geld dat ze zou verdienen, interesseerde haar niet. Ze was werkelijk niet geïnteresseerd in een privé-vermogen. Voor haar telde dat er kapitaal binnenkwam voor de volgende fase van het onderzoek. GenIris was de verwerkelijking van haar ideaal. Het was haar levensvervulling. Vier jaar lang had ze zich daarvoor ingezet, alle tegenslagen had ze opgelost. Haar doel, bejaarde mensen een humane oude dag bezorgen, lag binnen bereik.

Tot de aanslag bij NeuroLinks in Martinsried.

Iris stopte met praten. Tranen sprongen in haar ogen. Met de achterkant van haar hand veegde ze de druppels van haar wangen.

'Het spijt me', zei ze gegeneerd.

Darren zweeg. Zijn woede ebde weg. Hij probeerde haar begripvol aan te kijken, maar dat lukte maar half.

'Hoe dan ook,' vervolgde Iris na een korte pauze, 'hoe dan ook, bij

die aanslag kwam Matthias Illbruck om het leven. En Matthias...
Matthias...'

Opnieuw stokte haar stem.

'...Matthias was mijn grote liefde.'

Darren keek Iris met wijdopen ogen aan. Hij wilde wat zeggen,
maar de woorden kwamen niet over zijn lippen.

'Hij was de liefde van mijn leven', snikte Iris.

'Allemachtig, Iris. Wat moet ik zeggen...'

Opnieuw viel Darren stil. 'Waarom heb je daar nooit iets over
losgelaten? Je had het me moeten vertellen...'

Iris schudde heftig met haar hoofd. Haar paardenstaart zwiepte
heen en weer.

'Niemand was er van op de hoogte. Het ging ook niemand wat
aan. We waren er voor elkaar, we hielden van elkaar.'

'Maar dan nog...'

'Ons werk, ons leven, onze liefde – het was onze levensvervulling.
Daarin vonden we elkaar en we deelden het met niemand.'

'Nu begrijp ik waarom die aanslag je zo intens geraakt heeft...'

'Daarom ben ik direct naar Martinsried gegaan. Ik kon het niet
geloven, ik moest bij hem zijn.'

De tranen biggelden over Iris' wangen. Ze liet ze de vrije loop.

'Had het verteld, dan had ik je verdriet beter begrepen...'

'Nee, dat was voor mij onmogelijk', vervolgde ze nadat ze zichzelf
hervonden had. 'Het was zo uniek, ik kon dat met niemand delen.
We waren niet altijd bezig met ons werk, we hadden ook een intieme
erotische relatie. We koesterden het geheim van onze liefde. De
laatste keer was in Boston, bij het biotechcongres.'

Iris begon snikkend te lachen. 'Daarom konden jullie me toen drie
dagen niet vinden.'

'Allemachtig', mompelde Darren opnieuw. Hij dacht terug aan
hun verblijf in het Charles Hotel.

'Het verbaasde me dat niemand het ooit heeft doorgehad', zei Iris
alsof ze zijn gedachten had geraden. 'Het was op het laatst zo zichtbaar, zelfs Telecky maakte er een toespeling op. Ik heb hem trouwens
aangegeven, maar dat zul je al wel begrepen hebben.'

Darren knikte. Dat was hem bekend. Zijn gedachten waren bij wat Iris hem zojuist onthuld had. Al haar verhalen – dat ze geen tijd had voor een ware liefde, dat ze leefde voor haar onderzoek, het was de halve waarheid geweest. Ze was niet alleen onderzoekster, ook een vrouw met hartstocht. Ze hield haar privé-leven voor zichzelf, haar bestaan waarvan zij alleen de sleutel bezat. En haar geliefde was omgekomen op het moment dat hij haar vertelde dat hij het probleem van haar werk had ontraadseld. Het was een klassieke tragedie.

'Vreselijk. Gecondoleerd.' Darren legde zijn hand op Iris' arm. Ze schokte zachtjes met haar schouders. Geen van tweeën wist iets te zeggen.

'Hoe oud was Matthias eigenlijk?' vroeg hij om de stilte te doorbreken.

'Volgende maand zou hij achtendertig worden.'

Weer viel er een stilte.

'Goed', begon Darren uiteindelijk. 'Matthias was je geliefde en je was kapot van verdriet toen hij vermoord was. Het spijt me werkelijk dat ik je daarin niet meer heb kunnen steunen. Maar ik wil terugkomen op de vraag waarmee we begonnen. Ik begrijp niet wat dit privé-geheim met de verkoop van je aandelen te maken heeft.'

'Dat kan ik me voorstellen', beaamde Iris. Ze was haar tranen de baas. 'Dat is misschien ook niet te begrijpen – zeker niet voor jou als buitenstaander.'

'Hoezo? Je moet het me duidelijk maken.'

Iris zuchtte. 'Ik zal het proberen.'

Na de dood van Matthias had ze nog maar één wens gehad: hem levend terugkrijgen. Het was een instinctmatig gevoel dat uit het diepst van haar lichaam kwam. Er gingen permanente signalen naar haar hersenen met de boodschap: 'Matthias moet terug, Matthias moet terug, Matthias moet terug'. Zonder hem waren haar leven en haar werk zinloos. Hij moest terugkomen. Soms was ze bang dat ze dol draaide, gek van het gemis, dan weer had ze het gevoel dat hij veilig in haar genesteld was. Hij was van haar, hij hoorde bij haar, ze kon hem niet loslaten. Ze hoorde zijn stem, ze voelde zijn adem, ze rook de geur van zijn zweet en zijn sperma als ze gevreeën hadden.

Hij was zo tastbaar aanwezig voor haar, en toch was het enige wat daar lag in het mortuarium van het ziekenhuis zijn levenloze lichaam.

Iris praatte alsof ze in trance was. Het was de eerste keer dat ze aan iemand vertelde hoe ze de dood van Matthias beleefd had. Darren luisterde respectvol, spelend met een bierviltje, verbluft, maar ook aangedaan door haar verhaal.

Toen had ze bedacht: er is maar één manier om Matthias terug te krijgen. Maar dat kost geld. Veel geld op korte termijn en dat had ze niet. Ze kon geen zes maanden wachten op de opbrengst van haar aandelen. Ze wilde zo gauw mogelijk een half miljoen euro hebben. En al die tijd had ze dat beeld van Matthias in haar hoofd.

Ze hoefde niet lang na te denken over een manier om snel aan geld te komen. Het enige wat ze moest doen was haar aandelen GenIris verkopen, direct, en wel vóór de beursgang. En ze wist iemand die ze maar al te graag van haar wilde kopen: Fernando Cardoso van The Organ Factory in Cambridge.

'Nee…' stamelde Darren.

Iris knikte. Ze had Fernando gebeld en gevraagd of hij nog altijd bereid was veertien euro voor een aandeel GenIris te betalen. Fernando stelde geen vragen. Hij greep een kans als die zich voordeed. De deal was in vijf minuten gesloten. Iris had het grootste deel van haar aandelenpakket aan The Organ Factory overgedaan. Met Fernando had ze afgesproken dat ze de transactie tot na de beursgang geheim zouden houden. Het was een privé-zaak. Het was onmogelijk om op zo korte termijn uit te leggen welke persoonlijke motieven een rol speelden. Daarna had ze Althorpe van WK & B in Londen gebeld om te vragen of deze deal vermeld moest worden in het prospectus. Althorpe had zijn juristen erbij gehaald en die waren met een aanpassing van de tekst gekomen waarop geen mens had gelet.

Het was allemaal gebeurd in de dagen dat Darren bezig was met zijn onderzoek naar de dader van de aanslagen en daarom had ze hem niet geïnformeerd. Ze had dat trouwens toch niet willen doen, want ze was bang geweest dat hij haar gedwongen zou hebben de transactie terug te draaien.

'Daar heb je volkomen gelijk in', onderbrak Darren haar. 'Dat had ik absoluut gedaan. Het is volstrekt onzinnig wat je hebt uitgehaald. Maar nu wil ik weten waarom je in hemelsnaam zo dringend geld nodig had dat je je aandelen aan Fernando Cardoso hebt verpatst.'

'Ik heb besloten dat ik een kloon van Matthias wil dragen als kind.'

# 38 De kloonbaby

'Wát zeg je?'

Darren sprong half op van zijn stoel, zodat deze naar achteren kantelde en met een klap op de grond viel. De enige andere gasten in het café, een jong stel dat verliefd elkaars handen vast hield, keken verstoord op.

'Of heb ik je niet goed verstaan?'

Iris bleef hem aanstaren. Haar donkere ogen straalden een serene kalmte uit, de hoekige trekken van haar gezicht vervloeiden. Er leek zich een aureool om haar te vormen, een krans van kracht die bezit van haar had genomen alsof ze een Mariabeeltenis van Giotto was.

'Nee', antwoordde ze ten slotte met een gearticuleerde stem. 'Je hebt me goed verstaan. Ik wil een kloon van Matthias hebben als baby.'

Darren zette zijn stoel recht, maar hij bleef staan. Hij wist niet waar hij beginnen of eindigen moest.

'Ben je helemaal stapel geworden? Je hebt altijd beweerd, je hebt me steeds gezegd...'

Iris kapte hem af. Aarzelend ging Darren zitten.

'Ik weet wat ik beweerd heb en ik besef dat ik van plan ben iets te gaan doen wat in tegenspraak lijkt met wat ik eerder gezegd heb. Maar zo is het niet. Zo voel ik het niet. Je kunt het je misschien voorstellen, misschien ook niet, maar het is sterker dan ikzelf. Er is een oerkracht die me zegt dat ik Matthias moet terughalen. Het is mijn instinct...'

'En dat zeg jij, een vrouw van de wetenschap die haar leven lang bezig is met reageerbuisjes in het laboratorium! Iris, je hebt hulp nodig om je rouwproces te verwerken. Daarna kunnen we verder praten.'

Darren wilde weer opstaan, maar Iris verhinderde dat. Ze legde haar hand op zijn arm en hij liet zich met tegenzin terugduwen in zijn stoel.

'Kalmeer, Darren, kom tot jezelf. Dat is wat ik na de aanslag in Martinsried geleerd heb. Luisteren naar jezelf.'

'Allemachtig! Ben je ook nog door het holisme geraakt? Wat heeft de dood van Matthias je aangedaan?'

Darren was woedend. Hij keek naar de vrouw die tegenover hem zat aan het tafeltje, hij dacht aan de kelderende koers van GenIris en hij vreesde voor zijn opties. Hij merkte dat zijn handen trilden en zijn stem onvast was. Ze is door het lint, dacht hij. Buiten zinnen van verdriet, bevangen door het najagen van een fantasma om een geliefde dode weer tot leven te wekken.

Iris pakte met haar beide handen Darrens handen vast en drukte die tegen elkaar, terwijl ze hem indringend aankeek. Zo bleven ze minutenlang roerloos zitten, als in een spiritistische seance. Darren verloor zijn tijdsbesef. Hij had het gevoel dat hij ging zweven.

'Nee', zei Iris ten slotte. 'Nee, ik heb geen geestelijke hulp nodig. Er is iets anders met me gebeurd. Ik heb beseft wat liefde betekent. Hoe iets wat niet met woorden of beelden gevat kan worden, je leven een diepere betekenis geeft. Misschien bestaat er een liefdesgen, misschien ook niet. Maar ik heb ondervonden dat er een instinct is, een gevoel sterker dan jijzelf, machtiger dan je lichaam en je geest. Het is een oerkracht. Jij zou dat moeten begrijpen met de ervaring die je me verteld hebt over je liefde in het oerwoud.'

Ze liet zijn handen los. Die blik van een madonna. Ze zag er zuiverder en vooral stralender uit dan hij haar ooit eerder had gezien. Ze had haar bestemming gevonden.

Darren schudde langzaam zijn hoofd. 'Dat is niet hetzelfde. Gabriela leeft – en jouw Matthias…'

Iris liet hem niet uitspreken. 'Mijn Matthias leeft ook. Straks komt zijn genetische materiaal weer tot leven binnen in mijn lichaam.'

Ze begon te vertellen, hoe ze gekweld was geweest door het verlies van haar geliefde, hoe ze hem terug had willen halen uit de dodenwereld zoals Orpheus met Eurydice had geprobeerd te doen. Ze wist dat ze, net als Orpheus, niet mocht omkijken, dat ze niet terug kon, dat ze vertrouwen moest hebben om verder te gaan. De toekomst, het nieuwe leven tegemoet. Ze had graag een natuurlijk kind van Matthias willen hebben. Maar dat was onmogelijk. Jaren geleden had ze een abortus ondergaan en daarna was ze onvruchtbaar geworden. Zelfs al zou ze sperma van Matthias hebben ingevroren, dan nog had ze daar niets mee kunnen beginnen.

Deborah had vroeger eens een suggestie gedaan toen ze een lange avond samen doorbrachten in het lab. Namelijk hoe ze als lesbische vrouw wel een kind van haar vriendin zou willen dragen. Daar hadden ze toen hartelijk om gelachen, maar na de dood van Matthias had ze aan die onvervulde wens van Deborah moeten denken. De oplossing lag voor de hand! Iris Stork – de onderzoekster die de methode voor therapeutisch klonen had verfijnd en de techniek voor de groei van stamcellen had verbeterd. Als iemand wist hoe je een celkern moest injecteren in een ontkernde eicel en tot ontwikkeling moest laten komen, was zij het.

Het was een absurde gedachte – ze was de eerste om dat te erkennen. Ze kende de risico's, wist wat de valkuilen waren, wat erbij kwam kijken en wat er mis kon gaan. Ze wist dat het ondenkbaar was om in Europa ook maar één kliniek te vinden die bereid zou zijn haar te helpen. Maar ze beschikte over contacten die haar de weg konden wijzen en ze beheerste de technieken. Als ze de hand kon leggen op gezonde cellen van Matthias, was het niet onmogelijk. Dan kon ze haar geliefde terughalen uit de dodenwereld.

'Je bent niet goed snik', interrumpeerde Darren haar.

Zonder op zijn opmerking in te gaan praatte Iris verder. Matthias' lichaam was in afwachting van de begrafenis enkele dagen opgeslagen in de diepvriesruimte van het mortuarium van het ziekenhuis. Ze was er naartoe gegaan, had zich voorgesteld als collega celbioloog en had toestemming gekregen om voor onderzoek een stuk van zijn diepgevroren oorlel af te nemen. Na ontdooiing bleken de cellen in uitstekende staat. Ze had ze meegenomen en bewaard in de kleine diepvriescel die als ornament op haar werkkamer stond. Daarin lagen de cellen van Matthias bij min 195 graden in de vloeibare stikstof te wachten.

'Niet goed snik…' herhaalde Darren verbijsterd.

Met het geld dat haar onderhandse aandelenverkoop had opgeleverd, zou ze naar Shenzhen gaan in China, vlak over de grens van Hongkong. Daar zou een gespecialiseerde kliniek de kloonbehandeling uitvoeren. Dezelfde kliniek waar de twee Chinese technici vandaan kwamen die bij GenIris in het laboratorium werkten. Ze zou bij zichzelf de gekloonde eicel laten inbrengen. Over ruim negen maanden zou Matthias als volwaardige baby ter wereld komen.

Toen Darren de volgende ochtend later dan gebruikelijk op kantoor kwam, was de kamer van Iris leeg. Door de glazen wand keek hij naar binnen en hij zag de diepvriescilinder staan die Iris na het vertrek van Sandbergen op haar kamer had gezet. Er stond een vaas met paarsblauwe irissen op. Darren had de neiging de kamer binnen te lopen, de diepvriescel te openen en de inhoud in de vuilcontainer te dumpen.

Hun gesprek was de vorige avond in een impasse geëindigd. Hij had geprobeerd haar bij zinnen te brengen. Hij had begrip getoond, medelijden, bezorgdheid, en uiteindelijk woede. Het mocht allemaal niet baten. Iris was vastbesloten door te zetten, overtuigd dat haar plan zou lukken. Toen hij niets meer kon verzinnen, had hij gezegd dat ze een verklaring moesten uitgeven voor de beleggers om de ontstane situatie toe te lichten. Iris was opgestaan en met de mededeling 'daar moet jij voor zorgen' was ze vertrokken. Darren had een taxi gebeld om zich thuis te laten brengen.

Darren belde met Jeen Westerhoff en daarna met George Althorpe. Ze beaamden dat er maar één manier was om te reageren. Iris Stork moest met een geïmproviseerd elektronisch persbericht een toelichting geven op wat er gebeurd was.

Er was een probleem: Iris was nergens te bekennen. Ze was de hele ochtend in verzorgingshuis Morgenstern bij haar vader.

Na het middaguur kwam Iris binnen. Ze had haar ketting met het gouden kikkertje, het indiaanse vruchtbaarheidssymbool, om haar hals.

'We hebben besloten dat je met een verklaring naar buiten moet komen', zei Darren zonder zelfs de moeite te nemen haar te groeten. 'De verklaring ligt klaar op je bureau. Zodra je die bekeken hebt wordt er verbinding gemaakt met een persbureau en dan kun je haar voorlezen.'

Iris deed of ze hem niet hoorde. Ze ging naar haar kamer en herschikte het boeket bloemen op de diepvriescilinder. Zorgzaam stak ze er een dozijn witte rozen bij.

Toen het financiële persbureau belde, gaf Iris de volgende verklaring door.

Ik heb het grootste deel van mijn aandelen in GenIris in de weken voorafgaande aan de beursintroductie verkocht voor een prijs van veertien euro per aandeel. Ik erken dat ik een inschattingsfout heb gemaakt door dit niet publiekelijk bekend te maken, hoewel ik me aan de geldende regels heb gehouden en de transactie in het prospectus vermeld staat. Ik heb deze verkoop te goeder trouw verricht in het belang van een goed doel. Dit doel is van privé-aard, zodat ik er geen verdere vragen over zal beantwoorden. Ik heb het beste met GenIris voor en hoop het vertrouwen dat de beleggers in onze onderneming hebben getoond, niet te hebben beschaamd. Wij zullen spoedig beginnen met onze klinische testen waarna onze gentherapieën voor patiënten beschikbaar zullen komen.

Iris Stork
*Chairwoman and chief scientific officer*
GenIris

Nadat de verklaring op het nieuwsnet was gezet, dook de koers van GenIris naar beneden tot onder de veertien euro. De mededeling werd opgevat zoals Darren had voorspeld: als de oprichtster van het bedrijf met die prijs voor haar aandelen tevreden was, waarom zou iemand er dan meer voor geven? Beleggers die voor zesenveertig euro hadden ingetekend, zonnen op wraak. Er meldden zich al advocaten die schadeclaims wilden indienen.

Darrens eigen financiële vooruitzichten waren dramatisch. Mismoedig keek hij naar zijn beeldscherm. De koers was onder de uitoefenprijs van zijn opties gedoken. Zes maanden had hij voor niets gewerkt, tijdelijk in zijn onderhoud voorzien met een lening waarbij zijn opties als onderpand hadden gediend. Die opties waren nu waardeloos. Hij hing aan een strop van twee miljoen euro.

Darren wilde nog een laatste gesprek met Iris hebben. Hij voelde zich door haar belazerd en tegelijk voelde hij mededogen met haar eenzame besluit. Hij maakte zich zorgen dat ze zichzelf – en haar bedrijf – onherstelbare schade zou aandoen. Hij moest haar van dat onbezonnen kloonplan afbrengen. Ook al had ze hem geruïneerd, hij was rustiger dan de vorige dag. Misschien wel omdat hij wist wat er gebeurd was en hij financieel toch al aan de grond zat. Daar kon Iris niets meer aan veranderen.

Tegen het einde van de middag stelde hij haar voor alles nog één keer samen door te nemen. Hij voelde zich Don Quichot die een laatste poging deed het gevaar van de windmolens te bestrijden.

Ze liepen naar de binnenplaats. Op het grasveld stonden een houten tafel met een bank en een paar krakkemikkige tuinstoelen. Daar gingen ze zitten. De pauwen drentelden parmantig rond, de mannetjes prompt met hun staartveren in de lucht. Darren keek naar de manier waarop de pauwen elkaar probeerden te overtroeven om de vrouwtjespauw het hof te maken. Hij herinnerde zich hoe Iris hem op een ochtend in de lente had verteld dat de hennen bepaalden hoe de hanen zich gedroegen.

's Middags had een lichte regenbui de nodige verfrissing gebracht. Daarna was het opgeklaard. Doordat de zon was gaan schijnen, verdampte de vochtigheid. De lage septemberzon gaf een licht waas aan de lucht en de omgeving rook naar dampend bos.

'Ik neem aan dat je begrijpt hoe ik me voel', begon Darren nadat ze zich ongemakkelijk in de oude tuinstoelen hadden genesteld. Hij wachtte Iris' reactie niet af. 'Verneukt. Belazerd. Verraden. Opgelicht.'

'Buitengesloten.'

'Ja, dat ook. Maar vooral ontgoocheld. Weet je wat je teweeggebracht hebt? Je hebt je aandelen voor veertien euro verkocht waar beleggers een week later zesenveertig euro voor moesten neertellen. Begrijp je dat ze daar razend over zijn? Dat geldt ook voor mij persoonlijk. Je had je aandelen moeten vasthouden.'

'Met een lock-up van zes maanden waar ik geen behoefte aan had.'

'Je bent financieel beter onderlegd dan je je voordoet.'

'Dat heeft Sandbergen ook al eens tegen me gezegd.'

'Maar waarom heb je niet gewacht, je had geld kunnen lenen en over zes maanden kunnen cashen tegen een betere koers dan die armzalige veertien euro die Fernando betaald heeft.'

'Weet je, Darren, de koers van de aandelen interesseert mij helemaal niets. Ik denk alleen maar aan Matthias.'

'Herinner je je nog hoe je me eens vertelde dat klonen misdadig is? En dat iedereen die iets anders beweert, niet goed snik is?'

'Ja, dat herinner ik me. Omdat ik me zorgen maakte over het politieke misbruik dat van klonen gemaakt wordt. Over de vertroebeling van de discussie omdat het gelijkgesteld wordt met abortus, om de bewering dat klonen een vorm van moord is. Die zorgen heb ik nog steeds.'

Iris keek Darren indringend aan, alsof ze hem wilde smeken haar te geloven. Ze slaagde er niet in.

'Maar hoe kun je dat rijmen met wat je van plan bent? Toen je had ontdekt wat Sandbergen in zijn schild voerde, was je zo woedend dat je hem op staande voet eruit geschopt hebt. Ik kon je verontwaardiging begrijpen, je intuïtieve afkeer van zo'n gewetenloze techniek. En nu wil je het zelf doen...'

'Nee. Sandbergen deed het om het geld. Hij wilde er een commerciële activiteit van maken. GenIris als kloonfabriek. Dáár was ik tegen, want ik wilde mijn onderzoek ten dienste van patiënten stellen. Dat wil ik nog steeds. Ik doe het niet om het geld en ook niet op commerciële schaal. Ik doe het voor mezelf en voor Matthias. Het is een daad van liefde.'

'Maar de techniek, de ingreep is precies hetzelfde!'

'Dit is anders, Darren. Dit is net als de natuurlijke samensmelting van een ei- en een zaadcel een scheppingsdaad die ik verricht met mijn geliefde. Hij is niet dood, hij leeft voort in zijn cellen die ik heb bewaard. Ik geef ze de mogelijkheid van een tweede leven. Kun je dat begrijpen?'

Darren zweeg. Nee, hij kon dat niet begrijpen. Ze had met haar liefdesdaad zijn financiële toekomst geruïneerd.

'Matthias heeft mijn leven zin gegeven. We hebben jaren samen gewerkt aan ons project. Hij hield van me zoals niemand ooit van me gehouden heeft. Ik kon geen kind van hem krijgen, maar dat hoefde ook niet want we hadden elkaar. We hadden beloofd altijd samen te zullen zijn, in ons werk en ons leven – en daarom moet ik hem terughalen.'

'Maar al heb je samen met hem gewerkt in je laboratorium, het leven komt niet uit een reageerbuisje…'

'Jij kent me alleen in mijn laboratoriumjas, Darren. Maar ik ben meer dan een onderzoeker. Ik ben een vrouw. Met de hormonen van een vrouw. Ik heb je wel eens gezegd dat GenIris mijn kloonbaby is, mijn baby waarvoor ik leef. En nu gaat mijn kloonbaby leven voor mij.'

'Iris, je kunt van een volwassen man geen baby maken…'

'Ik wek Matthias weer op om ons werk af te maken. Onze liefde is ons werk, en nu gaat ons werk mijn geliefde terugbrengen. Ik ga hem opnieuw scheppen.'

'Je krijgt geen man van achtendertig jaar terug, je krijgt een baby van nul maanden!'

Nu zweeg Iris. Darren zette door.

'Je wilt toch niet verliefd zijn op je eigen kind. Iris, je haalt de biologische orde door elkaar. Je minnaar is dood. Hoe vreselijk het ook is, dat moet je accepteren. Het kind dat je terugkrijgt is een ander.'

'Hij is genetisch gelijk.'

'Maar het is een baby die je aan je borst legt, niet de man met wie je gevreeën hebt. Het kind zal in de vreselijkste identiteitscrises terechtkomen.'

'Matthias had een evenwichtig karakter. Dat zal zijn evenbeeld ook hebben.'

'Maar het is niet dezelfde persoon!'

'Nee, een kloon is niet identiek aan de donor, daar heb je gelijk in. Zijn tweede persoon zal anders zijn, net zoals jij er nu anders uitziet dan toen je net geboren was. Maar het DNA, het genetische materiaal is wél hetzelfde. Dat krijgt een nieuw lichaam om in te leven. Ik haal geen dode terug, ik reactiveer zijn DNA. Het genoom is onsterfelijk, vergeet dat niet. Matthias' DNA krijgt de kans om te voltooien wat het in zijn eerste leven niet heeft kunnen doen. Matthias zal doorgaan met wat werd afgebroken doordat hij het slachtoffer van een aanslag werd.'

'Iris, je hebt te lang geleefd in de beslotenheid van je laboratorium met gekloonde cellen. Je hebt een blinde vlek ontwikkeld, je ziet de werkelijkheid niet meer. Je jaagt een illusie na. Dit kan niet. Het is tegennatuurlijk.'

'Je bent een man, Darren, je voelt het niet. Het is mijn moeder-instinct dat me hiertoe aanzet.'

'En heeft het moederinstinct gedacht aan de risico's? Hoeveel pogingen waren er nodig om het schaap Dolly te klonen? Je hebt het me zelf eens verteld. Tweehonderdzevenenzeventig. Ga je tweehonderdzevenenzeventig eicellen klonen met het genetische materiaal van Matthias en ga je tweehonderdzevenenzeventig keer proberen om zwanger te worden?'

'De technieken zijn verbeterd', wierp Iris tegen.

'Dolly was nog maar zes en een half jaar en toen is ze afgemaakt.'

'Darren!'

'Heb je rekening gehouden met de kans dat er iets misgaat? Hoe groot zijn de foutenmarges, de risico's dat het niet werkt, dat de celimprint niet deugt, zoals je me hebt uitgelegd? Als er een misvormde Matthias geboren wordt? Of een kind dat na een paar jaar steeds meer afwijkingen vertoont? Wat doe je dan met hem – ga je hem in een rolstoel rondrijden voor de rest van je leven? Of laat je hem verkommeren in een instelling voor zwakzinnigen?'

'Darren!'

'Laat dáár je moederinstinct over nadenken!'

'Laat me begaan!'

'De gevolgen zijn niet bekend. Gekloonde zoogdieren hebben gebreken. Ze worden vroeg oud!'

'Niet als je onze "Chinese methode" gebruikt! Dan wordt de biologische klok van de cellen weer op nul gezet.'

'Zijn daar levende bewijzen voor? Het is weerzinwekkend wat je wilt doen – voor jou en voor de baby die je denkt te kunnen maken.'

'Alsof jij daar een greintje verstand van hebt!'

Beiden overschreeuwden zichzelf.

'Goed. Ik zal me inhouden', zei Darren. Hij dempte zijn stem. 'Maar geef me één reden die me kan overtuigen dat je dit besluit bij je volle verstand hebt genomen.'

'Matthias', fluisterde Iris. 'Hij is de enige reden. Ik schep geen nieuw leven, ik speel niet voor God. Maar ik voel dat ik hem terug moet halen. Zijn genoom, zijn genetische materiaal, heeft recht op onsterfelijkheid, net zoals wanneer hij het zou hebben doorgegeven aan zijn nageslacht. Die mogelijkheid heeft hij niet gekregen. Ik wil de vonk van het leven van Matthias een tweede kans geven. Dat is alles.'

Ze keek hem wanhopig, smekend, uitgeput, geëmotioneerd aan. 'Begrijp dat alsjeblieft, Darren', fluisterde ze.

'Ik kan niet begrijpen dat je bereid bent zoveel risico's te nemen', zei hij.

'Ik ken de risico's, maar ik weet ook dat het kan. Ik weet dat het eerder is gebeurd, dat er gekloonde mensen in de wereld rondlopen. Misschien in de Verenigde Staten, misschien in Italië, misschien in Azië. Er zijn artsen mee bezig, en religieuze bewegingen. Het gebeurt en het zal vaker gebeuren – of jij en ik dat leuk vinden of niet.'

'Je hebt je volkomen geïdentificeerd met je eigen onderzoek, Iris. Je bent deel geworden van je geloof in stamcellen. En nu ga je een stap te ver. Je overschrijdt een morele grens die je voor jezelf getrokken had.'

Even zweeg Darren. Toen zei hij verbitterd: 'En met je actie zet je niet alleen je eigen carrière of het voortbestaan van GenIris op het spel, je ruïneert ook mijn toekomst. Mijn opties, de betaling voor mijn zes maanden werk, zijn nul, niets, *nada niente* meer waard. Je hebt mijn goede doel vernietigd.'

Iris stond op. Ongemakkelijk bleef ze voor Darren staan.

'Het spijt me voor jou, Darren', zei ze. 'Het spijt me werkelijk. Ik had graag met je samengewerkt en samen met je GenIris geleid. Maar ik wist dat je weer weg zou gaan en dat ik er daarna weer alleen voor zou staan. Matthias was mijn enige houvast, en dat zal hij blijven. Ik heb voor mezelf gekozen en jouw belang opgeofferd. Dat besef ik. Ik besef dat ten volle. Jij bent het slachtoffer van mijn egoïsme. Ik ga door met GenIris. Ik ga door met mijn leven als onderzoeker en als vrouw. Straks ben ik de moeder van mijn kloonbaby.'

Ze huilde terwijl ze praatte.

'Jouw droom valt in duigen. Maar wat is geld? Jij hebt je levende geliefde in het oerwoud. Ik heb niets anders dan een hompje cellen in de diepvriescilinder die op mijn kamer staat. Morgen neem ik een vlucht naar Hongkong en overmorgen ben ik in Shenzhen.'

Ze streek met de palm van haar hand langs Darrens gezicht. Hij zag de tranen over haar wangen biggelen. Ze glimlachte flauwtjes.

'Je bent een fatsoenlijke man. Een betere financiële directeur dan ik ooit gedacht had dat er bestond. Je hebt de beursgang tot een succes gemaakt, je hebt voor GenIris het kapitaal binnengehaald dat nodig is. Je hebt me geholpen en ik heb je in de steek gelaten. Ik heb voor mezelf gekozen. Het spijt me. Het spijt me oprecht dat ik je gekwetst heb. Maar jouw verlies valt in het niet bij het verlies dat ik heb geleden.'

Ze boog zich voorover en gaf hem een zoen. Darren voelde zijn wang nat worden. Even aarzelde ze over een tweede zoen, toen draaide ze zich om. Terwijl Darren haar zoute tranen op zijn tong proefde, liep ze eenzaam het grasveld af in de richting van de uitgang.

# 39 Op zoek naar Gabriela

Als een klamme deken sloeg de tropische hitte Darren in het gezicht. Zijn broek kleefde aan zijn benen en zijn overhemd hing als een natte lap om zijn lichaam. De vochtigheidsgraad van de lucht was zo hoog, dat hij moeite had met ademhalen.

Na een overstap in Miami was Darren geland op het vliegveld Belém aan de monding van de Amazone. De overgang van de gekoelde lucht in het vliegtuig naar de warmte buiten, was moordend.

Welkom in de tropen, dacht hij.

Met een taxi liet hij zich naar het centrum van de stad brengen. De taxichauffeur sprak uitsluitend Portugees, maar de woorden *good hotel* had hij begrepen. Hij werd afgezet bij het Belém Hilton. Darren rekende af in een muntsoort die 'real' heette en verrassend weinig waard was.

Tot hier was hij dus gekomen.

Het GenIris-avontuur was voorbij. Iris was vertrokken naar China en had vandaar een e-mail gestuurd dat ze goed was aangekomen. Darren had geen contact meer met Fernando willen hebben. Van Jeen Westerhoff had hij gehoord dat Fernando Cardoso van plan was om naar Amsterdam te komen om te praten over de fusie van The Organ Factory met GenIris. Er circuleerde een gerucht dat een Zwitsers farmaciebedrijf aasde op een overname, maar de Zwitsers hadden afgehaakt toen ze hoorden dat The Organ Factory een strategisch pakket aandelen in bezit had, waarvan de Zwitsers niet op de hoogte waren geweest.

Darren had nog twee bizarre telefoontjes gehad. Een van Herbert Sandbergen, die hem venijnig vroeg hoe The Organ Factory aan zijn aandelen was gekomen, en een van eurocommissaris Boiten uit Brussel, die zich bezorgd toonde over de Amerikaanse opmars in de Europese biotechnologie. Beiden had Darren afgepoeierd. Boiten kende hij niet en Sandbergen hield hij verantwoordelijk voor een deel van de ellende die GenIris was overkomen. Van Simone Reekers was niets meer vernomen. Navraag bij het kantoor van EuGene leerde hem dat ze naar een safariwildpark in Zuid-Afrika was om te protesteren tegen de jacht op olifanten. Telecky zat in voorarrest in afwachting van zijn proces.

Financieel zat Darren aan de grond. Per fax had hij een overeenkomst tot echtscheiding ontvangen uit Boston, die hem voor jaren zou verplichten tot het betalen van een exorbitante alimentatie, gebaseerd op een inkomen dat hij niet meer had. De koers van GenIris was naar vijf euro gezakt. Zijn opties waren waardeloos. Westerhoff had Darren laten weten dat de afspraak voor de lening van twee miljoen euro tot zijn spijt niet langer van kracht was. De uitoefenprijs van zijn opties was onder de beurskoers gezakt en daarmee waren de kleine lettertjes van het contract in werking getreden.

Darren had zijn tweedehands auto verkocht en de sleutel van het appartement in Amsterdam afgegeven bij de benedenburen. Zijn peperdure brogues had hij achtergelaten, evenals een stapel onbetaalde parkeerbonnen. Met vijftienhonderd dollar en een creditcard zonder dekking was hij naar Brazilië gereisd.

Twee dagen verbleef Darren in Belém om te acclimatiseren. Hij bezocht de *ver o peso*-markt aan de oever van de Amazone, waar exotische vruchten en reusachtige Amazonevissen verkocht werden. Tot zijn verrassing kwam hij op de markt de vruchten tegen waarvan Gabriela hem de onuitspreekbare naam had geleerd in de eerste dagen van hun romantische kennismaking: *cupuaçú* bestond werkelijk. Het vruchtensap had een aangename, friszoete smaak. Hij bracht een middag door in de tuinen van het Museo Goeldi, een dierentuin in de tropische openlucht met slangen, krokodillen, tapirs, zeekoeien en toekans uit het naburige Amazonegebied.

Geleidelijk begon Darren te wennen aan de vochtige warmte en de tropische regenbuien die dagelijks tegen het middaguur vielen. Hij had het gevoel in een deeltjesvertrager te zijn geplaatst. Zijn tempo ging omlaag. Hij was minder gespannen, en vooral minder opgejaagd. Haast had geen enkele zin, omdat niemand zich iets van hem aantrok. De mensen waren vriendelijk en behandelden hem met een nonchalante onverschilligheid. Hij begon een paar woorden Portugees te begrijpen. Het was kortom tijd om verder te trekken.

Met een binnenlandse vlucht ging hij naar Manáus, vijftienhonderd kilometer landinwaarts. De vochtigheidsgraad was nog hoger dan in Belém, in Manáus ontbrak de verkoelende bries van de Atlantische Oceaan.

In de haven informeerde hij naar boten in de richting van de Río Purus. Na drie dagen vond hij een verveloze boot met een open houten opbouw die Mensageiro da Fé heette, de 'Boodschapper van het geloof', en die binnenkort zou vertrekken naar Guajaturaba, een dorp aan de bovenloop van de Purus. Dat bracht hem in de richting.

De passagiers aan boord van de Mensageiro da Fé waren boeren, goudzoekers en rubbertappers. Ze hadden merendeels indiaanse trekken. In de ogen van Darren waren ze onbeschrijfelijk arm. Hun bezittingen leken uit niet meer te bestaan dan een tas met wat spullen en de kleren die ze aanhadden – verschoten T-shirts, shorts en plastic teenslippers. Darren vermoedde dat de vijftienhonderd dollar die hij bij zich had, meer geld vertegenwoordigde dan het bezit van alle bootpassagiers bij elkaar. Geld verloor iedere betekenis in deze afgelegen samenleving. Hij begreep niet dat hij zich er ooit druk over had kunnen maken.

's Nachts sliepen de passagiers in hangmatten die ze tussen de palen van de houten opbouw hingen. Darren had een hangmat in Manáus gekocht en had zich verzekerd van een plek bij het gangboord. Zodra het begon te regenen, haalden de passagiers een opgerold stuk plastic langs de zijkant van de boot naar beneden, zodat ze min of meer droog bleven.

Overdag verveelden ze zich. Darren bleef de meeste tijd in zijn hangmat liggen, schommelend op de deining van de brede rivier. Met andere passagiers deelde hij de maaltijden van rijst met vis en maniok bij het ontbijt, de lunch en het avondeten.

De natuur was overweldigend. Hoe verder de boot stroomopwaarts voer, des te dieper ze het oerwoud binnendrongen. De oevers waren dichtbegroeid, groene muren van natuurlijke vegetatie met hier een daar een opengekapte plek waar een paar hutten stonden. Darren hoorde het geluid van vogels, het geloei van apen en het geschreeuw van papegaaien. Een enkele keer legde de boot aan bij een steiger in de wildernis om een paar passagiers aan land te zetten.

Het was een hallucinerende ervaring om te worden ondergedompeld in de tropische natuur. Dit was dus wat Gabriela had beschreven. Het stond zo ver af van de reageerbuisjes en de pipetteerapparaten, de diepvriescilinders en de steriele ruimtes van het lab. De natuur was groots, sterk en boordevol leven. Met zijn zintuigen beleefde hij de cyclus van groei en verval – onstuitbaar, onbeheersbaar, ondoorgrondelijk. Op de markten van Belém en Manáus had hij de geur van verrotting geroken, langs de rivier zag hij hoe nieuwe vegetatie alles overwoekerde. Het oerwoud was een stap in de richting van de schepping. Dit was het laboratorium van de evolutie, de werkplaats van de blinde klokkenmaker.

Voortdurend werd hij gestoken door muskieten. De lokale passagiers hadden daar geen last van, maar Darren was een even gemakkelijke als gewilde prooi. Zijn muggenwerende middeltjes misten iedere uitwerking.

Hij had alle tijd om na te denken over de teloorgang van GenIris. De klinische omgeving was een verre droom uit een andere wereld. Slingerend in een hangmat in een boot op de Amazone was het werkelijk een krankzinnig idee om de pretentie te hebben de biologische processen in een laboratorium te kunnen beheersen. Wat een hoogmoed van wetenschappers om de genetische evolutie van vier miljard jaar naar hun hand te willen zetten.

Had hij gefaald? 's Avonds, als hij lag en luisterde naar het snerpende geluid van de reuzenkrekels op de oever, bleef die gedachte hem achtervolgen. Hij had zich ingezet om Iris Stork bij te staan, hij had het financiële management van GenIris op zich genomen. De beursgang was een succes geworden, groter dan hij had durven dromen. Het was misgelopen omdat Iris voor zichzelf had gekozen en hem had laten vallen. Hij kon haar besluit niet begrijpen en al helemaal niet vergoelijken. Ze was zoveel gecompliceerder dan ze zich had voorgedaan, zoals de natuur zoveel ingewikkelder was dan een hoopje cellen in een kweekschaaltje. Misschien had hij haar nooit begrepen, of niet genoeg moeite gedaan zich werkelijk in haar belevingswereld te verdiepen. Ze was niet alleen een gedreven onderzoeker, ze was ook een vrouw die kon liefhebben. Ze was verblind door haar fascinatie voor het klonen van cellen. Daarmee was ze tot het uiterste gegaan. Voor haar vader, voor Matthias.

Maar al was hij ontgoocheld en verbitterd tegelijk, hij had met haar te doen. Hij voelde mee met haar verdriet over het verlies van haar minnaar. Hij had bewondering voor haar onwankelbare geloof dat de techniek, de wetenschap, haar onderzoek in staat waren om haar geliefde te laten terugkeren. Ze was de ontketende Prometheus, haar kloonbaby de vervulling van haar levenswerk.

Darrens doel was verdampt. Zijn droom van een glorieuze aankomst in het dorp van Gabriela met een tas vol knisperend geld voor haar project, was in duigen gevallen. Hier lag hij op een boot in de tropische nacht, omgeven door arme sloebers op weg naar hun afgelegen nederzettingen in het oerwoud en door vrouwen die hun baby's onbeschroomd de borst gaven. De onbekende geluiden van het oerwoud die hij 's nachts hoorde, boezemden hem angst in. Hij rilde onder een katoenen laken in zijn hangmat.

In Guajaturaba meerde de Mensageiro da Fé af. Darren vond een kamer in een smerig hostel bij de oever. Vanhier moest hij zien verder stroomopwaarts over de Purus te varen tot aan het gehucht van Gabriela. Hij wist niet hoe ver het nog was, er was geen mogelijkheid met haar in contact te komen. Hij wist alleen dat hij verder wilde, nog verder het oerwoud in.

Bij de waterkant vond hij een man met een houten boot voorzien van een buitenboordmotor die hem voor honderd dollar stroomopwaarts wilde varen. Na een dag vertrokken ze.

Darren voelde dat hij koorts had. De aanvallen werden heviger. Hij was bang dat hij malaria had, of misschien wel dengue. Maar hij moest dieper de wildernis in op zoek naar Gabriela. Ze zou hem welkom heten, ze zou hem met kruidenaftreksels van de sjamaan verzorgen. Met de moed der wanhoop zette hij door. Berooid, maar vervuld van liefde.

En op de bodem van de kano, rillend van de koorts, moest hij terugdenken aan die lang vervlogen ochtend waarop hij voor het eerst het begin van het leven had gezien.

# Verantwoording

Het verhaal van dit boek is fictie, maar het is gebaseerd op feitelijke gegevens over gentechnologie, stamcellen, therapeutisch en reproductief klonen. In het verhaal zijn gebeurtenissen verwerkt die werkelijk hebben plaatsgevonden of kunnen gebeuren. Met uitzondering van historische figuren zijn de personages in het boek verzonnen en berusten overeenkomsten met bestaande personen of bedrijven op toeval.

Bij mijn research naar het onderwerp heb ik veel steun gehad van de volgende personen (in alfabetische volgorde):

Clemens van Blitterswijk (Isotis), Marius Giphart (Universiteit Leiden), Micheline Giphart-Gassler (Universiteit Leiden), Mik Hamers (Synco), Joost Holthuis (OctoPlus), Martijn Kleywegt (Life Science Partners), Robert Lanza (Advanced Cell Technology), Ton Logtenberg, Christine Mummery (Hubrecht Laboratorium), Ronald Plasterk (Hubrecht Laboratorium), Donny Strosberg (Hybrigenics), Marc Waeterschoot (Cryocell), Michael West (Advanced Cell Technology) en Randolfe Wicker (Human Cloning Foundation).

Ik dank hen hartelijk voor de gesprekken, de rondleidingen in hun bedrijven, hun geduld om mij in te wijden in de basisbeginselen van de biotechnologie en voor hun enthousiasme over de opzet van dit boek.

Ik dank Fred Spek (Uitgeverij De Geus) en Dorine Plantenga voor hun redactionele suggesties, morele steun en meer.

De 'Chinese' manier van klonen (hoofdstuk 6) is ontleend aan een artikel in de *Wall Street Journal* van 6 maart 2002 over het Xiangya Medical College, waar de beschreven methode wordt toegepast. Van de in het boek genoemde technieken is het gebruik van CEBC, voorzover mij bekend, fictief.

Belangstellenden in het onderwerp kan ik de volgende boeken aanraden:

Francis Fukuyama, *Our Posthuman Future, Consequences of the Biotechnology Revolution* (New York 2002)

J.P.M. Geraedts et al., *Stamcellen*, Cahiers bio-wetenschappen en
maatschappij (Den Haag 2002)

Eric Grace, *Biotechnology Unzipped, Promises and Realities* (Washington D.C. 1997)

Matt Ridley, *The Red Queen, Sex and the Evolution of Human Nature*
(Londen 1993)

Matt Ridley, *Genome, the Autobiography of a Species in 23 Chapters*
(New York 1999)

Tom Wolfe, *Hooking Up* (New York 2000)

Bezoek mijn website www.roeljanssen.nl of stuur een reactie naar
contact@roeljanssen.nl